Retrato
de una
desconocida

DANIEL Silva

Retrato *de una* desconocida

Traducción de Victoria Horrillo Ledesma

HarperCollins *Español*

RETRATO DE UNA DESCONOCIDA. Copyright © 2023 de Daniel Silva. Todos los derechos reservados. Impreso en los Estados Unidos de América. Ninguna sección de este libro podrá ser utilizada ni reproducida bajo ningún concepto sin autorización previa y por escrito, salvo citas breves para artículos y reseñas en revistas. Para más información, póngase en contacto con HarperCollins Publishers, 195 Broadway, New York, NY 10007.

Los libros de HarperCollins Español pueden ser adquiridos con fines educativos, empresariales o promocionales. Para más información, envíe un correo electrónico a SPsales@harpercollins.com.

Título original: *Portrait of an Unknown Woman*
Publicado en inglés por HarperCollins en los Estados Unidos en 2022.

PRIMERA EDICIÓN DE HARPERCOLLINS ESPAÑOL

Traducción: Victoria Horrillo Ledesma

Este libro ha sido debidamente catalogado en la Biblioteca del Congreso de los Estados Unidos.

ISBN 978-0-06-294378-1

23 24 25 26 27 LBC 5 4 3 2 1

HR 04 03 2023 0857

Para Burt Bacharach

Y, como siempre, para mi mujer, Jamie,
y mis hijos, Lily y Nicholas

No todo lo que reluce es oro.

WILLIAM SHAKESPEARE
El mercader de Venecia

PRIMERA PARTE

CRAQUELADO

1

Mason's Yard

Cualquier otro día, Julian la habría tirado directamente a la basura. O, mejor aún, la habría metido en la potente trituradora de papel de Sarah. Durante el largo y sombrío invierno de la pandemia, cuando habían vendido un solo cuadro, ella había utilizado aquel artilugio para destruir implacablemente los abultados archivos de la galería. Julian, traumatizado por su empeño, temía que, cuando no tuviera más registros de ventas y albaranes innecesarios que destruir, le tocara el turno a él de pasar por la trituradora. Se iría de este mundo convertido en un diminuto paralelogramo de papel amarillento, echado al contenedor de reciclaje junto con el resto de los desperdicios de la semana, y retornaría a la vida transformado en un vasito de café respetuoso con el medio ambiente. Suponía, no sin cierta razón, que había destinos peores.

La carta había llegado a la galería un viernes lluvioso de finales de marzo, dirigida a *mister* Julian Isherwood. Sarah (que había sido agente secreta de la CIA y no tenía ningún reparo en leer el correo del prójimo) la había abierto aun así. Intrigada, la dejó sobre el escritorio de Julian junto con varias cosas sin importancia llegadas con el correo de la mañana, la única correspondencia que por lo general le permitía ver. Él la leyó por primera vez con la gabardina chorreante todavía puesta y el espeso cabello gris alborotado por culpa del viento. Eran las once y media, lo que en sí mismo era digno de mención. Últimamente, rara vez pisaba la galería antes de las doce,

3

lo que le daba el tiempo justo para estorbar un poco antes de iniciar el paréntesis de tres horas que dedicaba cada día al almuerzo.

Su primera impresión de la carta fue que su autora, una tal *madame* Valerie Bérrangar, tenía la letra más exquisita que había visto desde hacía siglos. Al parecer, había leído el artículo publicado hacía poco en *Le Monde* sobre la venta multimillonaria por parte de Isherwood Fine Arts de *Retrato de una desconocida*, óleo sobre lienzo de 115 por 92 centímetros, del pintor barroco flamenco Anton van Dyck. Por lo visto, *madame* Bérrangar tenía dudas acerca de la transacción, dudas de las cuales deseaba hablarle en persona, ya que eran de índole ética y legal. Le esperaría en el Café Ravel de Burdeos a las cuatro de la tarde del lunes. Era su deseo que acudiera solo a la cita.

—¿Qué opinas? —preguntó Sarah.

—Que está loca de remate, evidentemente. —Julian le mostró la carta escrita a mano, como si eso demostrara que tenía razón—. ¿Cómo ha llegado? ¿Por paloma mensajera?

—Por DHL.

—¿El albarán llevaba remitente?

—Ha usado la dirección de una oficina de DHL en Saint-Macaire. Está a unos cincuenta kilómetros de…

—Sé dónde está Saint-Macaire —repuso Julian, y al instante se arrepintió de haber contestado con tanta brusquedad—. ¿Por qué tengo la horrible sensación de que me están chantajeando?

—A mí no me da la impresión de ser una chantajista.

—Ahí es donde te equivocas, corazón. Todos los chantajistas y extorsionadores que he conocido tenían unos modales impecables.

—Entonces, quizá deberíamos avisar a Scotland Yard.

—¿Involucrar a la policía? ¿Te has vuelto loca?

—Al menos enséñale la carta a Ronnie.

Ronald Sumner-Lloyd era el carísimo abogado de Julian, con despacho en Berkeley Square.

—Tengo una idea mejor.

Eran las 11:36 de la mañana cuando Julian, bajo la mirada de reproche de Sarah, suspendió la carta sobre su anticuada papelera metálica, una reliquia de los días de gloria de la galería, cuando esta estaba situada en la elegante New Bond Street (o New Bondstrasse, como se la conocía en algunos sectores del oficio). Pero, por más que lo intentó, no consiguió soltar el dichoso papel. O quizá, pensó después, fuera la carta de *madame* Bérrangar la que se pegó a sus dedos.

La dejó a un lado, revisó el resto del correo de la mañana, devolvió algunas llamadas e interrogó a Sarah sobre los pormenores de una venta que estaba pendiente. Luego, como no tenía nada más que hacer, se fue al Dorchester a almorzar. Le acompañó, cómo no, una mujer: una empleada de una venerable casa de subastas londinense, recién divorciada, sin hijos, mucho más joven que él pero no hasta un punto indecoroso. Julian la dejó anonadada con sus conocimientos sobre los pintores italianos y holandeses del Renacimiento y le regaló el oído con sus hazañas de galerista. Llevaba interpretando aquel papel con éxito moderado desde hacía más tiempo del que se atrevía a recordar. Era el incomparable Julian Isherwood, Julie para sus amigos, Julie el Jugoso para sus camaradas de ocasionales correrías alcohólicas. Leal a más no poder, confiado hasta decir basta e inglés hasta la médula. Tan inglés como el té y la mala dentadura, le gustaba decir a él. Y, sin embargo, de no ser por la guerra, habría sido otra persona completamente distinta.

Al volver a la galería, descubrió que Sarah había pegado una nota adhesiva de color fucsia en la carta de *madame* Bérrangar aconsejándole que reconsiderara el asunto. Leyó la carta por segunda vez, despacio. Su tono era tan formal como el grueso papel en el que estaba escrita. Incluso él tuvo que reconocer que *madame* Bérrangar parecía bien razonable, en absoluto una extorsionadora. Seguramente, pensó, no le haría ningún daño limitarse a escuchar lo que quisiera decirle. Además, el viaje le proporcionaría un muy necesario descanso de su aplastante carga de trabajo en la galería. Y el pronóstico meteorológico auguraba varios días de lluvia y frío casi ininterrumpidos en Londres. En el suroeste de Francia, en cambio, era ya primavera.

* * *

Una de las primeras medidas que adoptó Sarah al entrar a trabajar en la galería fue informar a Ella, la despampanante pero ineficaz recepcionista de Julian, de que sus servicios ya no eran necesarios. Después no se molestó en contratar a una sustituta. Era más que capaz, decía, de responder al teléfono y al correo electrónico, llevar la agenda y abrir a las visitas que se presentaban en la puerta perpetuamente cerrada de Mason's Yard.

Se negó, no obstante, a organizar el viaje de Julian, si bien condescendió a mirar por encima de su hombro mientras lo hacía él mismo, aunque solo fuera para asegurarse de que no reservaba por error un billete en el Orient Express a Estambul y no uno en el Eurostar a París. Desde allí, apenas había dos horas y catorce minutos de viaje en TGV hasta Burdeos. Julian consiguió comprar un billete en primera clase y a continuación reservó una *suite* en el Intercontinental para dos noches, solo por si acaso.

Concluida la tarea, se dirigió al bar del Wiltons para tomar una copa con Oliver Dimbleby y Roddy Hutchinson, los marchantes con más fama de golfos de todo Londres. Una cosa llevó a otra, como solía ocurrir cuando Oliver y Roddy estaban de por medio, y eran más de las dos de la madrugada cuando Julian se dejó caer por fin en su cama. Pasó el sábado cuidándose la resaca y dedicó gran parte del domingo a hacer la maleta. En tiempos, se habría subido al Concorde solamente con un maletín y una chica guapa sin pensárselo dos veces. Ahora, en cambio, los preparativos para una excursión a través del canal de la Mancha requerían todo su poder de concentración. Supuso que era otro inconveniente de hacerse mayor, como su alarmante despiste, los sonidos extraños que emitía o su incapacidad aparente para cruzar una habitación sin chocarse con algo. Tenía preparada una lista de excusas burlonas para justificar su humillante torpeza: nunca había sido muy deportista; la culpa era de la maldita lámpara o de la mesita auxiliar, que le había atacado.

Durmió mal, como solía ocurrirle en vísperas de un viaje importante, y se despertó con la molesta sensación de que estaba a punto de sumar un error más a su larga lista de errores espantosos.

Su animo mejoró, no obstante, cuando el Eurostar salió del túnel del canal de la Mancha y se lanzó a través de los campos grises y verdes del Pas-de-Calais rumbo a París. Tomó el *métro* en la Gare du Nord para ir a la Gare Montparnasse y disfrutó de un almuerzo decente en el vagón restaurante del TGV mientras, más allá de la ventanilla, la luz adquiría poco a poco la calidez de un paisaje de Cézanne.

Recordaba con claridad asombrosa el instante en que había visto por primera vez esa luz deslumbrante del sur. Entonces, igual que ahora, viajaba en un tren que había partido de París. Su padre, el marchante judío alemán Samuel Isakowitz, iba sentado frente a él en el compartimento, leyendo un periódico del día anterior como si no ocurriera nada fuera de lo corriente. Su madre, con las manos entrelazadas sobre las rodillas, tenía la mirada perdida y el semblante inexpresivo.

Encima de sus cabezas, enrollados en hojas de papel parafinado y ocultos en las maletas, había varios cuadros. Su padre había dejado algunas obras menores en su galería de la Rue la Boétie, en el elegante octavo *arrondissement*. El grueso de su inventario estaba ya escondido en el *château* que había alquilado al este de Burdeos. Julian permaneció allí hasta el terrible verano de 1942, cuando un par de pastores vascos le ayudaron a cruzar clandestinamente los Pirineos hasta la España neutral. Sus padres fueron detenidos en 1943 y deportados al campo de exterminio nazi de Sobibor, donde murieron en la cámara de gas nada más llegar.

La estación de Saint-Jean de Burdeos estaba pegada al río Garona, al final del Cours de la Marne. El panel de salidas del vestíbulo reformado era un dispositivo moderno —los aplausos de cortesía cuando se actualizaba la información eran cosa del pasado—, pero la fachada de estilo Beaux-Arts, con sus dos relojes prominentes, seguía tal y como la recordaba Julian. Lo mismo podía decirse de los edificios Luis XV de color miel que bordeaban los bulevares que recorrió en la parte trasera de un taxi. Algunas fachadas eran tan claras que parecían resplandecer con luz propia. Otras estaban oscurecidas por la suciedad. Su padre le había explicado que se debía a la porosidad de la piedra de la región, que absorbía el hollín del aire como una esponja y que, lo mismo que las pinturas al óleo, necesitaba una limpieza de vez en cuando.

Por obra de algún milagro, el hotel no había extraviado su reserva. Tras dejar una propina sumamente generosa en la palma del inmigrante que trabajaba como botones, colgó su ropa y se retiró al baño para restaurar su desaliñada apariencia. Eran más de las tres cuando se dio por vencido. Guardó sus objetos de valor en la caja fuerte de la habitación y se debatió un momento entre llevar o no la carta de *madame* Bérrangar al café. Una voz interior (la de su padre, supuso) le aconsejó que la dejara allí, oculta dentro del equipaje.

La misma voz le indicó que llevara su maletín porque le confería una pátina de autoridad del todo injustificada. Lo llevó por el Cours de l'Intendance, pasando por delante de una hilera de tiendas exclusivas. No había coches, solo peatones y ciclistas y elegantes tranvías eléctricos que se deslizaban por raíles de acero casi en silencio. Julian caminaba sin apresurarse, con el maletín en la mano derecha y la izquierda metida en el bolsillo, junto con la tarjeta llave de la habitación del hotel.

Dobló una esquina detrás de un tranvía y enfiló la Rue Vital Carles. Justo delante de él se alzaban las dos agujas góticas de la catedral de Burdeos, rodeada por una espaciosa plaza de adoquines relucientes. El Café Ravel ocupaba la esquina noroeste. No era un local muy frecuentado por los bordeleses, pero era céntrico y fácil de encontrar. Julian supuso que por eso lo había elegido *madame* Bérrangar.

La sombra que proyectaba el *hôtel de ville* caía sobre casi todas las mesas del café, pero la más próxima a la catedral estaba iluminada por el sol y desocupada. Se sentó, dejó el maletín a sus pies y echó un vistazo a los demás clientes. Con la posible excepción del hombre sentado tres mesas a su derecha, ninguno parecía francés. El resto eran turistas, en su mayoría de la variedad paquete turístico. Él desentonaba, con sus pantalones de franela y su americana gris. Parecía un personaje de una novela de E. M. Forster. Pero al menos a *madame* Bérrangar no le costaría reconocerle.

Pidió un café con leche, pero enseguida se arrepintió y pidió media botella de Burdeos blanco, bestialmente frío, y dos copas. El camarero le llevó el vino cuando las campanas de la catedral estaban dando las cuatro. Julian se alisó de manera automática la parte delantera de la chaqueta mientras escudriñaba la plaza. A las cuatro y media, cuando las sombras comenzaron a alargarse y a invadir su mesa, *madame* Valerie Bérrangar seguía sin aparecer.

Eran casi las cinco cuando se terminó el vino. Pagó en efectivo, cogió su maletín y fue de mesa en mesa como un mendigo repitiendo el nombre de *madame* Bérrangar y recibiendo a cambio solo miradas de extrañeza.

El interior del café estaba desierto, menos por el hombre que atendía la vieja barra de zinc. No conocía a ninguna Valerie Bérrangar, pero le sugirió a Julian que dejara su nombre y su número de teléfono.

—Isherwood —dijo cuando el barman entornó los ojos tratando de leer los garabatos picudos que había escrito en el reverso de una servilleta—. Julian Isherwood. Me hospedo en el Intercontinental.

Fuera, volvieron a tañer las campanas de la catedral. Julian siguió a una paloma incapaz de volar por los adoquines de la plaza y torció luego hacia la Rue Vital Carles. Al cabo de un momento, se dio cuenta de que se estaba reprendiendo a sí mismo por haber ido hasta Burdeos sin motivo alguno y haber permitido que aquella mujer, aquella tal *madame* Bérrangar, removiera recuerdos penosos del pasado.

—¿Cómo se atreve? —gritó, sobresaltando a un pobre transeúnte.

Era otra novedad inquietante provocada por su edad avanzada: aquella propensión que tenía desde hacía un tiempo a expresar en voz alta los pensamientos íntimos que le rondaban por la cabeza.

Las campanas enmudecieron por fin y volvió a oírse el murmullo bajo y placentero del casco antiguo. Un tranvía eléctrico pasó deslizándose por su lado, *sotto voce*. Julian, cuyo enfado empezaba a remitir, se detuvo ante una pequeña galería de arte y contempló con desazón de profesional los cuadros de inspiración impresionista del escaparate. Oyó vagamente el sonido de una motocicleta que se acercaba. No era el ruido del motor de un escúter, pensó. Era una de esas bestias achaparradas que conducían individuos vestidos con monos resistentes al viento.

El propietario de la galería salió a la puerta y le invitó a entrar a ver de cerca sus fondos. Julian declinó la invitación y siguió calle adelante en dirección al hotel, con el maletín, como de costumbre, en la mano izquierda. El ruido de la motocicleta había aumentado bruscamente, subiendo medio tono de registro. De repente, vio que una mujer mayor (sin duda una sosias de *madame* Bérrangar) le señalaba con el dedo y le gritaba algo en francés que no entendió.

Temiendo haber hecho de nuevo algo inapropiado, se dio la vuelta y vio que la motocicleta se le echaba encima y que una mano enguantada hacía amago de agarrar su maletín. Se lo pegó al pecho y, al girar sobre sí mismo para apartarse de la trayectoria de la máquina, chocó contra el frío metal de un objeto alto e inamovible. Mientras yacía aturdido en el suelo, vio varias caras cernerse sobre él con expresión de lástima. Alguien sugirió llamar a una ambulancia; otra persona, a los gendarmes. Humillado, echó mano de una de las excusas que tenía preparadas. No había sido culpa suya, explicó. La maldita farola le había atacado.

2

Venecia

Fue Francesco Tiepolo quien, parado sobre la tumba de Tintoretto en la iglesia de la Madonna dell'Orto, vaticinó que algún día
Gabriel volvería a Venecia. El comentario no fue una vana especulación,
como descubrió Gabriel unas noches más tarde en la isla de Murano,
durante una cena a la luz de las velas con su joven y bella esposa. Se
opuso al plan con argumentos razonados, sin convicción ni éxito, y,
tras un electrizante cónclave en Roma, se cerró el trato. Los términos
eran equitativos: todos quedaron contentos. Especialmente, Chiara.
Y, por lo que a Gabriel respectaba, eso era lo importante.

Tenía que reconocer que era de lo más lógico. Al fin y al cabo,
él se había formado en Venecia y había restaurado, usando un seudónimo, muchas de las grandes obras maestras de la ciudad. Aun
así, el arreglo no estaba exento de posibles escollos, entre ellos el or-
ganigrama de la Compañía de Restauración Tiepolo, la principal
empresa del sector en la ciudad. Según los términos del acuerdo,
Francesco permanecería al frente de la compañía hasta su jubilación, momento en el que Chiara, veneciana de nacimiento, asumi-
ría el control. Mientras tanto, ella ocuparía el puesto de directora
general y Gabriel trabajaría como director del departamento de pintura. Lo que significaba, a todos los efectos, que iba a trabajar para
su esposa.

Aprobó la compra de un lujoso *piano nobile* de cuatro habitaciones en San Polo, con vistas al Gran Canal, pero por lo demás

dejó en las capaces manos de Chiara la planificación y ejecución de la mudanza. Ella se encargó de supervisar la reforma y la decoración del piso desde Jerusalén mientras Gabriel concluía su mandato en King Saul Boulevard. Los últimos meses pasaron a toda prisa (siempre parecía haber una reunión más a la que asistir, una crisis más que esquivar) y a finales de otoño comenzó lo que un destacado columnista de *Haaretz* definió como «el largo adiós». Los actos fueron muy variados: desde cócteles y cenas de homenaje hasta una fiesta en el hotel Rey David a la que asistieron espiócratas de todo el mundo, incluido el poderoso jefe del Mujabarat jordano y sus homólogos de Egipto y los Emiratos Árabes Unidos. Su presencia era la prueba de que Gabriel, que había cultivado acuerdos de seguridad con todo el mundo árabe, dejaba una huella indeleble en una región desgarrada por décadas de conflicto armado. A pesar de todos sus problemas, Oriente Próximo había cambiado a mejor durante su mandato.

Como era reservado por naturaleza y siempre se sentía incómodo en lugares concurridos, todo aquel revuelo se le hacía insoportable. De hecho, prefería con mucho las tranquilas veladas que pasaba con los miembros de su equipo más cercano de colaboradores: los hombres y mujeres con los que había llevado a cabo algunas de las operaciones más célebres de su célebre servicio de espionaje. Pidió perdón a Uzi Navot. Repartió consejos profesionales y matrimoniales a Mijail Abramov y Natalie Mizrahi. Lloró de risa al contar anécdotas desternillantes sobre los tres años que pasó viviendo en la clandestinidad en Europa Occidental con el hipocondríaco de Eli Lavon. Dina Sarid, la archivera del terrorismo palestino e islámico, le pidió que le concediera una serie de entrevistas de despedida para compilar sus hazañas en una historia oficial no clasificada. Como era de esperar, Gabriel se negó. No tenía ningún deseo de pensar en el pasado, le dijo. Solo en el futuro.

Dos oficiales de su equipo, Yossi Gavish, de Investigación, y Yaakov Rossman, de Operaciones Especiales, eran los candidatos con más posibilidades de sucederle, pero ambos se alegraron al saber que Gabriel había elegido finalmente a Rimona Stern, la jefa del Departamento de Recopilación. Una borrascosa tarde de viernes, a mediados de diciembre, Rimona se convirtió en la primera directora general en la historia de la Oficina. Y Gabriel, tras estampar su firma en un montón de documentos relativos a su modesta pensión y a las nefastas consecuencias que sufriría si alguna vez divulgaba los secretos alojados dentro de su cabeza, se convirtió oficialmente en el espía retirado más famoso del mundo. Una vez completado su despojamiento ritual, recorrió King Saul Boulevard de arriba abajo estrechando manos y secando mejillas llorosas. Aseguró a sus desconsoladas tropas que volverían a verle y que tenía intención de seguir al pie del cañón. Pero nadie le creyó.

Esa noche asistió a una última reunión, esta vez a orillas del mar de Galilea. A diferencia de las anteriores, esta fue a ratos conflictiva, si bien al final se llegó a una especie de paz. A la mañana siguiente, temprano, peregrinó a la tumba de su hijo en el Monte de los Olivos y al hospital psiquiátrico cercano a la antigua aldea árabe de Deir Yassin donde residía la madre del niño, encerrada en la prisión de su memoria y en un cuerpo arrasado por el fuego. Con permiso de Rimona, la familia Allon voló a Venecia a bordo del Gulfstream de la Oficina y a las tres de esa misma tarde, después de una ventosa travesía por la laguna en un taxi acuático de madera reluciente, llegaron a su nuevo hogar.

Gabriel se fue derecho a la habitación amplia y luminosa que se había reservado como estudio y encontró allí un antiguo caballete italiano, dos lámparas de trabajo halógenas y un carrito de aluminio con pinceles Winsor & Newton de pelo de marta, pigmentos, medio y disolvente. Faltaba su viejo reproductor de CD manchado de pintura. En su lugar, había un equipo estéreo de fabricación británica provisto de un par de altavoces verticales. Su extensa colección de discos estaba ordenada por género, compositor e intérprete.

—¿Qué te parece? —preguntó Chiara desde la puerta.

—Los conciertos para violín de Bach están en la sección de Brahms. Por lo demás, es absolutamente…

—Increíble, creo yo.

—¿Cómo es posible que hayas hecho todo esto desde Jerusalén?

Ella hizo un ademán quitándole importancia al asunto.

—¿Queda algo de dinero?

—No mucho.

—Conseguiré algunos encargos privados cuando nos hayamos instalado.

—De eso ni hablar, me temo.

—¿Por qué?

—Porque no vas a trabajar hasta que hayas descansado y te hayas recuperado como es debido. —Chiara le entregó una hoja de papel—. Puedes empezar por esto.

—¿Una lista de la compra?

—No hay comida en casa.

—Creía que iba a descansar.

—Y eso estás haciendo. —Sonrió—. No tengas prisa, cariño. Disfruta haciendo algo normal, para variar.

El supermercado más cercano era el Carrefour que había junto a la iglesia de Frari. El nivel de estrés de Gabriel pareció disminuir gradualmente con cada artículo que colocaba en la cesta de color verde lima. De vuelta a casa, vio las últimas noticias de Oriente Medio con interés pasajero mientras Chiara, canturreando en voz baja, preparaba la cena en la deslumbrante cocina del piso. Se acabaron lo que quedaba del Barbaresco en la terraza de la azotea, apretujados para resguardarse del frío de diciembre. Allá abajo, las góndolas se mecían en sus amarres y, en la suave curva del Gran Canal, el puente de Rialto estaba bañado de luz.

—¿Y si pintara algo original? —preguntó Gabriel—. ¿Eso sería trabajar?

—¿Tienes algo pensado?

—Una escena del canal. O un bodegón, quizá.

—¿Un bodegón? Qué aburrido.

—Entonces, ¿qué tal una serie de desnudos?

Chiara levantó una ceja.

—Supongo que necesitarás una modelo.

—Sí. —Gabriel tiró de la cremallera del abrigo de su mujer—. Supongo que sí.

Chiara esperó hasta enero para ocupar su nuevo puesto en la Compañía de Restauración Tiepolo. El almacén de la empresa estaba en tierra firme, pero las oficinas se encontraban en la elegante Calle Larga XXII Marzo, en San Marcos, a diez minutos en *vaporetto*. Francesco le presentó a la élite artística de la ciudad y dejó caer crípticas insinuaciones acerca de la puesta en marcha de un plan sucesorio. Alguien filtró la noticia a *Il Gazzettino* y a finales de febrero apareció un breve artículo en la sección cultural del periódico. Aludía a Chiara por su apellido de soltera, Zolli, y señalaba que su padre era el rabino mayor de la cada vez más exigua comunidad judía de Venecia. La noticia fue bien acogida, con la excepción de algunos comentarios desagradables de lectores de la extrema derecha populista.

El artículo no hacía mención de su cónyuge o pareja, solo de sus dos hijos, gemelos al parecer, de edad y género indeterminados. Por insistencia de Chiara, matricularon a Irene y Raphael en la *scuola elementare* del barrio, en lugar de en uno de los muchos colegios privados internacionales que había en Venecia. La *scuola*, muy adecuadamente, llevaba el nombre de Bernardo Canal, el padre de Canaletto. Gabriel dejaba a los niños en la puerta a las ocho de la mañana y los recogía a las tres y media. A eso y a su visita diaria al mercado de Rialto para comprar los ingredientes para la cena se reducían sus obligaciones domésticas.

Dado que Chiara le había prohibido trabajar e incluso poner un pie en las oficinas de la Compañía de Restauración Tiepolo, ideó formas de llenar su enorme caudal de tiempo libre. Leía libros sesudos. Escuchaba su colección de discos en el equipo de música nuevo. Pintaba desnudos; de memoria, claro, dado que su modelo ya no estaba disponible. De vez en cuando, Chiara iba al piso a «comer», que era como llamaban a sus voraces sesiones de sexo a mediodía en su espléndido dormitorio con vistas al Gran Canal.

Sobre todo, caminaba. Sus caminatas no eran ya las agotadoras excursiones por los acantilados de su exilio en Cornualles, sino callejeos venecianos sin rumbo fijo, a la manera parsimoniosa de un paseante. Cuando le apetecía, iba a ver algún cuadro que había restaurado en su día, aunque solo fuera para comprobar qué tal había resistido su trabajo el paso del tiempo. Después, podía entrar en un bar a tomarse un café y, si hacía frío, una copita de algo más fuerte para entrar en calor. Con frecuencia, algún parroquiano intentaba trabar conversación con él haciéndole un comentario sobre el tiempo o las noticias del día. Y, si antes rehuía esos acercamientos, ahora respondía con una ocurrencia o con alguna aguda observación de su cosecha, en un italiano perfecto, aunque con leve acento extranjero.

Uno a uno, sus demonios levantaron el vuelo, y la violencia de su pasado, las noches de sangre y fuego abandonaron sus pensamientos y sus sueños. Le costaba menos reír. Se dejó crecer el pelo. Adquirió un nuevo vestuario, compuesto de pantalones elegantes hechos a medida y chaquetas de cachemira, propios de un hombre de su posición. Al poco tiempo, apenas reconocía la figura que vislumbraba cada mañana en el espejo del vestidor. La transformación, pensó, era casi completa. Ya no era el ángel vengador de Israel. Era el director del departamento de pintura de la Compañía de Restauración Tiepolo. Chiara y Francesco le habían dado una segunda oportunidad de vivir. Y se juró que esta vez no cometería los mismos errores.

A principios de marzo, durante unos días de lluvia torrencial, pidió a Chiara permiso para empezar a trabajar. Y cuando ella se negó una vez más, encargó un yate Bavaria C42 de doce metros y pasó las dos semanas siguientes preparando un itinerario detallado para hacer un crucero de verano por el Adriático y el Mediterráneo. Se lo enseñó a Chiara durante un almuerzo especialmente satisfactorio en el dormitorio del piso.

—Tengo que decir —murmuró ella con aprobación— que ha sido una de tus mejores actuaciones.

—Debe de ser por lo mucho que estoy descansando.

—¿Ah, sí?

—He descansado tanto que estoy a punto de aburrirme como una ostra.

—Entonces, quizá haya algo que podamos hacer para que tu tarde sea un poco más interesante.

—No estoy seguro de que eso sea posible.

—¿Qué te parecería tomar una copa con un viejo amigo?

—Depende de quién sea el amigo.

—Julian me ha llamado a la oficina cuando me iba. Ha dicho que estaba en Venecia y quería saber si tenías un rato para verle.

—¿Qué le has dicho?

—Que te tomarías una copa con él cuando terminaras de hacer conmigo lo que quisieras.

—Seguro que eso último te lo has callado.

—Pues no, creo que no.

—¿A qué hora me espera?

—A las tres.

—¿Y los niños?

—Descuida, yo te cubro. —Miró su reloj—. La cuestión es ¿qué vamos a hacer hasta entonces?

—Ya que no llevas nada de ropa…

—¿Sí?

—¿Por qué no vienes a mi estudio y posas para mí?

—Tengo una idea mejor.

—¿Cuál?

Chiara sonrió.

—El postre.

3

Harry's Bar

Bajo una cascada de agua hirviendo, agotado ya el deseo, Gabriel se lavó de la piel los últimos rastros de Chiara. Su ropa yacía arrugada a los pies de la cama deshecha, con un botón de la camisa arrancado. Escogió ropa limpia de su armario, se vistió rápidamente y bajó. La suerte quiso que un número 2 estuviera llegando al muelle de la parada de San Tomà. Lo cogió hasta San Marco y a las tres en punto entró en el recinto íntimo del Harry's Bar.

Julian Isherwood estaba mirando su teléfono móvil en una mesa de esquina, con un Bellini a medio beber a ras de labios. Cuando Gabriel se acercó, levantó la vista y frunció el ceño, molesto por la interrupción. Cuando al fin lo reconoció, su semblante adquirió una expresión de profundo deleite.

—Deduzco que Chiara no bromeaba cuando me ha dicho a qué dedicáis la hora de la comida.

—Esto es Italia, Julian. Nos tomamos al menos dos horas para comer.

—Pareces treinta años más joven. ¿Cuál es tu secreto?

—Comidas de dos horas con Chiara.

Julian entornó los ojos.

—Pero no es solo eso, ¿verdad? Pareces como… —Se interrumpió.

—¿Como qué, Julian?

—Restaurado —respondió al cabo de un momento—. Como si te hubieran quitado el barniz sucio y hubieran reparado los daños. Es casi como si nada hubiera ocurrido.

—Es que no ha ocurrido.

—Es curioso, porque te pareces vagamente a un chico de aspecto taciturno que entró en mi galería hace cosa de cien años. ¿O son doscientos?

—Eso tampoco ocurrió nunca. Por lo menos, oficialmente —añadió Gabriel—. Enterré tu voluminoso expediente en lo más profundo del registro antes de salir por la puerta de King Saul Boulevard. Tus lazos con la Oficina se han roto definitivamente.

—Pero no contigo, espero.

—Me temo que conmigo vas a tener que seguir cargando. —Un camarero les llevó dos Bellinis más a la mesa. Gabriel levantó su copa en señal de saludo—. ¿Qué te trae por Venecia?

—Estas aceitunas. —Julian cogió una del cuenco que había en el centro de la mesa y se la metió en la boca con gesto teatral—. Están peligrosamente buenas.

Vestía uno de sus trajes de Savile Row y una camisa azul de puño francés. Su pelo gris necesitaba un buen corte, como de costumbre. Tenía, en conjunto, bastante buen aspecto, salvo por el esparadrapo pegado a su mejilla derecha, dos o tres centímetros por debajo del ojo.

Gabriel le preguntó con cautela a qué se debía.

—Tuve una discusión con mi navaja de afeitar esta mañana y me temo que ganó ella. —Julian cogió otra aceituna del cuenco—. Bueno, ¿qué haces cuando no estás almorzando con tu bella esposa?

—Paso todo el tiempo que puedo con mis hijos.

—¿Todavía no se han aburrido de ti?

—No parece.

—No te preocupes, pronto se aburrirán.

—Hablas como un soltero empedernido.

—Tiene sus ventajas, ¿sabes?

—Dime una.

—Dame un minuto, seguro que se me ocurre algo. —Julian terminó su primer Bellini y empezó con el segundo—. ¿Y qué hay del trabajo? —preguntó.

—He pintado tres desnudos de mi mujer.

—Pobrecito. ¿Son buenos?

—No están mal, la verdad.

—Tres Allon originales alcanzarían un buen precio en el mercado.

—Son solo para mis ojos, Julian.

Justo en ese momento se abrió la puerta y entró un italiano moreno y guapo, con pantalones ajustados y chaqueta Barbour acolchada. Se sentó a una mesa cercana y con acento del sur pidió un Campari con soda.

Julian contemplaba el cuenco de aceitunas.

—¿Has limpiado algo últimamente?

—Toda mi colección de discos.

—Me refería a cuadros.

—La Compañía de Restauración Tiepolo firmó hace poco un contrato con el Ministerio de Cultura para restaurar los cuatro evangelistas de Giulia Lama de la iglesia de San Marziale. Chiara dice que, si sigo portándome bien, dejará que me ocupe yo.

—¿Y cuánto percibirá Tiepolo como estipendio?

—No preguntes.

—Quizá pueda tentarte con algo un poco más lucrativo.

—¿Como qué?

—Una encantadora escena del Gran Canal que podrías restaurar en una o dos semanas mientras contemplas el verdadero canal desde la ventana de tu estudio.

—¿Atribución?

—Escuela del norte de Italia.

—Qué preciso —comentó Gabriel.

La atribución a una escuela era la forma más opaca de señalar la procedencia de un cuadro antiguo. En el caso de la escena del canal a la que se refería Julian, significaba que el cuadro era obra de alguien que trabajaba en algún lugar del norte de Italia, en algún momento del pasado lejano. La denominación «obra de» ocupaba el extremo opuesto del espectro. Señalaba que el marchante o la casa de subastas que vendía el cuadro tenía la certeza de que este era obra del artista a cuyo nombre se le vinculaba. Entre ambas denominaciones había una serie de categorías subjetivas —y con frecuencia especulativas— que iban desde el respetable «taller de» hasta el ambiguo «a la manera de», todas ellas ideadas para abrir el apetito de posibles compradores y, al mismo tiempo, proteger al vendedor de posibles demandas.

—Antes de que arrugues la nariz —dijo Julian—, deberías saber que te pagaré lo suficiente para cubrir el coste de tu nuevo velero. De dos veleros, de hecho.

—Es demasiado para un cuadro así.

—Me proporcionaste muchas oportunidades de hacer negocios mientras dirigías la Oficina. Es lo menos que puedo hacer.

—No sería ético.

—Soy un marchante de arte, corazón. Si me interesara la ética, trabajaría para Amnistía Internacional.

—¿Se lo has comentado a tu socia?

—Sarah y yo casi no somos socios. Puede que mi nombre siga figurando en la puerta de la galería, pero desde hace un tiempo solo soy un estorbo. —Sonrió—. Supongo que eso también tengo que agradecértelo a ti.

Era Gabriel quien había conseguido que Sarah Bancroft, historiadora del arte de formación exquisita y ex agente secreta, se hiciera con la gestión diaria de la galería Isherwood. También había facilitado hasta cierto punto su reciente decisión de casarse. Por razones que tenían que ver con el complicado pasado de su marido, la ceremonia había sido clandestina: se había celebrado en una casa del MI6 en la campiña de Surrey. Julian había sido uno de los pocos invitados. Gabriel, que llegó tarde de Tel Aviv, había acompañado a la novia hasta el altar.

—¿Y dónde está esa obra maestra tuya? —preguntó.

—Bien custodiada en Londres.

—¿Hay una fecha límite?

—¿Tienes otro encargo urgente?

—Eso depende.

—¿De qué?

—De lo que respondas a mi siguiente pregunta.

—¿Quieres saber qué le ha pasado realmente a mi cara?

Gabriel asintió.

—La verdad, esta vez, Julian.

—Me atacó una farola.

—¿Otra?

—Me temo que sí.

—Por favor, dime que fue una noche de niebla en Londres.

—En realidad, fue ayer por la tarde en Burdeos. Fui allí a instancias de una tal Valerie Bérrangar. Al parecer, quería decirme algo sobre un cuadro que vendí no hace mucho.

—¿No será el Van Dyck?

—Sí, ese mismo.

—¿Hay algún problema?

—No sabría decirte. Verás, *madame* Bérrangar falleció en un accidente de tráfico cuando iba camino de nuestra reunión.

—¿Y el incidente de la farola?

—Dos hombres en una motocicleta intentaron robarme el maletín cuando iba por la calle, de vuelta al hotel. Al menos, eso creo que pretendían. Aunque tengo la impresión —añadió Julian— de que también intentaban matarme.

4

San Marcos

En la plaza de San Marcos, un cuarteto de cuerda tocaba cansinamente para los últimos clientes del día del Caffè Florian.

—¿Son incapaces de tocar algo que no sea Vivaldi? —preguntó Julian.

—¿Qué tienes contra Vivaldi?

—Lo adoro, pero ¿qué tal Corelli, para variar? ¿O Händel, por el amor de Dios?

—O Anton van Dyck. —Gabriel se detuvo ante un escaparate, en los soportales del flanco sur de la plaza—. El artículo de *ARTnews* no decía dónde encontraste el cuadro. Tampoco identificaba al comprador. El precio, en cambio, figuraba en lugar destacado.

—Seis millones y medio de libras. —Julian sonrió—. Ahora pregúntame cuánto pagué por el dichoso cuadro.

—A eso iba.

—Tres millones de euros.

—O sea, que obtuviste un beneficio superior al cien por cien.

—Pero así es como funciona el mercado secundario del arte, corazón. Los marchantes como yo buscamos cuadros mal atribuidos, extraviados o infravalorados y los sacamos al mercado. Si hay suerte y tenemos garbo y estilo suficientes, atraemos a uno o varios compradores con mucho dinero. Y no olvides que yo también tuve mis gastos.

—¿Te refieres a largos almuerzos en los mejores restaurantes de Londres?

—En realidad, la mayoría de los almuerzos tuvieron lugar en París. Verás, compré el cuadro en una galería del distrito octavo. En la Rue la Boétie, nada menos.

—¿Esa galería tiene nombre?

—Galería Georges Fleury.

—¿Habías tenido tratos con él anteriormente?

—Muchas veces. *Monsieur* Fleury está especializado en pintura francesa de los siglos XVII y XVIII, pero también comercia con obras holandesas y flamencas. Mantiene excelentes relaciones con muchas de las familias más antiguas y ricas de Francia, de esas que viven en *châteaux* llenos de corrientes de aire y obras de arte. Me avisa cuando encuentra algo interesante.

—¿Dónde encontraste *Retrato de una desconocida*?

—Procedía de una antigua colección privada. Eso fue lo único que me dijo.

—¿Atribución?

—A la manera de Anton van Dyck.

—Lo que podía significar cualquier cosa.

—Efectivamente —coincidió Julian—. Pero *monsieur* Fleury creyó ver indicios de la mano del maestro. Me llamó para pedirme una segunda opinión.

—¿Y?

—En cuanto vi el cuadro, tuve esa extraña sensación en la nuca.

Salieron de los soportales a la luz menguante de la tarde. A su izquierda se alzaba el Campanile. Gabriel condujo a Julian hacia la derecha, pasando ante la abigarrada fachada del Palacio Ducal. En el Ponte della Paglia, se sumaron al cúmulo de turistas que contemplaban boquiabiertos el puente de los Suspiros.

—¿Buscas algo? —preguntó Julian.

—Ya sabes lo que dicen de las viejas costumbres.

—Me temo que yo prácticamente solo tengo malas costumbres. Tú, en cambio, eres la persona más disciplinada que he conocido.

Al otro lado del puente se extendía el *sestiere* de Castello. Pasaron a toda prisa junto a los quioscos de *souvenirs* que bordeaban la Riva degli Schiavoni y siguieron luego el pasadizo hasta el Campo

San Zaccaria, sede del cuartel regional de los Carabinieri. Julian había pasado una vez una noche en vela en una sala de interrogatorios del segundo piso de aquel edificio.

—¿Cómo está tu buen amigo el general Ferrari? —preguntó—. ¿Sigue arrancándoles las alas a las moscas o ha encontrado un nuevo pasatiempo?

El general Cesare Ferrari era el comandante de la División para la Defensa del Patrimonio Cultural de los Carabinieri, más conocida como Brigada Arte. La división tenía su sede en un palacio de la Piazza di Sant'Ignazio de Roma, pero tres de sus oficiales estaban destinados permanentemente en Venecia. Cuando no estaban buscando cuadros robados, vigilaban al ex espía y asesino israelí que vivía tan tranquilo en San Polo. Gracias al general Ferrari, Gabriel había conseguido un *permesso di soggiorno*, un permiso de residencia permanente en Italia. De ahí que Gabriel procurara tenerle contento, cosa nada fácil.

Junto al cuartel de los Carabinieri se hallaba la iglesia que daba nombre a la plaza. Entre las numerosas obras de arte monumentales que adornaban la nave había una crucifixión pintada por Anton van Dyck durante los seis años que pasó estudiando y trabajando en Italia. Gabriel se detuvo ante ella, se llevó la mano a la barbilla y ladeó ligeramente la cabeza.

—Ibas a hablarme de la procedencia del cuadro.

—Me pareció suficiente.

—¿Qué quieres decir con eso?

—Que describía un retrato pintado a finales de la década de 1620 que con el paso de los siglos había llegado de Flandes a Francia. No había lagunas evidentes ni nada sospechoso.

—¿El cuadro necesitaba restauración?

—*Monsieur* Fleury lo mandó limpiar antes de enseñármelo. Tiene un restaurador propio. No de tu talla, claro, pero no está mal.
—Julian cruzó al otro lado de la nave y se situó frente al majestuoso *Retablo de san Zacarías* de Bellini—. Hiciste un trabajo magnífico con él. El viejo Giovanni te habría dado su aprobación.

—¿Tú crees?

Julian le lanzó una mirada de suave reproche.

—La modestia no te sienta bien, muchacho. Tu restauración de este cuadro fue la comidilla del mundo del arte.

—Tardé más en limpiarlo de lo que tardó Giovanni en pintarlo.

—Hubo circunstancias atenuantes, si no recuerdo mal.

—Casi siempre las había. —Gabriel se reunió con él frente al retablo—. Supongo que Sarah y tú pedisteis una segunda opinión sobre la atribución cuando el cuadro llegó a Londres.

—No solo una segunda. También una tercera, una cuarta y una quinta. Y todos los afamados mercenarios a los que consultamos concluyeron que el cuadro era obra de Anton van Dyck y no de un seguidor posterior. Al cabo de una semana teníamos una guerra de ofertas entre manos.

—¿Quién fue el afortunado ganador?

—Masterpiece Art Ventures, un fondo de inversión que dirige un antiguo contacto de Sarah, de sus tiempos en Nueva York. Un tal Phillip Somerset.

—El nombre me suena vagamente —comentó Gabriel.

—Compran y venden una enorme cantidad de cuadros. De todo, desde Maestros Antiguos hasta artistas contemporáneos. Phillip Somerset suele presentar a sus inversores rendimientos anuales del veinticinco por ciento, de los que se lleva una buena tajada. Y puede ser muy quisquilloso si cree que alguien le ha engañado. Demandar a la gente es su pasatiempo favorito.

—Por eso fuiste corriendo a Burdeos cuando recibiste una carta bastante ambigua de una perfecta desconocida.

—En realidad, fue Sarah quien me convenció de que fuera. En cuanto a la carta, los de la moto pensaban, obviamente, que la llevaba en el maletín. Por eso intentaron robármelo.

—Puede que fueran ladrones normales y corrientes, ¿sabes? Hoy en día, la delincuencia callejera es uno de los pocos sectores en auge en Francia.

—No, no lo eran.

—¿Por qué estás tan seguro?

—Porque cuando volví al hotel después de que me dieran de alta en *l'hôpital*, vi que habían registrado mi habitación. —Julian se palpó la pechera de la chaqueta—. Afortunadamente, no encontraron lo que buscaban.

—¿Quién la había registrado?

—Dos hombres bien vestidos. Pagaron cincuenta euros al botones para que los dejara entrar.

—¿Cuánto te sacó a ti?

—Cien —respondió Julian—. Como puedes suponer, pasé una noche bastante agitada. Esta mañana, cuando me he levantado, había un ejemplar del *Sud Ouest* delante de mi puerta. Al leer que había habido un accidente mortal al sur de Burdeos en el que solo había estado implicado un vehículo, recogí a toda prisa mis cosas y tomé el primer tren a París. Llegué a tiempo de coger el vuelo de las once a Venecia.

—¿Porque se te antojaron las aceitunas del Harry's Bar?

—En realidad, quería saber si...

—Si podías convencerme de que averigüe qué quería contarte Valerie Bérrangar sobre el *Retrato de una desconocida* de Anton van Dyck.

—Tú tienes amigos en las altas esferas del Gobierno francés —dijo Julian—, lo que te permitirá hacer averiguaciones con total discreción y reducir así las posibilidades de que haya un escándalo.

—¿Y si tengo éxito?

—Supongo que eso dependerá de la información que encuentres. Si de veras hay un problema legal o ético con la venta, le devolveré discretamente los seis millones y medio a Phillip Somerset antes de que me lleve a los tribunales y destruya lo poco que queda de mi antaño espléndida reputación. —Julian le tendió la carta de *madame* Bérrangar—. Eso por no hablar de la reputación de tu querida amiga Sarah Bancroft.

Gabriel dudó un momento; luego aceptó la carta.

—Necesitaré los informes de atribución de los expertos. Y fotografías del cuadro, claro.

Julian sacó el móvil.

—¿Dónde te lo mando?

Gabriel le dio una dirección de ProtonMail, el servidor de correo electrónico encriptado con sede en Suiza. Un momento después, con el móvil seguro en la mano, estaba escudriñando una imagen de alta resolución de la pálida mejilla de una mujer desconocida.

Por fin preguntó:

—¿Alguno de tus expertos examinó el craquelado?

—¿Por qué lo preguntas?

—¿Recuerdas esa extraña sensación que tuviste cuando viste el cuadro por primera vez?

—Por supuesto.

—Yo también acabo de tenerla.

Julian había reservado una habitación para una noche en el Palacio Gritti. Gabriel le acompañó hasta la puerta y luego se dirigió al Campo Santa Maria del Giglio. No había ni un solo turista a la vista. Era como si se hubiera abierto un desagüe, pensó, y los hubiera arrastrado al mar.

En el lado oeste de la plaza, junto al hotel Ala, se hallaba la entrada a una *calle* estrecha y oscura. Gabriel la siguió hasta la estación del *vaporetto* y se unió a los otros tres pasajeros que esperaban bajo la marquesina: una pareja de escandinavos de unos setenta años y aspecto próspero, y una veneciana de unos cuarenta con cara de hastío. Los escandinavos estaban inclinados sobre un plano. La veneciana observaba el número 1, que subía despacio por el Gran Canal desde San Marcos.

Cuando la embarcación se acercó al muelle, la veneciana subió primero, seguida por los escandinavos. Se sentaron los tres en la cabina. Gabriel, como tenía por costumbre, se situó en el pasillo abierto, detrás de la timonera. Desde allí pudo observar a un pasajero de última hora que acababa de salir de la *calle*.

Pelo moreno. Pantalones ajustados. Chaqueta Barbour acolchada.

El hombre del Harry's Bar.

5

Canal Grande

Entró en la cabina de pasajeros y se acomodó en un asiento de plástico azul verdoso de la primera fila. Era más alto de lo que recordaba Gabriel y de constitución imponente, en la flor de la vida. Tenía unos treinta años; treinta y cinco, como mucho. El tufillo que dejaba a su paso indicaba que era fumador y el ligero abultamiento del lado izquierdo de su chaqueta sugería que iba armado.

Por suerte, Gabriel también estaba en posesión de una pistola: una Beretta 92FS de 9 mm con empuñadura de nogal. La llevaba encima con pleno conocimiento y autorización del general Ferrari y los Carabinieri. Aun así, se hizo el firme propósito de resolver la situación sin necesidad de desenfundar el arma, ya que un acto de violencia, aunque fuera en defensa propia, probablemente daría lugar a la revocación inmediata de su *permesso*, lo que a su vez pondría en peligro su posición en casa.

El procedimiento más obvio era despistar al hombre lo antes posible. En una ciudad como Venecia, con sus calles laberínticas y sus sombríos *sotoporteghi*, no resultaría difícil. Sin embargo, le privaría de la oportunidad de averiguar por qué le seguía aquel individuo. Mejor que despistarlo sería tener unas palabras con él a solas, tranquilamente, se dijo.

El *palazzo* Venier dei Leoni, sede de la Colección Peggy Guggenheim, pasó de derecha a izquierda por su campo de visión. Los dos escandinavos desembarcaron en la Accademia; la veneciana, en

29

Ca' Rezzonico. San Tomà, la parada de Gabriel, era la siguiente. Se quedó quieto detrás de la timonera mientras el *vaporetto* se detenía el tiempo justo para recoger a un solo pasajero.

Mientras la embarcación se apartaba del muelle, levantó un momento la vista hacia los ventanales de su nuevo piso. Resplandecían con una luz ambarina. Sus hijos estaban haciendo los deberes. Su mujer, preparando la cena. Sin duda, estaría preocupada por su larga ausencia. Volvería pronto a casa, pensó. Pero antes tenía que resolver un asuntillo.

El *vaporetto* cruzó el canal hasta la parada de Sant'Angelo; luego viró hacia el lado de San Polo y atracó en San Silvestri. Esta vez, Gabriel desembarcó, salió del muelle y entró en un *sotoportego* oscuro. Oyó pasos detrás de él: los pasos de un hombre de complexión imponente, en la flor de la vida. Tal vez, después de todo, fuera necesario un mínimo de violencia.

Avanzó con el ritmo relajado de sus paseos vespertinos por la ciudad. Aun así, en dos ocasiones tuvo que pararse delante de unos escaparates para no despistar a su perseguidor. No era un especialista en vigilancia, eso era evidente. Tampoco parecía familiarizado con las calles del *sestiere*, lo que daba a Gabriel la clara ventaja de quien jugaba en casa.

Siguió en dirección noroeste: cruzó el Campo Sant'Aponal, recorrió una serie de estrechos callejones y pasó por un puente jorobado, hasta llegar a un *corte* bordeado en tres de sus lados por edificios de pisos. Sabía que las viviendas, muy deterioradas, estaban desocupadas; por eso había elegido aquel patio como destino.

Se situó en un rincón oscuro y oyó las pisadas apresuradas de su perseguidor. Transcurrió un rato antes de que este apareciera. Se detuvo en un charco de luz de luna y, al ver que no había salida, dio media vuelta para marcharse.

—¿Busca algo? —preguntó Gabriel tranquilamente en italiano.

El hombre se giró y se llevó de forma automática la mano a la pechera de la chaqueta.

—Yo que usted no lo haría.

El hombre se quedó paralizado.

—¿Por qué me sigue?

—No le estoy siguiendo.

—Estaba en el Harry's Bar. Estaba en el *vaporetto*. Y ahora está aquí. —Gabriel salió de las sombras—. Dos veces es coincidencia. Pero a la tercera va la vencida.

—Estoy buscando un restaurante.

—Dígame cuál y le indico el camino.

—Osteria da Fiore.

—Ni siquiera está por aquí. —Gabriel avanzó otro paso por el patio—. Por favor, vuelva a hacer amago de sacar la pistola.

—¿Por qué?

—Así no me sentiré culpable cuando le rompa la nariz, la mandíbula y varias costillas.

Sin decir palabra, el joven italiano se puso de lado, levantó la mano izquierda con gesto defensivo y apretó el puño derecho junto a la cadera.

—Muy bien —dijo Gabriel con un suspiro de resignación—. Si insiste.

La disciplina de artes marciales israelí conocida como *krav magá* se caracteriza por la agresión constante, las medidas ofensivas y defensivas simultáneas y la implacabilidad absoluta. La velocidad se valora por encima de todo. Los combates son, por lo general, de corta duración (apenas unos segundos) y de resultado concluyente. Una vez lanzado un ataque, este no cesa hasta que el adversario queda completamente incapacitado. Las lesiones permanentes son habituales y la muerte entra dentro de lo posible.

Ninguna parte del cuerpo está vedada. De hecho, se anima a quienes practican *krav magá* a centrar sus ataques en las zonas más sensibles y vulnerables. El gambito de apertura de Gabriel consistió en una fuerte patada a la rótula izquierda de su rival, seguida de un golpe de talón descendente dirigido al empeine del pie izquierdo. A continuación apuntó hacia arriba, a la ingle y el plexo solar, antes de propinarle a toda velocidad varios codazos y golpes con el canto de la mano en la garganta, la nariz y la cabeza. En ningún momento el italiano, más joven y corpulento, consiguió asestarle un puñetazo o una patada. Aun así, Gabriel no salió ileso. La mano derecha le palpitaba dolorosamente, debido con toda probabilidad a una pequeña fractura: el equivalente en *krav magá* a un gol en propia puerta.

Con los dedos de la mano izquierda, comprobó si su oponente, caído en el suelo, tenía pulso y respiraba. Tras constatar que sí, metió la mano en la pechera de su chaqueta y confirmó que, en efecto, iba armado: llevaba una Beretta 8000, el arma reglamentaria de los Carabinieri, lo que explicaba la documentación que encontró en su bolsillo. Al parecer, era el *capitano* Luca Rossetti, de la división veneciana de Il Nucleo Tutela Patrimonio Artistico.

La Brigada Arte.

Devolvió la pistola a su funda, volvió a guardarle la documentación en el bolsillo y llamó a la jefatura regional de los Carabinieri para informar de que había un herido en un *corte* cercano al Campo Sant'Aponal. Lo hizo anónimamente, con su número de teléfono oculto y en perfecto *veneziano*. Hablaría con el general Ferrari por la mañana. Mientras tanto, tenía que inventar una excusa plausible para explicarle a Chiara por qué tenía la mano magullada. Se le ocurrió mientras cruzaba el Ponte San Polo. No había sido culpa suya, le diría. La dichosa farola le había atacado.

6

San Polo

Cinco minutos más tarde, mientras subía la escalera hacia la puerta del piso, le salió al paso la suculenta fragancia de la carne de ternera cocinada a fuego lento con vino y hierbas aromáticas. Marcó el código de acceso en el panel y giró el picaporte, ambas cosas con la mano izquierda. La derecha la llevaba oculta en el bolsillo de la chaqueta y allí la dejó cuando entró en el cuarto de estar, donde encontró a Irene tumbada en la alfombra, con un lápiz en la mano y la frente de porcelana fruncida.

Gabriel le habló en italiano.

—Hay un escritorio precioso en tu habitación, ¿sabes?

—Prefiero estar en el suelo. Me ayuda a concentrarme.

—¿De qué son tus deberes?

—De mates, tonto. —Miró hacia arriba con los ojos de la madre de Gabriel—. ¿Dónde estabas?

—Tenía una cita.

—¿Con quién?

—Con un viejo amigo.

—¿Trabaja para la Oficina?

—¿Por qué dices eso?

—Porque parece que todos tus amigos trabajan para la Oficina.

—No todos —repuso Gabriel, y miró a Raphael. El chico estaba arrellanado en el sofá. Sus ojos de color jade, de largas pestañas, miraban con inquietante fijeza la pantalla de su videoconsola portátil—. ¿A qué está jugando?

—A Mario.

—¿A qué?

—Es un videojuego.

—¿Por qué no está haciendo deberes?

—Porque ya los ha terminado. —Con la punta del lápiz, Irene señaló el cuaderno de su hermano—. Mira.

Gabriel ladeó la cabeza para examinar el trabajo de Rafael. Veinte ecuaciones rudimentarias con sumas y restas, todas ellas resueltas correctamente al primer intento.

—¿A ti se te daban bien las mates de pequeño? —preguntó Irene.

—No me interesaban mucho.

—¿Y a mamá?

—Ella estudió Historia de Roma.

—¿En Padua?

—Sí.

—¿Raphael y yo iremos allí a la universidad?

—Eres todavía muy joven para pensar en eso, ¿no?

Suspirando, su hija se lamió la punta del dedo índice y pasó una hoja del cuaderno. Gabriel encontró a Chiara en la cálida cocina, descorchando una botella de Brunello di Montalcino. Andrea Bocelli sonaba en el altavoz inalámbrico de la encimera.

—Siempre me ha encantado esa canción —comentó Gabriel.

—¿Por qué será? —Chiara usó su teléfono para bajar el volumen—. ¿Vas a algún sitio?

—¿Perdón?

—Todavía llevas puesta la chaqueta.

—Me he quedado un poco frío, nada más. —Se acercó al flamante horno Vulcano de acero inoxidable y miró a través del cristal. Dentro estaba la fuente naranja que Chiara utilizaba para preparar el osobuco—. ¿Qué he hecho para merecer esto?

—Se me ocurren una o dos cosas. O tres —contestó ella.

—¿Cuánto falta para que esté listo?

—Le quedan otros treinta minutos. —Sirvió dos copas de Brunello—. El tiempo justo para que me cuentes tu conversación con Julian.

—Te la contaré después de cenar, si no te importa.

—¿Hay algún problema?

Gabriel se giró bruscamente.

—¿Por qué lo preguntas?

—Suele haberlo, tratándose de Julian. —Chiara le miró atentamente un momento—. Y tú pareces inquieto por algo.

Decidió, con no poca mala conciencia, que lo más sensato sería culpar a Raphael de su malestar.

—Tu hijo no se ha dado cuenta de que he vuelto a casa porque está hipnotizado con ese videojuego.

—Le he dado permiso.

—¿Por qué?

—Porque ha tardado cinco minutos en terminar los deberes. Sus profesores creen que es superdotado. Quieren que empiece a trabajar con un especialista.

—De mí no lo habrá sacado, desde luego.

—De mí tampoco. —Chiara le ofreció una copa de vino—. Hay un paquete en tu estudio. Me parece que podría ser de tu amiguita Anna Rolfe. —Sonrió tranquilo—. Ve a escuchar un poco de música y relájate. Te encontrarás mejor.

—Me encuentro perfectamente.

Cogió el vino con la mano izquierda y se retiró al cuarto de baño del dormitorio, donde se examinó la extremidad herida a la luz del tocador de Chiara. El agudo dolor que le produjo una palpación suave indicaba, como mínimo, una fractura capilar en el quinto metacarpiano. La hinchazón era ya muy evidente, aunque todavía no había hematoma visible. Habría que inmovilizarla inmediatamente y aplicarle hielo. Pero, dadas las circunstancias, ninguna de las dos cosas era posible, de modo que tendría que recurrir al alcohol y los analgésicos como único tratamiento.

Sacó un frasco de ibuprofeno del botiquín, se echó varias cápsulas de color esmeralda en la palma de la mano y se las tragó con un sorbo de Brunello. Al entrar en su estudio, encontró allí el paquete. Se lo había enviado el departamento de publicidad de Deutsche Grammophon. Dentro había un CD doble con una grabación de los cinco espléndidos conciertos para violín de Mozart. El disco tenía la singularidad de que la solista tocaba las piezas con el mismo instrumento con el que habían sido compuestas.

Puso el primer disco en la bandeja de su lector de CD, pulsó el botón de PLAY y se acercó al caballete. Allí contempló a una hermosa joven desnuda, echada sobre un sofá de brocado, con la mirada melancólica fija en el espectador (en este caso, el artista que la había pintado). «¿Hay algún problema? No», pensó mientras la mano le palpitaba de dolor. Ninguno en absoluto.

Consiguió escuchar los dos primeros conciertos antes de que Chiara le llamara para la cena. La comida desplegada sobre la mesa parecía dispuesta para una sesión fotográfica de *Bon Appétit*: el *risotto*, la fuente de verduras asadas relucientes de aceite de oliva y, cómo no, los gruesos jarretes de ternera hundidos en una densa salsa de tomate, hierbas y vino. Como de costumbre, estaban tan tiernos que podían partirse con el tenedor, lo que le permitió comer con una mano mientras mantenía la otra apoyada con mimo sobre el regazo. El tratamiento a base de Brunello e ibuprofeno había hecho milagros y ya solo notaba vagamente el dolor. Estaba seguro, sin embargo, de que volvería a sentirlo con fuerza en cuanto se disipara el efecto del fármaco, probablemente hacia las tres de la madrugada.

A Chiara le brillaban los ojos a luz de las velas mientras guiaba el rumbo de la conversación. Sacó con mucho tacto el tema de las proezas matemáticas de Raphael, lo que a su vez dio lugar a un debate acerca de cómo se podrían aprovechar sus capacidades. Irene, la ecologista de la familia, propuso que su hermano se dedicara profesionalmente a las ciencias del clima.

—¿Por qué? —preguntó Gabriel.

—¿Has leído el último informe de la ONU sobre el calentamiento global?

—¿Tú sí?

—Hemos hablado del tema en el cole. La *signora* Antonelli dice que Venecia pronto estará sumergida porque la capa de hielo de Groenlandia se está derritiendo. Dice que eso no habría pasado si los americanos no se hubieran retirado del Acuerdo de París.

—Eso es discutible.

—También dice que es demasiado tarde para evitar un aumento significativo de las temperaturas globales.

—En eso tiene razón.

—¿Por qué se retiraron los estadounidenses?

—El presidente de entonces creía que el calentamiento global era un engaño.

—¿Quién es capaz de creer algo así?

—Es una creencia bastante común entre los estadounidenses de extrema derecha. Pero vamos a hablar de algo agradable, ¿vale?

Fue Raphael quien eligió el tema.

—¿Qué significa *woke*?

Gabriel fijó la mirada en su hijo y, haciendo acopio de todos sus recursos, contestó:

—Es una palabra surgida dentro de la comunidad negra de los Estados Unidos. Se dice de alguien que es *woke* cuando a esa persona le preocupan las cuestiones relacionadas con el racismo y las injusticias sociales.

—¿Tú eres *woke*?

—Evidentemente.

—Creo que yo también soy *woke*.

—Yo en tu lugar me lo callaría.

Al acabar la cena, los niños se ofrecieron a quitar los platos y las fuentes, una hazaña que lograron sin apenas pelearse y sin romper nada. Chiara sirvió lo que quedaba del vino y sostuvo su copa a la luz de las velas.

—¿Por dónde empezamos? —preguntó—. ¿Por tu encuentro con Julian o por el nuevo tatuaje de tu mano derecha?

—No es un tatuaje.

—Me alegra saberlo. ¿Qué es?

Gabriel retiró la mano de su regazo y la apoyó con cuidado sobre el mantel.

Chiara dio un respingo.

—Tiene un aspecto horrible.

—Sí —dijo Gabriel sombríamente—. Pero tendrías que ver cómo ha quedado el otro tipo.

7

San Polo

—¿Has probado a coger un pincel?

—No sé si podré volver a hacerlo.

—¿Te duele mucho?

—Ahora mismo no siento nada —contestó Gabriel.

Estaba sentado en un taburete, en la isla de la cocina, con la mano metida en un cuenco de agua con hielo. El hielo no había servido para reducir la inflamación, que parecía estar empeorando.

—Deberías ir a que te hagan una radiografía —dijo Chiara.

—¿Y cuando el traumatólogo me pregunte cómo me he hecho la fractura?

—¿Cómo te la has hecho?

—Supongo que fue al dar un golpe con el canto de la mano.

—¿Dónde le diste?

—Prefiero no decírtelo.

—¿Estás seguro de que no lo has matado?

—No, se pondrá bien.

—¿Seguro?

—Con el tiempo.

Con un suspiro de desaliento, Chiara cogió la carta de *madame* Valerie Bérrangar.

—¿Qué crees que quería decirle a Julian?

—Se me ocurren varias posibilidades. Empezando por la más obvia.

—¿Cuál?

—Que el cuadro era suyo.

—Si era suyo, ¿por qué no acudió a la policía?

—¿Quién dice que no lo hizo?

—Pero seguro que Julian comprobó la base de datos de Art Loss Register antes de sacarlo a la venta, ¿no?

—Ningún marchante compra o vende una obra de arte sin asegurarse primero de que no es robada.

—A menos que no quiera saberlo.

—Nuestro Julian dista mucho de ser perfecto —repuso Gabriel—, pero nunca ha vendido un cuadro a sabiendas de que era robado.

—¿Ni siquiera por encargo tuyo?

—Creo que no.

Chiara sonrió.

—¿Cuál es la posibilidad número dos?

—Que el cuadro se lo confiscaran a la familia Bérrangar durante la guerra y que haya estado desaparecido desde entonces.

—¿Crees que Valerie Bérrangar era judía?

—¿He dicho yo eso?

Chiara dejó a un lado la carta.

—¿Y la posibilidad número tres?

—Desbloquea mi teléfono.

Chiara introdujo la contraseña de catorce dígitos.

—¿Qué es esto?

—Un fragmento ampliado de *Retrato de una desconocida*.

—¿Pasa algo?

—¿A qué te recuerda el patrón del craquelado?

—A la corteza de un árbol.

—¿Y qué deduces de eso?

—Tú sabes mucho más de eso que yo. Dímelo tú.

—Las grietas superficiales semejantes a la corteza de un árbol son típicas de la pintura flamenca —explicó Gabriel—. Van Dyck era flamenco, claro, pero trabajaba con materiales muy parecidos a los que empleaban sus contemporáneos holandeses.

—Entonces, ¿las grietas superficiales de sus cuadros parecen más holandesas que flamencas?

—Exacto. Si miras el retrato de *lady* Elizabeth Thimbleby y su hermana en la página web de la National Gallery, verás lo que quiero decir.

—Me basta con tu palabra —respondió Chiara. Las uñas de sus pulgares tamborilearon sobre la pantalla del teléfono de Gabriel.

—¿Qué estás buscando?

—El artículo de *Sud Ouest*. —Pasó la punta del dedo índice por la pantalla—. Aquí está. El accidente ocurrió ayer a mediodía en la D10, justo al norte de Saint-Macaire. Los gendarmes parecen creer que perdió el control del coche.

—¿Qué edad tenía?

—Setenta y cuatro.

—¿Casada?

—Viuda. Al parecer tiene una hija. Se llama Juliette Lagarde. —Chiara hizo una pausa—. Tal vez acceda a verte.

—Pensaba que tenía que descansar.

—Y estás descansando, pero, dadas las circunstancias, seguramente es mejor que te marches de Venecia unos días. Con un poco de suerte, tu avión saldrá antes de que el general Ferrari se entere de que te has ido.

Gabriel sacó la mano del agua con hielo.

—¿Cómo lo ves?

—Creo que bastará con una férula. Puedes comprar una en la farmacia de camino al aeropuerto. Pero te aconsejo que no te pelees con nadie mientras estés en Burdeos.

—No es culpa mía.

—¿Y de quién es la culpa, cariño mío?

De *madame* Bérrangar, pensó Gabriel. Tendría que haberse limitado a llamar a la galería de Julian en Londres. Pero no: le había enviado una carta. Y ahora estaba muerta.

8

San Polo

Agotado, se metió en la cama y, con la mano apoyada suavemente sobre el pecho, se sumió en un sueño sin sueños. El dolor le despertó a las cuatro. Estuvo desvelado una hora, oyendo las barcazas que subían por el Gran Canal hacia el mercado de Rialto. Luego se fue a la cocina y encendió la cafetera Lavazza.

Mientras esperaba a que se hiciera el café, desbloqueó su teléfono y vio con alivio que no había recibido ningún mensaje nocturno del general Ferrari. Al echar un vistazo al *Sud Ouest* constató que Valerie Bérrangar, de setenta y cuatro años, seguía muerta. Había una pequeña actualización del artículo relativa a su funeral, que se celebraría a las diez de la mañana del viernes en la *église* Saint-Sauveur de Saint-Macaire. Al margen de cuál fuera su afiliación religiosa al comienzo de su vida, pensó Gabriel, por lo visto *madame* Bérrangar había terminado sus días siendo católica.

Se tomó otra dosis de ibuprofeno con el café. Luego se duchó, se vistió y metió algo de ropa en una bolsa de viaje mientras Chiara, envuelta en algodón egipcio, seguía durmiendo en la habitación de al lado. Los niños se levantaron a las seis y media y exigieron que les diera de comer. Irene fijó en Gabriel una mirada acusadora por encima del yogur con muesli que solía desayunar.

—Mamá dice que te vas a Francia.

—Va a ser poco tiempo.

—¿Qué significa eso?

—Significa que la abuela irá a buscaros al colegio unos días.

—¿Cuántos días?

—Eso está por determinar.

—Nos gusta que nos recojas tú —declaró Raphael.

—Porque siempre os llevo a la *pasticceria* al volver a casa.

—No es solo por eso.

—A mí también me gusta ir a recogeros —dijo Gabriel—. De hecho, es una de mis partes favoritas del día.

—¿Cuál es tu favorita?

—Siguiente pregunta.

—¿Por qué tienes que irte otra vez? —insistió Irene.

—Un amigo necesita que le ayude.

—¿Otro amigo?

—El mismo, en realidad.

Ella infló los mofletes y removió con desgana el contenido de su bol. Gabriel sabía muy bien a qué obedecía su ansiedad. Durante su desempeño como director general de la Oficina, había sido objeto de tres intentos de asesinato. El último había tenido lugar en Washington el día de la toma de posesión del nuevo presidente de los Estados Unidos, cuando una congresista del Medio Oeste le había disparado en el pecho por creer que formaba parte de una secta de pederastas que bebían sangre y adoraban a Satanás. Los dos atentados anteriores, aunque más prosaicos, habían tenido como escenario Francia. Los niños fingían casi siempre que aquellos sucesos, pese a su amplia repercusión pública, no habían ocurrido. Gabriel, que seguía sufriendo sus desagradables secuelas, procuraba hacer lo mismo.

—No va a pasar nada —le aseguró a su hija.

—Siempre dices eso. Y siempre pasa algo.

Gabriel no supo qué contestar. Levantó la vista y vio a Chiara en la puerta de la cocina, con una expresión de ligero regocijo en la cara.

—Tiene razón, ¿sabes? —Se sirvió una taza de café y miró la mano de su marido—. ¿Cómo está?

—Como nueva.

Ella la apretó con cuidado.

—¿No te duele nada?

Gabriel hizo una mueca, pero no contestó.

—Me lo imaginaba. —Chiara le soltó la mano—. ¿Ya has terminado de hacer la maleta?

—Casi.

—¿Quién va a llevar a Cosa Uno y Cosa Dos al colegio?

—Papá —contestaron los niños al unísono.

Gabriel volvió al dormitorio y abrió la caja fuerte oculta en el vestidor. Dentro, además de su Beretta, había dos pasaportes alemanes falsos y veinte mil euros en efectivo. Sacó uno de los pasaportes, pero dejó la pistola, ya que su acuerdo con las autoridades italianas no le permitía llevar armas de fuego en los aviones. Además, si las circunstancias lo exigían, en Francia podía hacerse con un arma imposible de rastrear, incluso sin la connivencia de su antiguo servicio de espionaje. Solo tendría que hacer una llamada telefónica para conseguirla.

Dejó la bolsa de viaje en la entrada y a las ocho menos cuarto bajó las escaleras del *palazzo* detrás de Chiara y los niños. Fuera, en la calle, Chiara echó a andar hacia la estación de *vaporetto* de San Tomà, pero se detuvo bruscamente y le dio un beso en los labios.

—Vas a tener cuidado en Francia, ¿verdad?

—Que me muera si no.

—Respuesta equivocada, amor. —Apoyó la mano en el lado izquierdo del pecho de su marido y sintió la vibración repentina de su móvil—. Ay, Dios. Quién será.

9

Bar Dogale

Después de confiar a Irene y Raphael al cuidado de la *signora* Antonelli, su maestra de convicciones socialdemócratas y ecologistas, Gabriel recorrió las calles vacías camino del Campo dei Frari. La plaza estaba sumida aún en las sombras matinales, pero un sol benévolo se había aposentado sobre los tejados rojos de la imponente basílica gótica. Al pie del campanario, el segundo más alto de Venecia, había ocho mesas cromadas cubiertas con mantel azul, propiedad del bar Dogale, uno de los mejores cafés turísticos de San Polo.

En una de ellas estaba sentado el general Ferrari. Había abandonado su uniforme azul, con sus numerosas medallas e insignias, y se había puesto un traje de civil y un abrigo. Le faltaban dos dedos de la mano que le tendió a Gabriel, como consecuencia de una carta bomba que recibió en 1988, cuando era jefe de la división de los Carabinieri en Nápoles. Aun así, su apretón tenía la fuerza de un tornillo de carpintero.

—¿Te pasa algo en la mano? —preguntó mientras Gabriel se sentaba.

—Demasiados años sosteniendo un pincel.

—Considérate afortunado. Yo tuve que aprender a hacerlo todo con la izquierda. Y luego, claro, está esto. —El general se señaló el ojo derecho, una prótesis ocular—. Tú, en cambio, pareces haber salido de tu último roce con la muerte casi sin un rasguño.

—Qué va.

—¿Estuvimos muy cerca de perderte en Washington?

—La palmé dos veces. La segunda, estuve clínicamente muerto casi diez minutos.

—¿Viste algo, por casualidad?

—¿Como qué?

—¿Una luz blanca brillante? ¿La faz del Todopoderoso?

—No, que yo recuerde.

El general pareció decepcionado.

—Ya me temía que dirías eso.

—Eso no significa que no haya una vida después de esta, Cesare. Solo significa que no recuerdo nada de lo que pasó después de perder el conocimiento.

—¿Piensas en ello alguna vez?

—¿En la existencia de Dios? ¿En el más allá?

El general asintió.

—El Holocausto despojó a mis padres de su fe en Dios. La religión de mi infancia era el sionismo.

—¿Eres completamente agnóstico?

—Mi fe va y viene.

—¿Y la de tu esposa?

—Chiara es hija de un rabino.

—Sé de buena tinta que los guardianes del arte y la cultura de Venecia están locos por ella. Parece que tenéis un futuro brillante aquí. —La prótesis ocular del general contempló a Gabriel un momento, sin verlo—. Lo que hace que tu reciente conducta sea aún más difícil de explicar.

Marcó la contraseña de su móvil y lo puso sobre la mesa. Gabriel miró un instante la pantalla. El rostro hinchado y magullado que aparecía en ella guardaba escaso parecido con el que había visto la tarde anterior.

—Le han tenido que cerrar la mandíbula con alambre —dijo el general Ferrari—. Para un italiano, un destino peor que la muerte.

—Si se hubiera identificado, hoy a mediodía se sentaría a comer un almuerzo largo y delicioso.

—Dice que no le diste oportunidad de hacerlo.

—En primer lugar, ¿por qué me estaba siguiendo?

—No te estaba siguiendo a ti —respondió Ferrari—. Estaba siguiendo a tu amigo.

—¿A Julian Isherwood? ¿Por qué?

—Debido a aquel desafortunado asunto en el lago Como, hace unos años, el *signore* Isherwood sigue figurando en la lista de vigilancia de la Brigada Arte. Procuramos no perderle de vista cuando viene a Italia. Y al joven Rossetti, al que destinaron a Venecia hace solo una semana, le tocó la china.

—Debería haber salido del Harry's Bar en cuanto vio que Julian estaba conmigo.

—Yo le ordené que se quedara.

—¿Porque querías saber de qué estábamos hablando?

—Supongo que sí.

—Eso no explica por qué me siguió en el *vaporetto*.

—Quería asegurarme de que llegabas a casa sano y salvo. ¿Y cómo pagaste ese acto de bondad? Dándole una paliza en un rincón oscuro a uno de mis mejores reclutas.

—Fue un malentendido.

—Sea como fuere, ahora tengo que tomar una decisión extremadamente difícil.

—¿Cuál?

—Tu deportación inmediata o un largo periodo de cárcel. Me inclino por lo segundo.

—¿Y qué debo hacer para evitar ese destino?

—Podrías empezar por mostrar al menos un ápice de arrepentimiento.

—*Mea culpa, mea culpa, mea maxima culpa.*

—Mucho mejor. Ahora cuéntame a qué ha venido el *signore* Isherwood a Venecia. De lo contrario —dijo el general mirando su reloj de pulsera—, es muy probable que pierdas el avión.

Mientras desayunaban *cappuccini* y *cornetti*, Gabriel relató la historia tal y como se la había contado Julian. Mientras tanto, el ojo artificial de Ferrari permaneció fijo en él, sin un solo pestañeo. Su expresión no dejaba traslucir nada. Nada, pensó Gabriel, salvo, quizá, un ligero aburrimiento. El general era el jefe de la unidad de delitos artísticos más grande y sofisticada del mundo. Nada le pillaba por sorpresa.

—No es fácil hacerlo, ¿sabes? Provocar un accidente de coche mortal, digo.

—A no ser que lo hagan profesionales.

—¿Tú lo has hecho alguna vez?

—¿Matar a alguien con un coche? No, que yo recuerde —contestó Gabriel—. Pero siempre hay una primera vez para todo.

El general soltó una risa seca.

—Aun así, la explicación más lógica es que la tal Bérrangar llegaba tarde a su cita con el *signore* Isherwood y falleció en un trágico accidente.

—¿Y los dos hombres que intentaron robarle el maletín a Julian?

Ferrari se encogió de hombros.

—Ladrones.

—¿Y los que registraron su habitación de hotel?

—Eso es más difícil de explicar —reconoció el general—. Por eso yo le aconsejaría a tu amigo que le cuente todo lo que sabe a la brigada francesa de delitos contra el patrimonio artístico. Es una división de la Police Nationale, la Oficina Central de Lucha contra el Tráfico de Bienes Culturales.

—Un nombre muy pegadizo —comentó Gabriel.

—Supongo que suena mejor en francés.

—Como casi todo.

—Estaré encantado de contactar con mi homólogo francés. Se llama Jacques Ménard. Le caigo solamente un poco mal.

—El *signore* Isherwood no desea implicar a la policía en este asunto.

—¿Y eso por qué?

—Será una alergia, supongo.

—Un mal muy común entre los marchantes y coleccionistas de arte. A menos que uno de sus preciados cuadros desaparezca, claro.

Entonces nos adoran de repente. —El general esbozó algo parecido a una sonrisa—. Supongo que tienes intención de empezar por la hija.

—Si es que accede a verme.

—¿Quién rechazaría la oportunidad de conocer en persona al gran Gabriel Allon?

—Una mujer que está de luto por la muerte de su madre.

—¿Y el marchante de París?

—Julian asegura que es de fiar.

—Si quieres, puedo buscar su nombre en nuestra base de datos, a ver si hay algo.

—Tengo mis propios contactos en el sector del arte en París.

—En su lado más sucio, si mal no recuerdo. —Ferrari expelió una bocanada de aire—. Lo que nos devuelve al tema del joven *capitano* Rossetti.

—Quizá debería hablar con él.

—Te aseguro que Rossetti no tiene ni pizca de ganas de verte. A decir verdad, está bastante avergonzado por cómo se dieron las cosas anoche. A fin de cuentas, es el doble de grande que tú.

—Y le doblo la edad.

—Eso también.

Gabriel miró la hora.

—¿Vas a algún sitio? —preguntó el general.

—Al aeropuerto, espero.

—Una lancha de los Carabinieri te recogerá en San Tomà a las diez.

—Si salgo a las diez llegaré por los pelos, ¿no crees?

—Un representante de Alitalia te acompañará por el control de seguridad y te llevará directamente al avión. Y no te preocupes por Chiara y los niños —añadió el italiano mientras pedía otros dos *cappuccini*—. Les echaremos un ojo mientras estés fuera.

10

Villa Bérrangar

En la Edad Media, cuando los reyes ingleses reclamaban el dominio sobre toda Francia, el pintoresco pueblo de Saint-Macaire recibió el título de *ville royale d'Angleterre*. Pocas cosas parecían haber cambiado en los siglos transcurridos desde entonces. Una torre medieval montaba guardia a la entrada del casco viejo. Su reloj marcaba las cinco y media. Junto a ella había un café llamado La Belle Lurette. Gabriel dio al camarero veinte euros y le preguntó por la dirección de *madame* Valerie Bérrangar.

—Murió en un accidente de coche el lunes por la tarde.

Sin decir palabra, Gabriel le entregó otro billete.

—Su villa está cerca del *château* Malromé, a unos dos kilómetros al este. —El camarero se guardó el dinero en el bolsillo del delantal—. La entrada queda a la izquierda. No tiene pérdida.

El *château* se alzaba en una amplia ladera al norte de Saint-Macaire, en la comuna de Saint-André-du-Bois. Famosa por la calidad de su suelo de arcilla y grava, la finca de cuarenta hectáreas fue adquirida a finales del siglo XIX por la condesa Adèle de Toulouse-Lautrec. Su hijo, el famoso pintor e ilustrador que solía buscar inspiración en los burdeles y cabarés de París, pasaba allí los veranos.

Al este del *château*, la carretera se estrechaba peligrosamente, flanqueada de viñedos a ambos lados. Con un ojo puesto en el tablero de mandos de su coche alquilado, Gabriel recorrió dos kilómetros exactos y, tal como le había dicho el camarero, vislumbró una casa

50

a la izquierda de la carretera. Aparcado en la explanada delantera había un Peugeot de tamaño familiar, azul metalizado, con matrícula de París. Gabriel se acercó a él y apagó el motor. En cuanto abrió la puerta, un perro empezó a ladrar ferozmente. Cómo no, pensó antes de bajarse.

Se acercó con cautela a la entrada de la villa. Acababa de alargar la mano hacia el timbre cuando se abrió la puerta y apareció una mujer de vestimenta y aspecto sombríos, con la tez pálida de quien evita la luz del sol. Parecía tener poco más de cuarenta años, aunque Gabriel no podía estar seguro. Era capaz de datar un cuadro de un Maestro Antiguo con un margen de error de pocos años, pero las mujeres modernas, con sus afeites y sus inyecciones antienvejecimiento, eran un misterio para él.

—¿*Madame* Lagarde?

—*Oui* —respondió ella—. ¿Puedo ayudarle en algo, *monsieur*?

Gabriel se presentó. No con un alias de trabajo o un nombre improvisado, sino con su verdadero nombre.

—¿Hemos coincidido en algún sitio? —preguntó Juliette Lagarde.

—Lo dudo, la verdad.

—Pero su nombre me suena mucho. —Entornó los ojos—. Y su cara también.

—Puede que haya leído algo sobre mí en el periódico.

—¿Por qué?

—Antes era el jefe del servicio de inteligencia israelí. He colaborado estrechamente con el Gobierno francés en la lucha contra el Estado islámico.

—¿No será ese Gabriel Allon?

Él le ofreció una sonrisa de disculpa.

—Me temo que sí.

—¿Y qué hace aquí?

—Me gustaría hacerle unas preguntas sobre su madre.

—Mi madre…

—Falleció en un accidente el lunes por la tarde. —Gabriel miró por encima del hombro hacia el gran pastor belga que le increpaba desde el patio—. ¿Podríamos hablar dentro?

—No le darán miedo los perros, ¿verdad?

—*Non* —contestó—. Solo cuando son como ese.

Resultó que a Juliette Lagarde tampoco le agradaba mucho el perro, que era de Jean-Luc, el guardés. Jean-Luc trabajaba para la familia Bérrangar desde hacía más de treinta años. Cuidaba de la casa cuando estaban en París y atendía el pequeño viñedo. El padre de Juliette, un próspero abogado mercantil, había plantado las vides con sus propias manos. Había muerto de un infarto fulminante cuando su hija aún estudiaba en la Sorbona. Juliette había obtenido un título inservible en literatura y ahora trabajaba en el departamento de *marketing* de una de las principales firmas de moda de Francia. Últimamente su madre, inquieta por los atentados yihadistas de París, pasaba la mayor parte del tiempo en Saint-André-du-Bois.

—No es que fuera islamófoba ni simpatizante de la extrema derecha, ojo. Pero prefería el campo a la ciudad. A mí me preocupaba que estuviera sola, pero aquí tenía amigos. Una vida propia.

Estaban de pie en la espaciosa cocina de la villa, esperando a que se calentara el agua del hervidor eléctrico. A su alrededor, la casa estaba en silencio.

—¿Hablaban con frecuencia? —preguntó Gabriel.

—Una o dos veces por semana. —Juliette Lagarde suspiró—. Nuestra relación era un poco tensa últimamente.

—¿Puedo preguntar por qué?

—Discutíamos sobre la cuestión del matrimonio.

—¿Tenía una relación de pareja?

—¿Mi madre? Dios mío, no. —Juliette levantó la mano izquierda. No llevaba anillo de casada—. Quería que encontrara otro marido antes de que fuera demasiado tarde.

—¿Qué pasó con el primero?

—Estaba tan ocupada trabajando que no me di cuenta de que tenía un apasionado *cinq à sept* con una chica de su despacho.

—Lo lamento.

—No lo lamente. Son cosas que pasan. Sobre todo, en Francia. —Echó el agua caliente del hervidor en una tetera floreada—. ¿Y usted, *monsieur* Allon? ¿Está casado?

—Felizmente, sí.

—¿Hijos?

—Gemelos.

—¿También son espías?

—Todavía van al colegio.

Juliette Lagarde cogió la bandeja y le condujo por un pasillo hasta una sala de estar. Era una estancia muy formal, más parisina que bordelesa. En las paredes colgaban pinturas al óleo en marcos antiguos y ornamentados, de estilo francés. Eran obras de gran calidad pero de valor moderado, elegidas con esmero.

Juliette colocó la bandeja en una mesa baja de madera y abrió las puertas cristaleras al aire fresco de la tarde.

—¿Sabe quién vivía allí? —preguntó señalando la silueta lejana del *château* Malromé.

—Un pintor cuya obra siempre he admirado.

—¿Le interesa el arte?

—Podría decirse que sí.

Ella se sentó y sirvió dos tazas de té.

—¿Siempre es tan esquivo?

—Perdóneme, *madame* Lagarde, pero hace poco que he cambiado el mundo de los secretos por la vida normal y corriente. No estoy acostumbrado a hablar de mí mismo.

—Inténtelo por una vez.

—Estaba estudiando arte cuando me reclutó la inteligencia israelí. Quería ser pintor y acabé siendo restaurador. Trabajé muchos años en Europa con nombre falso.

—Su francés es excelente.

—Mi italiano es mejor. —Gabriel aceptó una taza de té y se acercó a la chimenea. En la repisa había una hilera de fotografías en bonitos marcos de plata. Una de ellas mostraba a la familia Bérrangar en tiempos más felices—. Se parece usted muchísimo a su madre. Pero estoy seguro de que ya lo sabe.

—Nos parecíamos mucho, sí. Quizá demasiado. —Se hizo un silencio. Por fin, Juliette dijo—: Ahora que nos hemos presentado debidamente, *monsieur* Allon, tal vez pueda decirme qué interés puede tener la muerte de mi madre para un hombre como usted.

—Su madre se dirigía a Burdeos para reunirse con un amigo mío cuando tuvo el accidente. Un marchante de arte llamado Julian Isherwood. —Le entregó la carta—. Llegó a su galería de Londres el viernes pasado.

Ella bajó la mirada y leyó la carta.

—¿Es la letra de su madre?

—Sí, por supuesto. Tengo cajas y cajas llenas de cartas suyas. Era muy anticuada. Detestaba el correo electrónico y siempre andaba perdiendo el teléfono móvil.

—¿Tiene idea de a qué podía referirse?

—¿Con los «problemas legales y éticos» relativos al cuadro de su amigo? —Juliette Lagarde se levantó bruscamente—. Sí, *monsieur* Allon. Creo que sí.

Le condujo a través de una puerta de doble hoja, hasta una sala contigua. Era más pequeña que la estancia vecina y más íntima: una habitación donde se leían libros y se escribían cartas a marchantes londinenses, pensó Gabriel. Seis cuadros de Maestros Antiguos, bellamente enmarcados e iluminados, adornaban las paredes. Entre ellos, un retrato de mujer, óleo sobre lienzo de 115 por 92 centímetros, a todas luces de origen holandés o flamenco.

—¿Le resulta familiar? —preguntó Juliette Lagarde.

—Mucho, sí. —Gabriel se llevó la mano a la barbilla con gesto pensativo—. ¿Recuerda por casualidad dónde lo compró su padre?

—En una pequeña galería de la Rue la Boétie de París.

—¿La galería Georges Fleury?

—Sí, esa misma.

—¿Cuándo?

—Hace treinta y cuatro años.

—Tiene buena memoria.

—Mi padre se lo regaló a mi madre por su cuarenta cumpleaños. Ella adoraba este cuadro.

Con la mano aún en la barbilla, Gabriel ladeó la cabeza.

—¿Tiene nombre?

—Se titula *Retrato de una desconocida*. —Juliette hizo una pausa, luego añadió—: Igual que el cuadro de su amigo.

—¿Y la atribución?

—Tendría que buscar la documentación en los archivos de mi padre, pero creo que era de un seguidor de Anton van Dyck. Para serle sincera, las categorías de atribución me parecen bastante arbitrarias.

—Lo mismo les pasa a muchos marchantes de arte. Generalmente eligen la que les hace ganar más dinero. —Gabriel sacó su teléfono, hizo una foto del rostro de la mujer y amplió la imagen.

—¿Busca algo en concreto?

—El patrón de las grietas de superficie.

—¿Hay algún problema?

—No. Ninguno en absoluto.

11

Villa Bérrangar

Descolgaron entre los dos el cuadro y lo llevaron a la habitación contigua, donde había más luz natural. Allí, Gabriel lo sacó del marco y lo sometió a un examen preliminar, empezando por la imagen en sí: un retrato de tres cuartos de una mujer joven, de veintitantos o treinta y pocos años, ataviada con un vestido de seda dorada ribeteado de encaje blanco. La prenda era idéntica a la que llevaba la mujer de la versión del cuadro de Julian, aunque el color era menos intenso y los sutiles pliegues y arrugas de la tela estaban representados de manera menos sugerente. La modelo tenía las manos colocadas con torpeza y una mirada vacua. El artista, quienquiera que fuese, no había logrado la aguda penetración del carácter por la que era famoso Anton van Dyck, uno de los retratistas más cotizados de su época.

Gabriel dio la vuelta al cuadro y examinó el reverso del lienzo. Se asemejaba al de otros cuadros holandeses y flamencos del siglo XVII que había restaurado, igual que el bastidor, que parecía ser el original, con dos refuerzos horizontales añadidos en el siglo XX. En resumen, no había nada fuera de lo normal ni sospechoso. Según todos los indicios, el cuadro era una copia del retrato original de Van Dyck que Julian había vendido a Phillip Somerset, el inversor de Nueva York, por seis millones y medio de libras.

Había, sin embargo, un problema evidente.

Ambas obras habían salido de la misma galería del distrito octavo de París, con treinta y cuatro años de diferencia.

Gabriel apoyó el cuadro de la familia Bérrangar contra la mesa baja y se sentó junto a Juliette Lagarde. Tras unos instantes de silencio, ella preguntó:

—¿Quién cree que era nuestra desconocida?

—Eso depende de dónde la pintaran. Van Dyck tenía prósperos talleres tanto en Londres como en Amberes y vivía a caballo entre las dos ciudades. Al taller de Londres lo llamaban «el salón de belleza». Era una máquina muy bien engrasada.

—¿Qué parte de los retratos pintaba él de verdad?

—Normalmente, solo la cabeza y la cara. No hacía ningún intento de halagar a sus modelos alterando su apariencia, lo que hacía que fuera algo controvertido. Creemos que pintó unos doscientos retratos, pero algunos historiadores del arte calculan que la cifra real se aproxima más a los quinientos. Tenía tantos seguidores y admiradores que la autentificación puede ser muy complicada en ocasiones.

—¿Pero no para usted?

—*Sir* Anton y yo nos conocemos bien.

Juliette Lagarde se volvió hacia el cuadro.

—Parece holandesa o flamenca, más que inglesa.

—Estoy de acuerdo.

—¿Sería la esposa o la hija de algún rico?

—O la amante —repuso Gabriel—. De hecho, podía ser perfectamente una de las amantes de Van Dyck. Tenía muchas.

—Pintores… —dijo ella con fingido desdén, y le sirvió más té a Gabriel—. Entonces, supongamos, solo por especular, que Anton van Dyck pintó el retrato original de nuestra desconocida en algún momento de la década de 1640.

—Supongámoslo así —convino Gabriel.

Ella señaló con la cabeza el lienzo sin marco.

—Entonces, ¿quién pintó este? ¿Y cuándo?

—Si era un seguidor de Van Dyck, como se les suele denominar, se trataría de alguien que imitaba su estilo, pero que no necesariamente formaba parte de su círculo inmediato.

—¿Un don nadie? ¿Eso es lo que está diciendo?

—Si esta pieza es representativa de su obra, dudo que tuviera mucho éxito.

—¿Cómo lo hizo?

—¿Copiar el cuadro? Podría haber intentado hacerlo a mano alzada. Pero yo en su lugar habría calcado el original de Van Dyck y luego habría trasladado esa imagen a un lienzo de las mismas dimensiones.

—¿Y cómo habría hecho eso en el siglo XVII?

—Habría empezado por hacer agujeros minúsculos a lo largo de las líneas del papel de calco. Luego habría colocado el papel sobre mi soporte y lo habría rociado con polvo de carbón, dejando una imagen difusa pero geométricamente exacta del original de Van Dyck.

—¿Un dibujo subyacente?

—Exacto.

—¿Y entonces?

—Habría preparado mi paleta y me habría puesto a pintar.

—¿Con el original delante?

—En un caballete cercano, probablemente.

—Entonces, ¿el autor lo falsificó?

—Solo sería una falsificación si hubiera intentado vender su versión como un original de Van Dyck.

—¿Usted lo ha hecho alguna vez? —preguntó Juliette Lagarde.

—¿Copiar un cuadro?

—No, *monsieur* Allon. Falsificarlo.

—Soy conservador de arte —contestó Gabriel con una sonrisa—. Hay quien afirma que los restauradores falsificamos cuadros constantemente.

De pronto hacía frío en la habitación. Juliette Lagarde cerró las puertas cristaleras y observó cómo aseguraba Gabriel el cuadro al marco. Lo llevaron a la salita contigua y volvieron a colgarlo en su sitio.

—¿Cuál es mejor? —preguntó ella—. ¿Este o el de su amigo?

—Prefiero que lo juzgue usted misma. —Gabriel sostuvo su teléfono junto al cuadro. En la pantalla había una fotografía de la versión de Julian de *Retrato de una desconocida*—. ¿Qué le parece?

—Tengo que reconocer que el de su amigo es mucho mejor. Aun así, resulta bastante inquietante verlos así, uno al lado del otro.

—Lo que es aún más inquietante —dijo Gabriel— es que ambos pasaran por la misma galería.

—¿Es posible que sea una coincidencia?

—No creo en las coincidencias.

—Mi madre tampoco creía en ellas.

Por eso ahora estaba muerta, pensó Gabriel.

Se guardó el teléfono en el bolsillo de la pechera de la chaqueta.

—¿Le han devuelto los gendarmes sus efectos personales?

—Sí, anoche.

—¿Había algo fuera de lo normal?

—Parece que su teléfono móvil ha desaparecido.

—¿No lo llevaba encima al ir a Burdeos?

—Según los gendarmes, no.

—¿Ha registrado la casa?

—Lo he buscado por todas partes. La verdad es que rara vez lo usaba. Prefería el teléfono fijo. —Señaló el elegante escritorio antiguo que había en la habitación—. Ese es el que más utilizaba.

Gabriel se acercó al escritorio y encendió la lámpara. Grabadas en la memoria del teléfono fijo encontró cinco llamadas entrantes de la galería Georges Fleury y tres más de un número de la Police Nationale procedente del centro de París. También descubrió, en el calendario de mesa de *madame* Bérrangar, el recordatorio de una cita a las cuatro de la tarde, el último día de su vida.

M. Isherwood. Café Ravel.

Se volvió hacia Juliette Lagarde.

—¿Ha probado a llamar a su móvil últimamente?

—Desde esta mañana, no. Tengo la sensación de que se ha quedado sin batería.

—¿Le importa que lo intente?

Juliette Lagarde recitó el número. Cuando Gabriel lo marcó, saltó directamente el buzón de voz. Cortó la llamada y sostuvo la mirada impasible de la desconocida del cuadro, convencido por primera vez de que Valerie Bérrangar había sido asesinada.

—¿Su madre tenía ordenador?

—Sí, por supuesto. Un Apple.

—No ha desaparecido, ¿verdad?

—*Non*. Miré su correo electrónico esta mañana.

—¿Algo interesante?

—El mismo día que murió en un accidente de tráfico, mi madre recibió una notificación de su aseguradora avisándola de que iban a subirle la cuota. Le doy mi palabra de que no entiendo por qué. Conducía estupendamente —dijo Juliette—. Nunca le pusieron ni una multa de aparcamiento.

Llovió a cántaros durante todo el trayecto de regreso a Saint-Macaire. Gabriel se registró en su hotel y luego se fue a cenar a La Belle Lurette con un libro bajo el brazo para que le hiciera compañía. Tras pedir *poulet rôti* y *pommes frites*, llamó a Chiara a Venecia. Sus teléfonos eran modelos Solaris de fabricación israelí, los más seguros del mundo. Aun así, escogieron sus palabras con cuidado.

—Empezaba a preocuparme por ti —dijo ella.

—Lo siento. Ha sido una tarde muy ajetreada.

—Y productiva, espero.

—Bastante.

—¿Accedió a verte?

—Me preparó un té —respondió Gabriel—. Y luego me enseñó un cuadro.

—¿Atribución?

—Un seguidor de Anton van Dyck.

—¿Tema?

—Retrato de una desconocida. De veintitantos o treinta y pocos años. No muy bueno.

—¿Qué llevaba puesto la retratada?

—Un vestido de seda dorada adornado con encaje blanco.

—Parece que tenemos un problema.

—Varios, en realidad. Incluyendo el nombre de la galería donde lo compró su padre.

—¿Crees que a su madre la…?
—Sí, lo creo.
—¿Se lo dijiste a ella?
—No vi motivo para hacerlo.
—¿Qué planes tienes?
—Tengo que ir a París a hablar con un viejo amigo.
—Dale recuerdos de mi parte.
—Descuida, se los daré.

12

Burdeos – París

Durmió mal, se levantó temprano y salió hacia Burdeos antes de que amaneciera del todo. Un kilómetro al norte del pueblecito de Sainte-Croix-du-Mont, los faros del coche iluminaron la mancha blanca grisácea de una bengala de emergencia gastada. Las marcas de los neumáticos aparecieron segundos después: dos rayones negros en el carril contrario.

Se detuvo en la cuneta cubierta de hierba y miró en derredor. A la derecha de la carretera, columnas de vides surcaban la falda de un cerro empinado. A la izquierda, más cerca del río, había también viñedos, pero el terreno era llano como una mesa. Y prácticamente no había árboles, advirtió Gabriel, a excepción del soto de álamos blancos hacia el que conducían las marcas de los neumáticos.

Sacó una linterna LED de la guantera, esperó mientras pasaba un camión y luego salió del coche y cruzó la calzada. No se aventuró mucho más allá de la línea blanca discontinua del borde del asfalto; no hacía falta. Desde donde estaba, los daños eran evidentes.

Dos de los álamos se habían quebrado por la fuerza del impacto y la tierra empapada estaba sembrada de fragmentos cúbicos de cristal reforzado. Gabriel dedujo que Valerie Bérrangar había muerto en el acto debido al choque. O quizá había permanecido consciente el tiempo justo para advertir que una mano enguantada se introducía por la ventanilla rota, no para socorrerla, sino para robar su teléfono móvil. Marcó el número con la esperanza de escuchar su sonido estertoroso entre los árboles, pero una vez más saltó el buzón de voz.

Colgó y, girándose, examinó las marcas paralelas de los neumáticos. Cruzaban el carril que iba hacia el sur, en ángulo aproximado de cuarenta y cinco grados. Sí, pensó, cabía la posibilidad de que Valerie Bérrangar se hubiera distraído por algún motivo y se hubiera desviado sin querer hacia la izquierda, hacia el único grupo de árboles que había a la vista. Pero la explicación más probable era que el vehículo que iba detrás de ella la hubiera obligado a salirse de la carretera.

Un coche se acercó desde el norte, frenó un instante y continuó hacia Sainte-Croix-du-Mont. Transcurrieron dos minutos antes de que apareciera otro, desde el sur esta vez. Aquel no era un tramo de carretera muy transitado. A las tres y cuarto de la tarde de un lunes, también habría habido poco tráfico. Aun así, probablemente los colaboradores de quien había forzado a Valerie Bérrangar a estrellarse contra los árboles habrían tomado medidas para retener el tráfico en ambos sentidos a fin de que no hubiera testigos. El general Ferrari tenía razón: provocar un accidente de coche mortal no era fácil. Pero los individuos que habían asesinado a Valerie Bérrangar sabían lo que hacían. A fin de cuentas, pensó Gabriel, eran profesionales. De eso estaba seguro.

Cruzó la carretera y se sentó al volante de su coche alquilado. Tardó media hora en llegar al aeropuerto. Su vuelo a París despegó puntualmente, a las nueve, y a las once y media, tras confiarle su bolsa de viaje al botones del hotel Bristol, subía por la Rue de Miromesnil, en el octavo *arrondissement*.

En el extremo norte de la calle había una tiendecita llamada Antiquités Scientifiques. El cartel del escaparate decía *ouvert*. El timbre, al pulsarlo, emitió un chirrido inhospitalario. Transcurrieron unos segundos sin que le invitaran a entrar. Finalmente, la cerradura se abrió con un chasquido y Gabriel se deslizó dentro.

La mañana del 22 de agosto de 1911, Louis Béroud llegó al museo del Louvre para seguir trabajando en la copia de un retrato de una noble italiana —óleo sobre tabla de álamo de 77 por 53 centímetros— que colgaba en el Salón Carré. El Louvre no desalentaba el trabajo de artistas como Béroud. De hecho, les permitía guardar sus pinturas y caballetes en el museo durante la noche. Tenían prohibido, no obstante, hacer copias con las mismas dimensiones que el original, puesto que el mercado europeo del arte estaba ya inundado de falsificaciones de cuadros de Maestros Antiguos.

Ataviado formalmente con levita negra y pantalones a rayas, ese martes por la mañana, al entrar en el Salón Carré, Béroud descubrió que el retrato, la *Mona Lisa* de Leonardo da Vinci, no estaba dentro de su cajón protector de madera y cristal. Se sintió desconcertado, pero no se alarmó en exceso. Como tampoco se alarmó Maximilien Alphonse Paupardin, el guardia que vigilaba el Salón Carré y sus inestimables tesoros, casi siempre desde lo alto de un taburete situado a la entrada. El Louvre estaba en proceso de fotografiar todo su inventario de cuadros y otras obras de arte. El *brigadier* Paupardin confió en que la *Mona Lisa* estuviera retratándose, nada más.

Pero un poco más tarde, esa misma mañana, tras pasarse por el estudio fotográfico, Paupardin, frenético, informó al presidente en funciones del Louvre de que el cuadro había desaparecido. Los gendarmes llegaron a la una y precintaron de inmediato el museo. Permaneció cerrado durante la semana siguiente mientras la policía peinaba París en busca de pistas. La investigación resultó ser un vodevil. Entre los primeros sospechosos se contaban un joven pintor español llamado Pablo Picasso y su amigo, el poeta y escritor Guillaume Apollinaire.

Otro era Vincenzo Peruggia, un carpintero nacido en Italia que había ayudado a construir el cajón protector de la *Mona Lisa*. La policía eximió a Peruggia de toda sospecha tras un breve interrogatorio efectuado en su piso de París. Que es donde permaneció la *Mona Lisa*, oculta en un baúl del dormitorio, hasta 1913, cuando el humilde carpintero intentó vender el cuadro a un afamado marchante de Florencia. El marchante lo llevó a la Galería de los Uffizi y Peruggia fue detenido al instante. El tribunal italiano que le juzgó por haber cometido el mayor delito artístico de la historia le sentenció a un año de prisión, pero Peruggia salió en libertad tras pasar solo siete meses entre rejas.

Fue el notable suceso del robo de la *Mona Lisa* el que, en el sombrío invierno de 1985, animó a un inquieto comerciante de París llamado Maurice Durand a robar su primer cuadro: un pequeño bodegón de Jean-Baptiste-Siméon Chardin que colgaba en un rincón poco frecuentado del Musée des Beaux-Arts de Estrasburgo. A diferencia de Vincenzo Peruggia, Durand ya tenía comprador: un coleccionista de reputación dudosa que estaba buscando un Chardin y al que no le preocupaban pormenores tan fastidiosos como la procedencia del cuadro. Durand recibió una buena paga, el cliente quedó contento y así comenzó una lucrativa carrera.

Dos décadas después, una caída a través de una claraboya puso fin a la carrera de Durand como ladrón profesional de obras de arte. Ahora actuaba únicamente como intermediario en el procedimiento conocido como «robo por encargo». O, como al propio Durand le gustaba decir, gestionaba la adquisición de cuadros que no estaban técnicamente en venta. Trabajaba con una banda de ladrones profesionales con sede en Marsella y era la mano oculta detrás de algunos de los robos de arte más espectaculares del siglo XXI. Solo durante el verano de 2010, sus hombres habían robado obras de Rembrandt, Picasso, Caravaggio y Van Gogh. Con la salvedad del Rembrandt, que se exponía en la National Gallery of Art de Washington, ninguno de los cuadros había reaparecido.

Durand dirigía su emporio mundial del latrocinio de obras de arte desde Antiquités Scientifiques, una tienda que pertenecía a su familia desde hacía tres generaciones. Sus estantes, iluminados con gusto exquisito, estaban repletos de microscopios antiguos, cámaras, gafas, barómetros, escuadras de agrimensor y globos terráqueos, todo ello presentado con esmero. Con tanto esmero como el propio Maurice Durand, que vestía traje hecho a medida azul oscuro y camisa de vestir a rayas. Su corbata era del color del pan de oro y su cabeza calva estaba tan bruñida que relucía.

—Supongo que es verdad, después de todo —dijo a modo de saludo.

—¿El qué? —preguntó Gabriel.

—Que la gente de su oficio en realidad no se jubila nunca.

—Ni del suyo, al parecer.

Sonriendo, Durand levantó la tapa de un estuche rectangular barnizado.

—Puede que esto le interese. Un conjunto de lentes de óptico de principios de siglo. Bastante raro.

—Casi tan raro como esa acuarela que robó del museo Matisse hace unos meses. O como la encantadora escena costumbrista de Jan Steen que se llevó del museo Fabre.

—Yo no tuve nada que ver con la desaparición de esas obras.

—¿Y con su venta?

Durand cerró la tapa sin hacer ruido.

—Durante años, mis socios y yo nos hicimos con una serie de objetos de gran valor para usted y para el servicio para el que trabajaba, incluyendo una magnífica hidria de terracota de Amykos. Y luego estuvo el trabajo de Ámsterdam, claro. Con ese causamos sensación, ¿verdad?

—Por eso me he abstenido de darles su nombre a las autoridades francesas.

—¿Y qué me dice del general Cíclope, su amigo de los Carabinieri?

—Sigue sin conocer su identidad. Ni la de sus socios en Marsella.

—¿Y qué he de hacer para que siga siendo así?

—Proporcionarme cierta información.

—¿Sobre qué?

—La galería Georges Fleury. Está en la calle…

—Sé dónde está, *monsieur* Allon.

—¿Tiene tratos con él?

—¿Con Georges Fleury? No, nunca. Pero una vez acepté tontamente robarle un cuadro.

—¿Cuál?

Durand torció el gesto.

—Fue un desastre.

13

Rue de Miromesnil

—¿Conoce a Pierre-Henri de Valenciennes?

Gabriel suspiró antes de responder.

—Valenciennes fue uno de los paisajistas más importantes del periodo neoclásico. Uno de los primeros pintores en defender el trabajo *en plein air*, en vez de en un estudio. —Hizo una pausa—. ¿Sigo?

—No pretendía ofenderle.

—No me ha ofendido, Maurice.

Se habían retirado al abarrotado despacho trasero de Durand. Gabriel estaba sentado en la incómoda butaca de madera reservada a las visitas; Durand, detrás de su escritorio impecable. La luz de la lámpara antigua, que se reflejaba en sus gafas montadas al aire, ocultaba sus ojos marrones y vigilantes.

—Hace unos años —prosiguió— la galería Georges Fleury expuso un paisaje impresionante, pintado, según decían, por Valenciennes en 1804. Representaba a un grupo de aldeanos bailando alrededor de unas ruinas clásicas, al atardecer. Óleo sobre lienzo de sesenta y seis por noventa y ocho. Estaba en perfecto estado, como lo están siempre los cuadros de *monsieur* Fleury. Un coleccionista con mucha experiencia y recursos a quien nos referiremos como *monsieur* Didier entró en negociaciones para comprar el cuadro, pero las conversaciones se interrumpieron casi de inmediato porque *monsieur* Fleury se negó a rebajar el precio.

—¿Cuál era?

—Cuatrocientos mil, digamos.

—¿Y cuánto estaba dispuesto a pagarle a usted *monsieur* Didier para que lo robara por encargo suyo?

—Por regla general, un cuadro conserva solo el diez por ciento de su valor en el mercado negro.

—Cuarenta mil es calderilla para usted.

—Eso le dije yo.

—¿Cuánto ofreció?

—Doscientos mil.

—¿Y usted aceptó?

—Desgraciadamente.

Durand sacó del armario de detrás del escritorio una botella de calvados y dos copas antiguas de cristal tallado. Casi todo lo que había en el despacho era de otra época, incluido el pequeño monitor de vídeo en blanco y negro que Durand usaba para vigilar la puerta principal.

Sirvió dos copas del aguardiente y le ofreció una a Gabriel.

—Es un poco temprano para mí.

—Tonterías —dijo Durand tras consultar su reloj de pulsera—. Además, tomar un poco de alcohol a mediodía es bueno para la circulación.

—Mi circulación está perfectamente, gracias.

—¿No le han quedado secuelas de aquel incidente en Washington?

—Solo una preocupación permanente por el futuro de la democracia en los Estados Unidos. —Gabriel aceptó de mala gana el licor—. ¿A quién le encargó el trabajo?

—A su buen amigo René Monjean.

—¿Alguna complicación?

—Con el robo en sí, no. El sistema de seguridad de la galería estaba muy obsoleto.

—Seguro que no se llevaron solo ese cuadro.

—Por supuesto que no. René cogió otros cuatro para despistar.

—¿Alguno bueno?

—Pierre Révoil. Nicolas-André Monsiau. —Durand se encogió de hombros—. Un par de retratos de Ingres.

—Cinco cuadros es un buen botín. Y sin embargo no recuerdo haber leído nada sobre ese robo en la prensa.

—Evidentemente, *monsieur* Fleury no lo denunció a la policía.

—Qué raro.

—Eso pensé yo.

—Pero aun así usted siguió adelante con la venta.

—¿Acaso tenía alternativa?

—¿Cuándo se torcieron las cosas?

— Unos dos meses después de tomar posesión del cuadro, *monsieur* Didier exigió un reembolso.

—Eso también es raro —comentó Gabriel—. Al menos, en su oficio.

—Inaudito, de hecho —murmuró Durand.

—¿Por qué quería que le devolviera el dinero?

—Alegó que el Valenciennes no era un Valenciennes.

—¿Pensaba que era una copia posterior?

—Es una forma de decirlo.

—¿Hay alguna otra?

—*Monsieur* Didier estaba convencido de que el cuadro era una falsificación moderna.

Por supuesto que sí, pensó Gabriel. En parte, había sabido adónde conducía aquello nada más ver el incongruente craquelado de estilo flamenco en la fotografía del cuadro de Julian.

—¿Cómo lo resolvió usted?

—Le expliqué a *monsieur* Didier que yo había cumplido mi parte del trato y que en todo caso fuera a quejarse a la galería Georges Fleury. —Durand esbozó una leve sonrisa por encima del borde de la copa—. Por suerte, no me hizo caso.

—¿Le devolvió el dinero?

—La mitad —respondió Durand—. Fue, en resumidas cuentas, una sabia decisión. Desde entonces he hecho muchos negocios con él.

Gabriel se llevó la copa de calvados a los labios por primera vez.

—Por casualidad no lo tendrá por ahí, ¿verdad?

—¿El falso Valenciennes? —Durand negó con la cabeza—. Lo quemé.

—¿Y los otros cuatro cuadros?

—Se los vendí con un gran descuento a un marchante de Montreal. Así cubrí los honorarios de René, aunque a duras penas. —Exhaló un profundo suspiro—. Yo no gané nada.

—Bien está lo que bien acaba.

—A menos que uno sea cliente de la galería Georges Fleury.

—¿El falso Valenciennes no fue un caso aislado?

—*Non*. Al parecer, la venta de falsificaciones es el negocio habitual de la galería. No me malinterprete, Fleury vende muchos cuadros auténticos. Pero no es de ahí de donde obtiene sus mayores beneficios. —Durand hizo una pausa—. O eso es lo que me han dicho personas de confianza.

—¿Quiénes?

—Usted tiene sus fuentes y yo tengo las mías. Y me han asegurado que Fleury lleva años vendiendo falsificaciones sin ningún valor.

—Tengo el terrible presentimiento de que un amigo mío puede haber comprado una.

—¿Es un coleccionista, ese amigo suyo?

—Un marchante.

—¿No será *monsieur* Isherwood?

Gabriel dudó un momento; después, asintió lentamente.

—¿Por qué no lo devuelve sin más y exige que le reembolsen el dinero?

—Porque le ha vendido el cuadro a un americano aficionado a los litigios.

—¿Los hay de otro tipo? —Durand observó por el monitor de vídeo a una persona que estaba mirando el escaparate—. ¿Puedo hacerle otra pregunta, *monsieur* Allon?

—Si insiste.

Durand hizo una mueca.

—Por amor de Dios, ¿qué le ha pasado en la mano?

* * *

Al salir de la tienda de Maurice Durand, Gabriel se dirigió hacia el sur por la Rue de Miromesnil, hasta llegar a la Rue la Boétie. Se detuvo un momento frente al número diecinueve y recorrió luego la calle elegante y ligeramente curva hasta la galería Georges Fleury. Expuestos en el escaparate había tres óleos de gran tamaño. Dos eran de estilo rococó. El tercero, un retrato de un joven pintado por François Gérard, databa del periodo posterior conocido como Neoclasicismo.

O eso parecía a simple vista. Un examen realizado por un profesional experto (un restaurador de arte, por ejemplo) podía arrojar otras conclusiones. Dicho examen no podía ser apresurado. El restaurador tendría que inspeccionar detenidamente cada obra de la galería, ciñéndose a la larga tradición del *connoisseur*. Podría tocar los cuadros, escudriñar su superficie con una lupa, incluso decirles algunas palabras con la esperanza de que le hablaran. Sería conveniente que el propietario de la galería (que probablemente delinquía y, por tanto, estaría ojo avizor) no estuviera mirando por encima de su hombro mientras él llevaba a cabo este ritual. Y mejor aún sería que la presencia de otra persona en la sala le distrajera.

Sí, pero ¿quién podía ser esa persona?

Gabriel meditó sobre esta cuestión mientras recorría el corto trecho que separaba la galería del hotel Bristol. Tras registrarse en su habitación, llamó a Chiara y le expuso su dilema. Ella respondió enviándole de inmediato una lista de las próximas actuaciones de la Orchestre de Chambre de París.

—Tu amiguita está en París todo el fin de semana. Quizá tenga un rato mañana por la tarde para servirte de elemento de distracción.

—Eso sería perfecto. Pero ¿seguro que no te importa?

—¿Que pases el fin de semana en París con una mujer de la que estuviste locamente enamorado?

—Nunca estuve enamorado de ella.

—Por favor, recuérdaselo en cuanto tengas oportunidad.

—Descuida, lo haré —dijo Gabriel antes de que colgaran.

14

Le Bristol, París

Se alojaba en el Crillon, en la *suite* Leonard Bernstein, uno de los pocos directores de orquesta —añadió riendo— con el que nunca la habían vinculado sentimentalmente.

—¿Estás allí ahora?

—La verdad es que he interrumpido el ensayo para atender tu llamada. Toda la Orchestre de Chambre de París está pendiente de mis palabras.

—¿A qué hora vuelves al hotel?

—A las cuatro, pero tengo programadas varias entrevistas hasta las seis.

—Lo siento mucho por ti.

—Pienso portarme fatal.

—¿Qué tal una copa abajo, en Les Ambassadeurs, cuando termines?

—Prefiero que cenemos juntos.

—¿Cenar?

—Es una comida que la mayoría de la gente toma a última hora de la tarde. A menos que uno sea español, claro. Le pediré al conserje que nos reserve una mesa tranquila para dos en el restaurante más romántico de París. Con un poco de suerte, los *paparazzi* nos encontrarán y se armará un escándalo.

Colgó antes de que a Gabriel le diera tiempo a poner objeciones. Dudó un instante si debía consultarle a Chiara aquel nuevo dilema, pero no le pareció prudente. En lugar de hacerlo, marcó el número del teléfono desaparecido de Valerie Bérrangar. De nuevo, saltó directamente el buzón de voz.

Cortó la llamada y buscó en sus contactos el número de Yuval Gershon. Yuval era el director general de la Unidad 8200, el formidable departamento de telecomunicaciones del servicio secreto de Israel. Gabriel no había vuelto a hablar con él (ni con ninguno de sus antiguos colegas) desde su marcha. Era un paso trascendental, que podía dar lugar a futuros contactos, tal vez inoportunos. Aun así, calculó que valía la pena correr ese riesgo. Si alguien podía localizar el teléfono de *madame* Bérrangar, eran Yuval y sus *hackers* de la Unidad.

Contestó al instante, como si hubiera estado esperando su llamada, lo que no era del todo descabellado teniendo en cuenta las extraordinarias capacidades de su departamento.

—Me echabas de menos, ¿a que sí?

—Casi tanto como al agujero que me hicieron en el pecho.

—Entonces, ¿por qué me llamas?

—Tengo un problema que solo tú puedes resolver.

Yuval exhaló un fuerte suspiro.

—¿Cuál es el número?

Gabriel se lo dio.

—¿Y el problema?

—A su dueña la asesinaron hace un par de días. Tengo la sensación de que los asesinos cometieron la estupidez de llevarse su teléfono. Y me gustaría que lo encontraras.

—No será problema, si el aparato sigue intacto. Pero si lo hicieron pedazos o lo tiraron al Sena…

—¿Por qué hablas del Sena, Yuval?

—Porque estás llamando desde París.

—Cabrón.

—Te daré un toque cuando sepa algo. Y pásalo bien en la cena de esta noche.

—¿Cómo sabes lo de la cena?

—Anna Rolfe acaba de enviarte un mensaje de texto. ¿Te lo leo?

—Claro, ¿por qué no?

—Tenéis reserva a las ocho y cuarto.

—¿Dónde?

—No lo dice, pero debe de ser cerca del Bristol, porque pasará a buscarte a las ocho.

—Yo no te he dicho que me alojo en el Bristol.

—Me parece que tu habitación está en el segundo piso.

—En el tercero —repuso Gabriel—. Pero ¿qué más da?

La primera vez que Gabriel vio a Anna Rolfe, ella estaba en un escenario de Bruselas, ofreciendo una interpretación electrizante del *Concierto para violín en re mayor* de Chaikovski. Aquella noche, abandonó la sala de conciertos sin imaginar que algún día volverían a encontrarse, pero unos años después, tras el asesinato del padre de Anna, Augustus Rolfe, un banquero suizo inmensamente rico, los presentaron formalmente. En aquella ocasión, Anna le saludó estrechándole la mano. Ahora, cuando Gabriel se sentó a su lado en la parte de atrás de una limusina Mercedes-Maybach de cortesía, le echó los brazos al cuello y apretó los labios contra su mejilla.

—Considérate secuestrado —dijo mientras el coche se alejaba del hotel—. Esta vez es imposible que escapes.

—¿Adónde piensas llevarme?

—A mi *suite* en el Crillon, naturalmente.

—Me prometiste una cena.

—Una astuta estratagema por mi parte.

Iba vestida de *sport*, con vaqueros, jersey de cachemira y abrigo largo de cuero. Aun así, era imposible no darse cuenta de que era ella: la violinista más famosa del mundo.

—¿Te ha enviado mi publicista el disco nuevo?

—Llegó anteayer.

—¿Y?

—Es una maravilla.

—El crítico del *Times* dijo que evidenciaba una nueva madurez. —Anna frunció el ceño—. ¿Qué crees que quería decir?

—Es una forma educada de decir que te estás haciendo mayor.

—Pues en la fotografía de la portada no se nota nada. Es increíble lo que pueden hacer hoy en día con unos clics de ratón. Parezco más joven que Nicola Benedetti.

—Puedes estar segura de que Nicola te idolatraba de pequeña.

—No quiero que nadie me idolatre. Solo quiero volver a tener treinta y tres años.

—¿Para qué? —Gabriel miró por la ventanilla los elegantes edificios de estilo Haussmann que bordeaban la Rue du Faubourg Saint-Honoré—. ¿Dónde vamos a cenar?

—Es una sorpresa.

—Odio las sorpresas.

—Sí, lo recuerdo —dijo Anna, ensimismada.

15

Chez Janou

El restaurante resultó ser Chez Janou, un bistró luminoso y atestado de gente en el límite oeste del Marais. Un murmullo recorrió el local cuando los acompañaron a su mesa. Anna se quitó el abrigo y se acomodó en el sillón rojo sin darse ninguna prisa. Fue, pensó Gabriel, una actuación de virtuosa.

Cuando se calmó el revuelo, se inclinó sobre la mesita de madera y susurró:

—Espero que no te desilusione que no sea más romántico.

—Es un alivio, en realidad.

—Solo estaba bromeando, ya lo sabes.

—¿Sí?

—Superé lo nuestro hace mucho tiempo, Gabriel.

—Hace dos maridos, de hecho.

—Eso ha sido un golpe bajo innecesario.

—Quizá, pero también muy certero.

Sus dos matrimonios habían sido breves e infelices y habían terminado en un divorcio sonado. Luego estaba su larga serie de aventuras desastrosas, siempre con hombres ricos y famosos. Gabriel había sido la excepción a esa regla. Había sobrevivido a sus cambios de humor y a sus arrebatos más tiempo que la mayoría (seis meses y catorce días) y, con la salvedad de un único jarrón hecho pedazos, su separación había sido civilizada. Era cierto que nunca la había amado del todo, pero le tenía mucho cariño y se alegraba de que, tras un paréntesis de unos veinte años, hubieran renovado su amistad. Anna era un poco como Julian Isherwood. Indudablemente, hacía que la vida fuera más interesante.

Como de costumbre, su examen de la carta fue apresurado, y su elección, taxativa, lo que puso en un brete a Gabriel, quien tenía intención de pedir lo mismo. La alternativa que encontró (*ratatouille* seguida de hígado con patatas) hizo aflorar una mueca de leve reproche en el famoso rostro de su compañera de mesa.

—Gañán —siseó.

El camarero descorchó una botella de burdeos y sirvió un dedo de vino para que Gabriel le diera su aprobación. Cabía la posibilidad de que las uvas empleadas para elaborar aquel vino procedieran del viñedo del norte de Saint-Macaire donde Valerie Bérrangar había terminado sus días. Lo olfateó, lo paladeó y con un movimiento de cabeza indicó al camarero que llenara las copas.

—¿Por qué brindamos? —preguntó Anna.

—Por los viejos amigos.

—Qué aburrimiento. —Su lápiz de labios manchó el borde de la copa. Dejó esta sobre la mesa y la hizo girar lentamente entre el pulgar y el índice, consciente de que todo el mundo la miraba—. ¿Alguna vez te has preguntado cómo habría sido nuestra vida si no me hubieras abandonado?

—Yo no describiría así lo que ocurrió.

—Metiste lo poco que tenías en una bolsa de deporte y te marchaste de mi villa en Portugal tan rápido como pudiste. Y no me diste ni una sola...

—Por favor, no hablemos de eso otra vez.

—¿Por qué no?

—Porque no puedo cambiar el pasado. Además, si no me hubiera ido, me habrías echado tarde o temprano.

—A ti no, Gabriel. Contigo me habría quedado.

—¿Y qué habría hecho mientras tú estabas de gira?

—Podrías haberme acompañado y haber impedido que me metiera en todos los líos en los que me metí.

—¿Seguirte de ciudad en ciudad mientras disfrutabas de la adulación de tus fans?

Ella sonrió.

—Eso lo resume muy bien.

—¿Y cómo habrías explicado mi existencia? ¿Quién habría sido yo?

—Siempre adoré a Mario Delvecchio.

—Mario era una ficción —dijo Gabriel—. Nunca existió.

—Pero me hacía unas cosas maravillosas en la cama. —Suspiró y bebió un poco de vino—. Nunca me has dicho cómo se llama tu mujer.

—Chiara.

—¿Cómo es?

—Se parece un poco a Nicola Benedetti, pero más guapa.

—Italiana, supongo.

—Veneciana.

—Lo que explica por qué has vuelto a vivir allí.

Gabriel asintió.

—Dirige la principal empresa de restauración de la ciudad. En algún momento empezaré a trabajar para ella.

—¿En algún momento?

—Estoy de baja hasta nuevo aviso.

—¿Por lo que pasó en Washington?

—Y por otros traumas variados.

—Hay peores sitios para recuperarse que Venecia.

—Mucho peores, sí —coincidió Gabriel.

—Creo que voy a programar una actuación allí. Una velada de Brahms y Tartini en la Scuola Grande di San Rocco. Conseguiré una *suite* en ese hotelito de San Marcos, el Luna Baglioni, y me quedaré un mes o dos. Podrás venir todas las tardes y…

—Compórtate, Anna.

—¿Al menos me presentarás a tu familia algún día?

—¿No crees que podría scr un poco incómodo?

—En absoluto. De hecho, creo que a tus hijos les encantaría pasar tiempo conmigo. A pesar de mis muchos defectos y mis faltas, que la prensa rosa ha diseccionado sin piedad, la mayoría de la gente me encuentra increíblemente fascinante.

—Por eso quiero pedirte que me dediques una o dos horas mañana.

—¿Qué tienes planeado?

Gabriel se lo contó.

—¿No es un poco peligroso visitar contigo una galería de arte en París?

—Eso fue hace mucho tiempo, Anna.

—En otra vida —repuso ella—. Pero ¿por qué yo?

—Necesito que distraigas al dueño mientras echo un vistazo a sus fondos.

—¿Quieres que lleve mi violín y que toque una partita o dos?

—No es necesario. Solo tienes que mostrarte tan encantadora como sueles.

—¿Quieres que le cautive con mi belleza?

—Exacto.

Ella se palpó la piel de la mandíbula.

—Estoy un poco mayor para eso, ¿no crees?

—No has cambiado nada desde…

—¿Desde la mañana que me abandonaste?

El camarero les sirvió el primer plato y se retiró. Anna bajó los ojos y dijo:

—*Bon appétit.*

16

Rue la Boétie

Gabriel llamó a la galería a las diez de la mañana del día siguiente y, tras una conversación exasperante con Bruno, el recepcionista, le pasaron con *monsieur* Georges Fleury en persona. Como era de esperar, el astuto marchante francés nunca había oído hablar de alguien llamado Ludwig Ziegler.

—Asesoro a una sola clienta a la que le apasiona la pintura neoclásica —explicó Gabriel en francés con acento alemán—. Da la casualidad de que está en París este fin de semana y le gustaría visitar su galería.

—La galería Georges Fleury no es un destino turístico, *monsieur* Ziegler. Si su clienta desea ver cuadros franceses, le sugiero que visite el Louvre.

—Mi clienta no está aquí de vacaciones. Actúa este fin de semana en la Philharmonie de París.

—¿Su clienta es…?

—Sí.

El tono de Fleury se volvió de pronto mucho más complaciente.

—¿A qué hora le gustaría a *madame* Rolfe pasar por aquí?

—A la una de esta tarde.

—Me temo que ya tengo una cita con otro cliente a esa hora.

—Pues cambie la cita. Y dígale a Bruno que no se dé prisa en volver de comer. Me resulta molesto y *madame* Rolfe sin duda será de mi misma opinión. Por si se lo pregunta, ella bebe agua mineral del tiempo. *Sans gaz* y con una rodaja de limón. No una cuña, *monsieur* Fleury. Una rodaja.

—¿Alguna marca de agua en particular?

—Cualquiera menos Vittel. Y nada de fotografías ni de apretones de manos. Por razones fáciles de entender, *madame* Rolfe nunca da la mano antes de un concierto.

Gabriel colgó y a continuación marcó el número de Anna. Cuando contestó por fin, parecía soñolienta.

—¿Qué hora es? —gimió.

—Pasan unos minutos de las diez.

—¿De la mañana?

—Sí, Anna.

Maldiciendo en voz baja, cortó la llamada. *Madame* Rolfe, recordó Gabriel, nunca se levantaba antes del mediodía.

Gabriel salió del Bristol a las doce y media y caminó bajo el plomizo cielo parisino hasta el Crillon. Era la una y cuarto cuando Anna, vestida con vaqueros y jersey con cremallera, bajó por fin de su *suite*. Al salir a la calle, montaron en la parte de atrás del Maybach para recorrer el corto trayecto hasta la galería Georges Fleury.

—¿Alguna indicación de última hora? —preguntó ella mientras se miraba en el espejo de cortesía del coche.

—Muéstrate encantadora pero puntillosa.

—O sea, ¿que actúe con naturalidad, quieres decir?

Se puso brillo en los labios en forma de corazón mientras el coche giraba hacia la Rue la Boétie. Un momento después, se detuvo frente a la galería. Su propietario los esperaba en la acera como un portero. Mantuvo las manos rígidamente pegadas a los costados cuando Anna salió de la limusina.

—Bienvenida a la galería Georges Fleury, *madame* Rolfe. Es un verdadero honor conocerla.

Anna respondió al saludo del marchante con una regia inclinación de cabeza. Fleury le tendió la mano a Gabriel con nerviosismo.

—Y usted debe de ser *herr* Ziegler.

—Debo de serlo —repuso Gabriel tranquilamente.

El marchante le miró un momento a través de sus gafas montadas al aire.

—¿Es posible que hayamos coincidido antes en algún sitio? ¿En una subasta, quizá?

—*Madame* Rolfe y yo evitamos las subastas. —Gabriel miró la pesada puerta de cristal de la galería—. ¿Entramos? *Madame* Rolfe no tarda mucho en atraer a una multitud.

Fleury abrió la puerta usando un mando a distancia. En el vestíbulo había un busto de bronce de un joven griego o romano, de tamaño natural, sobre un pedestal de mármol negro. Junto a él, la mesa del recepcionista estaba desocupada.

—Tal y como pidió *herr* Ziegler, estamos solos.

—Sin rencores, espero.

—Ninguno en absoluto. —Fleury dejó el mando en la mesa y los acompañó a una sala de techo alto con suelo de madera oscura y paredes de color granate—. La sala de exposición principal. Los mejores cuadros están arriba. Si lo desean, podemos empezar por ahí.

—*Madame* Rolfe no tiene prisa.

—Yo tampoco.

Deslumbrado, Fleury acompañó a su visitante de fama internacional en un detallado recorrido por la colección mientras Gabriel hacía una inspección por su cuenta, sin compañía. La primera obra que llamó su atención fue un gran cuadro rococó que representaba a una Venus desnuda junto a tres jóvenes doncellas. La inscripción de la parte inferior del lienzo indicaba que lo había pintado Nicolas Colombel en 1697. Gabriel dudaba de que fuera cierto.

Se llevó una mano a la barbilla y ladeó la cabeza. Transcurrió un momento antes de que Fleury reparara en su interés por la obra y fuera a reunirse con él frente al lienzo.

—Lo compré hace unos meses.

—¿Puedo preguntar dónde?

—En una colección privada antigua, aquí en Francia.

—¿Dimensiones?

Fleury sonrió.

—Dígamelo usted, *monsieur* Ziegler.

—Ciento doce por ciento cuarenta y cuatro. —Hizo una pausa y luego añadió con una sonrisa encantadora—: Centímetro arriba, centímetro abajo.

—Casi casi.

Gabriel se había equivocado adrede al calcular las dimensiones del cuadro. Cualquier tonto podía ver que la obra medía 114 por 148.

—Está en muy buen estado —comentó.

—Encargué que lo restauraran después de comprarlo.

—¿Puedo ver el informe del conservador?

—¿Ahora?

—Si no le importa.

Cuando Fleury se retiró, Anna se acercó al cuadro.

—Es precioso.

—Pero demasiado grande para transportarlo con facilidad.

—No estarás pensando en comprar algo, ¿verdad?

—Yo no —contestó Gabriel—. Pero tú sí.

Antes de que Anna pudiera protestar, Fleury reapareció con las manos vacías.

—Me temo que Bruno debe de haberlo archivado mal. Pero, si a *madame* Rolfe le interesa el cuadro, puedo enviarle una copia por correo electrónico.

Gabriel sacó su teléfono.

—¿Le importa que la fotografíe de pie junto al cuadro?

—Por supuesto que no. De hecho, sería un honor.

Anna se acercó al cuadro y, al girarse, adoptó la sonrisa que lucía al agradecer los aplausos de un auditorio abarrotado después de un concierto. Gabriel hizo la foto, luego se acercó al cuadro vecino.

—Un seguidor de Canaletto —le informó Fleury.

—Uno muy bueno.

—Eso mismo pensé yo. Lo compré la semana pasada.

—¿A quién?

—A un coleccionista particular. —El francés le dedicó a Anna una sonrisa acuosa—. En Suiza.

Gabriel se inclinó más hacia el lienzo.

—¿Está seguro de la atribución?

—¿Por qué lo pregunta?

Porque el cuadro, de solo 56 por 78 centímetros, era fácil de transportar. Sobre todo, si se sacaba del bastidor.

—¿Cree que Bruno habrá extraviado también el informe de este?

—Lo lamento, pero el cuadro ya está apalabrado.

—¿Y no hay forma de que *madame* Rolfe le haga una oferta competitiva?

—Ya he aceptado una señal del comprador.

—¿Es un marchante o un coleccionista?

—¿Por qué lo pregunta?

—Porque, si es un marchante, me interesaría comprárselo.

—No puedo revelar su identidad. Los términos de la venta son totalmente confidenciales.

—No por mucho tiempo —repuso Gabriel sagazmente.

—¿Qué quiere decir, *monsieur*?

—Digamos que tengo una sensación extraña cuando miro este cuadro. —Sacó una foto del lienzo—. Creo que ya es hora de que nos enseñe los cuadros buenos, *monsieur* Fleury.

17

Galería Fleury

Fleury los condujo por un tramo de escaleras hasta la sala de exposiciones de la primera planta. Allí las paredes no eran rojas, sino de un gris sombrío, y los cuadros eran, en apariencia, claramente de mayor calidad. Había varios retratos holandeses y flamencos, incluidas dos obras ejecutadas a la manera de Anton van Dyck. Había también una *Escena fluvial con molinos de viento a lo lejos,* óleo sobre lienzo de 36 por 58 centímetros, que llevaba las iniciales del pintor holandés del Siglo de Oro Aelbert Cuyp. Gabriel dudaba que fueran auténticas. De hecho, tras contemplarlo un momento a solas, llegó a la conclusión, sin respaldo de ningún análisis técnico, de que el cuadro era una falsificación.

—Tiene usted muy buen ojo —comentó Fleury desde el otro lado de la sala. Añadió una rodaja de limón al agua mineral de Anna y preguntó—: ¿Usted quiere algo, *monsieur* Ziegler?

—La atribución de este cuadro estaría bien.

—Numerosos expertos lo han atribuido sin lugar a dudas al propio Cuyp.

—¿Cómo explican esos expertos que no lleve su firma completa? A fin de cuentas, Cuyp solía firmar las obras que pintaba él mismo y solo ponía sus iniciales en los cuadros que pintaban otros bajo su supervisión.

—Hay excepciones, como sabrá.

Así era, en efecto, pensó Gabriel.

—¿Qué me dice de su procedencia?

—Que es prolija e impecable.

—¿Propietario anterior?

—Un coleccionista de gusto excepcional.

—¿Francés o suizo? —preguntó Gabriel con sorna.

—Estadounidense, en realidad.

Fleury entregó el vaso de agua a Anna y la acompañó de cuadro en cuadro, dejando a Gabriel a su aire para que llevara a cabo su inspección privada de los fondos de la galería. Al cabo de un rato, coincidieron los tres frente a *Escena fluvial con molinos de viento a lo lejos*, óleo sobre lienzo de 36 por 58 centímetros, obra de un falsificador de talento indiscutible.

—¿Le importa que lo toque?

—¿Cómo dice?

—El cuadro —dijo Gabriel—. Me gustaría tocarlo.

—Con cuidado —le advirtió Fleury.

Gabriel apoyó suavemente la punta del índice sobre el lienzo y la deslizó sobre las pinceladas.

—¿Su restaurador se encargó de la limpieza?

—Me llegó tal y como está.

—¿Hay pérdidas de pintura?

—No muchas. Pero, sí, hay cierta abrasión. Sobre todo, en el cielo.

—Supongo que el informe de conservación incluye fotografías.

—Varias, *monsieur*.

Gabriel miró a Anna.

—¿Le gusta a *madame* Rolfe?

—Eso depende del precio. —Ella se volvió hacia Fleury—. ¿Cuál tenía pensado?

—Un millón y medio.

—Vamos, vamos —dijo Gabriel—. Seamos realistas.

—¿Cuánto estaría dispuesta a pagar *madame* Rolfe?

—¿Me está pidiendo que regatee conmigo misma?

—En absoluto. Simplemente le estoy ofreciendo la oportunidad de poner un precio.

Gabriel contempló en silencio aquel cuadro sin ningún valor.

—¿Y bien? —preguntó Fleury.

—*Madame* Rolfe le dará un millón de euros, ni uno más.

El marchante sonrió.

—Vendido.

Abajo, en el despacho de Fleury, Gabriel revisó el informe de conservación y procedencia mientras Anna, con el móvil pegado a la oreja, transfería un millón de euros de su cuenta en el Credit Suisse a la cuenta de la galería en el Société Générale. El precio final de venta incluía el coste del marco y los portes. Gabriel, sin embargo, declinó ambas cosas. A *madame* Rolfe, dijo, no le interesaba el marco. Y, en cuanto a los portes, pensaba ocuparse de ese asunto personalmente.

—Calculo que tendré la licencia de exportación el próximo miércoles, a más tardar —dijo Fleury—. Entonces podrá recoger el cuadro.

—Lo lamento, pero no podrá ser el miércoles.

—¿Por qué?

—Porque *madame* Rolfe y yo vamos a llevarnos el cuadro ahora.

—*C'est impossible*. Hay papeleo que presentar y se necesitan varias firmas.

—El papeleo y las firmas son problema suyo. Además, algo me dice que sabe usted cómo conseguir una licencia de exportación para un cuadro que ya ha salido del país.

El marchante no lo negó.

—¿Y qué hay del embalaje? —preguntó.

—Confíe en mí, *monsieur* Fleury. Sé manejar un cuadro.

—La galería no asume la responsabilidad de los daños que pueda sufrir la obra una vez haya salido de sus instalaciones.

—Pero sí garantiza su atribución, y la exactitud del informe de conservación y procedencia.

—Sí, por supuesto. —Fleury le entregó una copia del certificado de autenticidad, que declaraba que la obra había sido atribuida firmemente a Aelbert Cuyp—. Lo dice aquí.

Puso el contrato de venta delante de Anna y le indicó la línea en la que debía firmar. Tras firmar a su vez, fotocopió el documento y lo introdujo en un sobre junto con varias copias del informe de procedencia y conservación. Cubrió el cuadro con papel *glassine* y plástico de burbujas (más precauciones de las que merecía), y a las tres y cuarto el lienzo descansaba en el asiento trasero del Maybach cuando este se detuvo frente al hotel Bristol.

—Creía que solo tenía que distraerle —comentó Anna.

—¿Qué es un millón de euros entre amigos?

—Un montón de dinero.

—El lunes por la tarde, como mucho, volverás a tenerlo en tu cuenta.

—Qué lástima. Esperaba que siguieras en deuda conmigo un poco más.

—¿Y si así fuera?

—Te pediría que vinieras a mi concierto esta noche. Después hay una recepción de gala. Toda la gente guapa estará allí.

—Creía que odiabas esas cosas.

—Apasionadamente. Pero, si estuvieras a mi lado, podría tolerarlo.

—¿Y cómo explicarías mi presencia, Anna? ¿Quién sería yo?

—¿Qué tal *herr* Ludwig Ziegler? —Frunció el ceño al mirar el objeto que descansaba en el asiento, entre los dos—. Mi estimado asesor de arte, que acaba de gastarse un millón de euros de mi dinero en una falsificación sin ningún valor.

Gabriel subió el cuadro a su habitación y sacó el lienzo del bastidor. Una hora más tarde lo llevaba dentro de la bolsa de viaje con la que cruzó el enorme vestíbulo de la Gare du Nord. Pasó por el control de pasaportes sin ningún tropiezo y a las cinco subió al Eurostar con destino a Londres. Mientras las *banlieues* del norte de París desfilaban más allá de la ventanilla, reflexionó sobre las vicisitudes de su carrera. Apenas cuatro meses antes era el director general de uno de los servicios de inteligencia más importantes del mundo. Ahora, pensó con una sonrisa, había encontrado una nueva ocupación.

Contrabandista de arte.

18

Jermyn Street

Desde el inicio de la pandemia, cuando el mundo del arte entró en una especie de parada cardiorrespiratoria, Sarah Bancroft no había pasado una semana tan atroz. Comenzó con la visita calamitosa de Julian a Burdeos y concluyó, a última hora de esa tarde, con el fracaso de una posible venta debido a las dudas del comprador y a la firme determinación de Sarah de no vender el cuadro, la *Adoración de los Reyes Magos* de Luca Cambiaso, por menos dinero del que les había costado. Por si eso fuera poco, su flamante marido estaba fuera de Londres por trabajo y, dado que se dedicaba al espionaje, no le había dicho adónde iba ni cuándo regresaría. Podía perfectamente llegar el solsticio de verano antes de que volviera a verle.

Lo que explicaba por qué, tras conectar la alarma de la galería y cerrar la puerta principal, se fue derecha al Wiltons y se instaló en su mesa de costumbre, en un rincón del bar. Un martini Belvedere perfecto, con tres aceitunas y tan seco como el Sahara, apareció ante ella un momento después, servido por un camarero joven y apuesto con chaquetilla azul y corbata roja. Quizá no estuviera todo perdido, pensó Sarah al llevarse la copa a los labios.

En ese instante se oyó un estallido de risas estruendosas. Era Julian quien lo había provocado. Les estaba explicando a Oliver Dimbleby y Jeremy Crabbe, el jefe de la sección de Maestros Antiguos de Bonhams, el horrible hematoma entre rojo y morado que tenía en el pómulo. Según su versión, el choque con la farola no había tenido lugar en Burdeos, sino en Kensington, y había sido resultado de un intento absurdo de mandar un mensaje de texto mientras caminaba.

Con el teléfono móvil en la mano, recreó el incidente ficticio para alborozo del resto de los marchantes, comisarios y subastadores acodados en la barra. Como recompensa, recibió un beso de los labios carmesíes de la impresionante exmodelo que ahora dirigía una próspera galería de arte moderno en King Street. Mientras observaba la escena desde su mesa en el rincón, Sarah dio un sorbo a su martini y murmuró:

—Zorra.

Advirtió que el beso le servía de escaso consuelo a su socio. Julian se sentía humillado por el aspecto que presentaba y estaba inquieto por la muerte sospechosa de la mujer que le había pedido que fuera a Francia. Igual que ella. Sarah estaba, además, preocupada por el cuadro que le había vendido a Phillip Somerset, al que había conocido mientras trabajaba en el museo de Arte Moderno de Nueva York. Su buen amigo Gabriel Allon había accedido a investigar el asunto, pero hasta el momento no los había informado de cómo avanzaban sus pesquisas.

Amelia March, de *ARTnews*, se apartó de la barra y se acercó a su mesa. Era una mujer esbelta, de porte erguido, con el pelo corto y oscuro y los ojos excesivamente grandes y fijos de un emoticón de Apple. Había sido ella, con la ayuda anónima de Sarah, quien había dado la noticia acerca del *Retrato de una desconocida*. Sarah se arrepentía ahora de haber filtrado la información. Si hubiera mantenido la boca cerrada, el redescubrimiento y la venta del cuadro habrían permanecido en secreto. Y *madame* Valerie Bérrangar, pensó, seguiría viva.

—El otro día oí un rumor muy extraño sobre ti —anunció Amelia.

—¿Solo uno? —preguntó Sarah—. Qué decepción.

Podía imaginarse el tipo de chismorreos que llegaban de vez en cuando a los oídos siempre atentos de Amelia. A fin de cuentas, Sarah era una ex agente secreta de la CIA cuyo marido había trabajado como asesino profesional antes de incorporarse al Servicio Secreto de Inteligencia británico. También había sido la asesora artística del príncipe heredero de Arabia Saudí durante un tiempo. De hecho, fue ella quien convenció a Su Majestad de que desembolsara cuatrocientos cincuenta millones de dólares por el *Salvator Mundi* de Leonardo da Vinci, el precio más alto jamás alcanzado por una obra de arte en una subasta.

Nada de lo cual deseaba ver publicado en la prensa. De ahí que no pusiera ningún reparo cuando Amelia se sentó a su mesa sin que la invitara. Pensó que le convenía escuchar a la periodista y, a ser posible, aprovechar la oportunidad para hacer una travesura. Era lo que le pedía el cuerpo.

—¿De qué se trata esta vez? —preguntó.

—Alguien de fiar me ha dicho…

—Oh, por el amor de Dios.

—Alguien muy de fiar me ha dicho —prosiguió Amelia— que estás planeando trasladar la galería desde su sede tradicional en Mason's Yard a un lugar menos apartado, por decirlo de algún modo.

—No es cierto —declaró Sarah.

—La semana pasada estuviste viendo dos posibles locales en Cork Street.

Pero no por el motivo que creía Amelia. Sarah ambicionaba abrir otra galería. Una galería que llevara su nombre, especializada en arte contemporáneo. Todavía no se lo había comentado a Julian y no le interesaba en absoluto que él se enterara de sus planes leyendo *ARTnews*.

—No puedo permitirme un local en Cork Street —respondió para ganar tiempo.

—Acabas de vender un Van Dyck recién descubierto por seis millones y medio de libras. —Amelia bajó la voz—. Muy en secreto. Comprador desconocido. Procedencia misteriosa.

—Sí. Creo que algo de eso he leído en alguna parte.

—Me he portado muy bien contigo y con Julian todos estos años —añadió Amelia—. Y me he abstenido muchas veces de investigar asuntos que muy bien podrían haber dañado la reputación de la galería.

—¿Como por ejemplo?

—El papel que desempeñasteis en la reaparición de aquel Artemisia, sin ir más lejos.

Sarah dio un sorbo a su bebida, pero no dijo nada.

—¿Y bien? —insistió Amelia.

—Isherwood Fine Arts seguirá en Mason's Yard. Ahora y siempre. Por los siglos de los siglos, amén.

—Entonces, ¿por qué estás buscando un alquiler a largo plazo en Cork Street?

Porque quería proyectar una larga sombra sobre la galería de la que era propietaria la exmodelo que en ese momento le susurraba algo al oído a Simon Mendenhall, el relamido subastador jefe de Christie's.

—Te juro —dijo Sarah—, como amiga y como mujer, que te lo diré cuando llegue el momento.

—Me lo dirás a mí primero —dijo Amelia con énfasis—. Y, mientras tanto, me contarás algo jugoso.

—Mira un momentito por encima de tu hombro derecho.

Amelia obedeció.

—¿La encantadora señorita Watson y el sórdido Simon Mendenhall?

—Tienen una tórrida aventura —dijo Sarah.

—Creía que ella estaba saliendo con ese actor.

—Se está tirando al sórdido Simon a escondidas.

En ese preciso instante se oyó otro estallido de carcajadas procedente del extremo opuesto del bar, donde Julian acababa de recrear de nuevo el incidente de Kensington, esta vez para Nicky Lovegrove, asesor artístico de los inmensamente ricos.

—¿De verdad es eso lo que pasó? —preguntó Amelia.

—No. —Sarah sonrió con tristeza—. La farola le atacó.

Tras acabar su bebida, Sarah limpió la mancha de carmín de la mejilla de Julian y salió a Jermyn Street. Como no había taxis a la vista, dobló la esquina de Piccadilly y cogió uno allí. Mientras la llevaba hacia el oeste de Londres, echó un vistazo a las posibilidades que le ofrecía Deliveroo, debatiéndose entre comida india y tailandesa. Al final pidió comida italiana y enseguida se arrepintió de su decisión. Había engordado dos kilos durante la pandemia y otros dos después de casarse con Christopher. Y a pesar de que corría tres veces por semana por los senderos de Hyde Park, la báscula seguía sin moverse ni un milímetro.

Cuando el taxi pasaba a toda velocidad por delante del Royal Albert Hall, resolvió ponerse a dieta una vez más. Pero esa noche, no. Tenía tanta hambre que podría haberse comido uno de sus zapatos de Ferragamo. Después de la cena, que tomaría viendo alguna tontería en la tele, se metería en su lecho conyugal vacío y se quedaría allí casi todo el fin de semana, escuchando en bucle *When Your Lover Has Gone*. La grabación clásica de Billie Holiday de 1956, por supuesto. Cuando una estaba verdaderamente deprimida, no le servía ninguna otra versión.

Imitó a Lady Day lo mejor que pudo mientras el taxi tomaba Queen's Gate Terrace y se detenía frente a la elegante casa georgiana del número dieciocho. No era toda suya, solo el lujoso dúplex de los dos pisos de abajo. Sarah se llevó una alegría al ver que había una luz encendida en la planta baja, en la cocina. Como le preocupaba el medio ambiente, estaba segura de no habérsela dejado encendida esa mañana. La explicación más plausible era que su marido no se había ido, después de todo.

Pagó al taxista y bajó a toda prisa los escalones de la entrada inferior del dúplex. Encontró la puerta entreabierta y la alarma desconectada. Dentro, extendido sobre la isla de la cocina, había un lienzo sin bastidor: un paisaje fluvial con molinos de viento a lo lejos, de unos 40 por 60 centímetros, firmado con lo que parecían ser las iniciales del pintor holandés del Siglo de Oro Aelbert Cuyp.

Junto al cuadro había un sobre de la galería Georges Fleury de París. Y, junto al sobre, una botella de excelente Sancerre que Gabriel, con gesto de dolor, intentaba descorchar. Sarah cerró la puerta y, riendo a su pesar, se quitó el abrigo. Era, pensó, el colofón perfecto para una semana absolutamente espantosa.

19

Queen's Gate Terrace

Sarah comprobó el estado de su pedido de Deliveroo y vio que aún no lo había cerrado.

—¿*Tagliatelle* con ragú o milanesa de ternera?

—No quisiera abusar.

—Mi marido está de viaje. Me vendría bien tener compañía.

—En ese caso, tomaré la ternera.

—*Tagliatelle*, entonces. —Sarah hizo el pedido y luego miró el lienzo sin marco ni bastidor que descansaba sobre la encimera—. Estoy segura de que esto tiene una explicación perfectamente razonable. Igual que tu mano hinchada.

—¿Por dónde quieres que empiece?

—¿Qué tal por la mano?

—Me peleé con un agente de los Carabinieri de paisano después de verme con Julian en Venecia.

—¿Y el cuadro?

—Lo he comprado esta tarde en la galería Georges Fleury.

—Ya lo veo. —Sarah tocó el sobre—. Pero ¿cómo lo has pagado?

Gabriel sacó el contrato de venta del sobre y señaló la firma del comprador.

—Qué generoso por su parte —comentó Sarah.

—La generosidad no tiene nada que ver con esto. Espera que le devuelvan el importe en su totalidad.

—¿Que se lo devuelva quién?

—Tú, por supuesto.

—Entonces, ¿el cuadro es mío? ¿Es eso lo que me estás diciendo?

—Supongo que sí.

—¿Cuánto me ha costado?

—Un millón de euros.

—Por esa suma, deberían haberme dado un marco. —Sarah tiró de la esquina deshilachada del lienzo—. Y también un bastidor.

—A la dirección del hotel Bristol le habría parecido extraño que dejara un marco antiguo en mi habitación.

—¿Y el bastidor?

—Está en un cubo de basura, frente a la Gare du Nord.

—Cómo no. —Sarah suspiró—. Deberías ponerle uno nuevo a primera hora de la mañana para estabilizar la imagen.

—Si lo hago, no me cabrá en la maleta.

—¿Adónde piensas llevarlo?

—A Nueva York —contestó Gabriel—. Y tú vas a venir conmigo.

—¿Por qué?

—Porque este cuadro es falso. Y tengo la extraña sensación de que el que le vendiste a Phillip Somerset por seis millones y medio de libras también lo es.

—Ay, Dios —dijo Sarah—. Temía que fueras a decir eso.

Gabriel sacó su móvil y abrió la fotografía del cuadro que había visto en la villa de Valerie Bérrangar en Saint-André-du-Bois. *Retrato de una desconocida*, óleo sobre lienzo, 115 por 92 centímetros, atribuido a un seguidor del pintor barroco flamenco Anton van Dyck.

—Eso explicaría la carta que le escribió a Julian.

—Solo en parte.

—¿Qué quieres decir?

—Que primero llamó a Georges Fleury.

—¿Por qué?

—Quería saber si su versión del retrato también era un valioso Van Dyck.

—¿Y qué le dijo *monsieur* Fleury?

—Por lo poco que le conozco, puedo asegurarte que lo que le dijo no se parecería en nada a la verdad. Pero, fuera como fuese, la hizo sospechar lo suficiente como para ponerse en contacto con la unidad de delitos artísticos de la Police Nationale.

Sarah maldijo en voz baja mientras descorchaba la botella de Sancerre.

—No te preocupes, estoy casi seguro de que la policía le dijo a *madame* Bérrangar que no tenía ningún interés en investigar el asunto. Por eso ella le pidió a Julian que fuera a Burdeos. —Gabriel hizo una pausa—. Y por eso ahora está muerta.

—¿La...?

—¿Asesinaron? —Gabriel asintió—. Y sus asesinos se llevaron su teléfono móvil, por si acaso.

—¿Quiénes eran?

—Todavía estoy intentando averiguarlo. Pero estoy seguro de que eran profesionales.

Sarah sirvió dos copas de vino y le dio una a Gabriel.

—¿Qué clase de marchante contrata a asesinos profesionales para matar a alguien por una disputa por un cuadro?

—Un marchante implicado en una trama delictiva muy rentable.

Sarah cogió el teléfono de Gabriel y amplió la imagen.

—¿El cuadro de *madame* Bérrangar también es una falsificación?

—En mi opinión, es obra de un seguidor posterior de Van Dyck. Hace cuarenta y ocho horas, le dije a la hija de Valerie Bérrangar que creía que era una copia del cuadro que le vendiste a Phillip Somerset, pero ahora estoy convencido de que es al revés. Lo que explicaría por qué el cuadro no aparece en el catálogo de Van Dyck.

—¿El falsificador copió al seguidor?

—En cierto modo, sí. Y, de paso, hizo mejoras notables. Es muy curioso. Pinta de verdad como Anton van Dyck. No me extraña que engañara a tus cinco expertos.

—¿Cómo explicas las pérdidas de pintura y los retoques que aparecieron cuando examinamos el cuadro con luz ultravioleta?

—El falsificador envejece y daña artificialmente sus pinturas. Y luego las restaura utilizando pigmentos y medios modernos para que parezcan auténticas.

Sarah miró el lienzo extendido sobre la encimera.

—¿Este también?

—Por supuesto.

Gabriel sacó del sobre el informe de conservación del cuadro. Incluía tres fotografías. En la primera aparecía el lienzo en su estado actual: retocado y con una capa fresca de barniz sin ninguna mancha. La segunda foto, hecha con luz ultravioleta, revelaba las pérdidas de pintura en forma de archipiélago de islotes negros. La última fotografía mostraba el cuadro en su auténtico estado, sin retocar ni barnizar. Las pérdidas aparecían como manchas blancas.

—Tiene exactamente el aspecto que debe tener un cuadro de cuatrocientos años de antigüedad —comentó Gabriel—. Odio reconocerlo, pero es posible que me hubiera engañado incluso a mí.

—¿Y por qué no te engañó?

—Porque entré en esa galería buscando falsificaciones. Y porque llevo siglos viviendo entre cuadros. Conozco las pinceladas de los Maestros Antiguos tan bien como mis patas de gallo.

—Con el debido respeto —repuso Sarah—, eso no basta para demostrar que el cuadro sea falso.

—Por eso se lo vamos a llevar a Aiden Gallagher.

Gallagher era el fundador de Equus Analytics, una empresa de alta tecnología especializada en la detección de falsificaciones artísticas. Prestaba servicio a museos, marchantes, coleccionistas, casas de subastas y, en ocasiones, a la Unidad de Delitos Artísticos del FBI. Era Aiden Gallagher quien, diez años antes, había demostrado que una de las galerías de arte contemporáneo más prósperas de Nueva York había vendido cuadros falsos por valor de casi ochenta millones de dólares a compradores desprevenidos.

—Su laboratorio está en Westport, Connecticut —continuó Gabriel—. Si el falsificador cometió algún error técnico, Gallagher lo encontrará.

—¿Y mientras esperamos los resultados?

—Conseguirás que yo pueda echarle un vistazo al cuadro que le vendiste a Phillip Somerset. Si, como sospecho, es falso…

—Julian y yo seremos el hazmerreír del mundo del arte.

No, pensó Gabriel mientras cogía su copa de vino. Si el *Retrato de una desconocida* resultaba ser una falsificación, Isherwood Fine Arts, de Mason's Yard, proveedores de cuadros de Maestros Antiguos italianos y holandeses con calidad museística desde 1968, se arruinaría.

20

Westport

Pasaron el control de seguridad de Heathrow por separado (Gabriel con su nombre real y el Cuyp falso metido en su equipaje de mano) y volvieron a encontrarse en la sala de embarque. Mientras esperaban que se anunciara su vuelo, Sarah redactó un correo electrónico para Aiden Gallagher informándole de que Isherwood Fine Arts de Londres deseaba contratar los servicios de Equus Analytics para que hiciera la evaluación técnica de una pintura. No identificó la obra en cuestión, pero dio a entender que se trataba de un asunto de cierta urgencia. Tenía previsto llegar a Nueva York a mediodía y, salvo que se lo impidiera el tráfico, podía estar en Westport a las tres de la tarde, como mucho. ¿Podía entregarle el cuadro entonces?

A bordo del avión, informó a la azafata de que no iba a necesitar comida ni bebida durante las ocho horas que duraba el vuelo a través del Atlántico Norte. Luego cerró los ojos y no volvió a abrirlos hasta que el avión aterrizó con estrépito en la pista del aeropuerto internacional John F. Kennedy. Armada con su pasaporte estadounidense y su tarjeta Global Entry, llevó a cabo los rituales del procedimiento de llegada con toda celeridad y sin ningún tropiezo, mientras que Gabriel, que ya no gozaba de su antiguo estatus, pasó una hora abriéndose camino a través del laberinto de vallas móviles y postes separadores con cinta extensible reservado a los extranjeros inoportunos. Su periplo terminó en una sala sin ventanas, donde le interrogó brevemente un agente entrado en carnes del Servicio de Aduanas y Protección de Fronteras.

—¿Qué le trae de vuelta a los Estados Unidos, señor Allon?

—Una investigación privada.

—¿Sabe la Agencia que está en el país?

—Ahora sí.

—¿Qué tal su pecho?

—Mejor que mi mano.

—¿Lleva algo en la bolsa?

—Un par de armas de fuego y un cadáver.

El agente sonrió.

—Que disfrute de su estancia.

Una línea azul guio a Gabriel hasta la recogida de equipajes, donde Sarah estaba absorta en su teléfono móvil.

—Aiden Gallagher —dijo sin levantar la vista—. Quiere saber si puedo esperar hasta el lunes. Le he dicho que no.

En ese momento, su teléfono emitió un suave pitido al recibir un correo electrónico.

—¿Y bien?

—Quiere una descripción del cuadro.

Gabriel recitó los detalles.

—*Escena fluvial con molinos de viento a lo lejos.* Óleo sobre lienzo. Treinta y seis por cincuenta y ocho centímetros. Atribuido actualmente a Aelbert Cuyp.

Sarah envió el correo electrónico. La respuesta de Gallagher llegó dos minutos después.

—Nos vemos en Westport a las tres.

Equus Analytics tenía su sede en un viejo edificio de ladrillo visto, en Riverside Avenue, cerca del paso elevado de la autopista de peaje de Connecticut. Gabriel y Sarah llegaron cuando pasaban escasos minutos de las dos de la tarde, en la parte de atrás de un Uber todoterreno. Pidieron café para llevar en un Dunkin' Donuts que había al final de la calle y se acomodaron en un banco junto a la orilla soleada del Saugatuck. Grandes nubes blancas surcaban el cielo de un azul impecable. En el pequeño puerto deportivo, las embarcaciones de recreo dormitaban como juguetes desechados, meciéndose en sus amarres.

—Casi podría haberlo pintado Aelbert Cuyp —comentó Gabriel.

—Desde luego, Westport tiene su encanto. Sobre todo, en días como hoy.

—¿Te arrepientes de algo?

—¿De haber dejado Nueva York, quieres decir? —Sarah negó con la cabeza—. Creo que mi historia terminó bastante bien, ¿no?

—Eso depende.

—¿De qué?

—De si de verdad eres feliz estando casada con Christopher.

—Feliz hasta el delirio. Aunque tengo que reconocer que mi trabajo en la galería no es tan interesante como los trabajos que hacía para ti. —Levantó la cara hacia el sol—. ¿Recuerdas nuestro viaje a Saint-Barthélemy con Zizi al Bakari?

—¿Cómo iba a olvidarlo?

—¿Y el verano que pasamos con Ivan y Elena Kharkov en Saint-Tropez? ¿O el día que le disparé a ese asesino ruso en Zúrich? —Sarah miró la hora en su teléfono—. Son casi las tres. ¿Nos vamos? No quiero hacerle esperar.

Echaron a andar por Riverside Avenue y llegaron a Equus Analytics en el momento en que un BMW Serie 7 negro entraba en el aparcamiento. El hombre que salió del asiento del conductor tenía el pelo negro como el carbón y los ojos azules y, aunque frisaba los cincuenta y cinco años, aparentaba muchos menos.

Le tendió una mano a Sarah.

—¿La señorita Bancroft, supongo?

—Es un placer conocerle, doctor Gallagher. Gracias por recibirnos habiéndole avisado con tan poca antelación. Y un sábado, además.

—No hay de qué. Si le digo la verdad, pensaba trabajar unas horas antes de cenar. —Su acento, aunque muy difuminado, evidenciaba su infancia dublinesa. Miró a Gabriel—. ¿Y usted es…?

101

—Johannes Klemp —respondió Gabriel, eligiendo un alias entre la maraña de su pasado—. Trabajo con Sarah en Isherwood Fine Arts.

—¿Le han dicho alguna vez que se parece muchísimo a ese israelí al que dispararon el día de la investidura? Gabriel Allon, se llama, si no me equivoco.

—Me lo dicen a menudo.

—No me sorprende. —Gallagher le dedicó una sonrisa sagaz antes de volverse hacia Sarah—. Ahora ya solo nos queda ver el cuadro.

Ella señaló la bolsa de viaje de Gabriel.

—Ah —dijo Gallagher—. La trama se complica.

21

Equus

Las cerraduras de la puerta exterior eran propias de un museo, igual que el sistema de alarma y que el equipamiento del laboratorio de Gallagher. Su inventario de artilugios de alta tecnología incluía un microscopio electrónico, una cámara de reflectografía infrarroja de onda corta y un Bruker M6 Jetstream, un sofisticado escáner de procesamiento de imágenes. Gallagher, sin embargo, comenzó su análisis a la antigua usanza, examinando el cuadro a ojo, bajo luz visible.

—Parece que ha sobrevivido intacto al vuelo, pero me gustaría ponerle un bastidor lo antes posible. —Le lanzó a Gabriel una mirada de reproche—. Siempre que *herr* Klemp no tenga objeción, por supuesto.

—Quizá debería llamarme por mi verdadero nombre —repuso Gabriel—. En cuanto al bastidor, uno estándar de catorce por veintidós debería servir. Yo usaría un rebaje de cinco octavos para el lienzo.

Gallagher le interrogó con la mirada.

—¿Pinta usted, señor Allon?

Gabriel le dio la misma respuesta que le había dado a la hija de Valerie Bérrangar setenta y dos horas antes, en la comuna de Saint-André-du-Bois. Aiden Gallagher parecía tan intrigado como ella, aunque por motivos distintos.

—Por lo visto tenemos mucho en común.

—Lamento oír eso —bromeó Gabriel.

—En el terreno artístico, quiero decir. Estudié pintura en el Colegio Nacional de Arte y Diseño de Dublín antes de venir a los Estados Unidos y matricularme en la Universidad de Columbia.

Donde se doctoró en Historia del Arte e hizo un máster en conservación artística. Mientras trabajaba como restaurador en el Metropolitan Museum of Art, se especializó en la investigación de la procedencia de obras de arte y, posteriormente, en la detección científica de falsificaciones. Dejó el Met en 2005 para fundar Equus Analytics. El *Art Newspaper* le había calificado recientemente de «estrella del *rock*» sin parangón en su sector. De ahí el nuevo BMW Serie 7 aparcado delante de la puerta de sus oficinas.

Gallagher fijó la mirada en el cuadro.

—¿Dónde lo compraron?

—En la galería Georges Fleury de París —respondió Gabriel.

—¿Cuándo?

—Ayer por la tarde.

Gallagher levantó la vista un instante.

—¿Y ya sospecha que hay algún problema?

—No —dijo Gabriel—. Sé que lo hay. El cuadro es falso.

—¿Y cómo ha llegado a esa conclusión? —preguntó Gallagher, vacilante.

—Por instinto.

—Me temo que el instinto no es suficiente, señor Allon. —Volvió a contemplar el cuadro—. ¿Qué hay de la procedencia?

—Es de risa.

—¿Y el informe de conservación?

—Una verdadera obra de arte.

Gabriel sacó ambos documentos de su maletín y los puso sobre la mesa. Aiden Gallagher leyó primero los datos de procedencia y, por último, miró las tres fotografías. El cuadro en su estado actual. El cuadro bajo luz ultravioleta. Y el cuadro con las pérdidas al descubierto.

—Si es una falsificación, está claro que el autor sabía lo que hacía. —Apagó la luz del techo y examinó la pintura con una linterna ultravioleta. El archipiélago de manchas negras se correspondía con

104

el de la fotografía—. De momento, todo bien. —Volvió a encender la luz y miró a Gabriel—. Supongo que conoce bien la obra de Cuyp.

—Sí, muy bien.

—Entonces sabrá que lleva siglos plagada de confusiones y atribuciones erróneas. Tomó muchos elementos prestados de Jan van Goyen, y sus seguidores los tomaron prestados de él. Uno de ellos era Abraham van Calraet. Al igual que Cuyp, era de la localidad holandesa de Dordrecht. Y, como tenían las mismas iniciales, a veces cuesta distinguir la obra de uno y del otro.

—De ahí que el falsificador haya elegido a un pintor como Cuyp. Los buenos falsificadores seleccionan con mucha astucia a artistas cuya obra ya ha sido objeto de atribuciones erróneas en el pasado. De ese modo, cuando reaparece milagrosamente un cuadro en una polvorienta colección europea, los presuntos expertos se inclinan más por aceptar su autenticidad.

—¿Y si llego a la conclusión de que el cuadro es obra de Aelbert Cuyp?

—Estoy seguro de que no va a ser así.

—¿Apostaría cincuenta mil dólares?

—Yo no. —Gabriel señaló a Sarah—. Pero ella sí.

—Pido veinticinco mil por adelantado para comenzar una evaluación. El resto se abona a la entrega del informe final.

—¿Cuánto tiempo tardará? —preguntó Sarah.

—Entre un par de semanas y un par de meses.

—El tiempo es de vital importancia, doctor Gallagher.

—¿Cuándo piensa regresar a Londres?

—Dígamelo usted.

—Puedo tener listo un informe preliminar el lunes por la tarde. Pero cobro un recargo por los trabajos urgentes.

—¿Cuánto?

—Cincuenta mil por adelantado —dijo Gallagher—. Y veinticinco mil a la entrega.

* * *

Tras firmar los formularios de cesión y entregar el cheque, Gabriel y Sarah recorrieron a buen paso Riverside Avenue hasta la estación de Metro-North y sacaron dos billetes para Grand Central.

—El próximo tren sale a las cuatro y veintiséis —dijo Sarah—. Con un poco de suerte, a las seis estaremos tomándonos un martini en el Mandarin Oriental.

—Creía que preferías el Four Seasons.

—No había sitio en la posada.

—¿Ni siquiera para ti?

—Le dije cuatro cosas al jefe de reservas, te lo aseguro.

—¿Dónde crees que estará pasando el fin de semana Phillip Somerset?

—Conociéndole, podría estar en cualquier parte. Además de su casa en la calle Setenta y Cuatro Este, tiene un chalé en Aspen, una finca en el East End de Long Island y es dueño de gran parte de Lake Placid, en los Adirondacks. Revolotea entre un sitio y otro en su Gulfstream.

—No está mal para un antiguo operador de bonos de Lehman Brothers.

—Se ve que has estado leyendo sobre él.

—Ya me conoces, Sarah. Nunca he podido dormir en los aviones. —Gabriel la miró de reojo—. ¿Qué tal tiempo hace en Lake Placid en esta época del año?

—Horrible.

—¿Y en Aspen?

—No hay nieve.

—Entonces, quedan Manhattan y Long Island.

—Le llamaré el lunes a primera hora.

—Hazlo cuanto antes. Te quitarás un peso de encima.

—A no ser que el Van Dyck resulte ser una falsificación. —Sarah abrió un correo electrónico en blanco y puso la dirección de Phillip Somerset—. ¿Qué pongo como asunto?

—«¿Qué tal todo?».

—Buena idea. Continúa.

—Dile que has tenido que venir a Nueva York inesperadamente y pregúntale si tiene un rato libre.

—¿Menciono el cuadro?

—Bajo ningún concepto.

—¿Y qué digo de ti?

—Eres una marchante de arte que antes trabajaba para la CIA. Seguro que algo se te ocurre.

Acabó de escribir el correo electrónico cuando el tren estaba entrando en la estación. Y a las cinco y media, mientras subían a un taxi frente a Grand Central, Phillip Somerset la llamó por teléfono.

—Lindsay y yo hemos invitado a unos amigos a comer mañana en nuestra casa de Long Island. Sería estupendo que vinieras. Y trae a tu amigo —le sugirió—. Me encantaría conocerlo.

22

North Haven

Sarah declinó el ofrecimiento de Phillip Somerset de enviarle un coche y alquiló un lujoso sedán de fabricación europea. Lo recogieron en un garaje de Turtle Bay a las diez y media de la mañana siguiente, y a mediodía estaban atravesando a toda velocidad el condado de Suffolk por la autopista de Long Island. Para pasar el rato, Sarah leía en voz alta los pintorescos nombres de los pueblos y aldeas que aparecían en las señales verdes descoloridas de la carretera: primero, Commack; luego Hauppauge, Ronkonkoma y Patchogue. Era un juego tonto, le explicó a Gabriel, al que solía jugar de niña cuando los Bancroft pasaban los veranos en East Hampton con otras familias ricas de Manhattan como la suya.

—La gente de ahora es mucho más rica que nosotros y no le da vergüenza demostrarlo. Hoy en día las exhibiciones grotescas de riqueza son de rigor. —Se tiró de la manga del traje pantalón oscuro que había traído de Londres—. Ojalá hubiera tenido tiempo de comprarme algo más apropiado.

—Estás guapísima —respondió Gabriel con una mano apoyada en el volante.

—Pero no voy vestida adecuadamente para una fiesta de fin de semana en la finca de North Haven de Phillip Somerset.

—¿Cómo hay que ir vestido?

—Con ropa lo más cara posible. —Su teléfono tintineó al recibir un mensaje—. Hablando del rey de Roma…

—¿Nos ha retirado la invitación?

—Quiere saber qué tal vamos.

—¿Crees que está escribiendo a todos sus invitados o solo a ti?

—¿Qué insinúas?

—Que ayer parecía extremadamente contento de tener noticias tuyas.

—Nuestra relación es tanto personal como profesional —admitió Sarah.

—¿Cómo de personal?

—Nos presentó un amigo común en la gala anual de recaudación de fondos en el jardín del MoMA. En aquel momento Phillip estaba pasando por un divorcio complicado. Estuvimos saliendo unos meses.

—¿Quién le puso fin?

—Él, ya que lo preguntas.

—¿En qué rayos estaba pensando?

—Yo tenía treinta y tantos años en ese momento y Phillip buscaba a alguien un poco más joven. Cuando conoció a la encantadora Lindsay Morgan, una modelo doce años más joven que yo y apasionada del yoga, se deshizo de mí como de una acción de bajo rendimiento.

—Y aun así seguiste invirtiendo en Masterpiece Art.

—¿Cómo lo sabes?

—Me lo imagino.

—Ya le había confiado a Phillip una pequeña parte de mi patrimonio antes de que empezásemos a salir. No vi razón para exigirle que me devolviera el dinero solo porque nuestra relación íntima había acabado mal.

—¿Cómo de pequeña es esa parte de tu patrimonio?

—Dos millones de dólares.

—Entiendo.

—Creía que te había quedado claro la última vez que estuvimos en Nueva York que mi padre me dejó bastante bien situada.

—Sí, en efecto —dijo Gabriel—. Solo espero que Phillip haya velado por tus intereses.

—Mi saldo actual es de cuatro millones ochocientos mil dólares.

—*Mazel tov.*

—Comparada con otros clientes de Phillip, soy casi una indigente. Tiene el toque del rey Midas, eso está claro. Por eso tanta gente del mundo del arte invierte con él. El fondo genera sistemáticamente un rendimiento anual del veinticinco por ciento.

—¿Cómo es posible?

—Gracias a una estrategia comercial mágica cuyo secreto Phillip guarda celosamente. A diferencia de otros fondos de arte, Masterpiece no hace públicos los cuadros que componen su inventario. Su catálogo es totalmente opaco. Y bastante abultado, por lo visto. Phillip controla en la actualidad obras por valor de mil doscientos millones de dólares. Compra y vende pinturas constantemente y saca beneficios enormes de toda esa vorágine.

—Por «vorágine» te refieres a volumen y velocidad de negocio.

—Y a arbitraje, por supuesto —respondió Sarah—. Masterpiece funciona exactamente como un fondo de inversión libre. Exige a sus nuevos inversores un capital mínimo de un millón de dólares, con un *lock-up* de cinco años. La estructura de tasas es la estándar del sector, dos y veinte. Un dos por ciento de comisión de gestión y un veinte por ciento de los beneficios.

—Supongo que la empresa está domiciliada en las islas Caimán.

—¿No lo están todas? —Sarah puso cara de fastidio—. Reconozco que disfruto viendo cómo el saldo de mi cuenta sube y sube cada año, pero en parte me desagrada pensar que los cuadros son solo una mercancía que se compra y se vende, como la soja o los futuros del petróleo.

—Vas a tener que superar ese escrúpulo si quieres triunfar como marchante. La mayoría de los cuadros que se subastan no vuelven a aparecer en público. Están guardados en las cajas fuertes de los bancos o en el puerto franco de Ginebra.

—O en el almacén climatizado de Chelsea Fine Arts. Allí es donde me dijo Phillip que enviara el Van Dyck. —Sarah indicó la señal de la salida 66—. Yaphank.

* * *

La península en forma de huevo conocida como North Haven se adentra en la bahía de Peconic, entre Sag Harbor y Shelter Island. La casa de fin de semana de Phillip Somerset, una acrópolis de casi tres mil metros cuadrados de cedro y cristal, se alzaba en la orilla este. Su joven y rubia esposa salió a recibir a Gabriel y Sarah en el altísimo vestíbulo, vestida con un traje pantalón de lino sin mangas ceñido a la esbelta cintura, y la tez tan tersa e impecable que parecía una fotografía con filtro de las redes sociales. Cuando Gabriel se presentó, recibió a cambio una mirada inexpresiva, como si su nombre no le sonara de nada. En cambio, Lindsay Somerset reconoció al instante el de Sarah.

—Tú eres la marchante de Londres que le vendió a mi marido el Van Gogh.

—El Van Dyck.

—Siempre los confundo.

—Es un error muy común —le aseguró Sarah.

Lindsay Somerset se giró para saludar a otros dos invitados: el presentador de un programa de noticias de máxima audiencia y su marido. En el salón, grande y luminoso, había varios periodistas más de prensa escrita y televisión, junto con un surtido de gestores de fondos de inversión, pintores, marchantes de arte, diseñadores de moda, modelos, actores, guionistas, un conocido director de películas taquilleras, un músico legendario que cantaba sobre los aprietos de la clase obrera de Long Island, una diputada progresista del Bronx y una bandada de jóvenes asistentes pertenecientes a una editorial neoyorquina. Evidentemente, se trataba de la fiesta de presentación de un libro.

—Carl Bernstein —susurró Sarah—. Era el compañero de Bob Woodward en el *Washington Post* cuando se destapó el escándalo del Watergate.

—A diferencia de ti, Sarah, yo ya había nacido cuando Richard Nixon era presidente. Sé quién es Carl Bernstein.

—¿Te apetece conocerlo? Está ahí mismo. —Sarah cogió una copa de champán de la bandeja que llevaba un camarero—. Y ahí está Ina Garten. Y ese actor cuyo nombre nunca recuerdo. El que acaba de salir de una clínica de desintoxicación.

—Y ahí hay un Rothko —repuso Gabriel en voz baja—. Y un

Basquiat. Y un Pollock. Y un Lichtenstein, un Diebenkorn, un Hirst, un Adler, un Prince y un Warhol.

—Deberías ver su casa de la calle Setenta y Cuatro Este. Es como el Whitney.

—Nada de eso —dijo una voz de barítono detrás de ellos—. Pero podéis visitarla cuando queráis.

Era la voz de Phillip Somerset. Saludó primero a Sarah (con un beso en la mejilla y un comentario elogioso sobre su aspecto) y a continuación le tendió a Gabriel una mano barnizada por el sol. Era un individuo alto y en buena forma física, de unos cincuenta y cinco años, con una mata casi infantil de pelo rubio grisáceo y esa sonrisa confiada y fácil que a los muy ricos les sale de manera natural. Llevaba en la muñeca un cronómetro Richard Mille de tamaño colosal: el modelo deportivo que solían lucir los ricachones con ínfulas de marinos. Su chaqueta de cachemira con cremallera también tenía un aire vagamente marítimo, igual que sus pantalones de algodón claros y sus mocasines de color azul eléctrico. De hecho, todo en Phillip Somerset parecía sugerir que acababa de bajarse de la cubierta de un yate.

Gabriel aceptó la mano que le tendía y se presentó con nombre y apellido.

Phillip Somerset miró a Sarah en busca de una explicación.

—Es un viejo amigo —dijo ella.

—Y yo que pensaba que iba a pasarme la tarde esquivando preguntas sobre mi estrategia comercial. —Phillip Somerset soltó la mano de Gabriel—. Qué sorpresa tan inesperada, señor Allon. ¿A qué debo este honor?

—Esperaba poder echar un vistazo a un cuadro.

—Pues sin duda ha venido al lugar adecuado. ¿Le interesa alguno en particular?

—*Retrato de una desconocida.*

—¿De Anton van Dyck?

Gabriel sonrió.

—Eso espero, desde luego.

* * *

112

Phillip Somerset subió delante de Gabriel y Sarah por un tramo de escaleras y los condujo a un despacho espacioso y lleno de luz, con monitores de ordenador de gran tamaño y una vista panorámica de la bahía y su espumoso oleaje. Se hizo un largo silencio mientras los observaba pensativamente desde detrás de la tierra de nadie que era su escritorio de media hectárea. Fijó a continuación la mirada en Sarah y dijo:

—Quizá deberías decirme de qué va todo esto.

La respuesta de Sarah fue tan precisa y comedida como la de una abogada.

—Isherwood Fine Arts ha contratado al señor Allon para que lleve a cabo con la mayor discreción posible una investigación acerca de las circunstancias que rodearon el redescubrimiento de *Retrato de una desconocida* y su venta a Masterpiece Art Ventures.

—¿Por qué se considera necesaria esa investigación?

—A finales de la semana pasada, la galería recibió una carta que planteaba dudas sobre la transacción. La mujer que la envió falleció en un accidente de tráfico cerca de Burdeos unos días después.

—¿La policía sospecha que hubo juego sucio?

—No —respondió Gabriel—. Pero yo sí.

—¿Por qué?

—El difunto marido de esa señora compró varios cuadros en la misma galería de París en la que Julian y Sarah adquirieron *Retrato de una desconocida*. El viernes hice una visita a la galería y vi tres cuadros que parecían falsos. Compré uno de ellos y lo he llevado a Equus Analytics.

—Aiden Gallagher es el mejor en su campo. Yo mismo utilizo sus servicios.

—Espera tener un informe preliminar mañana por la tarde. Pero mientras tanto...

—Se le ha ocurrido echarle un vistazo al Van Dyck.

Gabriel asintió en silencio.

—Me encantaría enseñárselo —dijo Phillip Somerset—, pero me temo que no es posible.

—¿Puedo preguntar por qué?

—Masterpiece Art Ventures lo vendió hace cerca de tres semanas. Con un beneficio considerable, debo añadir.

—¿A quién?

—Lo lamento, señor Allon. Fue una transacción privada.

—¿Hubo intermediario?

—Una de las principales casas de subastas.

—¿Esa casa de subastas llevó a cabo una segunda revisión de la atribución?

—El comprador insistió en ello.

—¿Y?

—El *Retrato de una desconocida* lo pintó Anton van Dyck, casi con toda seguridad, en su taller de Amberes en algún momento de finales de la década de 1630. Lo que significa que, por lo que respecta a Isherwood Fine Arts y Masterpiece Art Ventures, el asunto está zanjado.

—Si no te importa —dijo Sarah—, me gustaría tener eso por escrito.

—Envíame algo mañana por la mañana —respondió Phillip Somerset—. Le echaré un vistazo.

23

Galería 617

A primera hora de la mañana siguiente, Sarah llamó a su gestor del HSBC de Londres y le pidió que transfiriera un millón de euros a la cuenta de la violinista más famosa del mundo en el Credit Suisse. Marcó a continuación el número de Ronald Sumner-Lloyd, el abogado de Julian en Berkeley Square, y entre los dos redactaron un documento que blindaba a Isherwood Fine Arts contra futuras reclamaciones relacionadas con la venta del cuadro *Retrato de una desconocida*, del pintor barroco flamenco Anton van Dyck. Poco antes de las nueve de la mañana, envió el documento por correo electrónico a Phillip Somerset, que le telefoneó minutos más tarde desde su helicóptero Sikorsky, durante el trayecto de East Hampton a Manhattan.

—Está redactado en un lenguaje bastante agresivo, ¿no crees? Especialmente, la cláusula de confidencialidad.

—Tengo que velar por nuestros intereses, Phillip. Y, si tu venta se tuerce, no quiero que el nombre de Isherwood Fine Arts aparezca en el *New York Times*.

—Creía que había dejado claro que no tienes de qué preocuparte.

—También me aseguraste una vez que te interesaba que tuviéramos una relación a largo plazo.

—No seguirás enfadada por eso, ¿verdad?

—Nunca lo estuve —mintió Sarah—. Ahora, hazme el favor de firmar el documento.

—Con una condición.

—¿Cuál?

—Que me digas de qué conoces a Gabriel Allon.

—Nos conocimos cuando yo trabajaba en Washington.

—Eso fue hace mucho tiempo.

—Sí. La encantadora Lindsay debía de estar en primaria en ese momento.

—Me ha dicho que estuviste grosera con ella.

—No distingue entre un Van Gogh y un Van Dyck.

—Hace un tiempo yo tampoco los distinguía y mírame ahora —replicó Phillip antes de colgar.

El documento apareció en la bandeja de entrada de Sarah cinco minutos después, firmado y fechado de manera electrónica. Sarah añadió su firma y se lo reenvió a Julian y Ronnie, a Londres. Después confirmó dos reservas para el vuelo de British Airways de las siete y media de la tarde con destino a Heathrow y llamó a Gabriel para informarle de que Isherwood Fine Arts no tenía ya nada que temer, ni ética ni legalmente.

—Lo que significa que Julian y yo vamos a conservar nuestra reputación, además de nuestros seis millones y medio de libras. Al final —dijo—, todo ha salido a pedir de boca.

—¿Qué planes tienes para el resto de la mañana?

—Primero voy a hacer la maleta y luego voy a mirar fijamente mi teléfono a la espera de que Aiden Gallagher, de Equus Analytics, me diga que te has gastado inútilmente un millón de euros de mi dinero en *Escena fluvial con molinos de viento a lo lejos*.

—¿Qué tal si en vez de eso vamos a dar un paseo?

—Muy buena idea.

Era una mañana de primavera perfecta, radiante y despejada, con una brisa traviesa que soplaba del Hudson. Recorrieron la calle Cincuenta y Nueve Oeste hasta la Quinta Avenida y torcieron luego hacia el centro.

—¿Adónde me llevas?

—Al Metropolitan.

—¿Por qué?

—Porque su colección incluye varios cuadros importantes de Anton van Dyck. —Gabriel sonrió—. Auténticos.

Sarah llamó a una amiga que trabajaba en el departamento de publicidad del Met y le pidió dos entradas de cortesía. Esperaron en el mostrador de información del vestíbulo principal. Al subir, se dirigieron a la Galería 617, la sala dedicada al retrato barroco. Había en ella cuatro obras de Van Dyck, incluido su célebre retrato de Enriqueta María, la esposa del rey Carlos I. Gabriel hizo una foto del rostro de la reina consorte y se la mostró a Sarah.

—Craquelado —dijo ella.

—¿Notas algo raro?

—No.

—Yo tampoco. Tiene el aspecto que debe tener el craquelado de Van Dyck. Ahora mira este. —Le mostró el rostro de la mujer desconocida, en la versión que Julian y Sarah le habían vendido a Phillip Somerset—. El patrón del craquelado es distinto.

—Sí, es distinto, aunque la diferencia es mínima —repuso Sarah.

—Eso se debe a que el falsificador utiliza un agente químico endurecedor para envejecer el cuadro artificialmente. De ese modo consigue un craquelado de cuatro siglos en cuestión de días. Pero no es el craquelado correcto.

—Dos peritajes distintos han declarado que nuestro *Retrato de una desconocida* es obra de Anton van Dyck. Roma ha hablado, Gabriel. Caso cerrado.

—Pero ambos peritajes se basaron en la opinión de expertos y no en la ciencia.

Ella suspiró, exasperada.

—Quizá estés viendo este asunto desde una perspectiva equivocada.

—¿Y cuál sería la correcta?

Sarah señaló el retrato de Enriqueta María.

—Puede que el falso sea este.

—No lo es.

—¿Estás seguro? —Le condujo a una galería contigua—. ¿Y qué me dices de ese paisaje de allí? ¿Estás absolutamente seguro de que lo pintó Claude Lorrain o solo te inclinas a creerlo porque está expuesto en el Metropolitan?

—¿Adónde quieres ir a parar?

—Lo que quiero decir —respondió ella en un susurro— es que nadie sabe con certeza si todas las hermosas obras de arte que cuelgan en los grandes museos del mundo son auténticas o falsas. Y menos aún los doctos conservadores y comisarios que trabajan en instituciones como esta. Es el sucio secretillo del que no quieren hablar. Hacen todo lo posible por garantizar la integridad de sus colecciones, desde luego, pero la verdad es que los estafan constantemente. Según una estimación, al menos el veinte por ciento de los cuadros de la National Gallery de Londres son obras mal atribuidas o directamente falsas. Y puedo asegurarte que ese porcentaje es mucho más alto en el mercado privado del arte.

—Entonces quizá deberíamos hacer algo al respecto.

—¿Cerrar la galería Georges Fleury, por ejemplo? —Sarah negó con la cabeza lentamente—. Mala idea, Gabriel.

—¿Por qué?

—Porque lo que empiece en París no se quedará en París. Se extenderá por el resto del mundo del arte como una enfermedad infecciosa. Afectará a las casas de subastas, a los marchantes, a los coleccionistas y a los mecenas de museos como el Met. Nadie se librará de sus estragos, ni siquiera los más virtuosos de entre nosotros.

—¿Y si Aiden Gallagher concluye que el cuadro es una falsificación?

—Procuraremos que el asunto se resuelva discretamente y luego cada uno tirará por su lado y no volveremos a hablar del asunto. De lo contrario, podríamos romper el espejismo de que todo lo que brilla es oro.

—Todo lo que reluce —puntualizó Gabriel.

Frunciendo el ceño, Sarah miró la hora.

—Ya es oficialmente por la tarde.

Volvieron al Mandarin Oriental y ocuparon la última mesa vacía del concurrido bar del vestíbulo del hotel. A las dos y cuarto, mientras terminaban de comer, el teléfono de Sarah se estremeció al recibir una llamada. Era de Equus Analytics.

—Quizá deberías contestar tú —dijo Sarah.

Gabriel tocó el icono de ACEPTAR y se llevó el aparato a la oreja.

—Gracias, pero no es necesario —dijo al cabo de un momento—. Vamos para allá.

Sarah volvió a coger su teléfono.

—¿Qué no es necesario?

—Un análisis químico adicional del pigmento.

—¿Por qué no?

—Porque Aiden Gallagher ha descubierto varias fibras de forro polar azul marino incrustadas en distintas partes del cuadro, incluso en lugares que no se habían retocado. Dado que ese tejido se creó en Massachusetts en 1979, podemos estar seguros de que Aelbert Cuyp no llevaba una chaqueta o un chaleco de forro polar a mediados del siglo XVII. Lo que significa que...

—Georges Fleury me debe un millón de euros.

Sarah cambió los billetes de avión y subió a toda prisa a buscar su maleta. Resolverían el asunto discretamente, se dijo, y no volverían a hablar de ello.

24

Galería Fleury

El navegador del teléfono de Sarah calculaba que el trayecto en coche desde Columbus Circle hasta Westport, Connecticut, duraba noventa minutos, pero Gabriel, al volante de su sedán europeo de alquiler, consiguió cubrir esa distancia en poco más de una hora. El llamativo BMW Serie 7 de Aiden Gallagher estaba aparcado frente a Equus Analytics, y *Escena fluvial con molinos de viento a lo lejos* descansaba, con un bastidor nuevo, sobre la mesa de examen del laboratorio. Junto al lienzo había un informe de dos páginas que dictaminaba que la obra era una falsificación contemporánea. Y junto al documento había tres fotografías de microscopio que refrendaban las conclusiones de Gallagher.

—Para serles sincero, me ha sorprendido un poco que fuera tan evidente. Dada la calidad de su pincelada, esperaba más de él. —Gallagher señaló las fibras oscuras de forro polar que aparecían en las fotografías—. Es un error de aficionado.

—¿Puede haber alguna otra explicación que justifique la presencia de esas fibras? —preguntó Gabriel.

—Ninguna en absoluto. Dicho esto, tengan en cuenta que Fleury va a tomarse muy mal mi dictamen. —Gallagher miró a Sarah—. Sé por experiencia que la mayoría de los marchantes se indignan bastante cuando se les pide que se desprendan de un millón de euros.

—Estoy convencida de que *monsieur* Fleury estará de acuerdo con nosotros. Sobre todo, cuando lea su informe.

—¿Cuándo piensan hablar con él?

—Nos vamos a París esta misma noche. De hecho —dijo Sarah mirando su reloj—, tenemos que irnos ya.

Extendió un cheque para saldar los últimos veinticinco mil dólares de los honorarios de Gallagher mientras Gabriel le quitaba el bastidor a *Escena fluvial con molinos de viento a lo lejos* y guardaba el lienzo en su equipaje de mano. Embarcaron en el vuelo de Air France a las siete menos cuarto, y a las ocho y media estaban sobrevolando el East End de Long Island.

—Ahí está North Haven. —Sarah señaló por la ventanilla—. Creo que veo la casa de Phillip.

—A saber cómo se las arreglan Lindsay y él solo con tres mil metros cuadrados.

—Deberías ver la casa de los Adirondacks. —Bajó la voz—. Una vez pasé allí un fin de semana largo.

—¿Haciendo kayak y senderismo?

—Entre otras cosas. Phillip tiene muchos juguetes.

—Desde luego, no se quedó mucho tiempo con el Van Dyck.

—Hay personas que especulan comprando y vendiendo inmuebles. Phillip hace lo mismo, pero con cuadros.

Sarah aceptó una copa de champán de la azafata e insistió en que Gabriel cogiera una también.

—¿Por qué brindamos? —preguntó él.

—Por haber evitado un desastre.

—Eso espero —dijo Gabriel, y dejó su copa intacta.

Pasaban unos minutos de las nueve de la mañana siguiente cuando el avión descendió de un cielo sin nubes y se posó en la pista del aeropuerto Charles de Gaulle. Tras pasar por el control de pasaportes y la aduana, subieron a un taxi y se dirigieron al centro de París. Su primera parada fue la *brasserie* L'Alsace, en la avenida de los Campos Elíseos, donde, a las once menos cuarto, Gabriel hizo una primera llamada a la galería Georges Fleury. No obtuvo respuesta ni esa vez ni la siguiente, pero la tercera vez que llamó,

Bruno, el recepcionista, contestó al teléfono. Haciéndose pasar de nuevo por Ludwig Ziegler, asesor artístico de la célebre violinista suiza Anna Rolfe, Gabriel exigió hablar de inmediato con *monsieur* Fleury.

—Lo siento, pero *monsieur* Fleury está reunido con otro cliente.

—Es muy importante que le vea enseguida.

—¿Puedo preguntar de qué se trata?

—De *Escena fluvial con molinos de viento a lo lejos.*

—Quizá yo pueda ayudarle.

—Estoy seguro de que no.

El recepcionista puso la llamada en espera. Dos minutos después volvió a ponerse.

—*Monsieur* Fleury le recibirá a las dos —dijo, y cortó la llamada.

Lo que dejaba a Gabriel y a Sarah con tres largas horas por delante. Estuvieron tomando café en la *brasserie* L'Alsace hasta mediodía y luego subieron por los Campos Elíseos hasta Fouquet's para comer sin prisas. Cruzaron después al otro lado de la avenida y, con el equipaje a cuestas, estuvieron mirando escaparates mientras se dirigían a la Rue la Boétie. Eran las dos en punto cuando llegaron a la galería. Gabriel acercó su mano lesionada al interfono, pero el cierre automático se abrió con un chasquido antes de que pudiera apoyar el dedo en el botón. Empujó la pesada puerta de cristal y siguió a Sarah dentro.

El vestíbulo estaba vacío, salvo por el busto de bronce de tamaño natural de un joven griego o romano, que descansaba sobre su pedestal de mármol negro. Gabriel llamó a Fleury en voz alta y, al no recibir respuesta, condujo a Sarah a la sala de exposiciones de la planta baja. También estaba desierta. El gran cuadro rococó que representaba a Venus desnuda con tres jóvenes doncellas había desaparecido, al igual que la escena veneciana atribuida a un seguidor de Canaletto. Ningún otro cuadro había ocupado su lugar.

—Parece que a *monsieur* Fleury le va bien el negocio —comentó Sarah.

—Los dos cuadros que faltan eran falsificaciones.

Gabriel se dirigió al despacho de Fleury. Allí encontró al marchante sentado detrás de su escritorio, con la cara levantada hacia el techo y la boca abierta. Detrás de él, la pared estaba salpicada de sangre y masa encefálica todavía frescas, resultado de las dos heridas de bala que el marchante tenía en el centro de la frente, hechas a quemarropa. El joven que yacía en el suelo también había recibido varios disparos a bocajarro: dos en el pecho y al menos uno en la cabeza. Al igual que Georges Fleury, era evidente que estaba muerto.

—Dios mío —murmuró Sarah desde la puerta abierta.

Gabriel no respondió. Su teléfono estaba sonando. Era Yuval Gershon, que llamaba desde su despacho en el cuartel general de la Unidad 8200 a las afueras de Tel Aviv. No se molestó en saludar.

—Alguien encendió el teléfono de la fallecida sobre la una y media, hora local. Lo hemos localizado hace un par de minutos —dijo.

—¿Dónde está?

—En el distrito octavo de París. En la Rue la Boétie.

—Es donde estoy ahora mismo.

—Lo sé —dijo Yuval—. De hecho, creemos que estás en la misma habitación.

Gabriel cortó la llamada y buscó el número de Valerie Bérrangar en su lista de llamadas recientes. Empezó a marcar, pero se detuvo al reparar en la maleta Tumi de aluminio, de 52 por 77 por 28 centímetros, que había en el rincón del estrecho despacho. Cabía la posibilidad de que *monsieur* Fleury tuviera planeado emprender un viaje antes de que lo mataran. Pero la explicación más probable era que aquel maletín contuviera una bomba.

Una bomba, pensó Gabriel, que detonaría el teléfono de *madame* Bérrangar al recibir una llamada.

No se molestó en explicarle nada de esto a Sarah. La agarró del brazo y la condujo casi a rastras por la sala de exposiciones hasta la entrada de la galería. La puerta de cristal estaba bloqueada y el mando a distancia había desaparecido de la mesa de recepción. Gabriel tuvo que reconocer que, en cuanto a planificación y ejecución, el golpe era una obra maestra. Pero no esperaba menos. A fin de cuentas, eran profesionales.

Sin embargo, hasta los profesionales cometen errores, pensó de repente. El suyo había sido el busto de bronce de tamaño natural de un joven griego o romano apoyado sobre un pedestal de mármol negro. Levantó la pesada escultura por encima de su cabeza y, haciendo caso omiso de la punzada de dolor que le atravesó la mano, lo lanzó con todas sus fuerzas contra la puerta de cristal de la galería Georges Fleury.

SEGUNDA PARTE

DIBUJO SUBYACENTE

25

Quai des Orfèvres

No tuvo seguramente nada de sorprendente que la policía francesa se pusiera en lo peor cuando, a las dos y un minuto de una tarde de primavera de lo más agradable, el tronar de una explosión hizo temblar el elegante octavo *arrondissement* de París. Cuando las primeras unidades llegaron al lugar de los hechos instantes después, encontraron una galería de arte especializada en Maestros Antiguos envuelta en llamas. Aun así, los agentes se sintieron aliviados al comprobar que no se trataba del tipo de masacre que solía asociarse con los atentados yihadistas. De hecho, a simple vista la única víctima parecía ser el busto de bronce de tamaño natural de un joven griego o romano que yacía en la acera, rodeado de cubitos de cristal de color gris azulado. Un inspector veterano, tras conocer las circunstancias en las que la pesada escultura había salido de la galería, declararía que se trataba del primer caso documentado en los anales de la delincuencia francesa en que alguien había reventado el escaparate de una galería de arte para salir de ella.

Los autores de este acto inaudito (un hombre ya mayor y una mujer atractiva, de pelo rubio y cuarenta y tantos años de edad) se entregaron a la policía a los pocos minutos de la explosión. Y a las tres menos cuarto de la tarde, tras una serie de llamadas apresuradas e incrédulas entre altos funcionarios de los servicios de inteligencia y seguridad franceses, subieron a la parte trasera de un

Peugeot sin distintivos y fueron trasladados al número 36 del Quai des Orfèvres, la emblemática sede de la brigada criminal de la Police Nationale.

Allí los separaron y los despojaron de sus efectos personales. El bolso y la maleta de la mujer no contenían nada fuera de lo común. Su compañero, en cambio, portaba varios objetos dignos de mención. A saber: un pasaporte alemán falso, un teléfono móvil Solaris de fabricación israelí, un *permesso di soggiorno* italiano, un lienzo sin marco ni bastidor, documentos con membrete de la galería Georges Fleury y de Equus Analytics, y una carta manuscrita de una tal Valerie Bérrangar dirigida a Julian Isherwood, único propietario de Isherwood Fine Arts, 7-8 de Mason's Yard, St. James's, Londres.

A las tres y media, dichos objetos se hallaban desplegados sobre la mesa de la sala de interrogatorios a la que condujeron al hombre ya mayor. También estaba presente un individuo elegante, de unos cincuenta años, vestido con traje de banquero, que saludó cordialmente a Gabriel tendiéndole la mano y se presentó como Jacques Ménard, comandante de la Oficina Central de Lucha contra el Tráfico de Bienes Culturales, y sonrió al tomar asiento. Indudablemente, sonaba mejor en francés.

Jacques Ménard abrió el pasaporte alemán.

—¿Johannes Klemp?

—Un hombrecillo esmirriado con muy mal carácter —dijo Gabriel—. Terror de hoteleros y restauradores desde Copenhague a El Cairo.

—¿Saben los alemanes que está haciendo uso indebido de uno de sus pasaportes?

—Tal y como lo veo yo, permitirme viajar de vez en cuando con uno de sus pasaportes es lo menos que pueden hacer los alemanes.

Ménard cogió el teléfono Solaris.

—¿Son tan seguros como dicen?

—Espero que no hayan intentado desbloquearlo o me quedaré ciego volviendo a grabar mis contactos.

Ménard sacó los documentos de venta de la galería Georges Fleury.

—¿Es *esa* Anna Rolfe?

—Estuvo en París el fin de semana pasado. Le pedí que me brindara un par de horas de su tiempo.

—¿Es aficionada a la obra de Aelbert Cuyp?

—No es un Cuyp. —Gabriel empujó el informe de Equus Analytics, deslizándolo sobre la mesa—. Es una falsificación. Por eso lo compré.

—¿Sabe si un cuadro es falso solo con mirarlo?

—¿Usted no?

—No, yo no —reconoció Ménard—. Pero quizá deberíamos empezar por aquí. —Indicó la carta manuscrita—. Por *madame* Bérrangar.

—Sí, en efecto —contestó Gabriel—. A fin de cuentas, si se hubieran tomado en serio su denuncia sobre *Retrato de una desconocida*, aún estaría viva.

—*Madame* Bérrangar falleció en un accidente de tráfico en el que estuvo implicado un solo vehículo.

—No fue un accidente, Ménard. La asesinaron.

—¿Cómo lo sabe?

—Por su teléfono.

—¿Qué pasa con él?

—El terrorista lo utilizó para activar el detonador.

—Creo que deberíamos empezar por el principio —propuso Ménard.

Sí, convino Gabriel. Quizá fuera lo mejor.

El relato de Gabriel acerca de sus pesquisas sobre la procedencia y autenticidad del *Retrato de una desconocida* fue cronológico en la secuencia de los hechos y casi del todo preciso en cuanto a su contenido. Comenzó con la aciaga visita de Julian a

Burdeos y concluyó con la destrucción de la galería Georges Fleury y el brutal asesinato de su propietario y el ayudante de este. Gabriel se abstuvo de mencionar, sin embargo, su visita a cierta tienda de antigüedades de la Rue de Miromesnil y la ayuda que le había prestado Yuval Gershon, de la Unidad 8200. Tampoco mencionó el nombre del acaudalado inversor de arte estadounidense que había comprado *Retrato de una desconocida* a Isherwood Fine Arts. Se limitó a decir que el cuadro había sido revendido desde entonces a otro comprador no identificado y que el asunto se había zanjado a satisfacción de todas las partes implicadas.

—¿Es o no es un Van Dyck? —preguntó Ménard.

—La casa de subastas que medió en la venta afirma que sí.

—Entonces, ¿su investigación fue una pérdida de tiempo? ¿Es eso lo que me está diciendo?

—La muerte de Valerie Bérrangar y los sucesos de esta tarde indican lo contrario. —Gabriel miró la falsificación—. Igual que este cuadro.

—¿De verdad esperaba que Georges Fleury devolviera el dinero por lo que dijera un solo experto?

—El experto en cuestión está considerado el mejor del mundo. Yo confiaba en convencer a Fleury de que aceptara su dictamen y devolviera el dinero.

—¿Pensaba amenazarle?

—¿Yo? Jamás.

Ménard sonrió a su pesar.

—¿Y está seguro de que Fleury estaba muerto cuando usted y *madame* Bancroft llegaron a la galería?

—Bastante seguro. Y Bruno Gilbert también.

—En ese caso, ¿quién les abrió la puerta?

—El asesino, naturalmente. Desbloqueó la puerta utilizando el mando a distancia que solía estar sobre la mesa de recepción. Afortunadamente, esperó quince segundos de más antes de llamar al teléfono de Valerie Bérrangar.

—¿Cómo...?

—Da igual cómo lo sé —le interrumpió Gabriel—. Lo que importa es que ahora tiene usted las pruebas que necesita para relacionar el asesinato de Valerie Bérrangar y el atentado en la galería.

—¿El número de identificación y la tarjeta SIM del teléfono? Gabriel asintió con un gesto.

—Solo si han sobrevivido a la explosión. Aun así, fue bastante imprudente por su parte, ¿no cree?

—Casi tan imprudente como dejar ese busto de bronce junto a la puerta. La persona que contrató al asesino pensó seguramente que yo sospecharía algo si el busto no estaba allí. Al fin y al cabo, descubrí tres falsificaciones a los pocos minutos de poner un pie en esa galería. —Gabriel bajó la voz—. Por eso tenía que morir.

—¿Porque suponía una amenaza para una red de falsificadores? —preguntó Ménard con escepticismo.

—No es una red cualquiera. Es una empresa comercial muy sofisticada que está inundando de falsificaciones de gran calidad el mercado del arte. Y el hombre que la dirige gana suficiente dinero como para contratar a profesionales para que eliminen a cualquiera que ponga en peligro su negocio.

Ménard se quedó pensando.

—Una teoría interesante, Allon. Pero no tiene pruebas.

—Si hubiera hecho caso a Valerie Bérrangar, tendría usted todas las pruebas que necesita.

—Le hice caso —repuso Ménard—. Pero Fleury me aseguró que el cuadro que le vendió a *monsieur* Isherwood no tenía nada de malo. Que se trataba simplemente de dos copias del mismo retrato.

—¿Y le creyó?

—Georges Fleury era un miembro respetado del sector del arte parisino. Mi unidad nunca ha recibido una sola queja sobre él.

—Eso es porque las falsificaciones que vendía eran tan buenas que engañaban a los mejores expertos del mundo. Por lo que he visto del trabajo del falsificador, está a la altura de los Maestros Antiguos.

—Según tengo entendido, usted tampoco pinta mal, Allon. Es uno de los mejores restauradores del mundo. Al menos eso se rumorea.

—Pero yo utilizo mi talento para reparar cuadros ya existentes. —Gabriel tocó el lienzo con un dedo—. Este individuo está creando obras totalmente nuevas que parecen pintadas por algunos de los más grandes artistas que han existido.

—¿Tiene alguna idea de quién puede ser?

—El detective es usted, Ménard. Estoy seguro de que dará con él si se lo propone.

—¿Y usted a qué se dedica en la actualidad, Allon?

—Dirijo el departamento de pintura de la Compañía de Restauración Tiepolo. Y me gustaría irme a casa ya.

Ménard insistió en quedarse con el cuadro falso y con los originales de los documentos, incluida la carta de Valerie Bérrangar. Gabriel, que no estaba en situación de exigir nada, solo pidió que no se divulgara su implicación en aquel asunto ni la de Isherwood Fine Arts.

El francés se frotó la mandíbula, indeciso.

—Ya sabe cómo van estas cosas, Allon. Las investigaciones criminales pueden ser difíciles de controlar. Pero no se preocupe por el pasaporte alemán. Eso queda entre nosotros.

Eran ya casi las ocho. Ménard acompañó a Gabriel hasta el patio, donde Sarah esperaba en el asiento trasero del mismo Peugeot sin distintivos. Llegaron a la Gare du Nord a tiempo de coger el último Eurostar con destino a Londres.

—En resumidas cuentas —dijo Sarah—, un giro desastroso de los acontecimientos.

—Podría ser peor.

—Mucho peor. Pero ¿por qué siempre explotan cosas cuando estoy contigo?

—Por lo visto, hay personas que no me tragan.

—¿Y Jacques Ménard es una de ellas?

—No —dijo Gabriel—. Nos llevamos fenomenal.

—Adiós a mi idea de manejar este asunto con discreción. Claro que supongo que al final has conseguido exactamente lo que querías.

—¿El qué?

—Que la policía francesa abra una investigación oficial.

—¿Crees que alguien se salvará?

—Nadie. —Sarah cerró los ojos—. Ni siquiera tú.

26

San Polo

Durante el resto de aquel abril espléndido, mientras la policía y los fiscales franceses hurgaban entre las ruinas de la galería Georges Fleury, el mundo del arte observó horrorizado los acontecimientos y contuvo la respiración. Los que conocían bien a Fleury se mostraron cautelosos en sus comentarios, en privado y, sobre todo, ante la prensa. Y los que habían hecho negocios con él dijeron poco o nada. El director del Musée d'Orsay lo calificó como el mes más nefasto para las artes en Francia desde que los alemanes entraron en París en junio de 1940. Varios comentaristas tacharon de insensibles sus declaraciones, pero muy pocos se mostraron en desacuerdo.

Dado que *l'affaire Fleury* incluía una bomba y dos cadáveres, la división de delitos graves de la Police Nationale (la llamada Dirección Central de la Policía Judicial) se hizo cargo de la investigación y los sabuesos de Jacques Ménard quedaron relegados a un papel secundario. Los periodistas policiales veteranos intuyeron de inmediato que había gato encerrado, porque sus fuentes en el Quai des Orfèvres parecían incapaces de responder incluso a las preguntas más elementales sobre la investigación.

¿Tenía la *police judiciaire* alguna pista sobre el paradero del terrorista?

«Si la tuviéramos», respondió escuetamente el Quai des Orfèvres, «ya lo habríamos detenido».

¿Era cierto que Fleury y su ayudante ya estaban muertos cuando estalló la bomba?

El Quai des Orfèvres no estaba en condiciones de afirmarlo.

¿Había sido el robo el motivo del atentado?

El Quai des Orfèvres estaba siguiendo varias pistas.

¿Había otras personas implicadas?

El Quai des Orfèvres no descartaba nada.

¿Y qué había del hombre ya mayor y de la atractiva mujer de pelo rubio a los que se vio salir de la galería segundos antes de la explosión? También en eso el Quai des Orfèvres se mostró extremadamente esquivo. Sí, la policía había tenido en cuenta las declaraciones de los testigos oculares y estaba haciendo averiguaciones. Por el momento, no tenían nada más que decir al respecto, ya que el sumario seguía abierto.

Poco a poco los periodistas, frustrados, se fueron en busca de pastos más verdes. El flujo de nuevas revelaciones se redujo a un goteo y luego se secó por completo. Discretamente, los habitantes del mundo del arte exhalaron un suspiro de alivio colectivo. Con sus reputaciones y carreras intactas, siguieron adelante como si nada hubiera ocurrido.

Y lo mismo hizo, aunque en menor medida, el hombre ya mayor. Durante varios días, tras su regreso a Venecia, trató de ahorrarle a su esposa los detalles de su roce más reciente con la muerte. Le contó la verdad mientras intentaba, con éxito moderado, plasmar con exactitud en el lienzo sus iris de color miel con pintas doradas. La luz de la tarde, que caía sobre la parte inferior de su seno izquierdo, le dificultaba la tarea.

—Has quebrantado todas las reglas del oficio —le amonestó ella—. Un agente siempre ha de controlar el entorno. Y nunca permite que el objetivo fije la hora de un encuentro.

—No estaba interrogando a un agente infiltrado en las callejuelas de Beirut occidental. Intentaba devolverle un cuadro falsificado a un marchante corrupto en el distrito octavo de París.

—¿Lo intentarán otra vez?

—¿Matarme? No creo.

—¿Por qué?

—Porque ya les he contado a los franceses todo lo que sé. ¿Qué sentido tendría?

—¿Qué sentido tenía intentar matarte la primera vez?

—Puede que me tenga miedo.

—¿Quién?

—Tienes que dejar de hablar, en serio. —Mojó el pincel y lo apoyó en el lienzo—. Te cambia la forma de los ojos cuando abres la boca.

Ella aparentó no oírle.

—Tu hija soñó que te morías cuando estabas de viaje. Una pesadilla horrible. Y bastante profética, según parece.

—¿Por qué?

—Morías tendido en una acera.

—Debe de haber soñado con lo de Washington.

—Este sueño era distinto.

—¿En qué sentido?

—No tenías brazos ni piernas.

Esa noche Gabriel tuvo el mismo sueño. Fue tan vívido que no se atrevió a cerrar los ojos de nuevo por miedo a que regresara. Entró en su estudio y acabó el retrato de Chiara en unas pocas horas febriles de trabajo ininterrumpido. A la luz de la mañana, ella declaró que era la mejor pieza que había pintado en años.

—Me recuerda a Modigliani.

—Me lo tomaré como un cumplido.

—¿Te has inspirado en él?

—Es difícil no hacerlo.

—¿Podrías pintar uno?

—¿Un Modigliani? Sí, claro.

—Me gusta el que se vendió por ciento setenta millones en una subasta hace unos años.

El cuadro en cuestión era *Desnudo reclinado*. Gabriel se puso manos a la obra después de dejar a los niños en el colegio y terminó el cuadro dos días después mientras escuchaba el nuevo disco de Anna Rolfe. Luego hizo una segunda versión cambiando la perspectiva y modificando sutilmente la pose de la modelo. Lo firmó con la rúbrica característica de Modigliani, en la esquina superior derecha del lienzo.

—Está claro que tu mano no ha sufrido daños duraderos —comentó Chiara.

—Lo he pintado con la izquierda.

—Es increíble. Parece exactamente un Modigliani.

—Es un Modigliani. Solo que no lo pintó él.

—¿Engañaría a alguien?

—Con un lienzo y un bastidor modernos, no. Pero si encontrara un lienzo similar a los que usaba él en Montmartre en 1917 y me inventara una procedencia convincente…

—¿Podrías sacarlo al mercado como un Modigliani perdido?

—Exacto.

—¿Cuánto te pagarían por él?

—Un par de cientos, diría yo.

—¿De cientos de miles?

—De millones. —Gabriel se llevó una mano a la barbilla con expresión meditabunda—. La cuestión es ¿qué debemos hacer con él?

—Quemarlo —dijo Chiara—. Y no vuelvas a pintar otro.

A pesar de las órdenes de su mujer, Gabriel colgó los dos Modiglianis en su dormitorio y se retiró una vez más a su apacible vida de semijubilado. Dejaba a los niños en el colegio a las ocho de la mañana y los recogía a las tres y media de la tarde. Se pasaba por el mercado de Rialto para comprar los ingredientes de la cena familiar. Leía libros sesudos y escuchaba música en su flamante equipo estéreo de fabricación británica. Y, cuando le apetecía, pintaba. Un día, un Monet; un Cézanne, al siguiente; o una reinterpretación impresionante del *Autorretrato con la oreja vendada* de Vincent que, de no ser porque el lienzo y la paleta de Gabriel eran modernos, habría hecho arder el mundo del arte.

Seguía las noticias que llegaban de París con sentimientos encontrados. Le alegraba que el Quai des Orfèvres hubiera tenido a bien ocultar su papel en el asunto y que la reputación de sus buenos amigos Sarah Bancroft y Julian Isherwood no hubiera salido malparada. Pero cuando pasaron tres semanas sin que se efectuaran detenciones (y sin que la prensa desvelara que la galería Georges Fleury había estado inundando el mercado artístico con cuadros pintados por uno de los mayores falsificadores de la historia), llegó a la inquietante conclusión de que algún pulgar ministerial se había apoyado en la balanza de la justicia francesa.

La llegada del Bavaria C42 supuso una agradable distracción. Gabriel lo sacó un par de veces para dar una vuelta por las aguas circunscritas de la laguna. Luego, el primer sábado de mayo, la familia al completo navegó hasta Trieste para cenar allí. Durante la travesía de regreso, a la luz de las estrellas, Gabriel le contó a su esposa que Sarah Bancroft le había ofrecido un encargo menor pero lucrativo. Chiara le sugirió que, en vez de eso, pintara algo original. Él se puso a trabajar en un bodegón picassiano que luego enterró bajo una versión del *Retrato de Vincenzo Mosti* de Tiziano. Francesco Tiepolo declaró que era una obra maestra y le aconsejó que no volviera a pintar otro.

Gabriel no estaba de acuerdo con el dictamen de Francesco (no era en absoluto una obra maestra, comparada con la potencia de un Tiziano), así que cortó el lienzo para quitarle el bastidor y lo quemó. A la mañana siguiente, después de dejar a los niños en el colegio, se fue al bar Dogale a meditar acerca de la mejor manera de malgastar las horas que quedaban del día. Mientras tomaba *un 'ombra* (la copita de vino *bianco* con la que los venecianos acompañan el desayuno), una sombra cayó sobre su mesa. Era nada menos que Luca Rossetti, de la Brigada Arte. Su rostro solo conservaba un rastro levísimo de las heridas que había sufrido un mes y medio antes. Le llevaba un mensaje de Jacques Ménard, de la Police Nationale.

—Desea saber si puede usted ir a París.

—¿Cuándo?

—Le ha reservado un billete en el vuelo de Air France de las doce cuarenta.

—¿Hoy?

—¿Tiene algo más urgente anotado en su agenda, Allon?

—Eso depende de si Ménard tiene intención de detenerme en cuanto baje del avión.

—No caerá esa breva.

—Entonces, ¿por qué quiere verme?

—Quiere enseñarle algo.

—¿Ha dicho qué era?

—No —respondió Rossetti—. Pero ha dicho que conviene que vaya armado.

27

Musée du Louvre

Jacques Ménard le estaba esperando en la puerta de llegadas del Charles de Gaulle cuando Gabriel salió de la pasarela del avión con una bolsa de viaje colgada al hombro y una Beretta de 9 mm presionando tranquilizadoramente la base de su columna vertebral. Tras pasar a toda prisa por el control de pasaportes, montaron en la parte de atrás de un sedán sin distintivos y se dirigieron al centro de París. Ménard no quiso revelarle cuál era su destino.

—La última vez que alguien me dio una sorpresa en París, la cosa no salió bien.

—No se preocupe, Allon. Creo que esto va a gustarle.

Siguieron la A1 pasando por el Stade de France y se dirigieron luego al oeste por el Boulevard Périphérique, la autovía de circunvalación de París. Cinco minutos después apareció ante ellos el Palacio del Elíseo.

—Debería haberme avisado —dijo Gabriel—. Me habría vestido de gala.

Ménard sonrió mientras el chófer pasaba a toda velocidad por delante del palacio presidencial y giraba a la izquierda para tomar la avenida de los Campos Elíseos. Antes de llegar a la Place de la Concorde, se metieron en el túnel y siguieron el Quai des Tuileries hasta el Pont du Carrousel. Torciendo a la derecha y cruzando el Sena habrían llegado al Barrio Latino. Pero giraron a la izquierda y, tras pasar por debajo de un arco ornamentado, se detuvieron en el inmenso patio central del museo más famoso del mundo.

—¿El Louvre?

—Sí, claro. ¿Adónde creía que le llevaba?

—A un sitio un poco más peligroso.

—Si lo que quiere es peligro —dijo Ménard—, hemos venido al lugar indicado, se lo aseguro.

Una joven con los miembros alargados de una bailarina de Degas salió a su encuentro frente a la célebre pirámide de cristal y acero de I. M. Pei. Sin decir nada, los acompañó a través de la inmensa Cour Napoléon y de una puerta reservada al personal del museo. Dos guardias de seguridad uniformados esperaban al otro lado. Ninguno de ellos pareció percatarse de que Gabriel había hecho saltar la alarma del magnetómetro.

—Por aquí, por favor —dijo la mujer, y los condujo por un pasillo inundado de luz fluorescente.

Tras recorrer unos quinientos metros, llegaron a la entrada del Centro Nacional de Investigación y Restauración, el laboratorio científico más avanzado del mundo para la conservación y autentificación de obras de arte. Su inventario de tecnología punta incluía un acelerador de partículas electrostático que permitía a los investigadores determinar la composición química de un objeto sin necesidad de recoger una muestra que podía dañar la obra.

La mujer marcó el código de acceso en el panel y Ménard condujo a Gabriel al interior. En el laboratorio, semejante a una catedral, reinaba un ambiente de repentina ociosidad.

—Le he pedido al director que cerrara antes de lo normal para que pudiéramos tener un poco de tranquilidad.

—¿Para hacer qué?

—Mirar un cuadro, Allon. ¿Qué, si no?

El cuadro estaba apoyado en un caballete de laboratorio y envuelto en un paño de gasa negro. Ménard retiró la tela y dejó al

141

descubierto un retrato de cuerpo entero de Lucrecia desnuda clavándose un puñal en el centro del pecho.

—¿Lucas Cranach el Viejo? —preguntó Gabriel.

—Eso es lo que dice la cartela.

—¿De dónde procede?

—¿De dónde cree usted?

—¿De la galería Georges Fleury?

—Siempre he oído decir que era usted un lince, Allon.

—¿Y de dónde lo sacó *monsieur* Fleury?

—De una colección francesa muy antigua y conocida —respondió Ménard en tono dubitativo—. Fleury se lo mostró a un conservador del Louvre diciendo que probablemente era obra de un seguidor posterior de Cranach. El conservador no estaba de acuerdo y lo trajo aquí, al Centro, para su evaluación. Estoy seguro de que no le costará adivinar el resto.

—El laboratorio más avanzado del mundo para la restauración y autentificación de obras pictóricas declaró que era obra de Lucas Cranach el Viejo y no de un seguidor posterior.

Ménard asintió.

—Pero, espere, que la cosa mejora.

—¿Cómo es posible?

—El presidente del Louvre lo declaró tesoro nacional y pagó nueve millones y medio de euros para que se quedara en Francia definitivamente.

—¿Y ahora se pregunta si es un Cranach o una porquería sin ningún valor?

—Exactamente. —Ménard encendió una lámpara halógena—. ¿Le importaría echarle un vistazo?

Gabriel se acercó al carro de herramientas más cercano y, tras buscar un momento, encontró una lupa profesional. Examinó con ella las pinceladas y el craquelado. Luego se apartó del cuadro y se llevó una mano a la barbilla con gesto meditabundo.

—¿Y bien? —preguntó Ménard.

—Es el mejor Lucas Cranach el Viejo que he visto nunca.

—Qué alivio.

—No, nada de eso —dijo Gabriel.

—¿Por qué?

—Porque no lo pintó Lucas Cranach el Viejo.

—¿Cuántos más hay?

—Tres —respondió Ménard—. Todos salieron de la galería Georges Fleury con una procedencia similar y la misma atribución dudosa. Y los expertos del Centro Nacional de Investigación y Restauración, después de una evaluación minuciosa, concluyeron que eran obras maestras recién descubiertas.

—¿De pintores importantes?

—Un Frans Hals, un Gentileschi y el Van der Weyden más delicioso que haya visto jamás.

—¿Es usted admirador de Rogier?

—¿Y quién no?

—Se sorprendería.

Estaban sentados en una mesa del Café Marly, la elegante cafetería del Louvre. El sol poniente hacía arder los paneles de cristal de la pirámide. La luz deslumbraba a Gabriel.

—¿Tiene usted estudios formales? —preguntó Gabriel.

—¿En Historia del Arte? —Ménard negó con la cabeza—. Pero cuatro de mis agentes son licenciados por la Sorbona. Yo me especialicé en lucha contra el fraude y el blanqueo de capitales.

—Bien sabe Dios que en el mundillo del arte no hay nada de eso.

Sonriendo, Ménard sacó tres fotografías de un sobre de papel de estraza: un Frans Hals, un Gentileschi y un retrato exquisito de Rogier van der Weyden.

—El Louvre los compró en un plazo de diez años. El Van der Weyden y el Cranach, durante el mandato del actual presidente. El Frans Hals y el Gentileschi se compraron por recomendación suya cuando era director del departamento de pintura.

—Lo que significa que los cuatro llevan sus huellas dactilares.

—Evidentemente, *monsieur* Fleury y él tenían una relación bastante estrecha. —Bajando la voz, Ménard añadió—: Tan estrecha como para que se dispararan los rumores.

—¿Comisiones ilegales?

Ménard se encogió de hombros, pero no dijo nada.

—¿Hay algo de cierto en ello?

—No sabría decirle. Verá, la Oficina Central de Lucha contra el Tráfico de Bienes Culturales ha recibido orden de no investigar el asunto.

—¿Y qué pasa si los cuatro cuadros resultan ser falsos?

—El laboratorio más avanzado del mundo para la conservación y autentificación de obras de arte dictaminó que son auténticos. Y mientras no aparezca una confesión grabada en vídeo por parte del falsificador, el Louvre se atiene a sus conclusiones.

—En tal caso, ¿por qué me ha pedido que venga a París?

Ménard sacó otra fotografía del sobre y la puso sobre la mesa.

28

Café Marly

No había nada en el hombre de la fotografía que permitiera adivinar que tenía algo que ver con una galería de arte especializada en Maestros Antiguos del elegante octavo *arrondissement* de París. Ni la gorra sin logotipo bien calada sobre la frente, ni las gafas de sol envolventes que le cubrían los ojos, ni la barba postiza que llevaba pegada a la cara. Y tampoco, desde luego, la maleta Tumi de aluminio, de 52 por 77 por 28 centímetros, que arrastraba por la acera de la Rue la Boétie. Era de hechura recia, compacto de tamaño y de maneras desenvueltas. Un deportista en su juventud, o un exmilitar, quizá. Vestía un abrigo gris y guantes de cuero para defenderse del frío de principios de primavera y sin duda también para no dejar huellas en el asa de la maleta ni en el taxi que se alejaba de la acera.

La foto llevaba impresa la hora a la que había sido tomada, las 13:39:35. Jacques Ménard le pasó a Gabriel otra imagen, captada en el mismo instante.

—La primera foto procede de la cámara del *tabac* de enfrente. La segunda es del Monoprix, un par de números más abajo.

—¿No tiene ninguna de sus cámaras de vigilancia?

—Esto es París, Allon, no Londres. Tenemos unas dos mil cámaras en zonas turísticas muy transitadas y alrededor de edificios administrativos importantes, pero nuestra cobertura tiene lagunas. Y el individuo de la foto las aprovechó.

—¿Dónde subió al taxi?

—En un pueblecito al este de París, en el *département* de Seine-et-Marne. Mis colegas del Quai des Orfèvres no han podido averiguar cómo llegó allí.

—¿Han encontrado al taxista?

—Es un inmigrante de Costa de Marfil. Dice que el cliente hablaba francés como un nativo y que pagó la carrera en metálico.

—¿Es de fiar?

—¿El taxista? —Ménard asintió—. Ningún problema por ese lado.

Gabriel fijó la mirada en la segunda fotografía. La misma hora, un ángulo ligeramente distinto. Un poco como su versión del *Desnudo reclinado* de Modigliani, pensó.

—¿Cuánto tiempo estuvo dentro?

Ménard sacó otras dos fotografías del sobre. En la primera se veía al mismo individuo saliendo de la galería a las 13:43:34. En la segunda aparecía sentado a una mesa de la *brasserie* Baroche, situada a unos cuarenta metros de la galería, en la esquina de la Rue la Boétie con la Rue de Ponthieu, a las 13:59:46. El asesino miraba fijamente un objeto que tenía en la mano. Era el mando a distancia que había cogido del escritorio de Bruno Gilbert.

—Usted y *madame* Bancroft llegaron a la galería desde el otro lado de la calle. —Para demostrarlo, Ménard sacó una fotografía de la llegada de Gabriel y Sarah—. De lo contrario, habrían pasado justo por delante de él.

—¿Adónde fue después?

—Al distrito dieciséis, en taxi. Dio un buen paseo por el Bois de Boulogne. Y luego, puf, desapareció.

—Muy profesional.

—La bomba impresionó bastante a nuestros expertos en explosivos.

—¿Pudieron identificar el teléfono que usó para detonarla?

—Dicen que no.

—Estoy seguro de que el teléfono de Valerie Bérrangar estaba dentro de esa galería.

—Mis colegas del Quai des Orfèvres tienen sus dudas al respecto. Además, se inclinan por aceptar la conclusión de la gendarmería local de que Valerie Bérrangar falleció como consecuencia de un desafortunado accidente de tráfico.

—Me alegro de que hayamos aclarado ese extremo. ¿Qué otras conclusiones ha sacado el Quai des Orfèvres?

—Que los dos sujetos que intentaron robarle el maletín a *monsieur* Isherwood eran seguramente ladrones normales y corrientes.

—¿Y los que registraron su habitación en el Intercontinental?

—Según el jefe de seguridad del hotel, no existen.

—¿Alguien se ha molestado en echar un vistazo a las grabaciones de sus cámaras de seguridad?

—Por lo visto, las borraron.

—¿Quién?

—El Quai des Orfèvres lo ignora.

—¿Hay algo que sepa el Quai des Orfèvres? —preguntó Gabriel.

Ménard tomó aire antes de responder.

—Han concluido que el asesinato de Georges Fleury y la destrucción de su galería fueron resultado de una confabulación entre Bruno Gilbert y el hombre de la maleta para desfalcar fondos de la galería.

—¿Hay alguna prueba, por mínima que sea, que refrende ese disparate?

—Unas horas antes de que llegaran *madame* Bancroft y usted, alguien transfirió todo el saldo de las cuentas de la galería en el Société Générale a la cuenta de una empresa fantasma anónima con sede en las islas del Canal. La empresa fantasma lo transfirió luego a la cuenta de otra empresa fantasma anónima en las Bahamas, que a su vez lo transfirió a la cuenta de otra empresa fantasma anónima en las islas Caimán. Y entonces…

—¿Puf, desapareció?

Ménard asintió.

—¿De cuánto dinero estamos hablando?

—Doce millones de euros. El Quai des Orfèvres opina que el individuo de la bomba lo quería todo para él.

—Limpio y sencillo —comentó Gabriel—. Y mucho más apetecible que un escándalo en torno a cuadros falsificados que costaron millones de euros y que cuelgan en las paredes del museo más famoso del mundo.

—Treinta y cuatro millones de euros, para ser exactos. Que hubo que recaudar de fuentes externas. Si se hiciera público, la reputación de una de las instituciones más queridas de Francia quedaría gravemente dañada.

—Y eso no podemos permitirlo —dijo Gabriel.

—*Non* —convino Ménard.

—Pero ¿cómo encajamos Sarah y yo en esa teoría?

—Usted y *madame* Bancroft nunca estuvieron allí, ¿recuerda? Gabriel señaló la fotografía de su llegada a la galería.

—¿Y qué pasa si esto se hace público?

—Tranquilo, Allon. No hay ninguna posibilidad de que eso ocurra.

Gabriel colocó la fotografía encima de las otras.

—¿Hasta qué altura llega?

—¿El qué?

—El encubrimiento.

—Encubrimiento es una palabra muy fea, Allon. Y tan *américaine…*

—*La conspiration du silence.*

—Mucho mejor así.

—¿El director de la Police Nationale? ¿El prefecto?

—Uy, no —dijo Ménard—. Mucho más arriba. Los ministros de Interior y Cultura están al tanto. Puede que incluso *le Palais.*

—¿Y eso le parece mal?

—Soy un fiel servidor de la República Francesa. Pero también tengo conciencia.

—Yo haría caso a mi conciencia.

—¿Nunca ha ido en contra de ella?

—Era agente de inteligencia —contestó Gabriel escuetamente.

—Y yo soy un oficial de alto rango de la Police Nationale que está obligado a seguir al pie de la letra las órdenes de sus superiores.

—¿Y si las desobedeciera?

—Me finiquitarían. *Avec la guillotine.* —Ménard señaló con la cabeza hacia el oeste—. *À la place de la Concorde.*

—¿Y si un periodista de *Le Monde* bien dispuesto recibiera una filtración?

—¿Una filtración de qué, exactamente? ¿De una historia sobre un marchante de arte londinense que compró un retrato de Van Dyck falso en una galería parisina y luego se lo vendió a un inversor americano?

—La filtración podría abarcar algo más.

—¿Qué más?

—Un Cranach, un Hals, un Gentileschi y el Van der Weyden más delicioso que jamás haya visto.

—El escándalo sería inmenso. —Ménard hizo una pausa—. Y no serviría para lograr nuestro objetivo común.

—¿Cuál? —preguntó Gabriel con recelo.

—Retirar de la circulación al falsificador. —Ménard empujó las fotografías para acercarlas unos milímetros más a Gabriel—. Y ya que estamos, quizá le interese seguirle la pista al hombre que intentó matarlos a usted y a *madame* Bancroft.

—¿Y cómo se supone que voy a hacer eso?

El francés sonrió.

—El exagente de inteligencia es usted, Allon. Seguro que dará con él si se lo propone.

Jacques Ménard le propuso a continuación *une petite collaboration* cuyos términos esbozó mientras paseaban por los senderos del Jardín de las Tullerías. La suya sería una relación totalmente secreta, en la que él haría el papel de agente a cargo del caso y Gabriel actuaría como su informante y facilitador. Le correspondería a Ménard, y solo a él, decidir la mejor manera de actuar en función de lo que descubrieran. A ser posible, solventarían el asunto con discreción y sin dañar innecesariamente la reputación de las personas implicadas.

—Pero, si hay que romper algunos huevos, en fin…, que se rompan.

Gabriel solo puso una condición: que Ménard no hiciera ningún intento de monitorizar sus actividades o vigilar sus movimientos. El francés no puso reparos a hacer la vista gorda. Solo le pidió que evitara cualquier acto de violencia innecesario, sobre todo dentro de las fronteras de la República.

—¿Y si encuentro al hombre que intentó matarme?

Ménard apretó los labios en una expresión de gálica indiferencia.

—Haga con él lo que quiera. No voy a rasgarme las vestiduras porque se derrame un poco de sangre. Pero procure que no me salpique.

Dicho eso, los nuevos socios tomaron caminos distintos: Ménard se dirigió al Quai des Orfèvres, y Gabriel, a la Gare de Lyon. Mientras su tren salía de la estación poco después de las cinco de la tarde, hizo dos llamadas: una a su mujer en Venecia y la otra a Sarah. A ninguna de las dos le agradaron sus noticias ni sus planes de viaje; especialmente a Sarah, que, sin embargo, tras consultar con su marido por otra línea, accedió de mala gana a su petición.

—¿Cómo vas a cruzar? —preguntó.

—En el ferri de la mañana desde Marsella.

—Gañán —siseó, y colgó el teléfono.

29

Ajaccio

A las siete y cuarto de la tarde siguiente, Christopher Keller estaba sentado en un café a orillas del mar, en el puerto corso de Ajaccio, con una copa de vino vacía sobre la mesa y un Marlboro recién encendido entre el dedo índice y el corazón de su robusta mano derecha. Vestía traje gris pálido de Richard Anderson de Savile Row, camisa blanca con el cuello abierto y zapatos Oxford hechos a medida. Tenía el pelo más aclarado por el sol, la piel tersa y morena y los ojos de un azul claro. La muesca del centro de su gruesa barbilla parecía labrada a cincel y su boca esbozaba permanentemente una media sonrisa irónica.

La camarera había supuesto que era un europeo del continente y le había saludado como tal, con una apatía rayana en el desprecio, pero cuando Christopher se dirigió a ella en *corsu* fluido, en el dialecto de la esquina noroeste de la isla, se ablandó al instante. Conversaron a la manera corsa (sobre la familia y los turistas y los daños que habían causado los vientos primaverales) y, cuando él terminó de beber su primera copa de rosado, ella le puso otra delante sin molestarse en preguntarle si la quería.

No le había sentado nada bien aquella segunda copa de vino, y tampoco el cigarrillo, el cuarto desde su llegada al café. Era un hábito que había adquirido mientras trabajaba como agente infiltrado en los barrios católicos del oeste de Belfast, durante uno de los periodos más tensos del conflicto norirlandés. Ahora formaba parte de una unidad de operaciones clandestinas del Servicio Secreto de Inteligencia británico a la que a veces se denominaba incorrectamente «el Incremento». Su viaje a Córcega, sin embargo, era de índole totalmente privada. Un amigo necesitaba la ayuda de un hombre para el que Christopher había trabajado con anterioridad: un tal don Anton Orsati, patriarca de una de las familias mafiosas más notorias de la isla. Y puesto que el problema al que se enfrentaba su amigo incluía un intento de matar a la esposa de Christopher, este estaba encantado de poder echarle una mano.

Justo en ese momento, la proa de un ferri de Corsica Linea entró en el puerto interior, pasando junto a las murallas de la antigua ciudadela. Christopher deslizó un billete de veinte euros bajo la copa de vino vacía y cruzó el Quai de la République hasta el aparcamiento situado frente a la moderna terminal del puerto. Sentado al volante de su maltrecho utilitario Renault, observó cómo los pasajeros recién llegados bajaban en tromba por la escalera. Turistas cargados de maletas. Corsos que regresaban. Franceses del continente. Y un hombre de estatura y complexión medias, vestido con una chaqueta italiana muy bien cortada y pantalones de gabardina.

El recién llegado metió su bolsa de viaje en el maletero del Renault y se dejó caer en el asiento del copiloto. Sus ojos verde esmeralda miraron con reproche el cigarrillo que se consumía en el cenicero.

—¿Tienes que fumar? —preguntó con fastidio.

—Sí. —Christopher encendió el motor—. Me temo que sí.

Atravesaron la huesuda cresta de cerros que se extiende al norte de Ajaccio y siguieron la carretera sinuosa que baja hasta el Golfu di Liscia. Las olas, extrañamente grandes, hacían cabriolas sobre la cala en forma de media luna, empujadas por el maestral, como llamaban los corsos al viento violento y desapacible que soplaba en invierno y primavera desde los valles del Ródano.

—Has llegado en el momento justo —comentó Christopher

con el codo apoyado en la ventanilla abierta—. Si hubieras esperado un día más, el viaje en ferri habría sido un infierno.

—Tampoco es que haya sido una maravilla.

—¿Por qué no has venido en avión desde París?

Gabriel sacó la Beretta que llevaba a la espalda, a la altura de los riñones, y la dejó en la consola central.

—Me alegra saber que algunas cosas no cambian. —Christopher le miró de reojo—. Necesitas un corte de pelo. Aparte de eso, tienes muy buen aspecto para un hombre de edad tan avanzada.

—Es mi nuevo yo.

—¿Qué tenía de malo el de antes?

—Un poco de exceso de equipaje del que le convenía descargarse.

—Ya somos dos. —Christopher giró la cabeza para observar las olas que llegaban desde el oeste—. Aunque ahora mismo, de repente, me esté acordando de mi yo de antes.

—¿El director de ventas para el norte de Europa de la Compañía Aceitera Orsati?

—Algo así.

—¿Sabe Su Santidad que has vuelto a la isla?

—Nos espera para cenar. Como puedes imaginar, hay mucha expectación.

—Quizá deberías ir solo.

—La última persona que rechazó una invitación a cenar de don Anton Orsati está por ahí, en algún sitio. —Christopher señaló las aguas del Mediterráneo—. En un ataúd de cemento.

—¿Me ha perdonado por haberte apartado de su lado?

—Culpa a los ingleses. En cuanto al perdón, don Orsati no está familiarizado con ese concepto.

—Yo tampoco estoy de un humor muy indulgente en estos momentos —comentó Gabriel con calma.

—¿Y cómo crees que me siento yo?

—¿Quieres ver una fotografía del hombre que intentó asesinar a tu mujer?

—Mientras conduzco, no —contestó Christopher—. Podríamos matarnos.

Cuando llegaron a la localidad de Porto, el sol era un disco anaranjado suspendido en equilibrio sobre el borde oscuro del mar. Christopher se dirigió tierra adentro siguiendo una carretera bordeada de pinos laricio y emprendió la larga subida hacia las montañas. El aire olía a *macchia*, el denso sotobosque de aliagas, zarzas, jaras, romero y lavanda que cubría gran parte del interior de la isla. Los corsos sazonaban sus alimentos con *macchia*, calentaban sus casas con ella en invierno y se refugiaban en su espesura en tiempos de guerra y *vendetta*. La *macchia* no tenía ojos, afirmaba un dicho corso repetido a menudo, pero lo veía todo.

Atravesaron las aldeas de Chidazzu y Marignana y llegaron al pueblo de los Orsati cuando pasaban unos minutos de las diez. El pueblo estaba allí, o eso se decía, desde la época de los vándalos, cuando los pobladores de la costa buscaron refugio en los montes. Más allá, en un pequeño valle sembrado de olivares que daban el mejor aceite de la isla, se hallaba la extensa finca del don. Los dos hombres armados hasta los dientes que vigilaban la entrada se llevaron respetuosamente la mano a su característica gorra corsa cuando Christopher cruzó la puerta.

Varios guardaespaldas montaban guardia, quietos como estatuas, en el soleado patio delantero de la villa palaciega. Gabriel dejó la Beretta en el Renault y siguió a Christopher por un tramo de escaleras de piedra, hasta el despacho de don Orsati. Al entrar, lo encontraron sentado detrás de una gran mesa de roble, con un libro de cuentas encuadernado en piel abierto ante sí. Como de costumbre, vestía una camisa blanca lavada con lejía, pantalones de algodón holgados y unas sandalias de cuero polvorientas que parecían compradas en el mercadillo del pueblo. Tenía junto al codo una botella decorativa de aceite de oliva Orsati, la tapadera legal a través de la cual blanqueaba los beneficios que extraía de la muerte.

Se levantó con esfuerzo. Era un hombre grande para ser corso: medía más de metro ochenta y era ancho de espaldas y de hombros, con el pelo negro como el carbón, un bigote espeso y los ojos marrones y rayados de un can. Se posaron primero en Christopher, inhospitalarios.

—Acepto tus disculpas —dijo en *corsu*.

—¿Por qué?

—Por la boda —respondió el don—. Nunca en mi vida me he sentido tan insultado. Y viniendo de ti, además.

—A mis nuevos jefes les habría chocado su presencia.

—¿Y cómo les explicas tu piso de ocho millones de libras en Kensington?

—Es un dúplex, en realidad. Y me costó ocho millones y medio.

—Que ganaste trabajando para mí. —Don Orsati frunció el ceño—. ¿Recibiste al menos mi regalo de bodas?

—¿La cristalería Baccarat de cincuenta mil libras? Le envié una nota de agradecimiento bastante larga, escrita de mi puño y letra.

Don Orsati se volvió hacia Gabriel y le dijo en francés:

—Supongo que usted sí estuvo presente.

—Solo porque hacía falta alguien que acompañara a la novia hasta el altar.

—¿Es cierto que es americana?

—Pero no mucho.

—¿Qué significa eso?

—Que pasó la mayor parte de su infancia en Inglaterra y Francia.

—¿Y se supone que eso es un consuelo?

—Por lo menos no es italiana —repuso Gabriel sagazmente.

—Detrás de casi todas las desgracias hay un italiano —repuso don Orsati, recitando un proverbio corso—. Pero seguro que su encantadora esposa es la excepción a esa regla.

—Estoy seguro de que pensará lo mismo de Sarah.

—¿Es inteligente?

—Tiene un doctorado en Harvard.

—¿Atractiva?

—Bellísima.

—¿Trata bien a su madre?

—Cuando se hablan, sí.

Don Orsati miró horrorizado a Christopher.

—¿Qué clase de mujer no se habla con su madre?

—Han tenido sus más y sus menos.

—Me gustaría tener unas palabras con ella sobre ese tema lo antes posible.

—Esperamos pasar una o dos semanas en la isla este verano.

—El que vive de esperanza muere enmierdado.

—Qué elocuente, don Orsati.

—Nuestros dichos son sagrados y certeros —dijo el corso solemnemente.

—Y hay uno para cada ocasión.

Don Orsati posó suavemente una mano de granito sobre la mejilla de Christopher.

—Solo la cuchara sabe las penas de la olla.

—Hasta los curas en el altar se equivocan.

—Mejor tener poco que nada.

—Pero el que no tiene nada no come.

—¿Cenamos? —preguntó don Orsati.

—Quizá deberíamos debatir primero el problema de nuestro amigo común —sugirió Christopher.

—¿Ese asunto de la galería de arte en París?

—Sí.

—¿Es cierto que tu bella esposa americana estuvo implicada?

—Eso me temo.

—Siendo así —dijo don Orsati—, también es problema tuyo.

30

Villa Orsati

Gabriel puso dos fotografías sobre la mesa. Tomadas a la misma hora, con un ángulo ligeramente distinto. El don las contempló como si fueran sendos cuadros de Maestros Antiguos. Era un entendido en la muerte y en los hombres que se ganaban la vida administrándola.

—¿Le reconoce?

—Dudo que su propia madre le reconociera con ese disfraz tan ridículo. —El don miró a Christopher—. A ti no te habrían pillado ni muerto con esas pintas.

—Jamás —respondió Christopher—. Uno tiene su dignidad.

Sonriendo, don Orsati volvió a mirar las fotografías.

—¿Puede decirme algo sobre él?

—Según el taxista, hablaba francés como un nativo —respondió Gabriel.

—El taxista habría dicho lo mismo de Christopher. —Orsati entornó los ojos—. Tiene pinta de exmilitar.

—Yo pensé lo mismo. Desde luego, sabe mucho de artefactos explosivos.

—A no ser que la bomba la hiciera otro. Hay muchos fabricantes de bombas excelentes en este negocio nuestro. —Orsati se volvió de nuevo hacia Christopher—. ¿Verdad que sí?

—No tantos como antes. Pero mejor no hablar del pasado.

—Quizá deberíamos —repuso Gabriel, y añadió en voz baja—: Solo un segundo.

El don juntó las manos bajo la barbilla.

—¿Quiere preguntarme algo?

—Hubo un suceso similar en París hace unos veinte años, en una galería propiedad de un marchante suizo que vendía cuadros expoliados por los nazis durante la guerra. La bomba la puso un exmiembro de las fuerzas especiales británicas que…

—Lo recuerdo bien —le interrumpió don Orsati.

—Yo también.

—Y ahora quiere saber si el hombre de estas fotografías trabaja para mi organización.

—Supongo que sí.

A Orsati se le ensombreció el semblante.

—Puede estar seguro, mi querido amigo, de que ningún hombre que me ofreciera dinero por matarle saldría vivo de esta isla.

—Es posible que creyeran que yo era otra persona.

—Con el debido respeto, lo dudo. Para ser un espía, tiene una cara bastante famosa. —Don Orsati miró a Christopher y exhaló un fuerte suspiro—. En cuanto al exmiembro de las fuerzas especiales británicas, su pelo rubio, sus ojos azules, su inglés perfecto y su entrenamiento militar de élite le permitieron cumplir encargos que estaban muy por encima de las capacidades de mis *taddunaghiu* corsos. Ni que decir tiene que su decisión de volver a su país ha supuesto un duro revés para mi negocio.

—¿Porque ha tenido que rechazar encargos que implicaban un riesgo de fracaso demasiado grande?

—Tantos que ya he perdido la cuenta. —Dio una palmada en la tapa de su libro de cuentas de la muerte, encuadernado en piel—. Y mis beneficios han caído en picado como resultado de ello. No me malinterprete. Sigo recibiendo muchos encargos de labores criminales y venganzas. Pero mis mejores clientes se han ido a otra parte.

—¿A algún sitio en concreto?

—A una organización nueva y exclusiva que ofrece servicios de guante blanco a individuos que viajan en *jet* privado y se visten como Christopher.

—¿Grandes empresarios?

—Eso se rumorea. La organización está especializada en accidentes y falsos suicidios, cosas que a la Compañía Aceitera Orsati nunca le han interesado. Se dice que son bastante diestros a la hora de montar la escena del crimen, quizá porque tienen a sueldo a varios expolicías. También se rumorea que poseen ciertos conocimientos técnicos.

—¿Hackeo de teléfonos y ordenadores?

El don encogió sus gruesos hombros.

—De eso sabe usted más que yo.

—¿Tiene nombre esa organización?

—Si lo tiene, lo desconozco. —Orsati miró de nuevo las fotografías—. La verdadera cuestión es quién puede haber contratado los servicios de esa organización para matarle.

—El líder de una red de falsificación muy sofisticada.

—¿De falsificación de cuadros?

Gabriel asintió.

—Debe de estar ganando una fortuna.

—Treinta y cuatro millones de euros solo del Louvre.

—Puede que me haya equivocado de trabajo.

—Lo mismo he pensado yo de mí mismo muchas veces, don Orsati.

—¿A qué se dedica ahora?

—Soy el director del departamento de pintura de la Compañía de Restauración Tiepolo. —Gabriel hizo una pausa—. Actualmente, cedido a la Police Nationale.

—Eso complica las cosas, por decirlo de algún modo. —Orsati hizo una mueca—. Pero, por favor, dígame cómo puedo ayudarlos a usted y a sus amigos de la policía francesa.

—Me gustaría que encontrara al hombre de esas fotografías.

—¿Y si le encuentro?

—Le haré una pregunta muy sencilla.

—¿El nombre de la persona que le contrató para matarle?

—Ya sabe lo que se dice de los asesinatos, don Orsati. Lo importante no es quién disparó, sino quién pagó la bala.

—¿Quién dijo eso? —preguntó el don, intrigado.

—Eric Ambler.

—Sabias palabras, desde luego. Pero es muy probable que el hombre que intentó matarle en París no conozca el nombre del cliente.

—Puede que no, pero seguro que podrá darme alguna pista. Como mínimo, podrá proporcionarme información valiosa sobre su competidor. —Gabriel bajó la voz—. Me parece que eso le interesaría, don Orsati.

—Una mano lava a la otra y las dos lavan la cara.

—Un refrán judío muy antiguo.

El don hizo un ademán con su enorme manaza, quitando importancia al asunto.

—Pondré estas fotografías en circulación a primera hora de la mañana. Mientras tanto, usted y Christopher pueden pasar unos días de relax aquí, en la isla.

—No hay nada como pasar unas vacaciones con un hombre que una vez intentó matarte.

—Si Christopher de verdad hubiera querido matarle, estaría usted muerto.

—Igual que el hombre que pagó la bala —comentó Gabriel.

—¿De verdad dijo Eric Ambler eso sobre los asesinatos?

—Es una frase de *Un ataúd para Dimitrios*.

—Qué interesante —dijo el don—. No sabía que Ambler fuera corso.

Abajo, en el jardín de don Orsati, los aguardaba un festín suntuoso, perfumado con el aroma inconfundible de la *macchia*. No permanecieron allí mucho tiempo. No habían transcurrido ni cinco minutos desde que se sentaron cuando llegó del noroeste, cortante como un cuchillo, la primera ráfaga de maestral. Con la ayuda de los guardaespaldas del don, se retiraron apresuradamente al comedor y allí reanudaron la comida, acompañada ahora por el aullido y el arañar de aquel intruso abominable llegado del otro lado del mar.

Era más de medianoche cuando don Orsati arrojó su servilleta sobre la mesa para indicar que la velada había llegado a su fin. Levantándose, Gabriel le agradeció su hospitalidad y le rogó que hiciera sus averiguaciones con discreción. El don respondió que confiaría el asunto a sus agentes de mayor confianza. Estaba seguro de que todo se resolvería satisfactoriamente.

—Si lo desea, les diré a mis hombres que lo traigan aquí, a Córcega. Así no tendrá que ensuciarse las manos.

—Eso nunca me ha molestado. Además —dijo Gabriel lanzando una mirada a Christopher—, le tengo a él.

—Christopher es ahora un espía inglés respetable. Un hombre distinguido que reside en una de las calles más finas de Londres. No puede mezclarse en un asunto tan turbio.

Gabriel y Christopher salieron a la noche ventosa y montaron en el Renault. Al abandonar la finca, se dirigieron hacia el este cruzando el valle siguiente. La casita de Christopher se encontraba en un paraje apartado, al final de un camino de tierra y grava bordeado por altos setos de *macchia*. Cuando los faros del coche iluminaron tres olivos muy viejos, Christopher levantó el pie del acelerador y se inclinó ansiosamente sobre el volante.

—Seguro que ya se habrá muerto —dijo Gabriel.

—Enseguida lo sabremos.

—¿No le has preguntado al don?

—¿Y estropear una velada tan encantadora?

Justo en ese momento, una cabra doméstica, con cuernos y unos cien kilos de peso, salió de la *macchia* y se plantó en medio del camino. Tenía los colores de un caballo palomino, barba roja y cicatrices de antiguas batallas. Sus ojos brillaban retadores a la luz de los faros.

—Tiene que ser otra.

—No. —Christopher pisó el freno—. Es la misma cabra del demonio.

—Cuidado, creo que te ha oído.

La enorme cabra, al igual que los tres viejos olivos, pertenecía a don Casabianca. Consideraba el camino de su propiedad y exigía peaje a quienes pasaban por él. A Christopher, un inglés sin sangre corsa en las venas, le tenía especial ojeriza.

—A lo mejor tú podrías hablar con ella de mi parte.

—Nuestra última conversación no fue muy bien —contestó Gabriel.

—¿Qué le dijiste?

—Puede que insultara a sus ancestros.

—¿En Córcega? ¿Cómo se te ocurre? —Christopher hizo avanzar el coche muy despacio, pero la cabra bajó la testuz y se mantuvo firme. Un bocinazo no surtió mayor efecto—. No le contarás esto a Sarah, ¿verdad?

—Jamás se me ocurriría —respondió Gabriel.

Christopher puso punto muerto y exhaló con fuerza. Luego abrió de golpe la puerta y cargó contra la cabra con su traje de Richard Anderson hecho a medida, haciendo aspavientos como un loco. Dicha táctica solía dar como resultado una capitulación inmediata, pero esa noche, la primera de maestral, el animal se resistió con ahínco uno o dos minutos antes de huir por fin hacia la *macchia*. Por suerte, Gabriel grabó toda la contienda en vídeo y se la envió de inmediato a Sarah a Londres. En resumidas cuentas, se dijo, sus vacaciones en Córcega habían empezado bien.

31

Alta Córcega

La casa tenía tejado de tejas rojas, una piscina grande y azul y una terraza espaciosa que por la mañana estaba al sol y por la tarde quedaba a la sombra de un pino laricio. Cuando Gabriel se levantó a la mañana siguiente, las baldosas de granito estaban sembradas de ramas y flora variada. En la cocina bien equipada encontró a Christopher con botas de montaña y un anorak impermeable, preparando café con leche en un hornillo de butano. La radio a pilas emitía un noticiero local.

—Se fue la luz hacia las tres de la madrugada. El viento ha alcanzado esta noche los ciento veintiocho kilómetros por hora. Dicen que es el peor maestral de primavera que se recuerda.

—¿Han dicho algo de un incidente entre un inglés y una cabra entrada en años?

—Todavía no, pero gracias a ti en Londres no se habla de otra cosa. —Christopher le dio un tazón de café—. ¿Has podido dormir algo?

—No he pegado ojo. ¿Y tú?

—Soy un exmilitar veterano. Puedo dormir en cualquier situación.

—¿Cuánto va a durar esto?

—Tres días. Puede que cuatro.

—Supongo que eso descarta el *windsurf*.

—Pero no una excursión a Monte Rotondo. ¿Te apuntas?

—Aunque suene tentador —dijo Gabriel—, creo que voy a pasar la mañana junto al fuego con un buen libro.

Se llevó el café al cuarto de estar, amueblado confortablemente. Varios centenares de volúmenes de ficción e historia se alineaban en las estanterías, y las paredes estaban adornadas con una modesta colección de pinturas modernas e impresionistas. La más valiosa era un paisaje provenzal de Monet que Christopher, a través de un intermediario, había comprado en Christie's, en París. Esa mañana, sin embargo, la mirada de Gabriel se posó en el cuadro contiguo: un paisaje de Paul Cézanne.

Descolgó el cuadro y le quitó el marco. El bastidor se parecía mucho a los que usaba Cézanne a mediados de la década de 1880, igual que el propio lienzo. No había firma (lo que no era extraño, ya que Cézanne solo firmaba las obras que consideraba acabadas por completo) y el barniz tenía el color de la nicotina. Por lo demás, el cuadro parecía estar en buen estado.

Y sin embargo…

Gabriel lo apoyó en un rombo de sol que entraba por las puertas cristaleras de la terraza e hizo una fotografía de detalle con el teléfono. Con el pulgar y el índice, amplió la imagen y examinó las pinceladas. Estaba tan absorto que no se dio cuenta de que Christopher había entrado en la habitación con el sigilo de un auténtico artista de la vigilancia.

—¿Puedo preguntar qué estás haciendo?

—Buscaba algo que leer —contestó Gabriel distraídamente.

Christopher sacó de la estantería la biografía de Kim Philby escrita por Ben Macintyre.

—Puede que esto te resulte más interesante.

—Aunque es un poco incompleta. —Gabriel fijó de nuevo la mirada en el cuadro.

—¿Pasa algo?

—¿Dónde lo compraste?

—En una galería de Niza.

—¿Cómo se llamaba la galería?

—Galerie Edmond Toussaint.

—¿Consultaste a un profesional?

—*Monsieur* Toussaint me dio un certificado de autenticidad.

—¿Puedo verlo? Y el de procedencia también.

Christopher subió a su despacho. Al volver, le entregó a Gabriel un sobre grande y se colgó del robusto hombro derecho una mochila de nailon.

—Última oportunidad.

—Que lo disfrutes —dijo Gabriel mientras una racha de viento sacudía las puertas de la terraza—. Y dale recuerdos de mi parte a tu amiguita la cabra.

Armándose de valor, Christopher salió y subió al Renault. Un momento después, Gabriel oyó un bocinazo seguido de gritos y amenazas de una violencia indecible. Riendo, sacó lo que contenía el sobre.

—Idiota —dijo al cabo de un momento, hablando consigo mismo.

El maestral aflojó hacia las once, pero a última hora de la tarde soplaba con tanta fuerza que arrancó varias tejas. Christopher volvió al anochecer y le enseñó a Gabriel con orgullo la lectura del viento que había tomado en la cara norte de Monte Rotondo: 136 kilómetros por hora. Gabriel le correspondió informándole de que le preocupaba la autenticidad del Cézanne, que Christopher había comprado utilizando un nombre francés falso mientras trabajaba como asesino profesional.

—O sea, que no puedes apelar a la ley. Ni tampoco a la moral.

—Quizá convendría que uno o dos de los hombres más imponentes del don hablen de mi parte con *monsieur* Toussaint.

—O quizá deberías olvidar lo que te he dicho y dejarlo correr —respondió Gabriel.

El viento sopló sin cesar al día siguiente, y al siguiente también. Gabriel siguió refugiado en casa mientras Christopher se echaba de nuevo al monte, a la conquista de otros dos picos: primero Monte Renoso y luego Monte d'Oro, donde su anemómetro de bolsillo registró vientos de 141 kilómetros por hora. Esa noche cenaron en Villa Orsati. Mientras tomaban café, el don los informó de que sus agentes no tenían ninguna pista sobre la identidad o el paradero del hombre que había colocado la bomba en la galería Georges Fleury. A continuación, reprendió a Christopher por el tono y el cariz de sus últimos enfrentamientos con la cabra de don Casabianca.

—Me llamó esta mañana. Se ha llevado un disgusto.

—¿El don o la cabra?

—No es cosa de risa, Christopher.

—¿Cómo sabe don Casabianca que la cosa va de mal en peor?

—La noticia ha corrido como la pólvora.

—Pues yo no se lo he dicho a nadie.

—Habrá sido la *macchia* —terció Gabriel, y repitió el antiguo proverbio sobre la capacidad de aquella vegetación aromática para verlo todo.

El don asintió solemnemente con la cabeza. Era, concluyó, la única explicación posible.

El viento arreció el resto de la noche, pero al amanecer era ya solo un recuerdo. Gabriel pasó la mañana ayudando a Christopher a reparar el tejado y a limpiar la terraza y la piscina. Luego, por la tarde, fue en coche al pueblo, un cúmulo de casitas de color arenisca apiñadas alrededor del campanario de la iglesia, ante la cual se extendía una plaza polvorienta. Varios hombres vestidos con camisa blanca recién planchada jugaban una reñida partida de petanca. En otro tiempo le habrían mirado con recelo o le habrían señalado a la manera corsa, con el dedo índice y el meñique, para ahuyentar el *occhju*, el mal de ojo. Ahora, en cambio, le saludaban cordialmente, porque todo el pueblo sabía que era amigo de don Orsati y de Christopher el inglés, que, gracias a Dios, había regresado a la isla tras una larga ausencia.

—¿Es cierto que se ha casado? —le preguntó uno de los hombres.

—Eso dicen.

—¿Y que ha matado a la cabra? —preguntó otro.

—Todavía no, pero tiempo al tiempo.

—Quizá usted pueda hacerle entrar en razón.

—Lo he intentado, pero me temo que lo suyo ya no tiene remedio.

Los hombres, que necesitaban otro jugador, insistieron en que se sumara a la partida. Gabriel declinó la invitación y entró en el bar de la esquina más alejada de la plaza a tomar un vaso de rosado corso. Cuando las campanas de la iglesia dieron las cinco, una niña de siete u ocho años llamó a la puerta de la casita torcida contigua a la rectoría. La puerta se abrió unos centímetros y apareció una manita pálida que agarraba un trozo de papel azul. La niña llevó el papel al bar y lo puso sobre la mesa de Gabriel. Se parecía extrañamente a Irene.

—¿Cómo te llamas?

—Danielle.

Claro, cómo no, pensó él.

—¿Quieres un helado?

La niña se sentó y empujó el papelito azul sobre la mesa.

—¿No vas a leerlo?

—No hace falta.

—¿Por qué no?

—Porque ya sé lo que dice.

—¿Cómo lo sabes?

—Yo también tengo poderes.

—No como los de ella —respondió la niña.

No, convino Gabriel. No como los de ella.

32

Alta Córcega

La mano que la anciana le tendió en señal de saludo era cálida e ingrávida. Gabriel la sostuvo con suavidad, como si fuera un pajarillo.

—Te has estado escondiendo de mí —dijo ella.

—De usted, no. Del maestral.

—Siempre me ha gustado el viento. Es bueno para el negocio.

La anciana era una *signadora*. Los corsos creían que poseía el don de curar a los afectados por el *occhju*. Gabriel había sospechado antaño que no era más que una prestidigitadora y una pitonisa muy astuta, pero ya no lo creía.

Ella le puso la mano en la mejilla.

—Estás ardiendo de fiebre.

—Siempre me dice eso.

—Porque siempre parece que estés ardiendo. —Apoyó la mano en la parte superior de su pecho. En el lado izquierdo, un poco por encima del corazón—. Por aquí entró la bala de la loca esa.

—¿Se lo ha dicho Christopher?

—No he hablado con Christopher desde su regreso. —Le levantó la parte delantera de la camisa y examinó la cicatriz—. Estuviste muerto unos minutos, ¿verdad?

—Dos o tres.

Ella frunció el ceño.

—¿Por qué te molestas en mentirme?

—Porque prefiero no acordarme de que estuve diez minutos muerto. —Gabriel levantó el papelito azul—. ¿Dónde encontró a esa niña?

—¿A Danielle? ¿Por qué lo preguntas?

—Me recuerda a alguien.

—¿A tu hija?

—¿Cómo es posible que sepa cómo es mi hija?

—Puede que solo estés viendo lo que quieres ver.

—No me hable con acertijos.

—Le pusiste a la niña Irene por tu madre. Cada vez que te mira, ves el rostro de tu madre y los números que llevaba escritos en el brazo en ese campo con nombre de árbol.

—Algún día tendrá que enseñarme cómo lo hace.

—Es un don de Dios. —Soltó su camisa y le contempló con sus ojos negros e insondables. Tenía la cara tan blanca como la harina—. Sufres de *occhju*. Está claro como el agua.

—Me lo habrá echado la cabra de don Casabianca.

—Es un demonio.

—Ni que lo diga.

—No es broma. Ese animal está poseído. Aléjate de él.

La *signadora* le condujo al salón de su casita. Sobre la pequeña mesa camilla había una vela, un plato con agua y una vasija de aceite de oliva. Eran las herramientas de su oficio. Encendió la vela y se sentó en su lugar de costumbre. Gabriel, tras dudar un momento, también tomó asiento.

—El mal de ojo no existe, ¿sabe? Es solo una superstición muy extendida en el Mediterráneo, entre las personas mayores.

—Tú también eres una persona mayor del Mediterráneo.

—Muy mayor, en efecto —repuso él.

—Naciste en Galilea, no muy lejos de la ciudad donde vivió Jesucristo. A muchos de tus antepasados los mataron los romanos durante el sitio de Jerusalén, pero unos pocos sobrevivieron y llegaron a Europa. —Empujó la vasija de aceite sobre la mesa—. Adelante.

Gabriel volvió a colocar la vasija al lado de la mujer, en la mesa.

—Usted primero.

—¿Quieres que te demuestre que no es un truco?

—Sí.

La anciana metió el dedo índice en el aceite. Luego lo sostuvo sobre el plato y dejó caer tres gotas en el agua. Se fusionaron formando una sola mancha.

—Ahora tú.

Gabriel hizo el mismo ritual. Esta vez, el aceite se deshizo en mil gotas y pronto no quedó ni rastro de él.

—*Occhju* —susurró la anciana.

—Magia y enajenación —respondió Gabriel.

Sonriendo, ella preguntó:

—¿Qué tal tu mano?

—¿Cuál?

—La que te heriste al atacar al hombre que trabaja para el tuerto.

—Ese hombre no debería haberme seguido.

—Haz las paces con él —dijo la *signadora*—. Te ayudará a encontrar a la mujer.

—¿A qué mujer?

—A la española.

—Estoy buscando a un hombre.

—¿Al que intentó matarte en la galería de arte?

—Sí.

—Don Orsati no ha podido encontrarlo. Pero no te preocupes, la española te conducirá al que buscas. Don Orsati la conoce.

—¿Cómo?

—Eso no puedo decírtelo.

Sin añadir nada más, la *signadora* tomó su mano y dio comienzo al ritual de siempre. Recitó una oración corsa ancestral. Lloró cuando el mal pasó del cuerpo de Gabriel al suyo. Cerró los ojos y cayó en un sueño profundo. Cuando por fin despertó, pidió a Gabriel que repitiera la prueba del aceite y el agua. Esta vez, el aceite se fundió en una sola gota.

—Ahora usted —le dijo él.

170

La anciana suspiró e hizo lo que le pedía. El aceite se disgregó, haciéndose añicos.

—Igual que la puerta de la galería de arte —comentó ella—. No te preocupes, el *occhju* no se quedará mucho tiempo dentro de mí.

Gabriel puso varios billetes sobre la mesa.

—¿Hay algo más que pueda decirme?

—Pinta cuatro cuadros —dijo la anciana—. Y ella acudirá a ti.

—¿Eso es todo?

—No. El *occhju* no te lo echó la cabra de don Casabianca.

Al regresar a casa, Gabriel informó a Christopher de que las pesquisas de don Orsati no darían fruto y de que la cabra de don Casabianca era una encarnación del diablo. Christopher puso en duda la exactitud de las dos afirmaciones, por haber salido ambas de la boca de la *signadora*. Aun así, le aconsejó que no le dijera al don que dejara de buscar, por si acaso. Era mucho mejor, dijo, dejar que la rueda girase hasta que cayera la bola.

—A no ser que la rueda siga girando una o dos semanas más.

—Eso no va a pasar, créeme.

—Hay algo más, me temo.

Gabriel le habló de la profecía de la anciana sobre la española.

—¿Ha dicho de qué la conoce el don?

—Ha dicho que no podía decírmelo.

—O eso afirma. Es su versión de «sin comentarios».

—¿Coincidiste alguna vez con una española cuando trabajabas para el don?

—Con una o dos —contestó Christopher en voz baja.

—¿Cómo podemos planteárselo?

—Con sumo cuidado. A Su Santidad no le gusta que se hurgue en su pasado. Y menos aún que lo haga la *signadora*.

Y así fue como dos noches más tarde, mientras estaban sentados bajo una luna envuelta en celajes, en el jardín de Villa Orsati, Gabriel fingió incredulidad cuando le informaron de que los agentes del don no habían logrado localizar al hombre que había colocado aquella bomba tan bien fabricada en la galería Fleury. Luego, tras uno o dos segundos de grato silencio, le preguntó con cautela a don Orsati si conocía a alguna española que pudiera tener vínculos con el mundillo de los delitos artísticos.

Los ojos castaños del don se entornaron con suspicacia.

—¿Cuándo ha hablado con ella?

—¿Con la española?

—Con la *signadora*.

—Pensé que la *macchia* lo veía todo.

—¿Quiere saber lo de la española o no?

—Fue hace dos días —admitió Gabriel.

—Supongo que la vieja también sabía que yo no iba a encontrar al hombre al que está buscando.

—Yo quería contárselo, pero Christopher me dijo que sería un error.

—¿Eso dijo? —Don Orsati fulminó con la mirada a Christopher antes de volverse una vez más hacia Gabriel—. Hace unos años, cinco o seis, vino a verme una mujer. Era de Roussillon, en la zona del Luberon. De unos treinta años, bastante desenvuelta. Daba la impresión de sentirse a gusto entre delincuentes.

—¿Nombre?

—Françoise Vionnet.

—¿Auténtico?

Don Orsati asintió.

—¿Cuál era su historia?

—El hombre con el que vivía desapareció una tarde mientras daba un paseo por el campo, a las afueras de Aix-en-Provence. La policía encontró su cadáver unas semanas después cerca de Mont Ventoux. Le habían pegado dos tiros en la nuca.

—¿La mujer quería venganza?

El don asintió.

—Supongo que accedió usted a proporcionársela.

—El dinero no se gana cantando, amigo mío. —Era uno de los refranes corsos más queridos del don y el eslogan oficioso de la

Compañía Aceitera Orsati—. Se gana aceptando encargos y cumpliéndolos.

—¿Qué nombre tenía ese encargo?

—Miranda Álvarez. La tal Vionnet estaba segura de que era un alias. Nos dio su descripción y nos dijo a qué se dedicaba, pero poco más.

—¿Qué tal si empezamos por su aspecto?

—Alta, morena, muy guapa.

—¿Edad?

—En ese momento tenía unos treinta y cinco años.

—¿Y su profesión?

—Era marchante de arte.

—¿Dónde?

—En Barcelona, quizá. —El don se encogió de hombros—. O puede que en Madrid.

—Eso no nos da muchas pistas.

—He aceptado encargos con menos detalles, siempre que el cliente se comprometa a confirmar la identidad del objetivo cuando lo localizamos.

—Lo que evita un derramamiento de sangre innecesario.

—En un negocio como el mío —repuso don Orsati—, los errores son irreparables.

—Deduzco que no dieron con ella.

El don negó con la cabeza.

—Françoise Vionnet me rogó que siguiera buscando, pero le dije que no tenía sentido. Le devolví el dinero, menos la fianza y los gastos de búsqueda, y cada uno siguió su camino.

—¿Le dijo por qué habían matado a su compañero?

—Por una disputa de negocios, al parecer.

—¿También era marchante de arte?

—Pintor, en realidad. No tenía mucho éxito, claro. Aunque ella ponía su obra por las nubes.

—¿Recuerda su nombre, por casualidad?

—Lucien Marchand.

—¿Y dónde podríamos Christopher y yo encontrar a Françoise Vionnet?

—En el Chemin de Joucas, en Roussillon. Si quiere, puedo conseguirle la dirección exacta.

—Si no es mucha molestia.

—En absoluto.

La tenía arriba, en su despacho, dijo don Orsati. En su libro de la muerte encuadernado en piel.

33

Le Luberon

El transbordador con destino al continente salió de Ajaccio a las ocho y media de la tarde siguiente y llegó a Marsella poco después de que amaneciera. Gabriel y Christopher, que habían pasado la noche en camarotes contiguos, cruzaron el puerto en un Peugeot alquilado y tomaron la *autoroute* A7. Se dirigieron al norte, de Salon-de-Provence a Cavaillon, y siguieron luego a una caravana de autobuses turísticos que iba hacia el Luberon. Las casas de color miel de Gordes, encaramadas a la cima del cerro de piedra caliza que dominaba el valle, relucían a la luz cristalina de la mañana.

—Ahí es donde vivía Marc Chagall —comentó Christopher.

—En una antigua escuela para niñas, en la Rue de la Fontaine Basse. Él y su esposa, Bella, se resistieron a marcharse tras la invasión alemana. Por fin huyeron a los Estados Unidos en 1941 con ayuda del periodista y profesor Varian Fry y el Comité de Rescate de Emergencia.

—Solo intentaba entablar conversación.

—Quizá deberíamos limitarnos a disfrutar del paisaje.

Christopher encendió un Marlboro.

—¿Has pensado cómo vas a plantearle el asunto?

—¿A Françoise Vionnet? He pensado empezar por decirle *bonjour* y confiar en que haya suerte.

—Qué astuto.

—Puede que le diga que me envía una adivina corsa que me quitó el mal de ojo. O mejor, le diré que soy amigo del mafioso corso al que contrató para matar a una marchante española.

—Seguro que así la convences.

—¿Cuánto crees que le cobró el don? —preguntó Gabriel.

—¿Por un trabajo así? No mucho.

—¿Cuánto es «no mucho»?

—Cien mil, quizá.

—¿Cuánto te pagaron a ti por mí?

—Siete cifras.

—Me siento halagado. ¿Y por Anna?

—Ibais en el mismo paquete.

—¿Se hacen descuentos por esas cosas?

—El don también desconoce esa palabra. Pero me conmueve que hayáis reavivado vuestra relación después de tantos años.

—De reavivarla, nada. Y no tenemos una relación.

—¿Le pediste o no un millón de euros para comprar ese paisaje fluvial falso de Cuyp?

—Recibió el dinero de vuelta tres días después.

—Porque se lo devolvió mi esposa —dijo Christopher—. En cuanto a tu acercamiento a la tal Françoise, te sugiero que enarboles una bandera falsa. Basándome en mi experiencia, puedo asegurarte que los vecinos honrados del Luberon no entregan maletines llenos de dinero a alguien como Su Santidad don Anton Orsati.

—¿Insinúas que Françoise Vionnet y Lucien Marchand, un pintor desconocido, sin historial de ventas confirmado, podían estar involucrados en alguna actividad delictiva?

—Apostaría mi Cézanne a que sí.

—Tú no tienes un Cézanne.

Doblaron un recodo de la carretera y el valle del Luberon se reveló como una colcha de retazos hecha de viñedos, huertos y praderas rebosantes de flores silvestres. Los edificios de color ladrillo del casco viejo de Roussillon ocupaban un promontorio de arcilla de color ocre intenso, en el extremo sur. Christopher se acercó al pueblo por el estrecho Chemin de Joucas y se desvió hacia el arcén cubierto de hierba en el punto en el que la ladera del cerro se unía al fondo del valle. A un lado de la carretera había campos de labor recién arados. Al otro, oculta en parte a la vista tras un muro de vegetación descuidado, había una casita de una sola planta. Desde algún lugar les llegaba amortiguado el ladrido grave de un perro de buen tamaño.

—Cómo no —murmuró Gabriel.

—Mejor un can que una cabra.

—Las cabras no muerden.

—¿Cómo que no? —Christopher torció hacia el camino de entrada.

Al instante, un perro con forma de barril y mandíbula de *rottweiler* salió disparado por la puerta principal. Después apareció una chica descalza y lánguida, de poco más de veinte años. Vestía mallas y un jersey de algodón arrugado. Su pelo castaño claro ondeaba, largo y suelto, a la luz de la Provenza.

—Es demasiado joven —dijo Gabriel.

—¿Y esa? —preguntó Christopher cuando una versión más mayor de la chica salió de la casa.

—Tiene pinta de ser Françoise.

—Estoy de acuerdo. Pero ¿qué vas a decirle?

—Voy a esperar a que una de las dos se haga con ese perro.

—¿Y luego?

—He pensado empezar por decirle *bonjour* y confiar en que haya suerte.

—Estupendo —dijo Christopher.

Cuando Gabriel abrió la puerta del coche y extendió la mano, era una vez más, en apariencia y habla, Ludwig Ziegler de Berlín. Sin embargo, esta versión de *herr* Ziegler no era un asesor de arte con una sola cliente muy famosa. Era un corredor (un marchante sin galería ni fondos) especializado en encontrar obras de pintores contemporáneos infravalorados y sacarlas al mercado. Afirmaba haber sabido de Lucien Marchand a través de un contacto y estar impresionado por la terrible historia de su desaparición y su muerte. Presentó a Christopher como Benjamin Reckless, su representante en Londres.

—¿Reckless*? —preguntó Françoise Vionnet con escepticismo.

—Es un apellido inglés muy antiguo —explicó Christopher.

—Habla usted francés como un nativo.

—Mi madre era francesa.

En la rústica cocina de la casa, se reunieron los cuatro en torno a una cafetera llena de café negro como el alquitrán y una jarra de leche humeante. Françoise Vionnet y la chica descalza encendieron sendos cigarrillos del mismo paquete de Gitanes. Tenían los mismos ojos soñolientos y de párpados pesados. Debajo de los de la chica había medias lunas de carne hinchada, sin delinear.

—Se llama Chloé —dijo Françoise Vionnet, como si la chica fuera muda—. Su padre era un escultor de Lacoste sin blanca que nos abandonó poco después de que naciera. Afortunadamente, Lucien nos acogió. No éramos una familia tradicional, en absoluto, pero éramos felices. Chloé tenía diecisiete años cuando mataron a Lucien. Fue muy duro para ella. Era el único padre que ha conocido.

La chica bostezó, se estiró con morosa delectación y se marchó. Un momento después oyeron el sonido de un cuerpo femenino y esbelto zambulléndose en el agua de una piscina. Françoise Vionnet frunció el ceño y apagó el cigarrillo.

—Disculpen el comportamiento de mi hija. Cuando murió Lucien, quise mudarme a París, pero Chloé se negó a dejar el Luberon. Fue un error terrible criarla aquí.

—Es muy bella —comentó Gabriel en el francés con acento alemán de *herr* Ziegler.

—*Oui*. Los turistas y los extranjeros ricos adoran la Provenza. Sobre todo, los ingleses —añadió Françoise Vionnet mirando a Christopher—, pero para las chicas como Chloé, que no tienen estudios universitarios ni ambición, el Luberon puede ser una trampa

---

* Temerario. (*N. de la T.*)

sin salida. Pasa los veranos sirviendo mesas en un restaurante del *centre ville* y los inviernos trabajando en un hotel de Chamonix.

—¿Y usted? —preguntó Gabriel.

Ella se encogió de hombros.

—Me conformo con el modesto patrimonio que me dejó Lucien.

—¿Estaban casados?

—Un pacto civil de solidaridad, el equivalente francés a una unión de hecho. Chloé y yo heredamos esta casa cuando asesinaron a Lucien. Y sus cuadros, claro. —Se levantó de repente—. ¿Le gustaría verlos?

—Me encantaría.

Entraron en la sala de estar. Varios cuadros sin enmarcar (surrealistas, cubistas, expresionistas abstractos) colgaban de las paredes. Carecían de originalidad, pero estaban bien ejecutados.

—¿Dónde se formó? —preguntó Gabriel.

—Estudió Bellas Artes en París.

—Se nota.

—Lucien era un pintor excelente —afirmó Françoise Vionnet—. Pero por desgracia no tuvo mucho éxito. Se ganaba la vida pintando copias.

—¿Perdón?

—Pintaba copias de cuadros impresionistas y las vendía en las tiendas de regalos del Luberon. También trabajaba para una empresa que vendía reproducciones pintadas a mano por Internet. Por esas le pagaban más, aunque no mucho. Unos veinticinco euros. Las hacía muy deprisa. Podía pintar un Monet en quince o veinte minutos.

—¿Tiene alguna, por casualidad?

—*Non*. Lucien se avergonzaba de ese trabajo. En cuanto las pinturas estaban secas, se las mandaba a sus clientes.

Fuera, la chica salió de la piscina y se tendió en una *chaise longue*. Gabriel no vio si llevaba algo encima, pues estaba contemplando el que era claramente el mejor cuadro de la habitación. Guardaba un parecido evidente con una obra llamada *Les amoureux aux coquelicots*, del artista franco-ruso que había vivido un tiempo en la

Rue de la Fontaine Basse, en Gordes. No era una copia exacta; más bien, un pastiche. El original estaba firmado en la esquina inferior derecha. La versión de Lucien Marchand no llevaba firma.

—Admiraba mucho a Chagall —dijo Françoise Vionnet.

—Como yo. Y, si no supiera que es imposible, habría pensado que lo había pintado el propio Chagall. —Gabriel hizo una pausa—. Quizá esa fuera su intención.

—Lucien pintaba sus Chagall por puro placer. Por eso no lleva firma.

—Estoy dispuesto a hacerle una oferta generosa por él.

—Lo siento, pero no está en venta, *monsieur* Ziegler.

—¿Puedo preguntar por qué?

—Por motivos sentimentales. Fue el último cuadro que pintó Lucien.

—Perdóneme, *madame* Vionnet, pero no consigo recordar la fecha de su muerte.

—Fue el diecisiete de septiembre.

—¿Hace cinco años?

—*Oui*.

—Qué extraño.

—¿Por qué, *monsieur*?

—Porque este cuadro parece mucho más antiguo. De hecho, parece pintado a finales de los años cuarenta.

—Lucien utilizaba técnicas especiales para que sus cuadros parecieran más antiguos de lo que eran en realidad.

Gabriel descolgó el cuadro y le dio la vuelta. El lienzo tenía al menos medio siglo de antigüedad, igual que el bastidor. La barra horizontal de arriba tenía estampados un *6* y una *F*. En el travesaño central había restos de una pegatina vieja.

—¿Y Lucien también conocía técnicas especiales para envejecer los lienzos y los bastidores? ¿O quizá conocía a alguien que le proporcionaba cuadros viejos sin ningún valor?

Françoise Vionnet le miró tranquilamente, con sus ojos de párpados pesados.

—Salga de mi casa —dijo entre dientes—. O le echo al perro.

—Si ese perro se acerca a mí, le pego un tiro. Y luego llamaré a la policía francesa y le diré que su hija y usted viven del dinero que ganaba Lucien Marchand falsificando cuadros.

Sus labios carnosos esbozaron una leve sonrisa. Estaba claro que no se arredraba fácilmente.

—¿Quién es usted?

—No me creería si se lo dijera.

Ella miró a Christopher.

—¿Y él?

—Es cualquier cosa menos temerario.

—¿Qué quieren?

—Quiero que me ayude a encontrar a la mujer que se hacía llamar Miranda Álvarez. Y que me entregue cualquier falsificación que tenga por ahí, junto con la lista completa de los cuadros falsos que vendió Lucien.

—Eso es imposible.

—¿Por qué?

—Son demasiados.

—¿Quién se encargaba de moverlos?

—Lucien le vendía la mayoría de sus falsificaciones a un marchante de Niza.

—¿Cómo se llamaba ese marchante?

—Edmond Toussaint.

Gabriel miró a Christopher.

—Eso zanja la cuestión, creo.

34

Roussillon

—¿Por qué no me dijo la verdad desde el principio, *monsieur* Allon?

—Porque temía que se saltara las muestras de cortesía y me azuzase directamente al perro.

—¿De verdad le habría pegado un tiro?

—*Non* —respondió Gabriel—. Se lo habría pegado el señor Reckless.

Con un Gitanes recién encendido en la boca, Françoise Vionnet miró a Christopher y asintió lentamente con la cabeza. Habían vuelto a la mesa de la cocina rústica y se hallaban reunidos en torno a una botella de Bandol rosado bien frío.

—¿Hasta qué punto es cierta la historia que nos ha contado? —preguntó Gabriel.

—En su mayor parte.

—¿Dónde empieza la ficción?

—Chloé no pasa el invierno en Chamonix.

—¿Dónde lo pasa?

—En la isla de Saint-Barthélemy.

—¿Trabaja allí?

—¿Chloé? —Hizo una mueca—. No ha trabajado ni un solo día en toda vida. Tenemos una casa en Lorient.

—Lucien tuvo que pintar un montón de copias de veinticinco euros para poder permitirse una casa en un sitio así.

—Nunca dejó de pintarlas, ¿sabe? Tenía que mantener algunos ingresos legales.

—¿Cuándo empezó con las falsificaciones?

—Un par de años después de que Chloé y yo viniéramos a vivir con él.

—¿La idea fue de usted?

—Más o menos.

—¿Es decir?

—Era obvio que sus copias eran muy buenas. Un día le pregunté si creía que podría engañar a alguien. Una semana después me enseñó su primera falsificación. Una recreación de la *Place du village* de Georges Valmier, el cubista francés.

—¿Qué hizo con el cuadro?

Françoise Vionnet lo llevó a París y lo colgó en un apartamento muy chic, propiedad de una amiga, en el distrito sexto. Luego llamó a una casa de subastas (no quiso decirles a cuál), que envió a un presunto experto para que echase un vistazo al cuadro. El experto hizo un par de preguntas sobre su procedencia, dictaminó que era auténtico y le dio a Françoise cuarenta mil euros. Ella entregó dos mil a su amiga chic de París y el resto se lo llevó a Lucien. Invirtieron parte del dinero en agrandar la piscina y reformar la caseta que Lucien usaba como taller. Lo que sobró lo depositaron en una cuenta bancaria del Credit Suisse, en Ginebra.

—En cuanto a la recreación de la *Place du village* de Georges Valmier, se vendió hace poco por novecientos mil dólares en una subasta en Nueva York. O sea, que la casa de subastas ganó más en honorarios y comisiones de lo que le pagó a Lucien por el cuadro. ¿Quién es el delincuente, *monsieur* Allon? ¿De verdad la casa de subastas no sabía que estaba vendiendo una falsificación? ¿Cómo es posible?

Françoise vendió varias falsificaciones más a la misma casa de subastas parisina (todas de cubistas y surrealistas de segunda fila, y todas por unas decenas de miles de euros) y en el invierno de 2004 le vendió un Matisse al galerista Edmond Toussaint. Este le compró otro Matisse unos meses después, y al poco tiempo un

Gauguin, un Monet y un paisaje de Cézanne del Mont Sainte-Victoire. Fue entonces cuando Toussaint le informó de que los cinco cuadros que le había llevado eran falsos.

—Por eso los había comprado —comentó Gabriel.

—*Oui. Monsieur* Toussaint quería un acuerdo exclusivo. Se acabaron las ventas independientes a través de casas de subastas de París o de otros marchantes. Según él era muy arriesgado. Y prometió cuidar muy bien de Lucien en el aspecto económico.

—¿Cumplió su promesa?

—Lucien no tenía ninguna queja.

—¿Cuánto dinero ganó?

—¿Mientras duró el acuerdo? —Françoise Vionnet se encogió de hombros—. Seis o siete millones.

—Por favor… —dijo Gabriel.

—Puede que fueran en torno a treinta.

—¿Tirando más hacia treinta o hacia cuarenta?

—Hacia cuarenta —contestó Françoise Vionnet—. Hacia cuarenta, sin duda.

—¿Y el señor Toussaint? ¿Qué ganancia obtuvo él?

—Doscientos millones, como mínimo.

—O sea, que le tomó el pelo a Lucien.

—Eso es lo que le dijo a Lucien la española.

—¿Miranda Álvarez?

—Así se hacía llamar.

—¿Dónde se reunieron con ella?

—Aquí, en Roussillon. Se sentó en esa misma silla, donde está usted ahora.

—¿Era marchante?

—Algo así. No nos dio muchos detalles.

—¿Qué quería?

—Que Lucien trabajara para ella en vez de para Toussaint.

—¿Cómo sabía que Lucien estaba falsificando cuadros?

—Se negó a decírnoslo, pero era evidente que conocía los bajos fondos del mundo del arte. Nos aseguró que Toussaint estaba vendiendo más falsificaciones de las que podía absorber el mercado.

Que solo era cuestión de tiempo que nos detuvieran. Y que formaba parte de una red muy sofisticada que podía vender falsificaciones sin que nadie lo descubriera. Prometió pagarnos el doble que Toussaint.

—¿Cómo reaccionó Lucien?

—Tenía curiosidad.

—¿Y usted?

—Menos.

—Pero ¿accedió a sopesar su oferta?

—Le pedí que volviera pasados tres días.

—¿Y cuando volvió?

—Le dije que de acuerdo. Nos dio un millón de euros en efectivo y dijo que estaríamos en contacto.

—¿Cuándo se torció el trato?

—Cuando le dije a Toussaint que le dejábamos.

—¿Cuánto les pagó para que se quedaran?

—Dos millones.

—Supongo que se quedaron con el millón que les dio la española.

—*Oui*. Y seis meses después Lucien estaba muerto. Estaba pintando otro Cézanne cuando le mataron. La policía nunca encontró el cuadro.

—Imagino que usted no les dijo que Lucien era falsificador de arte ni que había recibido hacía poco la visita de una española misteriosa que se hacía llamar Miranda Álvarez.

—Si lo hubiera hecho, me habría implicado en el asunto.

—¿Cómo explicó los treinta millones depositados en el Credit Suisse de Ginebra?

—Eran treinta y cuatro millones en ese momento —reconoció Françoise Vionnet—. Y la policía no los descubrió.

—¿Y la casa en Saint-Barthélemy?

—Es propiedad de una empresa fantasma registrada en las Bahamas. Chloé y yo procuramos no llamar la atención aquí, en el Luberon, pero cuando vamos a la isla…

—Se dan la gran vida con las ganancias de las falsificaciones de Lucien.

Ella encendió otro Gitanes, pero no contestó.

—¿Cuántas quedan? —preguntó Gabriel.

—¿Falsificaciones? —Lanzó un chorro de humo hacia el techo—. Solo el Chagall. Los otros ya no están.

Gabriel dejó su teléfono sobre la mesa.

—¿Cuántos, Françoise?

Fuera, Chloé estaba tendida como un desnudo de Modigliani sobre las baldosas soleadas, junto a la piscina.

—Si le pagaran por eso —comentó su madre en tono crítico—, sería la mujer más rica de Francia.

—Usted era la testaferro de un falsificador —repuso Gabriel—. No le dio muy buen ejemplo, que digamos.

Françoise Vionnet los condujo por un sendero de grava, hacia el atelier de Lucien. Era un edificio pequeño, de color ocre, con tejado de tejas. La puerta y las contraventanas de madera estaban aseguradas con candado.

—Alguien intentó entrar poco después de que mataran a Lucien. Desde entonces tengo al perro.

Abrió la puerta y entró delante de ellos. El aire estancado olía a lienzo, a polvo y a aceite de linaza. Debajo de la claraboya del techo había un caballete antiguo y una mesa de trabajo vieja y desordenada, con estantes y cajones para el material. Los cuadros estaban apoyados en las paredes. Había unos veinte, colocados en filas.

—¿Estos son todos? —preguntó Gabriel.

Ella asintió.

—¿No tiene un almacén o un trastero en algún otro sitio?

—*Non*. Está todo aquí.

Se acercó a la fila de cuadros más próxima y los ojeó como si fueran discos de vinilo. De mala gana, extrajo uno y se lo mostró a Gabriel.

—Fernand Léger.

—Tiene buen ojo, *monsieur* Allon.

Pasó a la fila siguiente. De ella sacó un pastiche de las *Casas en L'Estaque* de Georges Braque y, de la siguiente, un Picasso y otro Léger.

—Seguramente la policía registró este lugar después del asesinato —comentó Gabriel.

—Por supuesto, pero por suerte mandaron al inspector Clouseau. —Sacó otro cuadro, una versión de *Composición en azul* de Roger Bissière—. Este siempre me ha gustado. ¿De verdad tengo que renunciar a él?

—Continúe.

El cuadro siguiente era un Matisse. Le siguieron un Monet, un Cézanne, un Dufy y, por último, otro Chagall.

—¿Son los únicos que hay?

Ella asintió.

—¿Sabe lo que pasará si encuentro alguno más?

Suspirando, ella sacó dos cuadros más: un segundo Matisse y un espléndido André Derain. Doce en total, con un valor de mercado aproximado de más de doscientos millones de euros. Gabriel los fotografió con el móvil, junto con el Chagall del salón. A continuación, retiró los trece lienzos de sus respectivos bastidores y los apiló en la chimenea. Christopher le pasó su encendedor Dunhill de oro.

—Por favor, no lo haga —le suplicó Françoise Vionnet.

—¿Prefiere que se los entregue a la policía francesa? —Gabriel encendió el mechero y acercó la llama a los lienzos—. Supongo que tendrá que conformarse con los treinta y cuatro millones.

—Solo quedan veinticinco.

—Puede quedárselos siempre y cuando no le diga a nadie que he estado aquí.

Françoise los acompañó hasta la puerta y esperó a que casi hubieran subido al Renault para soltar al perro. Huyeron sin recurrir a la violencia.

—Una pregunta —dijo Christopher mientras atravesaban a toda velocidad el valle pintoresco—. ¿Cuándo decidiste hacer el numerito de *herr* Ziegler?

—Se me ocurrió mientras me sermoneabas tontamente sobre la posibilidad de que Françoise Vionnet hubiera sido la testaferro de Lucien.

—Reconozco que ha sido una de tus mejores actuaciones. Aunque has cometido un error táctico grave.

—¿Cuál?

—Has quemado las puñeteras pruebas.

—No todas.

—¿El Cézanne?

—Idiota —murmuró Gabriel.

35

Le Train Bleu

Dejaron el Peugeot de alquiler en Marsella y tomaron el TGV de las dos de la tarde en la Gare Saint-Charles con destino a París. Una hora antes de llegar, Gabriel marcó el número de Antiquités Scientifiques, la tienda de la Rue de Miromesnil. Al no recibir respuesta, miró la hora y llamó a una tienda cercana que vendía cristalería y figuritas antiguas. A la dueña, una tal Angélique Brossard, parecía faltarle un poco el aliento cuando cogió el teléfono. No mostró sorpresa ni se hizo la tonta cuando Gabriel pidió hablar con Maurice Durand. Su *affaire* de toda la vida con el anticuario era uno de los secretos peor guardados del octavo *arrondissement*.

—¿Divirtiéndose un rato? —preguntó Gabriel cuando Durand se puso al teléfono.

—Hasta hace un momento, sí —respondió el francés—. Espero que se trate de algo importante.

—Quería preguntarle si está libre para tomar una copa a las cinco y media, digamos.

—Creo que a esa hora tengo una operación a corazón abierto. Deje que mire mi agenda.

—Nos vemos en Le Train Bleu.

—Si insiste.

El mítico restaurante parisino, con sus abigarrados espejos dorados y sus frescos en el techo, daba al vestíbulo de la Gare de Lyon. A las cinco y media, Maurice Durand estaba sentado en el salón,

189

en una mullida silla de color azul real, ante una botella de champán ya descorchada. Se levantó y estrechó con cautela la mano de Christopher.

—Pero si es mi viejo amigo *monsieur* Bartholomew. ¿Sigue ocupándose de viudas y huérfanos o ha conseguido encontrar un trabajo honrado? —Durand se volvió hacia Gabriel—. ¿Y qué le trae de vuelta por París, *monsieur* Allon? ¿No irá a estallar otra bomba? —Sonrió—. Desde luego, es un buen método para borrar del mapa una galería corrupta.

Gabriel se sentó y le pasó a Durand su teléfono móvil. El diminuto francés se puso unas gafas de lectura doradas en forma de media luna y contempló la pantalla.

—Una revisión bastante interesante de las *Casas en L'Estaque* de Braque.

—Pase al siguiente.

Durand obedeció.

—Roger Bissière.

—Siga.

Durand arrastró la punta del dedo índice por la pantalla en sentido horizontal y sonrió.

—Siempre he tenido debilidad por Fernand Léger. Fue de mis primeros.

—¿Y el siguiente?

—Mi buen amigo Picasso. Bastante bueno, por cierto.

—Los Chagall son mejores. El Monet, el Cézanne y los dos Matisse tampoco están mal.

—¿Dónde los ha encontrado?

—En Roussillon —respondió Gabriel—. En el taller de un pintor malogrado, un tal…

—¿Lucien Marchand?

—¿Lo conocía?

—No nos conocíamos, pero he oído hablar de su trabajo.

—¿Cómo?

—Los dos hacíamos negocios con la misma galería de Niza.

—¿La de Edmond Toussaint?

—*Oui*. Posiblemente la galería de arte más sucia de Francia, o incluso del mundo occidental. Solo un tonto compraría allí.

Gabriel cambió una mirada con Christopher antes de volver a fijar los ojos en Durand.

—Creía que usted trataba directamente con coleccionistas.

—Casi siempre, pero de vez en cuando atendía encargos especiales de *monsieur* Toussaint. Ganaba bastante vendiendo obras de arte robadas, pero su gallina de los huevos de oro era Lucien Marchand.

—Por eso Toussaint se esforzó tanto por retenerlo cuando la representante de una red de falsificación rival intentó arrebatárselo.

Durand sonrió por encima del borde de su copa de champán.

—Esto empieza a dársele bien, *monsieur* Allon. Pronto ya no necesitará mi ayuda.

—¿Quién es la mujer, Maurice?

—¿Miranda Álvarez? Eso depende de a quién le pregunte. Al parecer, es una especie de camaleón. Dicen que vive en un pueblo remoto de los Pirineos. También dicen que el falsificador y ella son amantes o quizá incluso marido y mujer. Pero eso solo es un rumor.

—¿Quién lo dice?

—Gente que trabaja en el lado sucio del comercio del arte.

—¿Gente como usted, quiere decir?

Durand se quedó callado.

—¿El falsificador también es español?

—Se da por sentado que sí. Pero, insisto, son solo especulaciones. Ese hombre se toma muy en serio su intimidad, no como otros falsificadores, que ansían la fama. Dicen que la mujer es una de las dos únicas personas que conocen su identidad.

—¿Quién es la otra?

—El hombre que dirige la vertiente comercial de la red. Piense en ellos como en una especie de trinidad pagana.

—¿Qué papel desempeña la española?

—Supervisa la entrega de los cuadros a las galerías donde van a venderse. La mayoría son piezas de calidad media que generan discretamente enormes sumas de dinero, pero cada pocos meses reaparece como por arte de magia alguna presunta obra maestra perdida.

—¿Cuántas galerías hay?

—No sabría decírselo.

—Inténtelo.

—Corren rumores sobre una galería en Berlín y otra en Bruselas. Y sobre una expansión reciente por Asia y Oriente Medio.

—Me gustaría saber —dijo Gabriel con énfasis— por qué no me dio esa información la última vez que hablamos.

—Quizá si me hubiera dicho que tenía intención de comprar un cuadro en la galería Fleury, habría sido más comunicativo. —Durand sonrió—. *Escena fluvial con molinos de viento a lo lejos*. Del pintor holandés del Siglo de Oro Aelbert Cuyp, decididamente no.

—¿Cómo sabe lo de la venta?

—Fleury era discreto para algunas cosas y para otras no tanto. Se jactó de la venta delante de varios competidores, a pesar de que permitió que el asesor de *madame* Rolfe sacara el cuadro de Francia sin la correspondiente licencia de exportación.

—¿No sospechaba de mí?

—Al parecer, no.

—Entonces, ¿por qué intentaron matarme cuando volví a la galería cuatro días después?

—Creo que eso debería preguntárselo a la persona que puso la bomba.

Gabriel le pasó su móvil por segunda vez.

—¿Lo reconoce?

—Por suerte, no.

—Creo que asesinó a una mujer en Burdeos hace poco tiempo.

—¿A la Bérrangar?

Gabriel exhaló con fuerza.

—¿Hay algo que usted no sepa, Maurice?

—La información es la clave de mi supervivencia, *monsieur* Allon. Y de la suya, me imagino. —Durand fijó la mirada en el teléfono—. Si no, ¿cómo se explica que tenga esta fotografía?

—Me la dio el jefe de la unidad de delitos artísticos de la Police Nationale.

—¿Jacques Ménard?

Gabriel asintió.

—¿Y qué relación hay entre ustedes, exactamente?

—Un poco como la nuestra.

—¿Coercitiva y abusiva?

—Discreta y extraoficial.

—¿Ménard está al corriente de nuestras colaboraciones pasadas?

—No.

—Me alegra saberlo. —El francés le devolvió el teléfono—. Dicho lo cual, creo que este debería ser nuestro último contacto en un futuro inmediato.

—Me temo que eso es imposible.

—¿Por qué?

—Porque tengo un encargo para usted.

—¿Los nombres de esas galerías de Berlín y Bruselas?

—Si no le importa.

Durand se quitó las gafas y se levantó.

—Dígame una cosa, *monsieur* Allon. ¿Qué ha sido de los cuadros que encontró en el taller de Lucien?

—Se han convertido en humo.

—¿El Picasso?

—Todos.

—Una lástima —comentó Durand con un suspiro—. Yo podría haberles encontrado un buen hogar.

A las diez y media de la mañana siguiente, en el Café Marly del Louvre, Gabriel le presentó su primer informe a Jacques Ménard. Fue un informe minucioso y completo, aunque evasivo en lo tocante a fuentes y métodos. Al igual que Christopher Keller, que ocupaba una mesa próxima, Ménard juzgó desacertada su decisión de destruir las falsificaciones halladas en el taller de Lucien Marchand en Roussillon. No obstante, el inspector francés quedó impresionado por el alcance de los hallazgos de su informante.

—Tengo que reconocer que todo encaja a la perfección. —Señaló la reluciente estructura de acero y cristal de la Cour Napoléon—. El mundillo de la delincuencia artística es un poco como esa *pyramide*. El mercado negro está formado por decenas de miles de personas, pero lo controlan unas pocas figuras importantes que ocupan su cúspide. —Hizo una pausa—. Y es obvio que usted conoce a una o dos, como mínimo.

—¿Usted no?

—*Oui*. Solo que no a las indicadas, al parecer. Su capacidad para reunir tal volumen de información en tan poco tiempo me deja en muy mal lugar.

—¿Nunca había oído hablar de Edmond Toussaint?

Ménard negó con la cabeza.

—Y tampoco de Lucien Marchand. No me importa qué le prometiera a esa tal Vionnet. Pienso abrir un sumario contra ella y embargar sus bienes, incluida la casa del Luberon.

—Lo primero es lo primero, Ménard.

—Lo siento, pero todo sigue igual. Sigo teniendo las manos atadas.

—Entonces supongo que tendrá que forzar las cosas.

—¿Cómo?

—Informando de mis hallazgos a uno de sus socios europeos.

—¿A cuál?

—Ya que buscamos a una española que podría residir en un pueblo remoto de los Pirineos, creo que la Guardia Civil sería la opción más lógica.

—No me fío de ellos.

—Estoy seguro de que el sentimiento es mutuo.

—En efecto, lo es.

—¿Y qué me dice de los británicos?

—Scotland Yard desmanteló su Brigada de Arte y Antigüedades hace unos años. Tratan el robo y la falsificación de obras de arte como cualquier otro delito patrimonial o financiero.

—Entonces creo que solo quedan los italianos.

—Son los mejores en este campo —reconoció Ménard—, pero ¿qué tiene que ver este asunto con Italia?

—De momento, nada, pero estoy seguro de que al general Ferrari y a mí se nos ocurrirá algo.

—El general habla muy bien de usted.

—Es lógico. Le ayudé a desmantelar una red de contrabando de antigüedades hace unos años. Y también a encontrar un retablo desaparecido.

—¿No será el Caravaggio?

Gabriel asintió.

—La ballena blanca —susurró Ménard—. ¿Cómo lo encontró?

—Contraté a una banda de ladrones franceses para que robaran los *Girasoles* del museo Van Gogh de Ámsterdam. Luego pinté una copia del cuadro en un piso franco con vistas al Pont Marie y se la vendí por veinticinco millones de euros a un sirio llamado Sam en un almacén de las afueras de París. —Gabriel bajó la voz—. Todo ello sin su conocimiento.

La cara de Jacques Ménard se volvió del color del mantel.

—Esta vez no va a robar ningún cuadro, ¿verdad?

—*Non*. Pero puede que falsifique algunos.

—¿Cuántos?

Gabriel sonrió.

—Cuatro, creo.

36

Mason's Yard

Últimamente, Oliver Dimbleby había caído en la cuenta de que era un hombre muy afortunado. Sí, su galería había sufrido altibajos (la Gran Recesión había estado a punto de dar al traste con ella), pero de algún modo la mano del destino siempre había intervenido para salvarlo del desastre. Lo mismo podía afirmarse de su vida privada, que era, por aclamación universal, la más díscola del mundo del arte londinense. A pesar de su edad ya avanzada y de su contorno, que no cesaba de aumentar, nunca había tenido problemas para encontrar pareja. Al fin y al cabo, era un vendedor excelso: un hombre de encanto y carisma inmensos que, como gustaba de decir él, era capaz de venderle arena a un saudí. No era un mujeriego, sin embargo. O eso se decía a sí mismo cada vez que se despertaba con un cuerpo extraño al otro lado de la cama. Amaba a las mujeres. A todas las mujeres. Ahí radicaba su problema.

Esa noche no tenía nada en la agenda, más allá de tomar una copa bien merecida en el Wiltons y echarse unas risas, quizá, a costa de Julian Isherwood. Para llegar a su destino solo tenía que torcer a la izquierda al salir de la galería y caminar ciento catorce pasos por las aceras impecables de Bury Street. En su recorrido pasaba por delante de los locales de una docena de competidores, entre ellos la poderosa P. & D. Colnaghi & Co., la galería comercial de arte más antigua del mundo. Justo al lado estaba la tienda insignia de

Turnbull & Asser, donde el déficit presupuestario de Oliver alcanzaba niveles casi estadounidenses.

Al entrar en el Wiltons, se alegró de ver a Sarah Bancroft sentada a solas en su mesa de costumbre. Tras procurarse una copa de Pouilly-Fumé en la barra, se reunió con ella. La inesperada calidez de su sonrisa casi hizo que se le parara el corazón.

—Oliver —ronroneó Sarah—, qué agradable sorpresa.

—¿Lo dices en serio?

—¿Por qué no iba a decirlo en serio?

—Porque siempre he tenido la clara impresión de que me encuentras repulsivo.

—No seas tonto. Te adoro absolutamente.

—Entonces, ¿todavía puedo abrigar esperanzas?

Ella levantó la mano izquierda y le mostró un anillo de diamantes de tres quilates y la alianza que lo acompañaba.

—Lo lamento, pero sigo casada.

—¿Alguna posibilidad de que te divorcies?

—De momento, ninguna.

—En ese caso —dijo Oliver con un suspiro dramático—, supongo que tendré que conformarme con ser tu juguete sexual.

—De eso ya tienes de sobra. Además, a mi marido podría no parecerle bien.

—¿A Peter Marlowe, el asesino profesional?

—Es asesor de empresas —puntualizó Sarah.

—Creo que me gustaba más que fuera asesino a sueldo.

—A mí también.

Justo en ese momento se abrió la puerta y entraron Simon Mendenhall y Olivia Watson.

—¿Has oído el rumor sobre esos dos? —susurró Sarah.

—¿El de su tórrido romance? Puede que Jeremy Crabbe me lo haya mencionado. O quizá fue Nicky Lovegrove. Está en boca de todos.

—Es una pena.

—Ojalá dijeran lo mismo de nosotros. —Oliver sonrió con astucia y dio un sorbo a su copa de vino—. ¿Has vendido algo últimamente?

—Un par de Leonardos y un Giorgione. ¿Y tú?

—Si te digo la verdad, estoy un poco de capa caída.

—¿Tú, Ollie?

—Cuesta creerlo, lo sé.

—¿Qué tal va tu flujo de caja?

—Como un grifo que gotea.

—¿Y los cinco millones que te pasé bajo cuerda por lo del Artemisia?

—¿Te refieres al cuadro recién descubierto que le vendí por un precio récord a un empresario suizo, solo para encontrarme embrollado en un escándalo relacionado con las finanzas del presidente ruso?

—Qué divertido fue, ¿verdad?

—Disfruté de los cinco millones. El resto podría habérmelo ahorrado.

—Pamplinas, Oliver. Ser el centro de atención es lo que más te gusta del mundo. Sobre todo, si hay mujeres hermosas de por medio. —Sarah hizo una pausa—. Españolas, en particular.

—¿Quién te ha dicho eso?

—Resulta que sé que llevas años enamorado en secreto de Penélope Cruz.

—Nicky —murmuró Oliver.

—Fue Jeremy quien me lo dijo.

Oliver la miró un momento.

—¿Por qué tengo la sensación de que intentas engatusarme para que haga algo?

—Quizá porque así es.

—¿Se trata de alguna travesura?

—Una travesura de las grandes.

—En ese caso, soy todo oídos.

—Aquí no.

—¿En tu casa o en la mía?

Sarah sonrió.

—En la mía, Ollie.

* * *

Se escabulleron del Wiltons sin que nadie los viera y fueron por Duke Street hasta el pasadizo que lleva a Mason's Yard. Isherwood Fine Arts, un vetusto almacén de tres plantas que antaño había sido propiedad de Fortnum & Mason, ocupaba la esquina noreste del patio interior. Aparcado fuera había un Bentley Continental plateado. Oliver tocó el capó lustroso y comprobó que aún estaba caliente.

—¿No es el coche de tu marido? —preguntó, pero Sarah se limitó a sonreír y abrió la puerta de la galería.

Subieron un tramo de escaleras enmoquetadas y montaron en el estrecho ascensor, que los llevó a la sala de exposiciones de Julian, en la última planta. Oliver alcanzó a distinguir, a media luz, la figura silueteada de dos hombres. Uno estaba contemplando el *Bautismo de Cristo* de Paris Bordone. El otro lo contemplaba a él. Vestía traje oscuro de Savile Row con chaqueta de botonadura simple; de Richard Anderson, quizá. Tenía el pelo descolorido por el sol y sus ojos eran de un azul muy claro.

—Hola, Oliver —dijo tranquilamente, y luego, casi como si se le ocurriera de repente, añadió—: Soy Peter Marlowe.

—¿El sicario?

—El exsicario —contestó con una sonrisa irónica—. Ahora soy un consultor con un éxito brutal. Por eso conduzco un Bentley y tengo una esposa como Sarah.

—Nunca le he puesto ni un dedo encima.

—Por supuesto que no.

Le puso una mano en el hombro a Oliver y lo condujo hacia el Bordone. El hombre parado ante el lienzo se volvió lentamente. Sus ojos verdes parecían brillar a la luz tenue.

—¡Mario Delvecchio! —exclamó Oliver—. ¡Qué ven mis ojos! ¿O es Gabriel Allon? A menudo no consigo distinguirlos. —Al no recibir respuesta, miró al hombre al que conocía como Peter Marlowe y luego a Sarah. Al menos así pensaba que se llamaba ella. En ese momento, no estaba seguro ni del suelo que pisaba—. El exjefe del espionaje israelí, un exasesino a sueldo y una hermosa estadounidense que quizá haya trabajado para la CIA. ¿Qué podrían querer del gordinflón de Oliver Dimbleby?

Fue el exjefe del espionaje israelí quien respondió.

—Su reserva infinita de encanto, su capacidad para salirse con la suya casi en cualquier situación y su fama de saber tomar un atajo cuando es necesario.

—¿Yo? —Oliver se fingió indignado—. Me ofende semejante insinuación. Si lo que buscas es un marchante corrupto, Roddy Hutchinson es tu hombre, no lo dudes.

—Roddy no tiene tu prestigio. Necesito a alguien con verdadera influencia.

—¿Para qué?

—Quiero que vendas unos cuadros por mí.

—¿Buenos cuadros?

—Un Tiziano, un Tintoretto y un Veronés.

—¿De dónde proceden?

—De una colección europea antigua.

—¿Y el tema?

—Te lo haré saber en cuanto acabe de pintarlos.

El primer reto al que se enfrenta cualquier falsificador de cuadros es conseguir lienzos y bastidores de la antigüedad y las dimensiones adecuadas que además se hallen en buen estado. Cuando pintó su copia de los *Girasoles* de Vincent, Gabriel compró un paisaje urbano impresionista de tercera categoría en una pequeña galería cerca de los Jardines de Luxemburgo. Ahora no necesitaba recurrir a tales métodos. Solo tenía que bajar en el ascensor hasta el almacén de Julian, lleno hasta la bandera de un batiburrillo apocalíptico de lo que en el sector se conocía cariñosamente como «*stock* muerto». Seleccionó seis obras menores de la escuela veneciana del siglo XVI —seguidor de tal, a la manera de fulano, taller de mengano— y le pidió a Sarah que se las enviara con urgencia a su piso de San Polo.

—¿Por qué seis y no solo tres?

—Necesito dos de repuesto, por si ocurre alguna catástrofe.

—¿Y el otro?

—Pienso dejarle un Gentileschi a mi testaferro en Florencia.

—Claro, qué boba —dijo Sarah—. Pero ¿cómo vamos a explicarle a Julian que los cuadros han desaparecido?

—Con un poco de suerte, no se dará cuenta.

Sarah dio instrucciones a la empresa de mensajería de que fuera a recoger los cuadros no más tarde de las nueve de la mañana siguiente y aconsejó a Julian que se tomara el día libre. Él, aun así, se presentó en Mason's Yard a su hora de siempre, las doce y cuarto, mientras los cuadros, ya embalados, estaban siendo trasladados a una furgoneta Ford Transit. La tragicomedia que siguió incluyó otra colisión con un objeto inanimado. Esta vez fue la trituradora de papel de Sarah, en la que Julian intentó introducirse llevado por un arrebato de autocompasión.

Gabriel no presenció el incidente, ya que en esos momentos se encontraba en la parte de atrás de un taxi que se dirigía desde el aeropuerto de Fiumicino hacia la Piazza di Sant'Ignazio de Roma. Al llegar, ocupó una mesa en Le Cave, uno de sus restaurantes favoritos del *centro storico*, situado a escasos metros del ornamentado *palazzo* amarillo y blanco que servía de sede a la Brigada Arte.

A la una y media se abrió la puerta del *palazzo* y el general Cesare Ferrari salió por ella, vestido con su uniforme azul y dorado, lleno de condecoraciones. Cruzó el adoquinado gris de la plaza y, sin pronunciar palabra, se sentó a la mesa de Gabriel. Al instante, el camarero le llevó una botella de Frascati helada y un plato de *arancini* fritos.

—¿Por qué no pasa esto cuando yo llego a un restaurante? —preguntó Gabriel.

—Seguro que es por el uniforme, nada más. —El general cogió una de las bolas de arroz del plato—. ¿No deberías estar en Venecia con tu mujer y tus hijos?

—Probablemente. Pero antes necesitaba hablar contigo.

—¿De qué?

—Estoy pensando en darme a la delincuencia y quería saber si te interesaría llevarte parte del pastel.

—¿Qué clase de fechoría te traes entre manos esta vez?

—Falsificación de cuadros.

—Bueno, desde luego tienes talento para ello —dijo el general—. Pero ¿en qué me beneficiaría eso a mí?

—El caso tendrá tal repercusión que sacudirá el mundo del arte hasta sus cimientos y garantizará que la generosa financiación y el personal de la Brigada Arte no sufran recortes durante los próximos años.

—¿Se ha cometido algún delito en territorio italiano?

—Todavía no —respondió Gabriel con una sonrisa—. Pero se cometerá muy pronto.

37

Puente de los Suspiros

Umberto Conti, considerado universalmente como el principal restaurador de arte del siglo XX, había legado a Francesco Tiepolo un llavero mágico capaz de abrir cualquier puerta de Venecia. Mientras tomaban unas copas en el Harry's Bar, Francesco le confió las llaves a Gabriel, que esa misma noche se coló en la Scuola Grande di San Rocco y pasó dos horas en solitaria comunión con algunas de las mejores obras de Tintoretto. Luego se introdujo a hurtadillas en la vecina basílica de Santa Maria dei Frari y se quedó absorto ante la magistral *Asunción de la Virgen* de Tiziano. En el profundo silencio de la inmensa nave, recordó las palabras que le había dicho Umberto cuando era un joven de veinticinco años con el alma rota y el cabello gris.

«Solo un hombre con el lienzo dañado puede ser de verdad un gran restaurador».

Umberto no habría visto con buenos ojos el nuevo encargo de su alumno más aventajado. Tampoco Francesco lo veía con buenos ojos y, aun así, accedió a participar en el proyecto en calidad de asesor. A fin de cuentas, era una de las principales autoridades mundiales en la escuela pictórica veneciana. Si Gabriel conseguía engañar a Francesco Tiepolo, engañaría a cualquiera.

Francesco accedió también a acompañarlo en sus andanzas nocturnas por Venecia, aunque solo fuera para evitar otro percance como el del pobre *capitano* Rossetti. Se introdujeron a escondidas en iglesias y *scuole*, recorrieron la Accademia y el museo Correr, e incluso asaltaron el Palacio Ducal. Mientras miraba por entre la celosía de piedra del puente de los Suspiros, Francesco resumió la dificultad de la tarea que aguardaba a Gabriel.

—Cuatro obras distintas de cuatro de los más grandes pintores de la historia. Solo un loco intentaría algo así.

—Si él puede hacerlo, yo también.

—¿El falsificador?

Gabriel asintió.

—Esto no es una competición, ¿sabes?

—Claro que lo es. Tengo que demostrarles que les interesa tenerme en su red. Si no, no intentarán reclutarme.

—¿Por eso te has dejado arrastrar a esto? ¿Por el reto que supone?

—¿De dónde has sacado la idea de que esto es un reto para mí?

—Seguridad en ti mismo no te falta, ¿eh?

—A él tampoco.

—Los falsificadores de cuadros sois todos iguales. Siempre tenéis algo que demostrar. Probablemente será un pintor fracasado que quiere vengarse del mundo del arte engañando a los entendidos y los coleccionistas.

—Los entendidos y los coleccionistas aún no han visto nada —repuso Gabriel.

Pasaba el día en su estudio, con sus monografías, sus catálogos y las fotografías de restauraciones anteriores, incluidas algunas que había hecho para Francesco. Entre los dos, y tras muchas discusiones —algunas de ellas a voces—, decidieron el tema y la iconografía de las cuatro falsificaciones. Gabriel hizo una serie de bocetos preparatorios que a continuación convirtió en cuatro cuadros de ensayo ejecutados con rapidez. Francesco declaró que el Gentileschi, una recreación de *Dánae y la lluvia de oro*, era el mejor del lote, seguido de cerca por la *Susana en el baño* de Veronés. Gabriel estaba de acuerdo respecto al Gentileschi, aunque tenía debilidad por su reinterpretación de *Baco, Venus y Ariadna* de Tintoretto. Su

Tiziano, un pastiche de *Los amantes*, tampoco estaba mal, pero la pincelada le parecía un poco vacilante.

—¿Cómo no va uno a vacilar cuando está falsificando un Tiziano?

—Me delata al primer vistazo, Francesco. Tengo que convertirme en Tiziano. Si no, estamos perdidos.

—¿Qué vas a hacer con ese?

—Quemarlo. Y los otros también.

—¿Es que te has vuelto loco?

—Evidentemente.

A la mañana siguiente, a primera hora, Gabriel desembaló uno de los cuadros que había sacado del almacén de Julian: una escena piadosa de la escuela veneciana de principios del siglo XVI, de valor nulo y escaso mérito. Aun así, sintió una punzada de mala conciencia al raspar del lienzo la obra del pintor anónimo y cubrirla con *gesso* y una imprimatura de albayalde con trazas de negro de humo y amarillo ocre. Hizo a continuación un dibujo subyacente (con pincel, como lo habría hecho *él*) y preparó con esmero su paleta. Albayalde, azul ultramar natural, laca de granza, siena quemada, malaquita, ocre amarillo, ocre rojo, oropimente, negro de marfil... Antes de ponerse manos a la obra, le dio por pensar de nuevo en las vicisitudes de su carrera. No era ya el jefe de un poderoso servicio de inteligencia; ni siquiera uno de los mejores restauradores de arte del mundo.

Era el sol entre astros menores.

Era Tiziano.

Durante la mayor parte de la semana siguiente, Chiara y los niños apenas le vieron. En las raras ocasiones en que salía del estudio, se le veía nervioso y preocupado; no parecía el mismo. Solo una vez aceptó la invitación de Chiara a comer. Sus manos dejaron manchas de pintura en los senos y el abdomen de su mujer.

—Siento que acabo de hacer el amor con otro hombre.

—Y así es.

—¿Quién eres?

—Ven conmigo. Te lo enseñaré.

Envuelta en una sábana, Chiara le siguió hasta el estudio y se puso delante del lienzo. Pasado un rato susurró:

—Eres un monstruo.

—¿Te gusta?

—Es absolutamente…

—Increíble, creo.

—Veo un toque de Giorgione.

—Eso es porque todavía estaba influido por él cuando lo pinté en 1510.

—¿Quién va a ser el siguiente?

Jacobo Robusti, el artista conocido como Tintoretto, era un hombre culto y serio que rara vez ponía un pie fuera de Venecia y apenas permitía visitas en su taller. Era, no obstante, uno de los pintores más rápidos de la República, lo que en cierto modo suponía un consuelo. Gabriel tardó en completar su versión de *Baco, Venus y Ariadna* la mitad de tiempo que le llevó terminar *Los amantes*. Chiara, aun así, lo juzgó superior al Tiziano en todos los aspectos, igual que Francesco.

—Me temo que tu mujer tiene razón. Eres de verdad un monstruo.

A continuación, Gabriel asumió la personalidad y la espléndida paleta de Paolo Veronese. *Susana en el baño* requirió el mayor de los seis lienzos que había encontrado en Isherwood Fine Arts y varios días de trabajo suplementario, en gran medida porque Gabriel dañó adrede la obra y luego la restauró. Luca Rossetti le visitó tres veces durante la ejecución del cuadro. Pincel en mano, Gabriel aleccionó al joven agente de los Carabinieri acerca de los méritos artísticos y la genealogía fraudulenta de sus cuatro obras maestras falsas. Rossetti, a su vez, le informó de los preparativos de su inminente operación conjunta, que incluían la adquisición de dos fincas: una villa aislada para el falsificador solitario y un piso en Florencia para su testaferro.

—Está en el lado sur del Arno, en Lungarno Torrigiani. Lo hemos llenado de cuadros y antigüedades procedentes del almacén de incautaciones de la Brigada Arte. Parece la casa de un marchante, no hay duda.

—¿Y la villa?

—Su amigo el Santo Padre llamó al conde Gasparri. Está todo arreglado.

—¿Cuándo podrá instalarse en el piso y asumir su nueva identidad?

—En cuanto usted considere que estoy listo.

—¿Lo está?

—Me sé mi guion —respondió Rossetti—. Y sé más sobre los pintores de la escuela veneciana de lo que nunca creí posible.

—¿Cómo se llamaba el Veronés de niño? —preguntó Gabriel.

—Paolo Spezapreda.

—¿Y eso por qué?

—Su padre era cantero. Era tradición que se apellidara a los niños conforme al oficio del padre.

—¿Por qué empezó a hacerse llamar Paolo Caliari?

—Su madre era hija ilegítima de un noble llamado Antonio Caliari. El joven Paolo pensó que era preferible apellidarse como un noble que como un cantero.

—No está mal. —Gabriel se sacó la Beretta de la cinturilla del pantalón—. Pero ¿podrá recitar sus frases con tanta seguridad si alguien le apunta con una de estas a la cabeza?

—Me crie en Nápoles —respondió Rossetti—. La mayoría de mis amigos de la infancia ahora forman parte de la Camorra. No voy a derrumbarme porque alguien saque una pistola.

—He oído rumores de que un pintor anciano de la escuela veneciana le dio una buena paliza la otra noche en San Polo.

—El pintor anciano me atacó sin previo aviso.

—Así funcionan las cosas en el mundo real. Los delincuentes no suelen anunciar sus intenciones antes de recurrir a la violencia. —Gabriel volvió a guardarse la pistola a la altura de los riñones y contempló el alto lienzo—. ¿Qué opina, *signore* Calvi?

—Hay que oscurecer los ropajes de los dos ancianos. Si no, no podré convencer a Oliver Dimbleby de que data de finales del siglo XVI.

—Oliver Dimbleby —dijo Gabriel— es quien menos debe preocuparle.

Para cuando empezó a trabajar en el Gentileschi, estaba tan agotado que apenas podía sostener el pincel. Por suerte, Chiara accedió a posar para él, pues el artista al que intentaba encarnar prefería el método caravaggiesco de pintura, con modelos al natural. Dio a su Dánae el cuerpo y las facciones de Chiara, pero convirtió el cabello oscuro de su esposa en oro y su piel aceitunada en luminoso alabastro. La mayoría de las sesiones incluían, como no podía ser de otra manera, un *intermezzo* en el dormitorio, apresurado, eso sí, puesto que Gabriel disponía de poco tiempo. El resultado final de su colaboración fue un cuadro de belleza asombrosa y velado erotismo. Era, según coincidieron ambos, la mejor de las cuatro obras.

Al igual que las otras tres pinturas, no tenía ni rastro de craquelado, lo que era señal segura de que se trataba de una falsificación moderna y no de la obra de un Maestro Antiguo. La solución fue un horno profesional de gran tamaño. El general Ferrari consiguió uno entre el material incautado a una empresa de suministros de cocina propiedad de la mafia y lo hizo llevar al almacén de la Compañía de Restauración Tiepolo en tierra firme. Tras extraer los cuatro lienzos de sus respectivos bastidores, Gabriel los horneó durante tres horas a doscientos veinte grados Fahrenheit. Luego, con ayuda de Francesco, los pasó por el borde de una mesa rectangular, primero en vertical y luego en horizontal. El resultado fue una fina retícula de grietas superficiales de estilo italiano.

Esa noche, a solas en su estudio, Gabriel cubrió los cuadros con barniz. Y por la mañana, cuando el barniz estuvo seco, los fotografió con una Nikon montada sobre un trípode. Colgó el Tiziano y el Tintoretto en el salón del piso, entregó el Gentileschi al general Ferrari y envió el Veronés a Sarah Bancroft, a Londres. Las fotos se las mandó por correo electrónico directamente a Oliver Dimbleby, dueño y único propietario de Dimbleby Fine Arts, en Bury Street, sobre cuyos rechonchos hombros descansaba toda la operación. Poco antes de la medianoche, una de las imágenes apareció en la página web de *ARTnews* bajo la firma de Amelia March. Gabriel le leyó la exclusiva a su Dánae de pelo oscuro y tez aceitunada. Ella le hizo el amor en medio de una lluvia de oro.

38

Kurfürstendamm

El artículo se basaba, al parecer, en la información proporcionada por una sola fuente que deseaba permanecer en el anonimato, pero incluso esto era engañoso, puesto que Sarah Bancroft se había encargado de filtrar la información y Oliver Dimbleby había aportado la confirmación extraoficial y la fotografía, de modo que las fuentes de la primicia eran, de hecho, dos.

Se decía que la obra en cuestión medía 92 centímetros de alto por 74 de ancho. Eso, al menos, era exacto. No se trataba, sin embargo, de una obra desconocida del pintor del Renacimiento tardío conocido como Tiziano vendida en secreto a un destacado coleccionista que no deseaba que se hiciera pública su identidad. A decir verdad, no había comprador —ni destacado ni de ninguna otra clase—, ni dinero alguno que hubiera cambiado de manos. En cuanto al cuadro, colgaba ahora en un espléndido *piano nobile* con vistas al Gran Canal de Venecia, para deleite de la esposa y los dos hijos de corta edad del flamante falsificador que lo había pintado.

Los marchantes, conservadores y subastadores del mundillo del arte londinense acogieron la noticia con asombro y no poca envidia. Al fin y al cabo, Oliver seguía solazándose aún en el fulgor de su último golpe de efecto. En las salas de venta y los mentideros de St. James's y Mayfair, se planteaban preguntas, pronunciadas casi siempre en un susurro conspirativo. ¿Era de fiar la procedencia de este nuevo Tiziano o acaso se había caído el cuadro de la trasera de un camión? ¿Estaba el gordinflón de Oliver absolutamente seguro de la atribución? ¿La habían confirmado otros más doctos que él? ¿Y cuál había sido exactamente su papel en la transacción? ¿De verdad le había vendido el cuadro a un comprador anónimo? ¿O simplemente había actuado como intermediario y se había embolsado por ello una sustanciosa comisión?

A lo largo de tres días interminables, Oliver se negó a confirmar o desmentir que la obra hubiera pasado por sus manos. Por fin hizo pública una breve declaración que apenas era más esclarecedora que el artículo original de Amelia March. Solo contenía dos datos nuevos: que el cuadro procedía de una colección europea antigua y que lo habían examinado nada menos que cuatro de los principales expertos en la escuela veneciana. Los cuatro coincidían, sin salvedades ni reparos, en que el lienzo era obra del propio Tiziano y no de un miembro de su taller o un seguidor posterior.

Esa noche, Oliver recorrió los ciento catorce pasos que separaban su galería del bar del Wiltons y, como era tradición entre la concurrencia, pidió de golpe seis botellas de champán. A nadie le pasó desapercibido que era Taittinger Comtes Blanc de Blancs, el champán más caro de la carta. Aun así, todos los asistentes comentarían más tarde que Oliver parecía un poco alicaído para haberse anotado uno de los mayores triunfos del mundo del arte desde hacía años. Se negó a revelar el precio que había alcanzado el Tiziano y se hizo el sordo cuando Jeremy Crabbe le presionó para que diera más detalles sobre la procedencia del cuadro. En algún momento, alrededor de las ocho de la tarde, se llevó aparte a Nicky Lovegrove para hablar con él a solas, lo que hizo sospechar que el comprador anónimo era uno de los clientes superricos de Nicky. Este lo desmintió, pero Oliver declinó cuidadosamente hacer cualquier comentario al respecto. Luego, tras besar la mejilla que le ofrecía Sarah Bancroft, salió bamboleándose a Jermyn Street y se marchó.

Al día siguiente se supo, gracias a un extenso artículo publicado en *Art Newspaper*, que el comprador anónimo había hecho una oferta en firme por el Tiziano después de que se le permitiera verlo en exclusiva en la galería de Oliver. Según el *Independent*, dicha oferta era de veinticinco millones de libras. Niles Dunham, especialista en Maestros Antiguos de la National Gallery, negó que hubiera autentificado el lienzo a petición de Oliver. Curiosamente, también lo desmintieron los demás expertos en pintura de la Escuela Italiana del Reino Unido.

Fue, no obstante, la fotografía del cuadro la que más dudas suscitó, al menos en el traicionero reducto de St. James's. Oliver utilizaba desde hacía muchos años los servicios de la misma fotógrafa: la afamada Prudence Cuming, de Dover Street. No fue así, en cambio, en el caso de su Tiziano recién descubierto. Las sospechas aumentaron más aún, si cabe, cuando afirmó que él mismo había hecho la fotografía. Todos coincidían en que Oliver sabía manejar un vaso de buen *whisky* o un trasero bien formado, pero no una cámara fotográfica.

Y, sin embargo, nadie, ni siquiera el artero Roddy Hutchinson, sospechaba que Oliver hubiera cometido irregularidad alguna. De hecho, había consenso general en que, como máximo, era culpable de proteger la identidad de su fuente, una práctica muy extendida entre los marchantes de arte. La conclusión lógica fue que solo era cuestión de tiempo que apareciera algún otro cuadro importante procedente de la misma colección europea.

Cuando sucedió lo inevitable, fue de nuevo Amelia March, de *ARTnews*, quien dio la noticia. Esta vez se trataba de *Baco, Venus y Ariadna*, del pintor veneciano Tintoretto: venta privada envuelta en secretismo, precio no revelado a petición de las partes. Apenas diez días después, para sorpresa de nadie, Dimbleby Fine Arts anunció que tenía un nuevo cuadro a la venta: *Susana en el baño*, óleo sobre lienzo, 194 por 194 centímetros, de Paolo Veronese. La galería contrató a Prudence Cuming, de Dover Street, para que lo fotografiara. El mundo del arte sufrió un desmayo.

A excepción, claro está, del poderoso director de la galería de los Uffizi de Florencia, a quien la aparición repentina de tres cuadros italianos de Maestros Antiguos le pareció, cuando menos, sospechosa. Llamó al general Ferrari de la Brigada Arte y exigió una investigación inmediata. Sin duda, gritó por teléfono hacia Roma, los lienzos se habían sacado de Italia de contrabando, violando el draconiano Código del Patrimonio Cultural del país. El general —con los dedos cruzados— prometió investigar el asunto. Ni que decir tiene que no informó al director de que las pinturas en cuestión eran falsificaciones contemporáneas y que él mismo actuaba en connivencia con el falsificador.

El testaferro fantasma del falsificador —un coleccionista y marchante ocasional que se hacía llamar Alessandro Calvi— vivía en esos momentos en un piso lleno de obras de arte con vistas a los Uffizi, en Lungarno Torrigiani. Casualmente, el general Ferrari tuvo que telefonear a este oscuro personaje dos días después por un asunto no relacionado con el caso. Se trataba de una información que el falsificador había recibido de un informante parisino bien situado, un ladrón de arte y anticuario llamado Maurice Durand.

—Galería Konrad Hassler. Está en el Kurfürstendamm de Berlín. Hay una cafetería enfrente. Su socio se reunirá con usted allí mañana, a las tres de la tarde.

Y así fue como el testaferro fantasma, que en realidad era el *capitano* Luca Rossetti, salió del lujoso piso a orillas del Arno a primera hora del día siguiente y se dirigió en taxi al aeropuerto de Florencia. Su traje italiano hecho a medida era caro y nuevo, lo mismo que sus zapatos hechos a mano y su maletín de cuero blando. El reloj que lucía en la muñeca era un Patek Philippe. Al igual que su colección de arte y antigüedades, lo había tomado prestado del almacén de incautaciones de los Carabinieri.

El itinerario de Rossetti incluía una escala en Zúrich, y eran casi las tres cuando llegó por fin al café de Kurfürstendamm. Gabriel estaba sentado en una mesa de la terraza, a la sombra moteada de un plátano. Pidió dos cafés a la camarera en alemán vertiginoso y acto seguido entregó un sobre marrón a Rossetti.

Dentro había dos fotografías. La primera mostraba tres cuadros sin enmarcar expuestos uno al lado del otro, apoyados contra la pared en el taller de un pintor: un Tiziano, un Tintoretto y un Veronés. La segunda era una imagen de alta resolución de *Dánae y la lluvia de oro*, lienzo atribuido a Orazio Gentileschi. Rossetti conocía bien la obra. En ese momento, estaba colgada en la pared del piso de Florencia.

—¿Cuándo me espera?

—A las tres y media. Cree que se llama usted Giovanni Rinaldi y que es de Milán.

—¿Cómo quiere que plantee el asunto?

—Quiero que le ofrezca a *herr* Hassler una oportunidad única de adquirir una obra maestra perdida. Y que le deje claro que los tres cuadros que han reaparecido en Londres proceden de usted.

—¿Le digo que son falsificaciones?

—No hará falta. Lo deducirá cuando vea las fotos.

—¿Por qué acudo a él?

—Porque está buscando un segundo distribuidor para su mercancía y ha oído rumores de que no es muy escrupuloso.

—¿Cómo cree que reaccionará?

—Le hará una oferta o le echará de su galería, una de dos. Yo apuesto por lo segundo. No olvide dejarse la foto del Gentileschi al salir.

—¿Y si llama a la policía?

—Los delincuentes no llaman a la policía, Rossetti. De hecho, hacen todo lo posible por evitarla.

El agente de los Carabinieri fijó la mirada en la fotografía.

—¿Cuándo nació? —preguntó Gabriel en voz baja.

—En mil quinientos sesenta y tres.

—¿Cómo se llamaba?

—Orazio Lomi.

—¿A qué se dedicaba su padre?

—Era un orfebre florentino.

—¿Quién era Gentileschi?

—Un tío suyo con el que vivió cuando se trasladó a Roma.

—¿Dónde pintó *Dánae y la lluvia de oro*?

—En Génova, probablemente.

—¿Dónde pinté yo mi versión?

—¿Y eso qué cojones importa?

El *capitano* Luca Rossetti salió de la cafetería a las tres y veintisiete de la tarde y cruzó el elegante bulevar arbolado. Gabriel se puso alerta cuando el joven agente de los Carabinieri acercó la mano derecha al interfono de la galería Konrad Hassler. Transcurrieron quince segundos, tiempo suficiente para que el galerista echase un vistazo a su visitante. Luego, Rossetti se apoyó en la puerta de cristal y se perdió de vista.

Cinco minutos más tarde, el teléfono de Gabriel tembló al recibir una llamada. Era el general Ferrari.

—No ha explotado nada, ¿verdad?

—Todavía no.

—Avísame en cuanto salga de ahí —dijo el general, y colgó.

Gabriel dejó el teléfono sobre la mesa y volvió a fijar la mirada en la galería. A esas alturas ya se habrían hecho las presentaciones y los dos hombres se habrían retirado al despacho del galerista para hablar a solas. Una fotografía descansaría sobre el escritorio. Puede que dos. Vistas una al lado de la otra, las imágenes evidenciaban que un nuevo falsificador de talento había hecho su aparición en el mercado negro del arte. Que era exactamente el mensaje que deseaba enviar Gabriel.

En ese momento, su teléfono vibró al recibir otra llamada.

—¿Qué está pasando ahí dentro? —preguntó el general Ferrari.

—Espera, voy a cruzar la calle y a echar un vistazo.

Esta vez fue Gabriel quien cortó la conexión. Dos minutos más tarde se abrió la puerta de la galería y salió Rossetti, seguido por un hombre bien vestido, con el pelo de color gris y la cara colorada. Cambiaron unas últimas palabras y se señalaron con el dedo airadamente. Rossetti subió entonces a un taxi y se marchó, dejando al hombre de cara colorada solo en la acera. El alemán miró a izquierda y derecha por el bulevar antes de volver a entrar en la galería.

«Mensaje entregado», pensó Gabriel.

Marcó el número de Rossetti.

—Parece que se han caído fenomenal.

—Ha sido exactamente como usted dijo que sería.

—¿Dónde está la fotografía?

—Es posible que con las prisas me la haya dejado encima de la mesa.

—¿Cuánto tardará en mandársela a nuestra chica?

—No mucho —contestó Rossetti.

39

Queen's Gate Terrace

Durante el resto de esa semana, el teléfono de Dimbleby Fine Arts sonó casi sin cesar. Cordelia Blake, la sufrida recepcionista de Oliver, actuó como primera línea defensiva. A quienes reconocía por su nombre —clientes de toda la vida o representantes de museos importantes— los pasaba directamente con Oliver. A los menos conocidos, les pedía que dejaran un mensaje detallado y no les garantizaba que su consulta fuera a ser atendida. El señor Dimbleby, explicaba, aspiraba a encontrar un hogar adecuado para el Veronés. No tenía intención de venderle el cuadro a cualquiera.

Sin que Cordelia lo supiera, Oliver le entregaba cada una de sus hojitas de mensaje rosas a Sarah Bancroft, en Mason's Yard, y Sarah, a su vez, le remitía los nombres y los números de teléfono a Gabriel, a Venecia. El viernes, a la hora del cierre, Dimbleby Fine Arts había recibido más de doscientas peticiones para ver el falso Veronés: de los directores de los principales museos del mundo, de representantes de destacados coleccionistas y de una multitud de periodistas, marchantes de arte y eruditos especializados en los Maestros Antiguos italianos. A excepción de un conservador del museo J. Paul Getty de Los Ángeles, ninguno de los nombres de la lista era de origen español, y ninguno de los números empezaba por un prefijo español. Cuarenta y dos mujeres deseaban ver el cuadro, todas ellas figuras conocidas del mundo del arte.

Una de esas mujeres era una periodista de la delegación

londinense del *New York Times*. Con permiso de Gabriel, Oliver le permitió ver el cuadro el lunes siguiente, y el miércoles por la noche su artículo y las fotografías que lo acompañaban eran la comidilla del sector. El resultado fue otra avalancha de llamadas a Dimbleby Fine Arts. De esas nuevas llamadas, veintidós eran de mujeres. Pero ni sus apellidos ni sus números de teléfono eran españoles. Y ninguna, según Cordelia Blake, hablaba con acento español.

Gabriel se temió lo peor: que la testaferro de la red de falsificación no tuviera intención de asistir a la fiesta que con tanto cuidado había organizado en su honor. Aun así, dio instrucciones a Oliver para que preparara el calendario de visitas. Estas se concentrarían en una única semana. El precio se fijaría en una horquilla de entre quince y veinte millones de libras, lo que ayudaría a separar el trigo de la paja. Y Oliver debía dejar claro que se reservaba el derecho de no vender al mejor postor.

—Y asegúrate de atenuar las luces de la sala de exposiciones —añadió Gabriel—. De lo contrario, puede que algún cliente con ojo de águila se dé cuenta de que tu Veronés recién descubierto es una falsificación.

—Qué va. A simple vista, al menos, parece que lo pintó el Veronés en el siglo XVI.

—Lo pintó él, Oliver. Solo que yo empuñaba el pincel en ese momento.

Gabriel pasó el sábado navegando por el Adriático con Chiara y los niños, y el domingo, en vísperas de que comenzaran las visitas, voló a Londres. Al llegar, se fue derecho al dúplex de Christopher y Sarah en Queen's Gate Terrace. Allí, desplegados sobre la encimera de granito de la isla de la cocina, encontró una fotografía de vigilancia del aeropuerto de Heathrow, un pasaporte español escaneado y la copia impresa de una hoja del registro de huéspedes del hotel Lanesborough.

Sonriendo, Sarah le dio una copa de Bollinger Special Cuvée.

—¿*Tagliatelle* con ragú o milanesa de ternera?

* * *

Era alta y delgada, con hombros cuadrados de nadadora, caderas estrechas y piernas largas. El traje pantalón que llevaba era oscuro y profesional, pero el atrevido escote de su blusa blanca dejaba entrever la fina curva de unos pechos delicados y respingones. El pelo, largo y casi negro, le caía en línea recta por el centro de la espalda. Incluso a la luz poco favorecedora de la Terminal 5 de Heathrow, brillaba como un cuadro recién barnizado.

Según afirmaba su pasaporte, se llamaba Magdalena Navarro. Tenía treinta y nueve años y residía en Madrid. Había llegado a Heathrow a bordo del vuelo 7459 de Iberia y había llamado a Dimbleby Fine Arts a las tres y siete minutos de la tarde desde el teléfono de su habitación en el Lanesborough. La llamada había rebotado automáticamente al móvil de Oliver. Tras escuchar el mensaje, este había avisado a Sarah, quien había convencido a su marido, agente del Servicio Secreto de Inteligencia de Su Majestad, de que echase un vistazo extraoficial a los datos que obraban en sus archivos acerca de la española, cosa que él había hecho con la aprobación de su director general.

—Nuestros colegas del MI5 tardaron veinte minutos en reunir el expediente.

—¿Han echado un vistazo a sus viajes recientes?

—Parece que visita con frecuencia Francia, Bélgica y Alemania. También pasa bastante tiempo en Hong Kong y Tokio.

Christopher encendió un Marlboro y lanzó una nube de humo hacia el techo de su elegante salón. Vestía unos chinos ajustados y un costoso jersey de cachemira. Sarah iba más informal, con unos vaqueros elásticos y una sudadera de Harvard. Sacó un cigarrillo de la cajetilla de Christopher y lo encendió rápidamente, antes de que a Gabriel le diera tiempo a protestar.

—¿Algún otro viaje interesante? —preguntó él.

—Va a Nueva York más o menos una vez al mes. Por lo visto, vivió allí unos años en torno a 2005.

—¿Tarjeta de crédito?

—Una American Express corporativa. La empresa está registrada en Liechtenstein, todo bastante opaco. Parece que solo la utiliza para viajar al extranjero.

—Lo que ayuda a ocultar la verdadera ubicación de su domicilio en España. —Gabriel se volvió hacia Sarah—. ¿Cómo se describe a sí misma en el mensaje?

—Dice que es corredora de arte, pero no tiene sitio web ni perfil en LinkedIn, y a Oliver y Julian no les suena de nada.

—Parece que es ella.

—Sí —coincidió Sarah—. La cuestión es cuánto tiempo vamos a hacerla esperar.

—El suficiente para darle la impresión de que no tiene absolutamente ninguna relevancia.

—¿Y después?

—Tendrá que convencer a Oliver de que le deje ver el cuadro.

—Podría ser peligroso —comentó Sarah.

—Oliver se las arreglará.

—No es Oliver quien me preocupa.

Gabriel sonrió.

—En el amor y en la falsificación, todo vale.

40

Dimbleby Fine Arts

El director de la National Gallery llegó a Dimbleby Fine Arts a las diez de la mañana del día siguiente, acompañado por el infalible Niles Dunham y otros tres conservadores especializados en Maestros Antiguos italianos. Olisquearon el lienzo, lo palparon y pincharon, le patearon los neumáticos y lo examinaron bajo luz ultravioleta. Nadie cuestionó la autenticidad de la obra, solo su procedencia.

—¿Una antigua colección europea? Es todo un poco vago, Oliver. Dicho esto, tiene que ser mío.

—Entonces te sugiero que me hagas una oferta.

—No pienso verme envuelto en una guerra de pujas.

—Por supuesto que sí.

—¿A quién le toca ahora?

—Al Getty.

—No te atreverás.

—Claro que sí, por un buen precio.

—Sinvergüenza.

—Con halagos no vas a conseguir nada.

—¿Nos vemos en el Wiltons esta noche?

—A no ser que me hagan una oferta mejor.

La delegación del Getty llegó a las once. Eran jóvenes y bronceados e iban cargados de dinero. Hicieron una oferta en firme de veinticinco millones de libras, cinco más del precio máximo estimado. Oliver los rechazó de plano.

—No volveremos —le aseguraron.

—Tengo el presentimiento de que sí volverán.

—¿Cómo lo sabe?

—Porque veo esa mirada en sus ojos.

Era mediodía cuando Oliver acompañó a los delegados del Getty a la puerta de Bury Street. Cordelia le entregó un montón de mensajes al irse a comer. Él los hojeó rápidamente antes de llamar a Sarah.

—Ha llamado dos veces esta mañana.

—Qué gran noticia.

—Quizá deberíamos acabar con su agonía.

—En realidad, queremos que te hagas de rogar un poco más.

—Hacerme de rogar no es mi *modus operandi* habitual.

—Ya me he dado cuenta, Ollie.

La sesión de la tarde fue muy semejante a la de la mañana. La delegación del Metropolitan Museum of Art se mostró cautivada; sus homólogos de Boston, locos de amor. El director de la Art Gallery de Ontario, un experto en el Veronés, prácticamente se quedó sin habla.

—¿Cuánto quieres por él? —alcanzó a decir.

—El Getty me da veinticinco.

—Son unos bárbaros.

—Pero muy ricos.

—Tal vez pueda llegar hasta veinte.

—Una táctica de negociación novedosa.

—Por favor, Oliver, no me hagas que te lo suplique.

—Iguala la oferta del Getty y es tuyo.

—¿Me lo prometes?

—Tienes mi palabra de honor.

Así fue como terminó el primer día de visitas, con una última falacia. Oliver acompañó a la delegación de Ontario fuera de la galería y recogió los mensajes telefónicos del escritorio de Cordelia.

Magdalena Navarro había llamado a las cuatro y cuarto.

—Parecía bastante molesta —comentó Cordelia.

—No me extraña.

—¿A quién crees que representa?

—A alguien con dinero suficiente para alojarla en el Lanesborough.

Cordelia recogió sus pertenencias y se marchó. Al quedarse a solas, Oliver llamó a Sarah.

—¿Qué tal ha ido la tarde? —preguntó ella.

—Tengo entre manos una guerra de ofertas por un cuadro que no puedo vender. Por lo demás, no ha pasado gran cosa.

—¿Cuántas veces ha llamado?

—Solo una.

—Puede que esté perdiendo interés.

—Razón de más para llamarla y acabar con esto de una vez por todas.

—Podemos hablarlo en el Wiltons. Creo que es hora de tomarse un martini.

Oliver colgó y se entregó al ritual cotidiano de preparar la galería para la noche. Bajó las persianas de seguridad de las ventanas. Conectó la alarma. Y cubrió con una funda de bayeta *Susana en el baño*, óleo sobre lienzo, 194 por 194 centímetros, obra de Gabriel Allon.

Al salir, cerró con tres vueltas de llave y echó a andar por Bury Street. Debería haber sido una marcha triunfal. A fin de cuentas, era el no va más del mundo del arte, el descubridor de una colección de obras maestras desconocidas que llevaba mucho tiempo oculta. Daba igual que todos los cuadros fueran falsos. Oliver se dijo que estaba poniéndose al servicio de una causa noble. Y, en todo caso, sería una historia excelente que contar el día de mañana.

Al cruzar Ryder Street, se dio cuenta de que alguien caminaba detrás de él. Alguien que calzaba zapatos finos, pensó, con tacón de aguja. Se detuvo frente a la galería Colnaghi y miró hacia la izquierda, calle abajo.

Alta, esbelta, vestida con ropa cara, con la melena lustrosa y negra cayéndole por delante de un hombro.

Peligrosamente atractiva.

Para su sorpresa, la mujer se le acercó y clavó sus grandes ojos oscuros en el cuadro expuesto en el escaparate.

—Bartolomeo Cavarozzi —dijo en un inglés con ligero acento extranjero—. Uno de los primeros seguidores de Caravaggio. Pasó dos años trabajando en España, donde era muy admirado. Si no me equivoco, este cuadro lo pintó tras su regreso a Roma en 1619.

—¿Quién demonios es usted? —preguntó Oliver.

La mujer se volvió hacia él y sonrió.

—Soy Magdalena Navarro, señor Dimbleby. Y llevo todo el día intentando localizarle.

El Wiltons estaba plagado de conservadores de museos de Canadá y los Estados Unidos, divididos en bandos rivales. Sarah estrechó la mano del director del Met, de origen austriaco, y se abrió paso hasta la barra, donde tuvo que esperar diez minutos a que le sirvieran su martini. El barullo era tan ensordecedor que tardó un momento en darse cuenta de que le estaba sonando el teléfono. Era Oliver, que llamaba desde el móvil.

—¿Estás en este manicomio, en algún sitio? —le preguntó ella.

—Ha habido un cambio de planes, me temo. Tendremos que dejarlo para otro día.

—Pero ¿qué dices?

—Sí, mañana por la tarde estaría bien. Cordelia te llamará por la mañana y se encargará de prepararlo todo.

Y así, sin más, cortó la llamada.

Sarah llamó enseguida a Gabriel.

—Puede que me equivoque —dijo—, pero creo que nuestra chica acaba de mover ficha.

41

Piccadilly

—¿Adónde me lleva?

—A algún sitio donde pueda tenerle solo para mí.

—¿No será al Lanesborough?

—No, señor Dimbleby. —Le lanzó una mirada de fingido reproche—. En nuestra primera cita, no.

Caminaban por Piccadilly a la luz cegadora del sol. Era una de esas tardes perfectas de principios de verano en Londres, frescas y suaves, con una leve brisa. El aroma embriagador de la mujer le recordaba al sur de España. Azahar y jazmín, con un toque de manzanilla. Rozó dos veces la mano de Oliver con el dorso de la suya. Su contacto era eléctrico.

Se detuvo en la puerta del Hide, uno de los restaurantes más caros de Londres, un templo del exceso gastronómico y social, frecuentado por multimillonarios rusos, príncipes árabes y, evidentemente, bellas delincuentes españolas.

—No soy lo bastante pijo para entrar ahí —protestó Oliver.

—El mundo del arte está a sus pies esta noche, señor Dimbleby. Es usted, sin duda, el hombre más admirado de todo Londres.

Hicieron una entrada triunfal: el marchante corpulento y de mofletes sonrosados y la mujer alta y elegantemente vestida, de lustrosa melena negra. Ella bajó por una sinuosa escalera de roble hasta el bar casi en penumbra. Los esperaba una mesa apartada, a la luz de las velas.

—Estoy impresionado —comentó Oliver.

—Mi mayordomo del Lanesborough se ha encargado de organizarlo.

—¿Se aloja allí a menudo?

—Solo cuando cierto cliente mío paga la cuenta.

—¿Un cliente interesado en comprar el Veronés?

—No nos apresuremos, señor Dimbleby. —Se inclinó hacia la cálida luz de la vela—. A las españolas nos gusta ir poco a poco.

La parte delantera de su blusa se había abierto, dejando al descubierto la curva interior de un pecho en forma de pera.

—¿Es tan bonito como dicen? —balbuceó Oliver.

—¿El qué, señor Dimbleby?

—El Lanesborough.

—¿Nunca ha estado?

—Solo en el restaurante.

—Mi *suite* da a Hyde Park. Las vistas son muy bonitas.

También lo eran las de Oliver en ese momento. Aun así, se obligó a fijar la mirada en la carta de cócteles.

—¿Qué me recomienda?

—El brebaje que llaman *currant affairs* es una experiencia que te cambia la vida.

Oliver leyó los ingredientes.

—¿Champán Bruno Paillard con vodka Ketel One, grosella roja y guayaba?

—No se burle hasta que lo pruebe.

—Suelo beber el champán y el vodka por separado.

—Tienen una selección de jerez magnífica.

—Eso suena mucho mejor.

Ella llamó al camarero levantando las cejas y pidió una botella de Cuatro Palmas Amontillado.

—¿Ha estado en España, señor Dimbleby?

—Muchas veces.

—¿Por negocios o por placer?

—Un poco por ambas cosas.

—Yo soy de Sevilla —le informó ella—, pero ahora vivo casi siempre en Madrid.

—Habla muy bien inglés.

—Asistí a un curso especial de Historia del Arte en Oxford durante un año. —Se interrumpió cuando regresó el camarero, que, tras presentarles el vino con gesto teatral, sirvió dos copas y se retiró. Ella levantó la suya apenas unos centímetros—. Salud, señor Dimbleby. Espero que lo disfrute.

—Tiene que llamarme Oliver.

—No podría.

—Insisto —dijo él, y bebió un sorbo de vino.

—¿Qué le parece?

—Pura ambrosía. Solo espero que su cliente pague la cuenta.

—Así es.

—¿Tiene nombre su cliente?

—Varios, de hecho.

—¿No será un espía?

—Pertenece a una familia de la aristocracia. Tiene un apellido bastante engorroso, por decirlo de algún modo.

—¿Es español, como usted?

—Tal vez.

Oliver exhaló un fuerte suspiro antes de depositar su copa en la mesa.

—Discúlpeme, señor Dimbleby, pero mi cliente es un hombre extremadamente rico y no quiere que se conozca la verdadera magnitud de su colección de arte. No puedo desvelar su identidad.

—En ese caso, quizá deberíamos hablar de la suya.

—Como le expliqué a su asistente, soy corredora de arte.

—¿Cómo es que nunca he oído hablar de usted?

—Prefiero operar en la sombra. —Hizo una pausa—. Igual que usted, según parece.

—En Bury Street no hay mucha sombra.

—Pero usted ha sido, cómo decirlo, poco preciso respecto al origen del Veronés. Por no hablar del Tiziano y el Tintoretto.

—No sabe mucho sobre el mercado del arte, ¿verdad?

—En realidad, sé mucho, igual que mi cliente. Es un coleccionista refinado y muy astuto. Hasta que se enamora de un cuadro, claro. Cuando eso ocurre, el dinero no es ningún obstáculo.

—Deduzco que se ha enamorado de mi Veronés.

—Fue amor a primera vista.

—Ya tengo dos ofertas de veinticinco millones.

—Mi cliente está dispuesto a igualar cualquier oferta que reciba. Siempre y cuando yo pueda realizar un examen minucioso del lienzo y de su procedencia, por supuesto.

—¿Y si se lo vendiera? ¿Qué haría con él?

—Lo colgaría a la vista en lugar destacado, en una de sus muchas casas.

—¿Accedería a prestarlo para exposiciones?

—No, nunca.

—Admiro su sinceridad.

Ella sonrió, pero no dijo nada.

—¿Cuánto tiempo piensa quedarse en Londres?

—Tengo previsto regresar a Madrid mañana por la tarde.

—Qué lástima.

—¿Por qué?

—Porque podría tener un hueco en mi agenda el miércoles por la tarde. El jueves, a lo sumo.

—¿Y si vamos ahora?

—Lo siento, pero mi galería cierra por la noche. Además, ha sido un día muy largo y estoy agotado.

—Qué lástima —dijo ella en tono juguetón—. Esperaba que cenara conmigo en el Lanesborough.

—Es tentador —repuso Oliver—, pero no en nuestra primera cita.

En la acera de Piccadilly, Oliver le tendió la mano a la española en señal de despedida y recibió a cambio un beso. No dos besos al aire, al estilo ibérico, sino una única muestra de afecto cálida y jadeante que depositó junto a su oreja derecha y cuya huella duró mucho tiempo después de que ella se pusiera en camino hacia su hotel en Hyde Park Corner. La mirada seductora que le dedicó al final, por encima del hombro, puso el broche a la velada. «Tonto», parecía decir. «Tonto, más que tonto».

Oliver echó a andar en dirección contraria y, sintiéndose ligeramente embriagado, se sacó el teléfono del bolsillo de la pechera de la americana. Había recibido varias llamadas y mensajes desde la última vez que lo había mirado, pero ninguno de Sarah. Curiosamente, su nombre y su número habían desaparecido de la lista de llamadas recientes. Tampoco aparecía ninguna Sarah Bancroft en sus contactos. Los números de Julian también habían desaparecido, igual que los de Isherwood Fine Arts.

Justo en ese momento, el teléfono vibró al recibir una llamada. Oliver no reconoció el número. Tocó el icono de ACEPTAR y se llevó el aparato a la oreja.

—Un coche con chófer le espera en Bolton Street —le informó una voz de hombre, y se cortó la comunicación.

Volvió a guardarse el teléfono en el bolsillo y siguió andando hacia el este. Bolton Street quedaba un poco más adelante, a la izquierda. Al doblar la esquina, vio un Bentley Continental plateado parado al ralentí junto a la acera. El marido de Sarah estaba sentado al volante. Oliver dejó caer su corpachón en el asiento del copiloto. Un momento después iban rumbo al oeste por Piccadilly.

—¿De verdad te llamas Peter Marlowe?

—¿Por qué no iba a llamarme así?

—Suena a nombre inventado.

—Igual que Oliver Dimbleby. —Sonriendo, señaló a la mujer alta y de lustrosa cabellera negra que en ese momento pasaba por delante de la entrada del Athenaeum—. Ahí está nuestra chica.

—No le he puesto ni un dedo encima.

—Seguramente es mejor no mezclar el trabajo con el placer, ¿no te parece?

—No —contestó Oliver mientras la hermosa española se perdía de vista—. No me lo parece en absoluto.

42

Queen's Gate Terrace

Como parte de su prima de jubilación al dejar la Oficina, Gabriel había recibido una copia personal de Proteus, el *malware* israelí para piratear teléfonos móviles. La característica más ingeniosa del programa era que para funcionar no requería ninguna metedura de pata por parte del objetivo: ni instalar una actualización engañosa de *software* ni hacer clic en una fotografía o un anuncio de aspecto inofensivo. Gabriel no tenía más que introducir el número de teléfono del objetivo en la aplicación de Proteus de su portátil y en pocos minutos se había hecho con el control de su dispositivo. Podía leer el correo electrónico y los mensajes de texto, revisar el historial de navegación y los metadatos telefónicos y mantenerse al corriente de los desplazamientos del objetivo mediante el servicio de localización GPS. Pero quizá lo más importante de todo era que podía activar el micrófono y la cámara del teléfono, convirtiéndolo así en un instrumento de vigilancia constante.

Había instalado preventivamente el programa en el Samsung Galaxy de Oliver Dimbleby tras reclutarle para la operación, pero no lo activó hasta las 05:42 de esa tarde. Con un solo clic del ratón del portátil, mientras se tomaba un té en la cocina de Sarah y Christopher en Queen's Gate Terrace, descubrió que su agente desaparecido iba en ese momento caminando en dirección oeste por Piccadilly, acompañado por una mujer de voz sensual que hablaba un inglés fluido con acento español. Sarah, que volvió a toda prisa del Wiltons, llegó a tiempo de escuchar los últimos minutos de su conversación en el concurrido bar del Hide.

—Es una oponente de nivel, nuestra Magdalena. No hay que subestimarla.

—Razón de más para tener al gordito de Oliver atado con una correa muy corta.

Con ese fin, Gabriel envió a Christopher a Mayfair a recoger a su díscolo agente. Eran casi las siete y media cuando llegaron al dúplex. El interrogatorio comenzó con una confesión un tanto incómoda por parte de Gabriel.

Oliver frunció el ceño.

—Ahora entiendo por qué Sarah y Julian han desaparecido de mis contactos.

—Los borré como medida de precaución cuando aceptaste tomar una copa con esa mujer sin avisarnos.

—Lo lamento, pero no me dejó alternativa.

—¿Por qué?

—Porque mide cerca de un metro ochenta y es increíblemente guapa. Y encima parece haber salido de Madrid sin un solo sujetador en la maleta. —Oliver miró a Sarah—. Creo que ahora sí me vendría bien esa copa.

—¿Un *currant affairs* o un *tropic thunder*?

—*Whisky*, si tienes.

Christopher abrió un armario y sacó una botella de Johnnie Walker Black Label y un par de vasos de cristal tallado. Sirvió dos dedos de *whisky* en uno y lo empujó por la isla de la cocina hacia Oliver.

—Baccarat —dijo Oliver con delectación—. Puede que sí seas un consultor con mucho éxito, después de todo. —Se volvió hacia Gabriel—. ¿Proteus no es el programa que usó el príncipe heredero saudí para espiar a ese periodista al que mandó asesinar?

—El periodista se llamaba Omar Nawwaf. Y, sí, el primer ministro israelí autorizó la venta de Proteus a los saudíes a pesar de que yo me opuse rotundamente. En manos de un gobierno represivo, el *malware* puede ser un arma muy peligrosa de vigilancia y chantaje.

Imagínate cómo podría utilizarse algo así para silenciar a un periodista entrometido o a un defensor de la democracia.

Gabriel pulsó el icono de PLAY del programa.

—*Porque mide cerca de un metro ochenta y es increíblemente guapa. Y encima parece haber salido de Madrid sin un solo sujetador en la maleta.*

Gabriel puso en pausa la grabación.

—Santo cielo —murmuró Oliver.

—¿Y qué me dices de esto? —Gabriel volvió a pulsar el PLAY.

—*¿Cómo es que nunca he oído hablar de usted?*

—*Prefiero operar en la sombra. Igual que usted, según parece.*

—*En Bury Street no hay mucha sombra.*

Gabriel pulsó la pausa.

—¿No vas a poner la parte en la que rechazo una noche de sexo increíble en una *suite* del Lanesborough?

—Creo que era una cena lo que te proponía.

—Tiene que salir más, señor Allon.

Cerró el portátil.

—¿Y ahora qué? —preguntó Oliver.

—Mañana, a última hora, la citarás para ver el cuadro el miércoles a las seis de la tarde. También le pedirás su número de móvil. Sin duda se negará a dártelo.

—¿Y cuando llegue a la galería el miércoles por la tarde?

—No llegará.

—¿Por qué?

—Porque volverás a llamarla ese mismo día para cambiar la cita al jueves a las ocho de la noche.

—¿Por qué iba a hacer eso?

—Para que sepa que no piensas en ella ni lo más mínimo.

—Ojalá fuera cierto —dijo Oliver—. Pero ¿por qué tan tarde?

—No quiero que Cordelia Blake esté presente cuando le enseñes el cuadro. —Gabriel bajó la voz—. Podría estropear el ambiente.

—¿De verdad le interesa comprarlo?

—En absoluto. Solo quiere echarle un vistazo antes de que desaparezca.

—¿Y si le gusta lo que ve?

—Después de examinar la procedencia, te pedirá que le reveles la identidad de la persona que te lo vendió. Tú, por supuesto, te negarás y no le quedará más remedio que sonsacarte la información por otros medios.

—Eso suena a música celestial.

—Es posible que intente seducirte —añadió Gabriel—. Pero no te lleves una desilusión si amenaza con destrozarte.

—Te aseguro que no será la primera.

Gabriel pulsó unas cuantas teclas del ordenador portátil.

—Acabo de añadir un nombre nuevo a tus contactos. Alessandro Calvi. Solo el número de su móvil.

—¿Quién es?

—Mi testaferro en Florencia. Llámale a ese número delante de la española. El *signore* Calvi se encargará del resto.

El testaferro, cuyo verdadero nombre era Luca Rossetti, salió de Florencia al día siguiente a las diez de la mañana y se dirigió hacia el sur por la *autostrada* E35 al volante de un Maserati Quattroporte. Al igual que el reloj Patek Philippe que llevaba en la muñeca, el coche era propiedad del Arma dei Carabinieri, el cuerpo al que pertenecía Rossetti.

Llegó a su destino, el aeropuerto Fiumicino de Roma, a la una y media. Una hora después, Gabriel salió por fin por la puerta de la Terminal 3. Metió su bolsa de viaje en el maletero y se dejó caer en el asiento del copiloto.

—Empezaba a preocuparme —comenzó Rossetti al acelerar para apartarse de la acera.

—Casi he tardado más en pasar por el control de pasaportes que en llegar desde Londres. —Gabriel echó un vistazo al interior del lujoso automóvil—. Bonito trineo.

—Era de un traficante de heroína de la Camorra.

—¿Amigo suyo de la infancia?

—Conocía a su hermano pequeño. Están los dos en Palermo, en la cárcel de Pagliarelli.

Rossetti tomó la A90, la autopista orbital de Roma, en dirección norte. Apartó los ojos de la carretera el tiempo justo para echar un vistazo a la fotografía de vigilancia que Gabriel le había puesto en la mano.

—¿Cómo se llama?

—Magdalena Navarro, según su pasaporte y sus tarjetas de crédito. Anoche se le insinuó a Oliver Dimbleby.

—¿Qué tal aguantó él?

—Tan bien como cabía esperar. —Gabriel volvió a coger la fotografía—. Ahora le toca a usted.

—¿Cuándo?

—El jueves por la noche. Una llamada rápida, nada más. Quiero que le diga una hora y un lugar y que cuelgue antes de que pueda hacerle cualquier pregunta.

—¿Qué hora le digo?

—Las nueve de la noche del viernes.

—¿Y el lugar?

—Debajo del *arcone* de la Piazza della Repubblica. No tendrá problema para identificarla. —Guardó la fotografía en su maletín—. ¿En qué año se marchó a Inglaterra?

—¿Quién?

—Orazio Gentileschi.

—Viajó de París a Londres en 1626.

—¿Artemisia fue con él?

—No, solo sus tres hijos varones.

—¿Cuándo regresó a Italia?

—No regresó. Murió en Londres en 1639.

—¿Dónde está enterrado?

Rossetti vaciló.

—En la Capilla de la Reina de Somerset House. —Gabriel frunció el ceño—. ¿Este trineo puede ir más rápido? Me gustaría llegar a Umbría mientras todavía haya luz.

Rossetti piso a fondo el acelerador.

—Mucho mejor —dijo Gabriel—. Ahora es usted un delincuente, *signore* Calvi. No conduzca como un policía.

43

Villa dei Fiori

La Villa dei Fiori, una finca de cuatrocientas hectáreas situada entre los ríos Tíber y Nera, pertenecía a la familia Gasparri desde los tiempos en que Umbría aún era dominio papal. Incluía una extensa y lucrativa explotación ganadera, un centro hípico donde se criaban algunos de los mejores caballos de salto de toda Italia y un rebaño de cabras juguetonas que los dueños mantenían únicamente por diversión. Sus olivares daban uno de los mejores aceites de la región y su pequeño viñedo aportaba varios cientos de kilos de uva al año a la cooperativa local. Los girasoles brillaban en sus campos.

La villa propiamente dicha se alzaba al final de un camino polvoriento al que daban sombra altísimos pinos piñoneros. En el siglo XI había sido un monasterio. Todavía se conservaba una capillita y, en el claustro amurallado, los restos de un horno en el que los frailes cocerían su pan de cada día. Al pie de la casa había una gran piscina azul y, a su lado, un jardín con espalderas y muros de piedra etrusca bordeados de romero y lavanda.

El actual conde Gasparri, un deslustrado noble romano que mantenía estrechos vínculos con la Santa Sede, no alquilaba Villa dei Fiori ni se la prestaba a amigos o familiares. De hecho, los últimos invitados no acompañados que se habían alojado en la finca habían sido el taciturno restaurador de los Museos Vaticanos y su bella esposa veneciana, una experiencia que los cuatro miembros del servicio no olvidarían fácilmente. De ahí que se llevaran una sorpresa al saber que el conde Gasparri había accedido a prestarle la villa a un conocido suyo cuyo nombre no les dijo, para una estancia de duración indeterminada. Sí, dijo el conde, era probable que su invitado anónimo llevara a algún huésped. No, no iba a necesitar los servicios del personal de la casa: era extremadamente reservado y no quería que le molestasen.

En consecuencia, dos miembros del personal (Anna, la legendaria cocinera, y Margherita, la temperamental ama de llaves) abandonaron Villa dei Fiori el martes por la mañana temprano para disfrutar de unas vacaciones breves e inesperadas. Los otros dos empleados permanecieron en sus puestos: Isabella, la etérea sueca que dirigía el centro hípico, y Carlos, el vaquero argentino que se ocupaba del ganado y los cultivos. Ambos se fijaron en la furgoneta Fiat Ducato azul oscura, sin distintivos, que llegó zarandeándose por el camino poco antes del mediodía. Sus dos ocupantes descargaron el equipaje con la rapidez de un par de ladrones ocultando un alijo robado. El botín incluía dos grandes cajones metálicos semejantes a los que usaban los músicos de *rock* cuando estaban de gira, provisiones suficientes para alimentar a un regimiento y, curiosamente, un caballete profesional de pintor y un gran lienzo en blanco.

No, pensó Isabella. No podía ser. No, después de tantos años.

La furgoneta se marchó al poco rato y una calma tensa volvió a apoderarse de la villa. A las 15:42 rompió el silencio el rugido espantoso del motor de un Maserati. Un momento después, el coche pasó a toda velocidad por delante del centro hípico, levantando una polvareda. Aun así, Isabella alcanzó a vislumbrar al pasajero. Su rasgo más característico era el mechón de pelo gris, semejante a una mancha de ceniza, de su sien derecha.

Seguro que era una coincidencia, se dijo Isabella. No podía ser la misma persona.

El ruido del motor del Maserati se desvaneció hasta convertirse en un zumbido sordo mientras el coche avanzaba hacia la villa por entre dos hileras de pinos. Se detuvo ante las tapias del antiguo claustro y el hombre de sienes grises se bajó de él. Era de estatura media, observó Isabella, cada vez más angustiada. Fibroso como un ciclista.

Sacó una bolsa de viaje del asiento de atrás y le dedicó al conductor unas palabras de despedida. Luego se colgó la bolsa al hombro (como un soldado, pensó Isabella) y avanzó unos pasos por el camino, hacia la puerta del claustro. El mismo encorvamiento de los hombros. La misma leve curvatura de las piernas.

—Dios mío —murmuró Isabella cuando el Maserati pasó velozmente por delante de ella. Así que era cierto.

El restaurador había vuelto a Villa dei Fiori.

A la mañana siguiente adoptó su rutina de costumbre. Se dio una caminata a marchas forzadas alrededor de la finca. Nadó vigorosamente en la piscina. Y, sentado a la sombra de las espalderas del jardín, hojeó un libro sobre el pintor barroco flamenco Anton van Dyck. Carlos e Isabella lo vigilaban desde lejos. Su estado de ánimo, observaron, había mejorado mucho. Era como si se hubiera quitado un gran peso de encima. Carlos comentó que se le veía muy cambiado; Isabella fue más allá. No es que hubiera cambiado, dijo. Es que parecía otro.

Sus hábitos de trabajo, sin embargo, eran tan disciplinados como siempre. El miércoles se puso a trabajar ante el caballete después de un almuerzo espartano y siguió pintando hasta la madrugada. En su anterior encarnación, solía escuchar música mientras trabajaba. Ahora, en cambio, parecía absorto en una radionovela malísima que sonaba como una llamada de móvil hecha sin querer. Estaba protagonizada por un pícaro marchante de arte londinense, muy simpático, llamado Oliver, y su valerosa ayudante, Cordelia. De eso, al menos, Isabella estaba segura. El resto era una mezcolanza absurda de ruidos de tráfico, descargas de cisterna, llamadas telefónicas unilaterales y estallidos de carcajadas en un bar.

El episodio del jueves por la mañana incluía una conversación entre Oliver y Cordelia sobre un asunto aparentemente trivial: la visita de una tal Magdalena Navarro a la galería. Cuando acabó el programa, el restaurador se fue a dar una caminata por la finca e Isabella, contraviniendo las órdenes estrictas del conde Gasparri, partió hacia la villa, ahora desprotegida. Entró por la cocina y se dirigió al salón, que el restaurador había convertido de nuevo en taller de pintura.

El lienzo apoyado en el caballete relucía, fresca aún la pintura al óleo. Era un retrato de tres cuartos de una mujer ataviada con un vestido de seda dorada con ribetes de encaje blanco. Isabella, que había estudiado historia del arte antes de dedicarse a los caballos, reconoció el estilo característico de Van Dyck. El rostro de la mujer aún no estaba terminado, pero su cabello, casi negro, sí. Negro de humo, pensó Isabella, con una magnífica pátina de albayalde y toques de lapislázuli y bermellón.

Los aceites y pigmentos estaban desplegados sobre una mesa cercana. Isabella sabía que no debía tocar nada porque él dejaba señales ocultas para saber si entraba algún intruso. Su pincel de pelo de marta Winsor & Newton, serie 7, descansaba sobre la paleta. Al igual que el cuadro, estaba húmedo. Junto a él había un ordenador portátil en reposo, conectado a un par de altavoces Bose. Para escuchar mejor las peripecias de Oliver y Cordelia, pensó Isabella.

Se volvió de nuevo hacia el cuadro inacabado. Su huésped había avanzado mucho en tan poco tiempo. Pero ¿por qué estaba pintando un cuadro en vez de restaurarlo? ¿Y dónde estaba la modelo? La respuesta, se dijo, era que no la necesitaba. Recordó el hermoso cuadro que había salido de su mano después de sufrir aquella lesión horrible en el ojo: *Dos niños en la playa*, al estilo de Mary Cassatt. Lo había terminado en unas pocas sesiones maratonianas, ayudándose solo de su memoria.

—¿Qué le parece hasta ahora? —preguntó con calma.

Isabella se giró, llevándose la mano al corazón. De algún modo consiguió no gritar.

Él dio un paso adelante.

—¿Qué hace aquí?

—El conde Gasparri me ha pedido que cuide de usted.

—Entonces, ¿por qué ha venido cuando sabía que no estaba? —Contempló sus pigmentos y aceites—. No ha tocado nada, ¿verdad?

—Claro que no. Solo quería saber en qué estaba trabajando.

—¿Eso es todo? ¿No se preguntaba también por qué he vuelto a este lugar después de tantos años?

—Sí, eso también —reconoció Isabella.

Dio otro paso adelante.

—¿Sabe quién soy?

—Hasta hace un momento, creía que era un restaurador de arte que a veces trabajaba en los Museos Vaticanos.

—¿Y ya no lo cree?

—No —contestó ella pasados unos segundos—, no lo creo.

Se hizo el silencio entre ellos.

—Discúlpeme —dijo Isabella, y se dirigió hacia la puerta.

—Espere.

Se detuvo y se volvió despacio para mirarle. El verde de sus ojos era turbador.

—¿Sí, *signore* Allon?

—No me ha dicho qué le parece el cuadro.

—Es extraordinario. Pero ¿quién es la mujer?

—Todavía no estoy seguro.

—¿Cuándo lo sabrá?

—Pronto, espero. —Cogió su paleta y su pincel y abrió el ordenador portátil.

—¿Cómo se titula?

—*Retrato de una desconocida*.

—El cuadro, no. El programa de radio sobre Oliver y Cordelia.

Él levantó la vista bruscamente.

—Lo pone a un volumen muy alto. Y el sonido se transmite muy bien en el campo.

—Espero que no le haya molestado.

—En absoluto. —Isabella se dio la vuelta para marcharse.

—Su teléfono —dijo él de repente.

Isabella se detuvo.

—¿Qué pasa con él?

—Por favor, déjelo aquí. Y tráigame también su ordenador portátil y las llaves de su coche. Dígale a Carlos que me traiga también sus dispositivos. Nada de llamadas telefónicas ni de correos electrónicos hasta nuevo aviso. Y nada de salir de la finca.

Isabella apagó su móvil y lo dejó sobre la mesa, junto al portátil abierto. Mientras se escabullía de la casa, oyó al pícaro Oliver decirle a un tal Nicky que su cliente tendría que aumentar la oferta a treinta millones de libras si quería el Veronés. Nicky le llamó ladrón y acto seguido le preguntó si estaba libre esa noche para tomar una copa. Oliver contestó que no.

—*¿Cómo se llama ella?*

—*Magdalena Navarro.*

—*¿Española?*

—*Me temo que sí.*

—*¿Qué aspecto tiene?*

—*Un poco como Penélope Cruz, pero más guapa.*

44

Dimbleby Fine Arts

Fue Sarah Bancroft, desde una mesa del restaurante italiano Franco's, en Jermyn Street, quien la vio primero: una mujer alta y delgada, de pelo casi negro, vestida con falda más bien corta y top blanco ajustado. Dobló la esquina de Bury Street y al instante atrajo la atención de Simon Mendenhall, que en ese momento salía de Christie's tras una interminable reunión de dirección. Como no podía ser de otro modo tratándose de él, Simon se detuvo a echar un vistazo al trasero de la mujer y se quedó pasmado al ver que iba derecha a Dimbleby Fine Arts. Él, por su parte, se fue derecho al Wiltons e informó a todos los presentes —incluida la marchante de arte contemporáneo con la que se rumoreaba que mantenía una tórrida aventura— de que a Oliver seguía sonriéndole la suerte.

A las ocho en punto, la mujer de pelo negro llamó al timbre de la galería. Oliver esperó a que llamara por segunda vez para levantarse de su silla de escritorio Eames y abrir la puerta. Al cruzar el umbral, ella acercó los labios seductoramente a su mejilla. Esa semana, mientras jugaban al ratón y el gato, Oliver había esquivado dos ofertas para ir a cenar y una proposición sexual apenas velada. Solo el cielo sabía lo que podían depararle los minutos siguientes.

Cerró la puerta y echó el cerrojo.

—¿Le apetece una copa?

—Me encantaría.

—¿*Whisky* o *whisky*?

—*Whisky* sería perfecto.

Oliver la condujo a través de la penumbra, hasta su despacho, y sirvió dos vasos de *whisky*.

—Etiqueta azul —comentó ella.

—Lo reservo para ocasiones especiales.

—¿Qué celebramos?

—La venta inminente de *Susana en el baño*, de Paolo Veronese, por un precio récord.

—¿Cómo va la puja?

—Desde esta tarde tengo dos ofertas en firme de treinta millones.

—¿De museos?

—Una de un museo y otra privada.

—Tengo la corazonada de que los dos postores van a llevarse una desilusión.

—La oferta del museo es inamovible. El coleccionista se forró durante la pandemia y tiene dinero para dar y tomar.

—También lo tiene mi cliente. Y está deseando recibir noticias mías.

—Entonces no deberíamos hacerle esperar más.

Se llevaron las bebidas a la sala de exposiciones de la parte de atrás de la galería. El cuadro, de gran tamaño, estaba apoyado en un par de caballetes forrados de bayeta. La escena apenas se distinguía en la semioscuridad.

Oliver acercó la mano al interruptor de la luz. Cuando Susana y los dos viejos emergieron de la penumbra, la mujer se llevó la mano a la boca y murmuró algo en español.

—¿Traducción? —preguntó Oliver.

—No hay traducción posible. —Se acercó al cuadro lentamente, como si no quisiera molestar a las tres figuras—. No me extraña que tenga al mundillo del arte a sus pies, señor Dimbleby. Es una obra maestra pintada por un artista en el apogeo de sus capacidades.

—Creo que esas son las palabras exactas con las que lo describí en el comunicado de prensa.

—¿Sí? —Ella metió la mano en su bolso.

—Nada de fotografías, por favor.

Sacó una pequeña linterna ultravioleta.

—¿Le importaría apagar la luz un momento?

Oliver acercó de nuevo la mano al interruptor y dejó la sala a oscuras. La mujer pasó el haz azul purpúreo de la linterna por la superficie del cuadro.

—Las pérdidas son bastante extensas.

—Las pérdidas —respondió Oliver— son exactamente las que cabe esperar en un cuadro de la escuela veneciana de cuatrocientos cincuenta años de antigüedad.

—¿A quién le encargó la restauración?

—Me llegó tal cual.

—Qué suerte. —Apagó la linterna ultravioleta.

Oliver dejó que la oscuridad se prolongara un momento antes de volver a dar la luz. La mujer sostenía ahora una lupa LED rectangular con la que examinó la piel desnuda del cuello y el hombro de Susana, así como la túnica de color bermellón que apretaba contra sus pechos.

—Las pinceladas son muy visibles —dijo—. No solo en la ropa, también en la piel.

—Las pinceladas del Veronés se fueron haciendo más abiertamente pictóricas a medida que avanzaba su carrera —explicó Oliver—. Esta obra refleja el cambio respecto de su estilo anterior.

Ella devolvió la lupa a su bolso y se alejó del cuadro. Pasó un minuto. Luego otro.

Oliver carraspeó suavemente.

—Lo he oído —dijo ella.

—No quiero meterle prisa, pero se hace tarde.

—¿Tiene un momento para enseñarme la procedencia?

Oliver la condujo a su despacho. Sacó una copia del informe de procedencia de una cajonera cerrada con llave y la depositó sobre el escritorio. La mujer la revisó con justificado escepticismo.

—¿Una colección europea antigua?

—Muy antigua —respondió Oliver—. Y muy privada.

Ella apartó de sí el informe, empujándolo sobre el escritorio.

—Debo conocer la identidad del propietario anterior, señor Dimbleby.

—El propietario anterior desea permanecer en el anonimato, igual que su cliente.

—¿Está en contacto directo con él?

—Con ella. Y la respuesta es no. Trato con su representante.

—¿Un abogado? ¿Un marchante?

—Lo siento, pero no puedo desvelar el nombre del representante ni cuál es su vínculo con la colección. Y menos aún decírselo a una competidora. —Oliver bajó la voz—. Aunque sea tan atractiva como usted.

Ella hizo un mohín cargado de coquetería.

—¿De verdad no puedo hacer nada para que cambie de opinión?

—Lo lamento, pero no.

La mujer suspiró.

—¿Y si le ofreciera, digamos, treinta y cinco millones de libras por su Veronés?

—Mi respuesta sería la misma.

Ella golpeó con la punta del dedo índice el informe de procedencia.

—¿A ninguno de sus posibles compradores le preocupa que la cadena de titularidad del cuadro sea tan endeble?

—En absoluto.

—¿Cómo es posible?

—Porque da igual de dónde proceda el cuadro. La obra habla por sí misma.

—A mí, desde luego, me ha hablado. De hecho, ha estado muy parlanchina.

—¿Y qué le ha dicho?

Ella se inclinó sobre el escritorio y le miró fijamente a los ojos.

—Me ha dicho que no lo pintó Paolo Veronese.

—Tonterías.

—¿Sí, señor Dimbleby?

—He pasado los últimos cuatro días enseñando ese cuadro a los principales expertos en Maestros Antiguos de los museos más respetados del mundo. Y ninguno ha cuestionado su autenticidad.

—Eso es porque ninguno de esos expertos conoce al hombre que visitó la galería Konrad Hassler de Berlín un par de días después de que usted anunciara el redescubrimiento de su presunto Veronés. Ese hombre le mostró a *herr* Hassler una fotografía del presunto Veronés, al lado del presunto Tiziano y del presunto Tintoretto. La fotografía se hizo en el estudio del falsificador que los pintó.

—Eso no es posible.

—Me temo que sí lo es.

—Él me aseguró que los cuadros eran auténticos.

—¿El *signore* Rinaldi?

—Nunca he oído hablar de él —contestó Oliver con sinceridad.

—Es el nombre que empleó cuando visitó la galería Hassler. Giovanni Rinaldi.

—Yo le conozco por otro nombre.

—¿Por cuál?

Oliver no respondió.

—Le engañó, señor Dimbleby. O quizá simplemente quería usted que le engañara. Sea como sea, ahora se encuentra en una situación muy difícil. Pero no se preocupe, será nuestro secreto. —Hizo una pausa—. A cambio de una pequeña comisión, por supuesto.

—¿Cómo de pequeña?

—La mitad del precio final de venta del Veronés.

Oliver optó por el camino recto, cosa extraña en él.

—No puedo vender el cuadro después de lo que me ha dicho.

—Si lo retira de la venta ahora, se verá obligado a devolver los millones que recibió por el Tiziano y el Tintoretto. Y entonces…

—Estaré arruinado.

Ella le entregó una hoja con el membrete del Lanesborough.

—Quiero que transfiera quince millones de libras a esta cuenta mañana a primera hora. Si el dinero no está a la hora de cierre, llamaré a esa periodista del *New York Times* y le contaré la verdad sobre su supuesto Veronés.

—Es usted una chantajista de tres al cuarto.

—Y usted, señor Dimbleby, no sabe tanto del mundo del arte como cree.

Él miró el número de cuenta.

—Recibirá el dinero después de la venta de mi Veronés. Que, dicho sea de paso, es un Veronés auténtico y no una falsificación.

—Insisto en que el pago sea inmediato.

—No puede ser.

—En tal caso —dijo la mujer—, voy a necesitar una fianza.

—¿Cuánto?

—No hablo de dinero, señor Dimbleby. Un nombre.

Oliver dudó y luego dijo:

—Alessandro Calvi.

—¿Y dónde vive el *signore* Calvi?

—En Florencia.

—Por favor, llámele desde su móvil. Me gustaría hablar con él.

Eran las ocho y media cuando Oliver la acompañó a Bury Street. Ella le tendió la mano al despedirse. Y, cuando él se negó a estrechársela, acercó la boca a su oído y le advirtió de la humillación profesional que sufriría si no le enviaba el dinero, tal y como había prometido.

—¿Cenamos en el Lanesborough? —le preguntó Oliver cuando echó a andar hacia Jermyn Street.

—En otra ocasión —respondió por encima del hombro, y se fue.

Oliver entró en la galería y volvió a su despacho. El olor a azahar y jazmín impregnaba el aire. Sobre el escritorio había dos vasos de *whisky* Johnnie Walker Blue Label sin acabar, un informe de procedencia ficticio de un cuadro falso de Paolo Veronese y una hoja con el membrete del hotel Lanesborough. Oliver guardó el informe en la cajonera. La hoja del hotel la fotografió con el móvil.

Su teléfono sonó un instante después.

—¡Bravo! —exclamó la voz del otro lado de la línea—. Yo no lo habría hecho mejor.

45

Florencia

El general Ferrari llegó a Villa dei Fiori al día siguiente, a las dos de la tarde. Le acompañaban cuatro agentes tácticos y dos técnicos. Los agentes tácticos efectuaron un reconocimiento de la villa y sus terrenos mientras los técnicos convertían el comedor en centro de operaciones. El general, vestido con traje y camisa de vestir con el cuello abierto, se sentó en el salón con Gabriel y le observó pintar.

—Tu chica llegó a Florencia poco antes del mediodía.

—¿Cómo lo ha conseguido?

—En un Dassault Falcon fletado desde el aeropuerto Londres. El Four Seasons le envió un coche. Ahora está en el hotel.

—¿Haciendo qué?

—Nuestra capacidad de vigilancia dentro del hotel es limitada, pero no la perderemos de vista si decide salir a hacer un poco de turismo. Y tendremos un par de equipos en la Piazza della Repubblica a las nueve, eso por descontado.

—Si se da cuenta, estamos perdidos.

—Puede que te sorprenda, amigo mío, pero el Arma dei Carabinieri ha hecho esto alguna que otra vez anteriormente. Y sin tu ayuda —añadió el general—. En cuanto compre ese cuadro, tendremos motivos para detenerla por múltiples cargos de fraude y conspiración. Le espera una larga temporada en una prisión italiana para mujeres, lo que no es una perspectiva agradable para alguien que se hospeda con frecuencia en el hotel Lanesborough de Londres.

—No la quiero en una celda —dijo Gabriel—. La quiero sentada enfrente, en una mesa de interrogatorio, contándonos todo lo que sabe.

—Yo también, pero la ley italiana me obliga a proporcionarle un abogado si lo desea. Si no lo hago, todo lo que diga será inadmisible en el juicio.

—¿Y qué dice la ley italiana sobre la participación de restauradores de arte en los interrogatorios?

—Como es lógico, la ley italiana no dice nada sobre esa cuestión. Si, no obstante, ella consintiera en que el restaurador esté presente, podría autorizarse.

Gabriel se apartó del lienzo para valorar su obra.

—Puede que el retrato la convenza.

—Yo no contaría con ello. De hecho, quizá convenga ponerle las esposas antes de dejar que lo vea.

—No, por favor —dijo Gabriel mientras mojaba el pincel—. No quisiera estropear la sorpresa.

Pasó la tarde en la piscina y a las seis subió a su *suite* para ducharse y vestirse. Eligió su atuendo con cuidado. Vaqueros elásticos de color azul claro. Blusa blanca holgada. Mocasines planos de ante. Su cara, resplandeciente por el sol de la Toscana, requirió poco maquillaje. Se recogió el pelo negro en un moño, con algunos mechones sueltos cayéndole por el cuello. Atractiva pero seria, pensó al mirarse al espejo. Esa noche no habría coqueteos. Nada de juegos, como con el marchante en Londres. Al hombre con el que se había citado en la Piazza della Repubblica no podía seducirlo ni engatusarlo para que hiciera su voluntad. Había visto un vídeo de su visita a la galería Hassler de Berlín. Era joven, guapo y de complexión atlética. Un tipo peligroso, se dijo. Un profesional.

Al bajar de su habitación, cruzó el discreto vestíbulo del hotel y salió al Borgo Pinti. Las muchedumbres del mediodía se habían retirado del centro de la ciudad junto con el calor. Paró a tomar un café en el Caffè Michelangelo y luego fue a pie, al fresco del atardecer, hasta la Piazza della Repubblica. El hito arquitectónico que dominaba la plaza era el imponente arco del triunfo de su flanco occidental. Llegó allí, tal y como le habían indicado, a las nueve en punto. El escúter Piaggio se le acercó un minuto después.

Reconoció al hombre que lo conducía.

Joven, guapo y de complexión atlética.

Sin mediar palabra, el hombre se deslizó hacia la parte de atrás del sillín. Magdalena subió a la moto y preguntó adónde iban.

—A Lungarno Torrigiani. Está en el…

—Sé dónde está —dijo ella y, con habilidad impecable, dio media vuelta en la callejuela.

Mientras se dirigía a toda velocidad hacia el río, las fuertes manos de él palparon la parte baja de su espalda, sus caderas, su entrepierna, el interior de sus muslos y sus pechos. Su contacto no tenía nada de sexual. Únicamente la estaba cacheando, por si llevaba un arma oculta.

Era un profesional, pensó Magdalena. Por suerte, ella también.

La llamada llegó a Villa dei Fiori a las nueve y tres minutos. Era de uno de los *carabinieri* apostados en la Piazza della Repubblica. La mujer se había personado en el punto de encuentro a la hora indicada. Rossetti y ella iban en ese momento hacia el piso. El general Ferrari se apresuró a transmitirle la información a Gabriel, que seguía delante de su caballete. Limpió con cuidado el pincel y entró en el centro de operaciones improvisado para asistir al acto siguiente. La interpretación de Oliver Dimbleby había sido un éxito rotundo. Ahora le tocaba el turno a Alessandro Calvi. Un error, pensó Gabriel, y estaban perdidos.

46

Lungarno Torrigiani

El edificio era de color siena quemada, con balaustrada corrida en la primera planta. El apartamento estaba en la segunda. En la entrada, casi a oscuras, Rossetti despojó a la mujer de su bolso Hermès Birkin y lo vació sobre la encimera de la cocina. Entre sus efectos personales había una linterna ultravioleta, una lupa LED profesional y un teléfono Samsung desechable, apagado y sin tarjeta SIM.

Rossetti abrió el pasaporte.

—¿De verdad se llama Magdalena Navarro?

—¿Y usted de verdad se llama Alessandro Calvi?

Él abrió su cartera Cartier y echó un vistazo a las tarjetas de crédito y el permiso de conducir español. Llevaban el nombre de Magdalena Navarro. El compartimento del dinero contenía unos tres mil euros y cien libras esterlinas en billetes. En el compartimento con cremallera, Rossetti encontró varios recibos, todos de su visita a Londres. Por lo demás, los bolsillos de la cartera y el bolso estaban extrañamente limpios.

Volvió a guardar las pertenencias de la mujer en el bolso, dejando un único objeto sobre la encimera: una fotografía de *Dánae y la lluvia de oro* de Gabriel Allon.

—¿De dónde ha sacado esto? —le preguntó.

—Casualmente, estuve en Berlín no hace mucho y comí con un viejo amigo. Me contó una historia muy interesante sobre una persona que había visitado su galería hacía pocos días. Evidentemente, esa persona trató de venderle a mi amigo el cuadro de la fotografía. Le dijo que procedía de la misma colección privada que los cuadros que habían causado tanto revuelo en Londres. También le enseñó una fotografía de esos cuadros. Tres cuadros, una sola foto. A mi amigo le extrañó, por decirlo de algún modo.

—La fotografía la hizo mi restaurador.

—Sé por experiencia que los restauradores son los mejores falsificadores. ¿No está de acuerdo?

—Esa es la típica pregunta que haría un policía.

—Yo no soy policía, *signore* Calvi. Soy una corredora de arte que actúa de intermediaria entre compradores y vendedores y que vive de las migajas.

—Vive bastante bien, por lo que he oído.

La condujo al amplio cuarto de estar del apartamento. Las tres altas ventanas batientes, abiertas al fresco del anochecer, tenían vistas a las cúpulas y los *campanili* de Florencia. La mujer, sin embargo, solo se fijó en los cuadros que colgaban de las paredes.

—Tiene usted un gusto magnífico.

—Este piso me sirve de sala de ventas.

Ella señaló una exquisita ánfora etrusca de terracota.

—Veo que también comercia con antigüedades.

—Es una parte importante de mi negocio. Los multimillonarios chinos adoran la cerámica griega y etrusca.

Ella pasó el dedo índice por la curva de la vasija.

—Es una pieza muy bonita. Pero dígame una cosa, *signore* Calvi. ¿Es una falsificación, como los tres cuadros que le vendió al señor Dimbleby? ¿O solo es producto del expolio?

—Los cuadros que le vendí a Dimbleby los han examinado los expertos en Maestros Antiguos italianos más importantes de Londres. Y ninguno ha puesto en duda su atribución.

—Eso es porque su falsificador es el mejor Maestro Antiguo vivo del mundo.

—No hay ningún Maestro Antiguo vivo.

—Por supuesto que lo hay. Si lo sabré yo. Verá, trabajo para uno. Él también es capaz de engañar a los expertos. Pero su falsificador tiene mucho más talento que el mío. Ese Veronés es una obra maestra. Casi me desmayo al verlo.

—Creía que había dicho que era corredora de arte.

—Y lo soy. Solo que los cuadros que ofrezco son falsificaciones.

—Entonces, ¿es un hombre de paja? ¿Es eso lo que está diciendo?

—El hombre de paja es usted, *signore* Calvi. Yo, como bien sabe, soy una mujer.

—¿Por qué ha venido a Florencia?

—Porque quiero hacerles una oferta a usted y a su falsificador.

—¿Qué clase de oferta?

—Enséñeme el Gentileschi. Y luego se lo explicaré todo.

Rossetti la condujo a la habitación contigua y encendió la luz. Ella contempló el cuadro en silencio, como si se hubiera quedado muda de asombro.

—¿Le traigo la lupa y la linterna ultravioleta? —preguntó Rossetti al cabo de un momento.

—No hace falta. El cuadro...

—¿Resplandece?

—Como un incendio —murmuró la mujer—. Y es igual de peligroso.

—¿Ah, sí?

—Oliver Dimbleby ha sido muy imprudente al sacar a la venta esos tres cuadros de una presunta colección europea antigua. En ciertos rincones del mundillo del arte ya se rumorea que podrían ser falsificaciones. Y usted agravó el error al actuar como lo hizo en la galería Hassler. Es solo cuestión de tiempo que descubran el montaje. Y, cuando eso suceda, habrá víctimas colaterales.

—¿Usted?

Ella asintió.

—El mercado de obras de Maestros Antiguos dignas de figurar en un museo es muy reducido, *signore* Calvi. No hay muchos cuadros buenos ni muchos coleccionistas y museos dispuestos a pagar millones por ellos. Dos grandes redes de falsificación de Maestros Antiguos no pueden competir entre sí y sobrevivir. Una caerá inevitablemente. Y arrastrará a la otra en su caída.

—¿Y cuál es la alternativa?

—Estoy dispuesta a ofrecerles a usted y a su socio la protección de una red de distribución sólida, que les garantizará un flujo de ingresos constante durante muchos años.

—No me hace falta su red.

—Su comportamiento en Berlín sugiere lo contrario. El cuadro de la habitación de al lado vale treinta millones si se maneja como es debido. Y, sin embargo, usted estaba dispuesto a vendérselo a *herr* Hassler por apenas dos millones.

—¿Y si se lo confiara a usted?

—Lo vendería de forma que prime la seguridad a largo plazo sobre el beneficio a corto plazo.

—No he oído ningún precio.

—Cinco millones —dijo la mujer—. Pero insistiría en reunirme con el falsificador en su estudio antes de abonárselos.

—Diez millones —repuso Rossetti—. Y transferirá el dinero a mi cuenta antes de reunirse con mi falsificador.

—¿Cuándo tendría lugar esa reunión?

Rossetti miró su reloj de pulsera Patek Phillipe.

—Poco después de medianoche, imagino. Siempre y cuando tenga usted más de tres mil euros escondidos en esa cartera Cartier, claro.

—¿Con qué banco trabaja, *signore* Calvi?

—Con la Banca Monte dei Paschi di Siena.

—Necesito el número de cuenta y el de identificación.

—Le traeré su teléfono.

Introdujo el número manualmente y de memoria. La primera vez que marcó, no recibió respuesta y colgó sin dejar mensaje. El segundo intento tuvo el mismo resultado. La tercera llamada, sin embargo, surtió efecto.

Se dirigió a la persona del otro lado de la línea en un inglés excelente. No hubo intercambio de saludos de cortesía; todo se limitó a la ejecución inmediata de una transferencia de diez millones de euros a una cuenta del banco más antiguo del mundo. La confirmación por correo electrónico llegó unos minutos después de concluir la llamada. Ocultando con el pulgar el nombre del remitente, le mostró el mensaje a Rossetti. Luego se acercó a la ventana más próxima y lo arrojó a las negras aguas del Arno.

—¿Adónde vamos? —preguntó.

—A un pueblecito del sur de Umbría.

—Espero que no sea en un escúter.

El Maserati estaba aparcado junto al edificio. Rossetti se moderó mientras atravesaban la ciudad, pero pisó a fondo el acelerador al salir a la *autostrada*. Esperó a llegar a Orvieto para informar a su falsificador —mediante una llamada telefónica que se oyó por Bluetooth en el altavoz del coche— de que iba a verle por un asunto importante. El falsificador se mostró molesto por aquella intromisión; al parecer, tenía previsto terminar un cuadro esa misma noche.

—¿No puede esperar a mañana?

—Me temo que no. Además, son buenas noticias.

—Hablando de noticias, ¿has visto el *Times*? Oliver Dimbleby ha anunciado que le ha vendido el Veronés a un coleccionista privado. Treinta y cinco millones. Por lo menos, eso se rumorea.

Y, sin añadir nada más, cortaron la comunicación.

—No parecía muy contento —comentó la española.

—Es normal que no lo esté.

—¿No era una venta a comisión?

—Una venta directa.

—¿Cuánto le pagó Dimbleby por él?

—Tres millones.

—¿Y el cuadro en el que está trabajando?

—Es un Van Dyck.

—¿En serio? ¿Con qué tema?

—No quisiera estropear la sorpresa —dijo Rossetti, y volvió a pisar a fondo el acelerador.

Poco antes de medianoche, el ladrido frenético de los perros despertó a Isabella de un sueño agradable. Normalmente, la culpa era de algún jabalí de los muchos que habitaban en los bosques de los alrededores. Esa noche, en cambio, el motivo del alboroto eran dos hombres que deambulaban por el prado iluminado por la luna. Formaban parte del nutrido grupo de invitados, todos ellos hombres, que había llegado esa misma tarde. Isabella opinaba que los invitados no eran en absoluto invitados, sino policías. ¿Cómo explicar, si no, el hecho de que dos de ellos estuvieran paseando a esas horas por el prado, a la luz de la luna, armados con metralletas compactas?

Los perros se callaron por fin e Isabella volvió a la cama, pero a las 12:37 de la madrugada algo volvió a despertarla. Esta vez, el culpable era el dichoso Maserati deportivo. El mismo coche, pensó, que había llevado al restaurador a Villa dei Fiori a principios de esa semana. Pasó como una bala por delante de la ventana de su habitación y enfiló el camino arbolado de la villa. Dos figuras se apearon de él en el patio delantero iluminado por la luna: un hombre de complexión atlética —otro agente de policía, quizá— y una mujer alta, de pelo negro.

La mujer fue la primera en entrar en la villa, seguida por el hombre, un paso por detrás. Los chillidos comenzaron a oírse unos segundos después: un lamento angustioso y horrible, como el gemido de un animal herido. Seguramente tenía algo que ver con el cuadro. *Retrato de una desconocida...* Quizá estuviera equivocada, pensó Isabella tapándose los oídos. Quizá, después de todo, el señor Allon seguía siendo el de siempre.

TERCERA PARTE

PENTIMENTO

47

Villa dei Fiori

No se rindió sin luchar, pero tampoco esperaban que lo hiciera. Luca Rossetti intentó reducirla primero y fue objeto de un contraataque feroz, de modo que Gabriel no tuvo más remedio que abandonar su defensa del cuadro y acudir en auxilio de su nuevo amigo. Segundos después, se le unieron dos agentes tácticos que irrumpieron en la sala con las armas desenfundadas, como personajes de un vodevil francés. En cuanto los especialistas se metieron en la refriega, Gabriel se retiró prudentemente a terreno más seguro para observar desde lejos los últimos coletazos de la contienda. Fue Rossetti, sangrando por una fosa nasal, quien le puso las esposas a Magdalena Navarro. A Gabriel, el chasquido metálico del mecanismo de cierre le sonó de lo más satisfactorio.

Solo entonces salió a escena el general Ferrari, sin ninguna prisa. Tras cerciorarse de que la sospechosa no había resultado herida, empezó a enumerar las pruebas en su contra, que incluían una transferencia de diez millones de euros a la Banca Monte dei Paschi di Siena, así como su confesión, grabada en vídeo, de que pertenecía a una red internacional de falsificación, dentro de la cual desempeñaba un papel clave. En ese momento, los Carabinieri estaban intentando descubrir el origen del pago y de identificar los tres últimos números de teléfono marcados desde el Samsung desechable que ahora yacía en el fondo del Arno. Ninguna de las dos cosas, afirmó el general, les resultaría difícil.

Pero incluso sin esa información, prosiguió, disponían de pruebas suficientes, conforme a la ley italiana, para poner a la sospechosa a disposición judicial y que fuera sometida a un juicio rápido. Dado que la habían sorprendido en flagrante delito y podían acusarla de fraude artístico y diversos delitos financieros relacionados, el resultado de dicho procedimiento no ofrecía ninguna duda. Con toda probabilidad, tendría que cumplir una larga condena en alguna de las cárceles para mujeres de Italia, que, lamentablemente, se contaban entre las peores de Europa Occidental.

—Tras su liberación, la extraditarán a Francia, donde sin duda será procesada por su participación en el asesinato de Valerie Bérrangar, Georges Fleury y Bruno Gilbert. Estoy seguro de que a la fiscalía española también se le ocurrirá algún delito que imputarle. Baste decir que, para cuando salga en libertad, será usted una anciana pensionista. A menos, claro está, que acepte el salvavidas que estoy a punto de ofrecerle.

Según los términos del acuerdo, la sospechosa no sería condenada a prisión por sus delitos relacionados con la operación encubierta efectuada esa noche en Florencia. A cambio, proporcionaría a los Carabinieri el nombre de los demás miembros de su red, un inventario completo de las falsificaciones que habían puesto en circulación y, naturalmente, la identidad del falsificador. Cualquier intento de evasión o engaño por parte de la sospechosa supondría la rescisión del acuerdo y su encarcelamiento inmediato. Sería muy improbable que recibiera una segunda oferta de inmunidad.

Esperaban una declaración de inocencia, pero ella no hizo intento alguno de negar su culpabilidad. Tampoco solicitó un abogado ni exigió que el general Ferrari pusiera por escrito su acuerdo de cooperación. Se limitó a mirar a Gabriel y a formular una sola pregunta.

—¿Cómo me encontró, señor Allon?

—Pinté cuatro cuadros —respondió él—. Y usted vino derecha a mis brazos.

En ese punto, se reinició la refriega. El *capitano* Luca Rossetti fue el único damnificado.

Comenzó por despejar cualquier duda que quedara aún sobre su verdadera identidad. Sí, les aseguró, se llamaba de veras Magdalena Navarro. Y sí, había nacido y se había criado en la ciudad andaluza de Sevilla. Su padre era marchante, especializado en Maestros Antiguos españoles y muebles antiguos. Su galería estaba situada cerca de la plaza Virgen de los Reyes, a escasa distancia de la entrada del hotel Doña María. Su clientela la formaban los sevillanos más adinerados, gentes de noble cuna y riqueza heredada. La familia Navarro no pertenecía a ese enrarecido estrato social, pero la galería permitió a Magdalena vislumbrar el tren de vida que llevaban quienes no tenían que preocuparse por el dinero.

También le inculcó el amor por el arte; por el arte español, en particular. Veneraba a Diego Velázquez y a Francisco de Goya, pero su obsesión era Picasso. De pequeña imitaba sus dibujos y a los doce años hizo una copia casi perfecta de *Dos niñas leyendo*. Comenzó su formación poco después, en una escuela privada de arte de Sevilla, y al terminar la educación secundaria ingresó en la Barcelona Academy of Art. Para perplejidad de sus compañeros de clase, vendió sus primeros lienzos siendo aún estudiante. Un destacado redactor de una revista cultural barcelonesa predijo que algún día Magdalena Navarro sería la pintora más famosa de España.

—Cuando me gradué en 2004, dos galerías importantes se ofrecieron a exponer mi obra. Una estaba en Barcelona y la otra en Madrid. Como es lógico, se sorprendieron bastante cuando rechacé la oferta.

La habían hecho sentarse en una silla de respaldo recto, en la zona de sofás del salón. Tenía los pies apoyados sobre las baldosas de terracota y las manos esposadas a la espalda. El general Ferrari se había sentado enfrente de ella, con Rossetti a su lado y una cámara de vídeo montada sobre un trípode detrás. Gabriel contemplaba el desgarrón en forma de ele, de quince centímetros por veintitrés, de la esquina inferior izquierda de *Retrato de una desconocida*.

—¿Por qué lo hizo? —preguntó.

—¿Rechazar la oportunidad de exponer mi obra a la tierna edad de veintiún años? Porque no tenía ningún interés en ser la pintora más famosa de España.

—¿Con un talento como el suyo España se le quedaba pequeña?

—Eso pensaba en aquel momento.

—¿Adónde fue?

Llegó a Nueva York en el otoño de 2005 y se instaló en un apartamento de una habitación en la avenida C, en el barrio de Alphabet City, en el Bajo Manhattan. El apartamento pronto se llenó de cuadros recién pintados que no pudo vender. El dinero que había llevado de España se agotó enseguida. Su padre le enviaba lo que podía, pero nunca era suficiente.

Un año después de su llegada a Nueva York, ya no podía permitirse comprar material de pintura y se enfrentaba al desahucio. Se puso a trabajar de camarera en El Pote Español, en Murray Hill, y en Katz's Delicatessen, en East Houston Street. Al poco tiempo trabajaba sesenta horas semanales y acababa tan agotada que era incapaz de pintar.

Deprimida, empezó a beber más de la cuenta y descubrió que le gustaba la cocaína. Se lio con su camello, un dominicano de ascendencia española llamado Héctor Martínez, y pronto empezó a actuar como mensajera y repartidora de su red. Muchos de sus clientes habituales eran operadores de Wall Street que ganaban una fortuna vendiendo derivados y valores respaldados por hipotecas, los instrumentos financieros complejos que tres años después llevarían a la economía mundial al borde del colapso.

—Y, claro, también había músicos de *rock*, guionistas, productores de Broadway, pintores, escultores y galeristas. Por extraño que pueda parecer, ser traficante de cocaína en Nueva York era una buena salida profesional. Toda la gente importante consumía. Y todos me conocían.

El dinero que ganaba traficando le permitió dejar de servir mesas y retomar la pintura. Regaló uno de sus lienzos a un marchante de Chelsea que consumía cocaína por valor de mil dólares a la semana. En lugar de quedarse con el cuadro, el marchante se lo vendió a un cliente por cincuenta mil dólares. Le entregó la mitad de las ganancias a Magdalena, pero se negó a revelarle el nombre del comprador.

—¿Le dijo por qué? —preguntó Gabriel.

—Me dijo que el cliente insistía en mantener el anonimato. Pero también le preocupaba que yo le dejara fuera de juego.

—¿Por qué iba a sospechar una cosa así?

—Porque soy hija de un marchante. Sé cómo funciona el negocio.

El marchante de Chelsea le compró otros dos lienzos e inmediatamente se los vendió al mismo cliente anónimo. Después informó a Magdalena de que el cliente era un inversor muy rico que admiraba mucho su obra y estaba interesado en patrocinarla.

—Pero solamente si dejaba de traficar con cocaína.

—Supongo que usted accedió.

—Tiré el busca a una alcantarilla de la calle Vcinticinco Oeste y nunca más hice una entrega.

Su nuevo mecenas, continuó, cumplió su parte del trato. De hecho, durante el verano de 2008 le compró cuatro cuadros más a través de la misma galería de Chelsea. Magdalena ganó más de cien mil dólares con su venta. Temerosa de perder el apoyo financiero de su mecenas, no trató de descubrir su identidad, pero una gélida mañana de mediados de diciembre la despertó la llamada de una mujer que dijo ser la secretaria de su protector.

—Quería saber si estaba libre para cenar esa noche. Le contesté que sí y me dijo que una limusina pasaría a recogerme a las cuatro de la tarde.

—¿Por qué tan temprano?

—Mi mecenas desconocido tenía previsto llevarme a Le Cirque. Y quería asegurarse de que tuviera algo apropiado que ponerme.

La limusina llegó puntual y la llevó a Bergdorf Goodman, donde una *personal shopper* llamada Clarissa se encargó de buscarle ropa y joyas por valor de veinte mil dólares, incluido un reloj de oro de Cartier. Luego acompañó a Magdalena a la exclusiva peluquería de la tienda para que le cortaran el pelo y la peinaran.

Le Cirque estaba a pocas manzanas de allí, en el hotel Palace. Magdalena llegó a las ocho en punto y al instante la acompañaron a una mesa en el centro del emblemático comedor. Se había imaginado a su mecenas como un septuagenario de Park Avenue, bien conservado y vestido con americana, pero el hombre que la esperaba era alto y rubio y tenía, a lo sumo, cuarenta y cinco años. Levantándose, le tendió la mano y se presentó por fin.

Dijo llamarse Phillip Somerset.

48

Villa dei Fiori

Era, tenía que reconocerlo, el último nombre que Gabriel esperaba oír salir de boca de Magdalena Navarro. Siendo como era un interrogador experimentado, no dejó traslucir sorpresa ni incredulidad. Se volvió hacia el general Ferrari y Luca Rossetti, a los que aquel nombre no les decía nada, y les resumió en pocas palabras la trayectoria de Phillip Somerset: exoperador de bonos en Lehman Brothers y fundador y director ejecutivo de Masterpiece Art Ventures, un fondo de cobertura basado en la inversión en obras de arte que solía repartir beneficios del veinticinco por ciento entre sus inversores. Era evidente que el general sospechaba que la historia no acababa ahí, pero aun así dejó que Gabriel siguiera interrogando a la sospechosa. Empezó por pedirle a Magdalena que les describiera su velada en el que antaño había sido el restaurante más célebre de Manhattan.

—La comida era horrible. ¡Y la decoración...! —Puso en blanco sus hermosos ojos oscuros.

—¿Qué tal fue la cita?

—Fue una conversación cordial, de negocios. No hubo nada romántico.

—¿Y a qué venían el vestido elegante y el reloj de Cartier?

—Fue su forma de demostrarme el poder que tenía para transformar mi vida. Toda la velada fue una especie de *performance*.

—¿Phillip le causó buena impresión?

—Todo lo contrario, de hecho. Me pareció un cruce entre Jay Gatsby y Bud Fox. Fingía ser lo que no era.

—¿Y qué fingía ser?

—Un hombre de riqueza y sofisticación extraordinarias. Un mecenas de las artes al estilo de los Médici.

—Pero era rico.

—No tan rico como decía ser. Y no tenía ni idea de arte. Se había acercado al mundo del arte únicamente porque allí había dinero.

—¿Qué le atrajo de usted?

—Yo era joven, guapa, tenía talento y un nombre exótico, y era de origen hispano. Dijo que iba a convertirme en una marca global de mil millones de dólares. Prometió hacerme más rica de lo que jamás había soñado.

—¿Cumplió su promesa?

—Solo en lo de hacerme rica.

Phillip le compraba los cuadros casi tan pronto como ella acababa de pintarlos y le ingresaba el dinero en una cuenta de Masterpiece Art Ventures cuyo saldo superó pronto los dos millones de dólares. Magdalena dejó su pequeño estudio en Alphabet City y se instaló en una casa de la calle Once Oeste. Phillip conservaba la propiedad de la finca, pero le dejaba vivir allí sin pagar alquiler. Iba a visitarla a menudo.

—¿Para ver sus nuevos cuadros?

—No —respondió—. Para verme a mí.

—¿Eran amantes?

—El amor tenía muy poco que ver con lo que ocurría entre nosotros, señor Allon. Nuestra relación era un poco como aquella cena en Le Cirque.

—¿Horrible?

—Cordial y pragmática.

De vez en cuando, Phillip la llevaba a una función de Broadway o a la inauguración de una galería, pero casi siempre la mantenía oculta en la casa, donde pasaba los días pintando, como la hija del molinero de Rumpelstiltskin hilando en su rueca. Le decía que estaba organizando una exposición espléndida de su obra que la convertiría en la artista más codiciada de Nueva York. Pero, al ver que la exposición no se concretaba, Magdalena le acusó de engañarla.

—¿Cómo reaccionó?

—Me llevó a un *loft* en Hell's Kitchen, junto a la Novena Avenida.

—¿Qué había en el *loft*?

—Cuadros.

—¿Alguno de ellos era auténtico?

—No —contestó Magdalena—. Ni uno solo.

Eran, sin embargo, obras de una belleza y una calidad sobrecogedoras, ejecutadas por un falsificador dueño de una habilidad técnica y un talento inmensos. No copiaba cuadros existentes. Imitaba ingeniosamente el estilo de grandes pintores del pasado para crear cuadros que pudieran pasar por obras recién descubiertas. Los lienzos, los bastidores y los marcos eran muy semejantes a los de la época y escuela de cada pintor, al igual que los pigmentos. Lo que significaba que ninguna evaluación científica descubriría nunca que se trataba de falsificaciones.

—¿Le reveló Phillip el nombre del falsificador aquella noche?

—Por supuesto que no. Phillip nunca me ha dicho su nombre.

—No esperará que nos creamos eso, ¿verdad?

—¿Por qué iba a darme ese dato? Además, el nombre del falsificador no era relevante para lo que Phillip quería que hiciera.

—¿Que era…?

—Vender los cuadros, claro está.

—Pero ¿por qué usted?

—¿Y por qué no? Tenía formación en historia del arte y había traficado con drogas, sabía entrar en una habitación con diez gramos de cocaína y salir con el dinero en el bolsillo. Y, además, era hija de un marchante de Sevilla.

—Un punto de entrada perfecto para el mercado europeo.

—Y un lugar perfecto para llevar unos cuantos cuadros falsificados y hacer una prueba —añadió.

—Pero ¿por qué un hombre de negocios con tanto éxito como Phillip Somerset quería implicarse en un fraude artístico?

—Dígamelo usted, señor Allon.

—Porque, a fin de cuentas, no tenía tanto éxito como parecía.

Magdalena asintió con la cabeza.

—Masterpiece Art Ventures fue un fracaso desde el principio. Phillip nunca fue capaz de acertar con la fórmula comercial, ni siquiera cuando los precios del arte se dispararon. Necesitaba apuestas seguras para demostrarles a sus inversores que la empresa daba beneficios.

—¿Y usted estuvo de acuerdo con ese planteamiento?

—Al principio, no.

—¿Qué le hizo cambiar de opinión?

—Otros dos millones de dólares en mi cuenta en Masterpiece Art Ventures.

Regresó a Sevilla un mes después para supervisar la entrega de los seis primeros cuadros enviados desde Nueva York. En los documentos de envío aparecían descritos como obras antiguas de valor mínimo, realizadas por seguidores posteriores o imitadores de maestros antiguos. Pero cuando Magdalena los puso a la venta en la galería de su familia, infló las atribuciones utilizando expresiones como «del círculo de» o «del taller de» que incrementaban sustancialmente su valor. En pocas semanas, la rica clientela sevillana de su padre le quitó de las manos los seis lienzos. Magdalena entregó a su padre un diez por ciento de los beneficios y transfirió el resto del dinero a Masterpiece Art Ventures a través de una cuenta en Liechtenstein.

—¿Cuánto?

—Un millón y medio. —Se encogió de hombros—. Calderilla.

Tras aquella primera prueba, los cuadros empezaron a llegar de Nueva York a ritmo constante. Dado que eran demasiados para venderlos a través de la galería, Magdalena se estableció como corredora en Madrid. Vendió uno de los lienzos (una escena bíblica atribuida al pintor veneciano Andrea Celesti) al marchante de

Maestros Antiguos más importante de España, que a su vez se lo vendió a un museo del Medio Oeste de los Estados Unidos.

—Donde todavía se expone hoy en día.

Pero Phillip descubrió pronto que era mucho más sencillo que Magdalena volviera a vender los cuadros a Masterpiece Art Ventures, inflando salvajemente los precios y sin que el dinero cambiara en realidad de manos. Luego, movía las obras dentro y fuera de la cartera de Masterpiece a través de ventas fantasma privadas que gestionaba él mismo sirviéndose de una serie de empresas ficticias. Cada vez que un cuadro cambiaba presuntamente de manos, aumentaba su valor.

—A finales de 2010, Masterpiece Art Ventures afirmaba controlar más de cuatrocientos millones de dólares en obras de arte, pero un porcentaje importante de esos cuadros eran falsificaciones sin ningún valor, cuyo precio se había inflado artificialmente mediante ventas ficticias.

Phillip, sin embargo, no estaba satisfecho con la magnitud de la operación, añadió Magdalena. Quería mostrar un crecimiento explosivo del valor de la cartera de Masterpiece y mayores ganancias para sus inversores. Para cumplir ese objetivo, era necesario poner más cuadros en circulación. Hasta entonces se habían limitado a obras de nivel medio, pero Phillip estaba ansioso por subir la apuesta. Su red de distribución no daba la talla. Quería una galería de primera categoría situada en un centro neurálgico del mundo del arte. Magdalena la encontró en París, en la Rue la Boétie.

—La galería Georges Fleury.

Ella asintió en silencio.

—¿Cómo supo que *monsieur* Fleury podía estar interesado en el negocio?

—Una vez le compró un cuadro a mi padre y se olvidó, muy oportunamente para él, de pagarlo. Incluso en el mundillo del arte, donde el rasero está tan bajo en ese sentido, *monsieur* Fleury era un gusano sin escrúpulos.

—¿Cómo le planteó el asunto?

—Directamente, sin rodeos.

—¿No puso reparos ante la idea de vender falsificaciones?

—Ninguno en absoluto, pero insistió en someter uno de nuestros cuadros a un análisis científico antes de aceptar ponerlos a la venta.

—¿Cuál le dieron?

—Un retrato de Frans Hals. ¿Y saben qué hizo *monsieur* Fleury con él?

—Se lo enseñó al futuro presidente del Louvre. Y el futuro presidente del Louvre se lo entregó al Centro Nacional de Investigación y Restauración, que confirmó su autenticidad. Y ahora ese falso retrato de Frans Hals forma parte de la colección permanente del museo, junto con un Gentileschi, un Cranach y el Van der Weyden más delicioso que haya visto jamás.

—No era el resultado que esperaba Phillip, pero aun así era un gran logro.

—¿Cuántas falsificaciones han puesto en circulación a través de la galería Fleury?

—Entre doscientas y trescientas.

—¿Qué obtenía Fleury a cambio?

—Las primeras ventas fueron a comisión.

—¿Y después?

—Phillip compró la galería en 2014 a través de una empresa anónima. A todos los efectos, *monsieur* Fleury era un empleado de Masterpiece Art Ventures.

—¿Cuándo pasó a estar bajo su control la galería Hassler de Berlín?

—Al año siguiente.

—Me han informado de que también tienen un punto de distribución en Bruselas.

—La galería Gilles Raymond, en la Rue de la Concorde.

—¿Me dejo algún otro?

—Hong Kong, Tokio y Dubái. Todos los beneficios van a parar a las arcas de Masterpiece Art Ventures.

—La mayor estafa de la historia del mundo del arte —dijo Gabriel—. Y podría haber continuado eternamente si Phillip no hubiera comprado *Retrato de una desconocida* en la galería Isherwood Fine Arts de Londres.

—La culpa la tuvo su amiga Sarah Bancroft —repuso Magdalena—. Si no se hubiera jactado de la venta delante de esa periodista de *ARTnews*, el asunto nunca habría llegado a oídos de esa francesa.

Lo cual los llevó, a las dos y media de la madrugada, a hablar de *madame* Valerie Bérrangar.

49

Villa dei Fiori

La primera vez que oyó el nombre de Valerie Bérrangar, Magdalena estaba en su *suite* de costumbre del hotel Pierre de Nueva York. Era una tarde fría y lluviosa de mediados de marzo. Phillip estaba tumbado a su lado, molesto y frustrado porque ella hubiera interrumpido su sesión de sexo para atender una llamada de Georges Fleury desde París.

—¿Qué hacía usted en Nueva York? —preguntó Gabriel.

—Me paso por allí una vez al mes, como mínimo, para hablar de asuntos que no se pueden tratar por correo electrónico o en un mensaje encriptado.

—¿Phillip y usted siempre acaban en la cama?

—Esa parte de nuestra relación no ha cambiado. Phillip se acostaba conmigo a escondidas incluso cuando estaba enamorado de su amiga Sarah Bancroft.

—¿Lo sabe su esposa?

—Lindsay no tiene ni idea. De casi nada.

Con permiso del general Ferrari, Rossetti le había quitado las esposas. Sus largas manos descansaban unidas sobre su pierna derecha, cruzada sobre la izquierda. Sus ojos oscuros seguían el lento deambular de Gabriel por el perímetro de la habitación.

—Imagino que *monsieur* Fleury estaba bastante nervioso aquella tarde de mediados de marzo —dijo él.

—Estaba histérico. Un policía francés, un tal Jacques Ménard, se había presentado en la galería sin previo aviso para interrogarle sobre el *Retrato de una desconocida*. Temía que el castillo de naipes estuviera a punto de derrumbarse.

—¿Por qué la llamó a usted y no a Phillip?

—Yo me encargo de las ventas y la distribución. Phillip es el dueño de las galerías, pero mantiene a los distribuidores a distancia. A menos que haya algún problema, claro.

—¿Un problema como Valerie Bérrangar?

—Sí.

—¿Qué hizo Phillip?

—Llamó a alguien.

—¿A quién?

—A un hombre que se encarga de solventar sus problemas.

—¿Tiene nombre ese individuo?

—Si lo tiene, lo desconozco.

—¿Es americano?

—No lo sé.

—¿Qué es lo que sabe?

—Que es un exagente de inteligencia que cuenta con una red de profesionales cualificados. Hackearon el teléfono móvil y el ordenador portátil de *madame* Bérrangar y entraron en su casa de Saint-André-du-Bois. Así descubrieron la anotación en el calendario de su escritorio. Y el cuadro, por supuesto.

—*Retrato de una desconocida*, óleo sobre lienzo, de ciento quince por noventa y dos centímetros, atribuido a un seguidor del pintor barroco flamenco Anton van Dyck.

—Fue un error gravísimo por parte de Fleury —dijo Magdalena—. Debería haberme dicho que había vendido el cuadro original. La verdad es que hacía tanto tiempo que se le había olvidado.

—¿Cómo lo copió el falsificador?

—Al parecer, usó una fotografía que encontró en un catálogo de una exposición antigua. Era un cuadro menor, pintado por un artista desconocido que imitaba el estilo de Van Dyck. El falsificador simplemente pintó una versión mejorada y, *voilà*, un Van Dyck perdido reapareció de pronto, después de siglos oculto.

—En la misma galería parisina donde el marido de Valerie Bérrangar compró el cuadro original treinta y cuatro años antes.

—No era imposible, pero sí sospechoso, como mínimo. Si la brigada de arte francesa hubiera abierto una investigación…

—Usted habría sido detenida. Y el emporio de falsificación y fraude de Phillip Somerset se habría venido abajo de forma espectacular.

—Con consecuencias desastrosas para el mundo del arte en su conjunto. Se habrían perdido grandes fortunas, e innumerables reputaciones habrían quedado arruinadas. Hubo que tomar medidas de emergencia para contener los daños.

—Eliminar a *madame* Bérrangar —dijo Gabriel—. Y averiguar qué les había dicho a Julian Isherwood y a su socia, Sarah Bancroft, si es que les había dicho algo.

—Yo no tuve nada que ver con la muerte de la señora Bérrangar. Fue Phillip quien lo organizó todo.

—Un accidente de coche en un tramo desierto de carretera. —Gabriel hizo una pausa—. Problema resuelto.

—O eso parecía. Pero menos de una semana después de su muerte, Sarah Bancroft se presentó con usted en la finca de Phillip en Long Island.

—Nos dijo que ya había vendido *Retrato de una desconocida*. Y que un segundo examen de la atribución de la obra había dictaminado que el cuadro era un Van Dyck auténtico.

—Ninguna de las dos cosas era cierta.

—Pero ¿por qué compró su propia falsificación?

—Ya se lo he explicado antes.

—Explíquemelo de nuevo.

—En primer lugar —dijo Magdalena—, Masterpiece Art Ventures no pagó realmente seis millones y medio de libras por *Retrato de una desconocida*.

—Porque Isherwood Fine Arts se lo compró sin saberlo a Masterpiece Art Ventures por tres millones de euros.

—Exacto.

—Aun así, Phillip pagó una suma importante por un cuadro sin valor.

—Pero era dinero de otras personas. Y, para un hombre como Phillip, el cuadro está lejos de carecer de valor. Puede utilizarlo como aval para obtener préstamos bancarios y luego vendérselo a otro inversor por mucho más de lo que pagó por él.

—Y al gestionar la venta original a través de Isherwood Fine Arts —añadió Gabriel—, se aseguró de que no se le pudieran pedir responsabilidades si alguna vez se descubría que era una falsificación. A fin de cuentas, fue Sarah quien le vendió la falsificación a él. Y fue Julian, un reputado experto en Maestros Antiguos holandeses y flamencos, quien concluyó que el cuadro era obra de Anton van Dyck y no de un seguidor posterior.

—El refrendo de Julian Isherwood aumentó sustancialmente el valor del cuadro.

—¿Dónde está ahora?

—En el almacén de Chelsea Fine Arts.

—Que imagino que también es propiedad de Phillip.

—Phillip controla toda la infraestructura física de la red, incluyendo Chelsea. Y tenía miedo de que Sarah y usted lo estropearan todo.

—¿Qué hizo?

—Otra llamada telefónica.

—¿A quién?

—A mí.

Con una pequeña parte del dinero que había ganado trabajando para Phillip Somerset y Masterpiece Art Ventures, Magdalena había comprado un piso de lujo en la calle Castelló, en el barrio de Salamanca de Madrid. Su círculo de amigos incluía a artistas, escritores, músicos y diseñadores de moda que desconocían la verdadera índole de su trabajo. Como muchos jóvenes españoles, solían cenar alrededor de las diez y luego se iban de copas. De ahí que

Magdalena aún estuviera durmiendo cuando Phillip la llamó un lunes a la una de la tarde para pedirle que se encargara de arreglar el desaguisado de la galería Fleury.

—¿A qué se refería en concreto?

—A destruir las falsificaciones de los fondos de la galería y, si era necesario, devolver el millón de euros que la violinista y usted habían pagado por *Escena fluvial con molinos de viento a lo lejos*.

—¿Tenía razón yo? ¿Era una falsificación?

Ella asintió en silencio.

—Evidentemente, usted le dijo a Phillip que se lo había dado a Aiden Gallagher para que lo analizara. Y Phillip estaba convencido de que Aiden descubriría que era una falsificación.

—Porque Aiden es el mejor en lo suyo.

—Es quien tiene la última palabra —dijo Magdalena.

—¿Y cuando se enteró de que habían puesto una bomba en la galería?

—Comprendí que Phillip había vuelto a engañarme. —Se quedó callada un momento—. Y que había cometido un terrible error.

Durante tres semanas, dijo, vivió encerrada en su piso de Madrid. Siguió obsesivamente las noticias que llegaban de París, se mordió las uñas hasta la raíz, pintó un autorretrato picassiano y bebió más de la cuenta. Tenía las maletas listas, en la entrada de casa. Una de ellas contenía un millón de euros en efectivo.

—¿Adónde pensaba ir?

—A Marrakech.

—¿Y dejar que su padre cargara con las culpas?

—Mi padre no había hecho nada malo.

—Dudo que la policía española opinara lo mismo —dijo Gabriel—. Pero prosiga, por favor.

Dio instrucciones al resto de galerías de la red de que congelaran todas las ventas de cuadros falsificados y redujo al mínimo su contacto con Phillip, tanto por teléfono como por mensajes de texto. A finales de abril, sin embargo, él la convocó a una reunión en Nueva York y le ordenó volver a abrir el grifo.

—Uno de sus principales inversores había solicitado el rescate de cuarenta y cinco millones de dólares, lo que dejaría un agujero importante en el balance de la empresa. Masterpiece necesitaba reponer sus reservas de efectivo a toda prisa.

De modo que las falsificaciones volvieron a inundar el mercado, y el dinero, a afluir a las cuentas de Phillip en las islas Caimán. En junio, el atentado contra la galería Fleury había desaparecido de los titulares y el mundo del arte tenía los ojos puestos en Londres, donde Dimbleby Fine Arts se preparaba para exponer una versión recién descubierta de *Susana en el baño*, de Paolo Veronese. El cuadro procedía al parecer de la misma colección europea no identificada de la que previamente habían salido un Tiziano y un Tintoretto. Magdalena, no obstante, sabía lo que el resto del mundo del arte ignoraba: que los tres cuadros eran falsos.

—Porque el testaferro del falsificador montó una escena en la galería Hassler de Berlín —dijo Gabriel.

Magdalena miró a Rossetti.

—Sospechaba de esos cuadros incluso antes de que su testaferro intentara venderle el Gentileschi a *herr* Hassler.

—¿Por qué?

—Reconozco una procedencia fraudulenta cuando la veo, señor Allon. Y la suya no era muy ingeniosa ni muy original. Aun así, no me sorprendió cómo reaccionó el mundillo del arte. Es el secreto de nuestro éxito.

—¿Cuál?

—La credulidad de los coleccionistas y de los presuntos expertos y eruditos. El mundo del arte ansía creer que hay por ahí obras maestras perdidas a la espera de ser descubiertas. Phillip y yo hacemos que esos sueños se hagan realidad. —Logró esbozar una sonrisa—. Igual que usted, señor Allon. Su Veronés me dejó sin aliento, pero el Gentileschi era para morirse.

—¿Tenía que ser suyo?

—No —respondió ella—, tenía que serlo usted.

—¿Porque el mercado de obras de Maestros Antiguos dignas de figurar en un museo es muy reducido? ¿Porque dos grandes redes de falsificación de pintura antigua no pueden competir entre sí y sobrevivir?

—Y porque el falsificador de Phillip no puede suministrar cuadros suficientes para suplir la demanda de mi red de distribución —respondió Magdalena—. Y porque, a pesar de su talento, no está a su altura.

—En tal caso, acepto su oferta.

—¿Qué oferta?

—La de unirme al equipo de Masterpiece Art Ventures. —Gabriel apagó la cámara de vídeo—. ¿Qué le parece si vamos a dar un paseo, Magdalena? Hay uno o dos detalles que tenemos que pulir antes de que llame usted a Phillip para darle la buena noticia.

50

Villa dei Fiori

Echaron a andar por el camino en suave pendiente, bajo el dosel de los pinos. Las primeras pinceladas del amanecer teñían las colinas del este, pero allá arriba, en lo alto, las estrellas seguían brillando con fuerza. El aire fresco permanecía quieto; no se movía ni un soplo. Olía a azahar y a jazmines, y al humo del cigarrillo que Magdalena le había pedido a Luca Rossetti.

—¿Dónde aprendió a pintar así? —preguntó.

—En el vientre materno.

—¿Su madre era pintora?

—Y mi abuelo también. Discípulo de Max Beckmann.

—¿Cómo se llamaba?

—Viktor Frankel.

—Conozco su obra. Pero la genética por sí sola no explica un talento como el suyo. Si no supiera que es imposible, pensaría que fue aprendiz en el taller de Tiziano.

—Es cierto que fui aprendiz en Venecia, pero de un famoso restaurador, Umberto Conti.

—Y sin duda era el mejor alumno del *signore* Conti.

—Supongo que tengo un don.

—¿Para restaurar cuadros?

—No solo cuadros. También personas. Estoy tratando de decidir si en su caso vale la pena intentarlo. —La miró de reojo—. Tengo la terrible sensación de que no tiene remedio.

—Me temo que el daño es autoinfligido.

—No del todo. Phillip la eligió y la reclutó. La preparó cuidadosamente. Se aprovechó de sus puntos débiles. La enredó en su red. Conozco sus técnicas. Yo mismo las he usado algunas veces.

—¿Las está usando ahora?

—Un poco —admitió Gabriel.

Ella volvió la cara y exhaló un fino chorro de humo.

—¿Y si le dijera que caí voluntariamente en la trampa que me tendió Phillip?

—¿Porque quería el dinero?

—Por el sexo no fue, desde luego.

—¿Cuánto hay?

—¿Además del millón de euros que había en la maleta de mi piso? —Levantó la mirada hacia el cielo—. Tengo otros cuatro o cinco millones repartidos por Europa, pero la mayor parte está invertido en Masterpiece Art Ventures.

—¿Saldo actual?

—Cincuenta y cinco, quizá.

—¿Millones?

—Es solo una fracción de lo que merezco. Si no fuera por mí, Masterpiece Art Ventures no existiría.

—Eso no contribuye a adornar su currículum precisamente, Magdalena.

—¿Cuánta gente puede decir que ha construido una red de falsificación multimillonaria?

—O que ha desmantelado una —dijo Gabriel en voz baja.

Ella frunció el ceño.

—¿Cómo me encontró, señor Allon? Dígame la verdad, esta vez.

—Su intento de reclutar a Lucien Marchand me permitió entrever cómo dirige su negocio.

Magdalena dio una última calada al cigarrillo y, con un movimiento de su largo dedo índice, lanzó la colilla hacia la oscuridad.

—¿Cómo está Françoise? ¿Sigue viviendo en Roussillon o se ha instalado definitivamente en la casa de Lucien en Saint-Barthélemy?

—¿Por qué intentó contratar a Marchand?

—Phillip quería ampliar nuestros fondos para incluir obras impresionistas y de posguerra. Su falsificador no podía hacerlas, así que me pidió que buscara a alguien. Le hice una oferta generosa a Lucien, que él aceptó.

—Junto con un millón de euros en efectivo.

Magdalena no respondió.

—¿Por eso le hizo asesinar? ¿Por un mísero millón de euros?

—Yo me encargo de las ventas y la distribución, señor Allon. De solventar los problemas se ocupa Phillip.

—¿Y por qué era un problema Lucien?

—¿De verdad tengo que explicárselo?

—Cuando Lucien y Françoise se retractaron del acuerdo, después de haber aceptado el dinero, a Phillip le preocupaba que supusieran una amenaza para usted y para Masterpiece Art Ventures.

Ella asintió.

—Françoise tiene suerte de que Phillip no la hiciera matar a ella también. Era el verdadero cerebro de esa red. Lucien era el pincel y Toussaint la caja registradora, pero Françoise era el pegamento que lo mantenía todo unido. —Se detuvo ante uno de los pequeños santuarios consagrados a la Virgen María que había repartidos por la finca—. ¿Se puede saber dónde estamos?

—La villa es un antiguo monasterio. Y el actual propietario tiene estrechos vínculos con el Vaticano.

—Igual que usted. O eso dicen. —Se persignó y volvió a ponerse en marcha.

—¿Es creyente? —preguntó Gabriel.

—Como el noventa por ciento de mis compatriotas, ya no voy a misa y hace más de veinte años que no piso un confesionario. Pero sí, señor Allon, sigo siendo creyente.

—¿También cree en la absolución?

—Eso depende de cuántos avemarías pretenda hacerme rezar.

—Si me ayuda a derribar a Phillip Somerset —dijo Gabriel—, se le perdonarán todos los pecados.

—¿Todos?

—Hace unos años, conocí a una mujer que dirigía una galería de arte moderno en Saint-Tropez. La galería era una tapadera. En realidad se dedicaba a blanquear dinero del imperio de narcotráfico que dirigía su novio. La saqué de esa situación limpiamente y ahora es una reputada marchante afincada en Londres.

—No sé por qué, pero dudo que mi futuro incluya una galería de arte —dijo Magdalena—. Pero ¿qué tenía pensado exactamente?

—Que se reúna usted por última vez cara a cara con Phillip en Nueva York la próxima semana.

—¿Para hablar del nuevo fichaje de Masterpiece Art Ventures?

—Exactamente.

—Imagino que Phillip estará ansioso por echar un vistazo a su Gentileschi.

—Por eso va usted a mandarlo urgentemente al almacén de Chelsea Fine Arts.

—Espero que su testaferro cubra los gastos de envío.

—Me temo que no estaban incluidos en el precio.

—Diez millones de euros no dan tanto de sí como antes, supongo. Pero ¿cómo vamos a pasar el cuadro por la aduana italiana?

—Creo que en ese aspecto no tenemos de qué preocuparnos. —Gabriel le entregó un teléfono móvil—. La llamada va a ser grabada para garantizar la calidad del servicio. Si intenta transmitirle algún mensaje, la entregaré al general Ferrari y me despediré de usted.

Ella marcó el número y se llevó el teléfono a la oreja.

—Hola, Lindsay, soy Magdalena. Siento llamar a estas horas, pero es un asunto bastante urgente. Prometo no entretener mucho a Phillip.

51

Villa dei Fiori

Rossetti llevó a Magdalena de vuelta a Florencia para recoger sus pertenencias del Four Seasons y saldar la abultada cuenta del hotel. A mediodía habían regresado a Villa dei Fiori y Magdalena, con gafas de sol y un impresionante bikini blanco, estaba echada en una tumbona junto a la piscina, con una copa de vino de Orvieto bien frío en la mano. El general Ferrari la observaba con fastidio, a la sombra de las espalderas del jardín.

—¿El personal del hotel Carabinieri puede hacer algo para que la estancia de la señorita sea aún más cómoda? —le preguntó a Gabriel.

—¿Qué quieres que haga? ¿Tenerla encerrada en su habitación hasta que nos vayamos a Nueva York?

—Seguro que en este sitio hay una mazmorra. Después de todo, se construyó en el siglo XI.

—Creo que el conde Gasparri la convirtió en bodega.

Ferrari suspiró, pero no dijo nada.

—¿Acaso la Brigada Arte nunca ha hecho un trato con un ladrón o un perista para llegar al siguiente peldaño de la escalera? —preguntó Gabriel.

—Constantemente. Y la mayoría de las veces, el ladrón o el perista solo nos cuentan medias verdades. —El general hizo una pausa—. Igual que esa hermosa criatura que yace cómodamente tumbada junto a la piscina. Es más lista de lo que crees. Y bastante peligrosa.

—Soy un exoficial de inteligencia, Cesare. Sé cómo manejar a un agente.

—Ella no es un agente, amigo mío. Es una delincuente y una estafadora que tiene millones de dólares escondidos por todo el mundo y acceso a aviones privados.

—Por lo menos no tiene tatuajes —comentó Gabriel.

—Es su única virtud. Pero te aseguro que no es de fiar.

—Tengo suficiente información para mantenerla a raya, incluyendo su confesión grabada en vídeo.

—Ah, sí. Una historia trágica sobre una artista prometedora arrastrada a una vida de depravación por el malvado y manipulador Phillip Somerset. Espero que sepas que solo debe de ser cierto la mitad.

—¿Qué mitad?

—No tengo ni idea. Pero me cuesta creer que no sepa el nombre del falsificador.

—Es totalmente plausible que Phillip se lo haya ocultado.

—Puede ser. Pero también es totalmente plausible que fuera ella quien llevó a Phillip a ese *loft* de Hell's Kitchen y que la falsificadora esté tumbada en estos momentos al sol de Umbría con una copa de vino en la mano.

—No tiene la formación necesaria para pintar cuadros de Maestros Antiguos.

—Eso dice, pero yo que tú volvería sobre el asunto.

—Pienso freírla en aceite bronceador después de comer.

—¿Por qué no dejas que me la lleve a Roma? Puede contarle su trágica historia al agregado jurídico del FBI en la embajada. Una pieza como Magdalena me daría muchísimo predicamento en Washington. Además, ahora es problema de los americanos. Dejemos que se encarguen ellos.

—¿Sabes qué haría el agregado jurídico del FBI? —preguntó Gabriel—. Llamar a su superior en el cuartel general del FBI. Y su superior llamaría al subdirector, que a su vez llamaría al director, que cruzaría Pennsylvania Avenue para acudir al Departamento de Justicia. El Departamento de Justicia le asignaría el caso al fiscal del distrito sur de Nueva York y el fiscal pasaría meses reuniendo pruebas antes de detener a Phillip y cerrar su empresa.

—Los engranajes de la justicia giran despacio.

—Por eso voy a ocuparme yo mismo de Phillip. Cuando termine, Masterpiece Art Ventures será una ruina humeante. Los federales no tendrán más remedio que efectuar detenciones inmediatas y confiscar sus activos.

—¿Hechos consumados?

Gabriel sonrió.

—Decididamente, suena mejor en francés.

El general Ferrari y el resto del equipo de los Carabinieri abandonaron Villa dei Fiori a las dos de la tarde. Una unidad de la comisaría de Amelia montaba guardia en la puerta, pero aparte de eso Gabriel y Magdalena estaban solos. Ella durmió toda la tarde y luego insistió en preparar una cena española a base de tapas y tortilla de patata. Comieron fuera, en la terraza de la villa, al fresco de la noche. El móvil personal de Magdalena descansaba entre los dos, saturado de mensajes entrantes y llamadas silenciadas, principalmente de su grupo de amigos de Madrid.

—¿No hay ningún hombre en su vida? —preguntó Gabriel.

—Solo Phillip, me temo.

—¿Está enamorada de él?

—Dios mío, no.

—¿Está segura?

—¿Por qué lo pregunta?

—Porque tengo intención de dejarla a solas con él varias horas en Nueva York la semana que viene. Y quiero saber si va a cumplir nuestro acuerdo o a huir con él.

—No se preocupe, señor Allon. Le conseguiré todo lo que necesita para acabar con Phillip.

Gabriel preguntó dónde iba a tener lugar la reunión.

—Eso lo decide Phillip —respondió Magdalena—. A veces nos reunimos en la oficina de Masterpiece en la calle Cincuenta y Tres

Este, pero normalmente nos vemos en su casa de la calle Setenta y Cuatro Este. Hace las veces de galería de Masterpiece. Allí es donde recibe a posibles inversores y compradores.

—¿Cómo gestiona las ventas?

—Prefiere tratar directamente con los clientes para evitar injerencias y comisiones. Pero, si el cliente insiste en utilizar un intermediario, canaliza la venta a través de otro marchante o de una casa de subastas.

—¿Cuántas personas más trabajan para la empresa?

—Tres chicas expertas en arte y Kenny Vaughan. Kenny trabajaba con Phillip en Lehman Brothers. Está metido hasta las cejas.

—¿Y las chicas?

—Idolatran a Phillip y creen que yo soy una corredora de arte que compra y vende cuadros para él en Europa.

—El general Ferrari está convencido de que la falsificadora es usted.

—¿Yo? —Se rio—. Un Picasso, tal vez. Pero no un Maestro Antiguo. No tengo un talento como el suyo.

Gabriel estuvo leyendo hasta altas horas de la noche y a la mañana siguiente, cuando se levantó, sintió alivio al comprobar que Magdalena seguía durmiendo. Después de cargar la cafetera con Illy y San Benedetto, hackeó el móvil personal de Phillip con el programa Proteus y en pocos minutos tenía el aparato bajo su control. Un mapa escalable mostraba su ubicación, incluyendo la altitud: se encontraba en la orilla oriental de una península en forma de huevo, a tres metros sobre el nivel del mar.

Descargó los datos de Phillip en su ordenador portátil y pasó el resto de la mañana rebuscando entre los despojos digitales de uno de los mayores estafadores de la historia. Eran las doce y media cuando Magdalena se levantó por fin. Entró tranquilamente en la cocina y salió un momento después con un tazón de café con leche. Se lo bebió en silencio, sin pestañear.

—¿No es muy madrugadora? —preguntó Gabriel.

—Soy todo lo contrario. Un auténtico búho.

—¿El búho está listo para trabajar un rato?

—Si se empeña.

Se llevó el café a la piscina y Gabriel la siguió con el portátil.

—¿Cuáles fueron los seis primeros cuadros que vendió a través de la galería de su padre?

—Eso fue hace mil años —gruñó Magdalena.

—Los mismos que pasará en una prisión italiana si no empieza a hablar.

Le dijo el nombre del artista, el tema y las dimensiones de cada obra, junto con el nombre del comprador y el precio que había alcanzado cada cuadro. A continuación, enumeró los datos de más de un centenar de cuadros que habían pasado por su agencia en Madrid durante el primer año de la trama. La mayoría se los había revendido sin más a Masterpiece Art Ventures. Después, Phillip inflaba su precio mediante una serie de ventas fantasma y, por último, se los endosaba a compradores incautos, recuperando con creces su inversión. Además, utilizaba las obras como aval para obtener préstamos enormes y empleaba ese dinero en adquirir arte auténtico y pagar pingües beneficios a sus inversores.

—Los préstamos —dijo Magdalena— son la clave de todo. Sin el apalancamiento financiero, Phillip y Kenny Vaughan no conseguirían que las cosas funcionaran.

—Así que, además de vender cuadros falsificados, ¿Phillip está cometiendo fraude bancario?

—A diario.

—¿Con qué bancos trabaja?

—Su gestor principal es Ellis Gray, de JPMorgan Chase. Pero también trabaja con Bank of America.

—¿Cuánta deuda tiene?

—Creo que ni siquiera Phillip sabe la respuesta a esa pregunta.

—¿Quién la sabe?

—Kenny Vaughan.

Se ocuparon a continuación de la expansión de Magdalena hacia el sector inmobiliario, empezando por su asociación con la galería Georges Fleury de París y concluyendo con la reciente compra por parte de Masterpiece Art Ventures de sendas galerías en Hong Kong, Tokio y Dubái. En total, la red había puesto en circulación más de quinientos cuadros falsificados, con un valor nominal de más de mil setecientos millones de dólares: demasiadas obras para que pudiera recordarlas con precisión. Estaba segura, sin embargo, de que un porcentaje significativo había pasado por la cartera opaca de Masterpiece.

—¿Cuántos controla actualmente?

—Es imposible saberlo. Phillip ni siquiera hace públicos los cuadros auténticos que posee, y mucho menos las falsificaciones. Los cuadros más valiosos los tiene en sus casas de Manhattan y Long Island. El resto están en el almacén de la calle Noventa y Uno Este. Es el equivalente a su cartera de negociación.

—¿Usted puede entrar?

—Sin la autorización de Phillip, no. Pero una lista del contenido actual del almacén le revelaría todo lo que necesita saber.

Durante la comida, Gabriel se introdujo en la cuenta de ProtonMail de Magdalena y se reenvió a su dirección correos electrónicos encriptados de varios años atrás. A continuación, revisaron las finanzas personales de Magdalena, incluida su cuenta en Masterpiece Art Ventures. Su saldo era de 56 245 539 dólares.

—Ni se le ocurra intentar retirar dinero —le advirtió Gabriel.

—Hasta septiembre no puedo rescatar ninguna cantidad. No podría retirarlo, aunque lo intentara.

—Estoy seguro de que Phillip haría una excepción con usted.

—Es muy estricto cuando se trata de rescates. Kenny y él vuelan muy a ras del sol. Si un puñado de grandes inversores retiraran sus fondos a la vez, tendría que vender parte de su inventario o pedir otro préstamo.

—¿Utilizando un cuadro como aval?

—Los préstamos avalados con obras de arte son la clave de todo —repitió Magdalena.

Gabriel descargó los movimientos de su cuenta y luego echó un vistazo a los datos de seguimiento de *Dánae y la lluvia de oro*. El cuadro sobrevolaba en esos momentos el Atlántico en dirección oeste. Pasaría la noche en el centro de carga del aeropuerto internacional Kennedy y estaba previsto que llegara a su destino —el almacén de Chelsea Fine Arts— el lunes a mediodía, como muy tarde.

La búsqueda de vuelos de Roma a Nueva York arrojó varios resultados entre los que elegir.

—¿Qué le parece el Delta de las diez de la mañana al JFK? —preguntó Gabriel.

—Para eso tendría que levantarme varias horas antes del mediodía.

—Puede dormir en el avión.

—Nunca duermo en los aviones. —Magdalena cogió el portátil—. ¿Puedo pagar su billete?

—A Phillip podría parecerle sospechoso.

—Al menos deje que le dé algunas millas de vuelo.

—Tengo muchas.

—¿Cuántas?

—Como para ir a la luna y volver.

—Yo tengo más. —Ella reservó sus billetes—. Ya solo queda el hotel. ¿El Pierre le parece bien?

—Lo siento, pero Sarah prefiere el Four Seasons.

—Por favor, dígame que no va a acompañarnos.

—Necesito a alguien que la vigile cuando yo no esté presente.

Magdalena reservó su *suite* habitual en el Pierre y, enfurruñada como una niña, volvió a su tumbona junto a la piscina. Sus heridas, pensó Gabriel, eran autoinfligidas, de eso no había duda. Aun así, lo suyo aún tenía remedio. Después de todo, si un exasesino a sueldo como Christopher Keller podía salvarse, seguramente Magdalena también podría.

De momento, no era más que un medio para alcanzar un fin. Ahora lo único que necesitaba Gabriel era un periodista que convirtiera su extraordinaria historia en un arma capaz de reducir a escombros Masterpiece Art Ventures. Un periodista que estuviera familiarizado con el mundo de las finanzas y el arte. Y que quizá hubiera investigado a Masterpiece anteriormente.

Solo había una candidata que encajara en ese perfil. Por suerte, el número de su teléfono móvil figuraba entre los contactos de Phillip Somerset. Gabriel lo marcó y se presentó. No con un alias ni con un nombre improvisado, sino con su nombre real.

—Sí, ya —dijo ella, y colgó.

52

Rotten Row

Esa misma tarde Gabriel hizo otra llamada, esta vez a Sarah Bancroft. La encontró corriendo por Rotten Row, en Hyde Park, donde intentaba deshacerse de los cinco kilos que se le habían acumulado en las caderas. Las noticias de Italia la dejaron tan anonadada que le pidió a Gabriel que se las repitiera para asegurarse de que le había entendido bien. La segunda vez que oyó la historia, se quedó igual de perpleja. Masterpiece Art Ventures, el fondo de cobertura en el que había invertido parte de su herencia, era una estafa de mil doscientos millones de dólares apuntalada mediante la venta y el uso como avales de cuadros falsificados. Por si eso fuera poco, al parecer Magdalena Navarro, la de la cabellera negra brillante y la figura estilizada, se había estado acostando con Phillip mientras este salía con ella. Solo por ese motivo, Sarah aceptó de inmediato viajar a Nueva York para tomar parte en la destrucción de su exnovio. Aunque para ello tuviera que alojarse en el Pierre.

—¿Debo llevarme al señor Marlowe? Le encuentro bastante útil en situaciones como esta.

—Yo también, pero le tengo reservada otra tarea.

—Nada peligroso, espero.

—Me temo que sí.

Sarah partió hacia Nueva York a primera hora de la mañana siguiente y llegó al aeropuerto JFK a mediodía. Un Nissan Pathfinder la esperaba en la sucursal de Hertz. Pasó una hora en el aparcamiento exprés y a las dos y cuarto se encaminó a la Terminal 1. Gabriel apareció un momento después, acompañado por la mujer a la que Sarah había visto anteriormente caminando por la acera de Jermyn Street.

Ahora, igual que entonces, Magdalena vestía falda más bien corta y un top blanco ajustado. Gabriel metió el equipaje en el maletero y montó detrás. Magdalena ocupó el asiento del copiloto, envuelta en aroma a azahar y jazmines. Cruzó las largas piernas y sonrió. Sarah arrancó el Nissan y puso rumbo a Manhattan.

El hotel Pierre se hallaba en la esquina de la calle Sesenta y Uno Este con la Quinta Avenida. Magdalena entró sola en el abigarrado vestíbulo, donde los encargados del hotel la recibieron como si fuera de la realeza. Su *suite*, con amplias vistas a Central Park, estaba situada en la vigésima planta. A Gabriel y Sarah les habían asignado habitaciones contiguas en el lado opuesto del pasillo. Al igual que Magdalena, se registraron con un seudónimo y dieron instrucciones de que no les pasaran ninguna llamada del exterior.

Arriba, se reunieron los tres en la sala de estar de la *suite* de Magdalena, que abrió una botella de champán Taittinger cortesía del hotel mientras Gabriel conectaba su portátil a la red wifi e iniciaba sesión en Proteus. Al parecer, Phillip había decidido quedarse en North Haven en vez de regresar a la ciudad. Gabriel subió el volumen del micrófono y oyó un ruido de tecleo. La cámara solo mostraba un rectángulo de color negro sólido.

Le pasó a Magdalena su teléfono.

—Dígale que ha llegado y que quiere verle lo antes posible. Y recuerde...

—Que la llamada va a ser grabada para garantizar la calidad del servicio.

Gabriel llevó el portátil al dormitorio y cerró la gruesa puerta interior. Phillip respondió al instante a la llamada de Magdalena.

—¿Qué tal mañana a la una del mediodía? —preguntó—. Podemos comer juntos.

—¿Vendrá también Lindsay?

—Lamentablemente, está pasando esta semana en la isla.

—Qué suerte la tuya.

—Te enviaré un coche —dijo Phillip, y la llamada se cortó.

Gabriel escuchó un minuto o dos de tecleo y luego regresó a la sala de estar.

—Ahora, el Gentileschi —le dijo a Magdalena.

Ella tenía el número del almacén grabado en sus contactos. Tocó la pantalla y se llevó el teléfono al oído.

—Hola, Anthony, soy Magdalena Navarro. ¿El cuadro de Florencia ha llegado como estaba previsto?... Estupendo. Envíalo a casa del señor Somerset mañana por la mañana... Sí, a la casa de la ciudad, por favor. Colócalo en el caballete de la galería. Y asegúrate de que llegue a mediodía, como muy tarde.

Magdalena colgó y le dio el teléfono a Gabriel.

—La cartera y el pasaporte también.

Los sacó de su bolso Hermès Birkin y se los entregó.

—Tengo que hacer un recado, lo que significa que Sarah y usted van a tener ocasión de conocerse mejor. Pero tranquilas —dijo Gabriel mientras salía al pasillo—, no tardaré mucho.

Sarah cerró la puerta y volvió a la sala de estar. Magdalena estaba sirviéndose más champán. Por fin, Sarah preguntó:

—¿Es cierto que Phillip se acostaba contigo mientras salíamos juntos?

—Solo cuando yo estaba en Nueva York.

—Vaya, qué alivio.

—Ya que lo preguntas —dijo Magdalena—, solo te estaba utilizando.

—¿Para qué?

—Para que le presentaras a benefactores ricos del museo de Arte Moderno.

—Y pensar que le di dos millones de dólares para que los invirtiera...

—¿Qué saldo tienes ahora mismo?

—Cuatro millones y medio. ¿Y tú?

—Cincuenta y seis coma dos.

Sarah sonrió sin despegar los labios.

—Supongo que eras mejor que yo en la cama.

53

Paseo de los Literatos

En la primavera de 2017, la revista *Vanity Fair* publicó un reportaje titulado «El gran Somerset». El artículo de doce mil palabras relataba el ascenso de su protagonista desde una localidad obrera del noreste de Pensilvania hasta la cúspide de Wall Street y el mundo del arte. Ningún rincón de su vida personal escapó al escrutinio de la periodista: la inestabilidad familiar de su infancia, las proezas deportivas de su juventud, su breve pero meteórica carrera en Lehman Brothers, su desagradable divorcio, su peculiar inclinación por el secretismo... Una fuente a la que se describía como «un antiguo amigo» afirmaba que Somerset tenía un lado oscuro. Un excompañero de trabajo fue más allá y dio a entender que era un sociópata y un narcisista dañino. Ambas fuentes coincidían en que ocultaba algo.

El artículo lo firmaba Evelyn Buchanan, una reportera galardonada cuyo trabajo para *Vanity Fair* había inspirado dos películas de Hollywood y una miniserie de Netflix. En ese momento, se hallaba sentada en un banco del paseo de los Literatos de Central Park. La estatua de Robert Burns, con la pluma en la mano y los ojos levantados al cielo en busca de inspiración, se cernía sobre su hombro derecho. Enfrente, al otro lado del camino, un retratista esperaba la aparición de algún cliente.

Evelyn Buchanan también esperaba. No la llegada de un cliente, sino de un informante. La había llamado sin previo aviso el día anterior; no quiso decirle desde dónde. No, no era una broma pesada, le aseguró. Era de verdad quien decía ser. Iba a visitar Nueva York de incógnito y deseaba reunirse con ella. Evelyn no debía decirle a nadie que habían estado en contacto. Le prometió que no se llevaría una decepción.

—Pero yo no me dedico a temas de seguridad nacional —arguyó la periodista.

—El asunto del que quiero hablarle está relacionado con el mundo financiero y el mercado del arte.

—¿Puede especificar un poco más?

—El Gran Somerset —contestó él, y colgó.

Era una pista muy interesante; sobre todo, por la fuente de la que procedía: un hombre que esa primavera había asistido a la fiesta de presentación de un libro en la apabullante finca de Phillip en North Haven. O al menos eso contaba Ina Garten, que afirmaba que iba del brazo de una rubia muy atractiva. A Evelyn, que también había asistido a la fiesta, esa posibilidad le había parecido absurda. Ahora tenía que reconocer que, a fin de cuentas, entraba dentro de lo posible. ¿Cómo explicar, si no, que un hombre como Gabriel Allon se interesara por una alimaña como Phillip Somerset?

Evelyn miró la hora. Faltaba un minuto para las cinco. Un minuto para la hora a la que el exespía más famoso del mundo le había asegurado que se presentaría. El paseo estaba atestado de turistas, corredores vestidos de licra y niñeras del Upper East Side empujando carritos ocupados por los magnates del mañana. No había, sin embargo, nadie que pareciera ser Gabriel Allon. El único candidato posible era un hombre de estatura y complexión medias que estaba leyendo la placa situada a los pies de la estatua de Walter Scott.

Al filo de las cinco, el hombre cruzó el paseo y se sentó en el banco de Evelyn.

—Por favor, váyase—dijo ella en voz baja—. Mi marido va a volver en cualquier momento y tiene muy mal genio.

—Creía haberle dejado claro que debía venir sola.

296

Evelyn se giró hacia él, sobresaltada. Luego, tras recuperar la compostura, volvió a fijar la vista al frente.

—¿Quién era la rubia?

—¿Perdón?

—La mujer con la que estuvo en la fiesta del libro de Carl Bernstein.

—Antes trabajaba en el MoMA. Ahora es marchante de arte en Londres. La estaba ayudando a resolver un problema.

—¿Un problema de qué tipo?

—El Gran Somerset.

—Evidentemente, ha leído mi artículo —dijo Evelyn.

—Varias veces.

—¿Por qué?

—Como puede imaginar, la capacidad de leer entre líneas es esencial para un oficial de inteligencia. ¿La información es exacta o acaso mi adversario trata de engañarme? ¿Mi agente está exagerando o, por el contrario, se está quedando corto? ¿Ha omitido mi fuente información de vital importancia, por el motivo que sea?

—¿Y qué conclusión sacó después de leer mi artículo sobre Phillip?

—Tuve la insidiosa sensación de que sabía usted más sobre él de lo que les revelaba a sus lectores.

—Mucho más —reconoció ella.

—¿Por qué no incluyó ese material en el reportaje?

—Usted primero, señor Allon. ¿Por qué Phillip Somerset, precisamente?

—Masterpiece Art Ventures es un fraude. Y me gustaría que fuera usted quien diera la noticia.

—¿Qué puede ofrecerme?

—Un confidente.

—¿Un empleado de la empresa?

—Casi casi.

—¿Qué significa eso?

—Significa que voy a imponer algunas reglas básicas bastante estrictas para proteger la identidad del confidente y ocultar mi papel en este asunto.

—¿Y si me niego a aceptar esas reglas?

—Buscaré a alguien que las acepte. Y su revista y usted se encontrarán con las manos vacías cuando Masterpiece se derrumbe y arda.

—En ese caso, estoy dispuesta a escuchar lo que su confidente y usted tengan que contarme. —Se quedó callada un momento—. Pero solo si me dice de dónde sacó mi número de móvil.

—Lo encontré entre los contactos de Phillip.

Evelyn Buchanan sonrió.

—Qué pregunta más tonta.

54

Central Park

—¿Cómo la encontró?

—La detuvieron en Italia el fin de semana pasado después de que le comprara un Gentileschi falso a un agente encubierto de los Carabinieri. Yo actué como consultor de la policía italiana.

—¿Como consultor? —preguntó Evelyn con incredulidad.

—Es posible que pintara el Gentileschi por encargo suyo.

—¿Una falsificación pintada por Gabriel Allon? Esto se pone cada vez más interesante.

Caminaban sin prisa por los senderos de Central Park. De momento, la libreta de Evelyn seguía guardada a buen recaudo en su bolso de Chanel. Era una mujer menuda, de unos cincuenta años, con el pelo corto y moreno y enormes gafas de carey. Aquellas gafas eran su sello distintivo, igual que su prosa afilada, su ingenio mordaz y su despiadada vena competitiva.

—¿Dónde está el cuadro ahora? —preguntó.

—En un almacén de la calle Noventa y Uno Este.

—¿El almacén de Chelsea Fine Arts?

—El mismo.

—Me acuerdo de cuando lo compró Phillip. La verdad es que en aquel momento no le vi ningún sentido. ¿Para qué quería un magnate como Phillip Somerset una empresa de servicios artísticos de poca monta como Chelsea?

—El magnate necesitaba poder enviar y almacenar cuadros falsificados sin que le hicieran preguntas. Ha inundado el mercado del arte con cientos de falsificaciones, incluidas cuatro que han acabado en el Louvre. Pero lo mejor del asunto es que…

—Phillip está utilizando cuadros falsificados como aval para conseguir enormes préstamos bancarios.

—¿Cómo lo sabe?

—Es una deducción lógica. —Evelyn sonrió—. ¿Le he mencionado que mi marido trabaja para Millennium Management? Es uno de los mayores fondos de cobertura del mundo. Antes de eso, era fiscal en el distrito sur de Nueva York. Cuando yo estaba trabajando en el reportaje sobre Phillip, Tom echó un vistazo a…

—¿Su marido se llama Tom Buchanan?

—¿Quiere que le cuente el resto de la historia o no?

—Por favor.

—Cuando analizó los rendimientos anuales de Masterpiece, Tom se quedó muy impresionado. Le dieron envidia, en realidad.

—¿Porque superaban los de Millennium?

—Y por mucho, además. Tom, como no podía ser menos, se puso a investigar un poco.

—¿Y?

—Llegó a la conclusión de que Phillip estaba usando dinero prestado y dinero de nuevos inversores para pagar dividendos a los inversores que tenía ya. En resumen, Tom cree que Phillip Somerset es el Bernie Madoff del mundo del arte.

—¿O sea, que dirige un esquema Ponzi?

—Exacto.

—¿Hasta qué punto estuvo cerca de demostrarlo?

—No lo bastante, según mis editores. Pero Phillip sabía que yo estaba sobre la pista, desde luego.

—¿Por qué?

—Tiene empleado a un tipo, un tal Leonard Silk, para que le cubra las espaldas. Silk es un exagente de la CIA. Cuando dejó la Agencia, montó una empresa de seguridad privada aquí, en Nueva York. Me llamó cuando estaba trabajando en el reportaje y me amenazó con acciones legales si el artículo daba a entender que Somerset estaba cometiendo algún delito. También recibí mensajes de un hombre que sabía de algún modo que me gusta dar largos paseos por el parque. Me advertía que tuviera cuidado. Decía que a las mujeres que pasean solas por Nueva York puede pasarles algo malo.

—Qué sutil.

—Leonard Silk no pierde el tiempo con sutilezas. Eso es cosa de Phillip. Fue increíblemente encantador las veces que le entrevisté. No me sorprende que su confidente aceptara trabajar para él.

—En realidad, ella caló a Phillip desde el principio.

—¿Cómo entraron en contacto?

—Por un asunto de drogas. Como no conseguía vender ningún cuadro aquí en Nueva York, ella empezó a ganarse la vida traficando con cocaína. Muchos de sus clientes eran tipos de Wall Street.

—Phillip esnifaba cocaína a lo bestia cuando estaba en Lehman Brothers —dijo Evelyn—. Fue uno de los motivos por los que le despidieron. Se le fue la mano, incluso para los estándares de Wall Street.

—Su artículo afirmaba que dejó Lehman en buenos términos.

—Esa es la versión oficial, pero no es cierto. Prácticamente le echaron a patadas del edificio e hicieron correr la voz de que no era de fiar. Como nadie más quería contratarle, creó un fondo de cobertura llamado Somerset Asset Management. Y cuando el fondo de cobertura se hundió, dio con una idea novedosa.

—Se orientó hacia el mundo del arte —dijo Gabriel—. Porque ahí era donde estaba el dinero.

Evelyn asintió.

—Empezó a presentarse en inauguraciones de galerías y en los actos de recaudación de fondos de los museos, siempre con una mujer preciosa del brazo y el bolsillo lleno de tarjetas de visita. Lo del fondo de cobertura basado en obras de arte era una idea interesante, eso hay que reconocerlo. El precio de las obras de arte de primer nivel subía más deprisa que el de las acciones o que cualquier otro activo. ¿Qué podía salir mal?

—Nunca funcionó. Por eso empezó a llenar su cartera con cuadros falsificados.

Habían llegado a Grand Army Plaza.

—Aún no me ha dicho el nombre de su confidente —dijo Evelyn.

—Magdalena Navarro.

—¿Dónde está ahora?

Gabriel miró hacia el hotel Pierre.

—Es su dirección en Nueva York. Tiene cincuenta y seis millones de dólares invertidos en Masterpiece Art Ventures que ha ganado vendiendo falsificaciones para Phillip.

—O eso dice. Pero no puedo acusar a Phillip Somerset del mayor fraude artístico de la historia basándome únicamente en la palabra de una extraficante de drogas. Necesito pruebas de que está vendiendo cuadros falsificados a sabiendas de que lo son.

—¿Y si lo oyera directamente de boca de Phillip?

—¿Tiene una grabación?

—La conversación aún no ha tenido lugar.

—¿Cuándo será?

—Mañana a la una de la tarde.

—¿Y cuál es el asunto a tratar?

—Yo.

Avanzaron en zigzag entre el tráfico atascado de la Quinta Avenida y, atravesando la puerta giratoria, penetraron en el frescor artificial del vestíbulo del Pierre. Arriba, Gabriel llamó suavemente a la puerta de la *suite* de Magdalena. Sarah comprobó que era él antes de abrir.

—¿Cómo está la prisionera? —preguntó Gabriel.

—Está descansando en su habitación. —Sarah le tendió la mano a Evelyn y luego se volvió hacia Gabriel—. ¿Tenemos que aclarar las normas básicas antes de empezar?

—La señora Buchanan ha accedido a que tu nombre y el de tu prestigiosa galería de Londres no aparezcan en su artículo. Se referirá a ti únicamente como una entendida en el mundo del arte. —Gabriel miró a Evelyn—. ¿No es así, señora Buchanan?

—¿Y cómo me referiré a usted?

—Esta historia no es sobre mí. Es sobre Phillip Somerset y Masterpiece Art Ventures. Solo puede utilizar la información que le dé para explicar el contexto. No puede citarme directamente. Tampoco puede revelar dónde ha tenido lugar esta entrevista.

—¿En una ubicación secreta?

—Dejaré que las palabras las elija usted, señora Buchanan. Yo no soy escritor.

—¿Solo es un consultor de la policía italiana que pintó un cuadro falso?

—Exactamente.

—Entonces, quizá sea hora de que conozca a la prisionera.

Gabriel llamó a la puerta del dormitorio y un momento después salió Magdalena.

—Madre mía —dijo Evelyn Buchanan—. Esta historia mejora por momentos.

55

Hotel Pierre

Repasaron los hechos desde el principio. Y luego los repasaron por segunda vez para confirmar los datos y las fechas más relevantes. La niñez de Magdalena en Sevilla. Sus estudios de bellas artes en Barcelona. Los años que pasó traficando con cocaína en Nueva York. Su primer encuentro con Phillip Somerset en Le Cirque. Su papel en la creación y el sostenimiento de la estafa artístico-financiera más lucrativa y sofisticada de la historia. No había discrepancias entre la versión de la historia que expuso Magdalena durante su interrogatorio en Umbría y la que le contó a Evelyn Buchanan, de *Vanity Fair*. Si acaso, pensó Gabriel, la versión del hotel Pierre era aún más cautivadora. Igual que la propia protagonista. Se mostró cosmopolita y sofisticada y, lo que era más importante, digna de crédito. No perdió la compostura en ningún momento, ni siquiera cuando trataron cuestiones íntimas.

—¿Por qué alguien con su talento se hizo traficante de drogas?

—Al principio lo hice porque necesitaba el dinero. Y luego descubrí que me gustaba.

—¿Se le daba bien?

—Sí, muy bien.

—¿Hay similitudes entre vender drogas y vender cuadros falsos?

—Más de las que pueda parecer. Para algunas personas, el arte es como una droga. Necesitan poseerlo. Phillip y yo nos limitábamos a procurarles los medios para satisfacer su adicción.

Había, no obstante, una enorme laguna en el relato de Magdalena: la serie precisa de circunstancias por las que había acabado detenida en Italia. Evelyn presionó a Gabriel para que le diera detalles, pero él se negó a apartarse de su declaración original. Magdalena había sido detenida tras comprar un Gentileschi falsificado en Florencia. El cuadro se hallaba ahora en un almacén de arte, en la calle Noventa y Uno Este. Por la mañana sería trasladado a la galería del domicilio particular de Phillip Somerset en la calle Setenta y Cuatro Este. Y a la una de la tarde sería objeto de una conversación que proporcionaría a Evelyn la munición necesaria para destapar la estafa de Masterpiece Art Ventures.

—¿Magdalena llevará un micrófono?

—Su teléfono actuará como transmisor. El teléfono de Phillip también está intervenido.

—Supongo que él no ha dado su consentimiento para esa intervención.

—No se lo he pedido.

A las nueve se tomaron un descanso para cenar. Sarah pidió que les subieran una ronda de martinis del bar mientras Magdalena llamaba al servicio de habitaciones de Perrine, el famoso restaurante del hotel. Por sugerencia de Gabriel, Evelyn invitó a su marido a acompañarlos. Llegó cuando los camareros estaban metiendo la mesa en la *suite*. Tom Buchanan era un hombre afable y culto, todo lo contrario del jugador de polo de *El gran Gatsby*, que vivía a todo tren en la costa de East Egg y temía el declive de la raza blanca.

Evelyn le hizo prometer que guardaría el secreto y a continuación le informó detalladamente de la asombrosa historia con la que se había topado esa misma tarde. Tom Buchanan desahogó su ira con su ensalada César.

—Muy propio de Phillip Somerset sacarse de la manga algo así. De todos modos, su ingenio es admirable. Descubrió un punto flaco y lo aprovechó con mucha astucia.

—¿A qué punto flaco se refiere? —preguntó Gabriel.

—El mercado del arte está totalmente desregulado. Los precios son arbitrarios, el control de calidad es prácticamente nulo y la mayoría de los cuadros cambia de manos en condiciones de secretismo absoluto. O sea, el entorno perfecto para que prolifere el fraude. Claro que Phillip lo ha llevado al extremo.

—¿Cómo es posible que nadie se haya dado cuenta?

—Por la misma razón por la que nadie quiso darse cuenta de que los valores respaldados por hipotecas y las obligaciones de deuda colateralizadas estaban a punto de hacer descarrilar la economía mundial.

—¿Porque todo el mundo estaba ganando dinero a manos llenas?

Tom asintió.

—Y no solo los inversores de Phillip. También sus banqueros. Todos ellos van a sufrir pérdidas enormes cuando se publique el artículo de Evelyn. Aun así, apruebo sus métodos. Esperar a que actúen los federales no es alternativa. Dicho esto, me gustaría que le proporcionara a mi esposa algún documento inculpatorio.

—¿Se refiere al memorando interno de la empresa en el que Phillip detalla su plan para crear y mantener el mayor fraude artístico de la historia?

—Tiene usted razón, señor Allon, pero ¿qué me dice de los documentos que se guardan en ese almacén de la calle Noventa y Uno Este?

—¿El inventario actual de Phillip?

—Exacto. Si Magdalena afirma con absoluta certeza que tiene cuadros falsificados en su cartera, sería el golpe de gracia.

—¿Está sugiriendo el exfiscal federal que consiga por medios ilícitos el listado completo de los cuadros que alberga esa finca?

—Jamás se me ocurriría tal cosa. Pero, si lo consigue, debería dárselo a mi esposa, claro está.

Gabriel sonrió.

—¿Algún otro consejo, letrado?

—Yo que usted, le apretaría un poco las tuercas a Phillip en el terreno financiero.

—¿Alentando a un puñado de sus grandes inversores a pedir el rescate de su dinero, quiere decir?

—Me da la impresión de que ya tiene un plan en marcha —dijo Tom.

—Hay en Londres un hombre llamado Nicholas Lovegrove. Nicky es uno de los asesores artísticos más cotizados del mundo. Varios clientes suyos han invertido en la empresa de Phillip.

—Quienes trabajamos en fondos de cobertura sospechamos enseguida cuando un inversor retira su dinero. Habría que organizarlo con mucha discreción.

—No se preocupe —dijo Sarah—. Los marchantes de arte somos el colmo de la discreción.

56

Galería Watson

El desmantelamiento de Masterpiece Art Ventures comenzó a la mañana siguiente, a las once menos cuarto hora de Londres (las seis menos cuarto en Nueva York), cuando Christopher Keller se presentó en la galería de Olivia Watson en King Street. El cartelito del escaparate decía *Solo con cita previa*. Christopher, que calculaba que un ataque por sorpresa sería más efectivo, no tenía cita. Pulsó el timbre y, haciendo una mueca, esperó respuesta.

—Vaya, vaya —susurró una voz femenina y sensual—. Mira lo que me ha dejado el gato en el umbral. Pero si es mi querido amigo, el señor Bancroft…

—Es Marlowe, ¿recuerdas? Vamos, abre la puerta.

—Lo siento, pero estoy muy liada en este momento.

—Pues deslíate y déjame entrar.

—Me encanta cuando suplicas, cariño. Espera, parece que no alcanzo el botón para abrir la dichosa puerta.

Transcurrieron varios segundos antes de que el cerrojo se abriera con un chasquido y la puerta cediera al empujarla Christopher. Encontró a Olivia sentada ante un elegante escritorio negro, en la sala principal de la galería. Se había arreglado con esmero, como si posara para una cámara invisible. Como de costumbre, tenía la barbilla ligeramente vuelta hacia la izquierda: los fotógrafos y publicistas preferían el lado derecho de su cara. Christopher nunca había tenido un lado favorito. Olivia era una obra de arte, se mirara por donde se mirara.

Se levantó, salió de detrás de la mesa, cruzó los tobillos y apoyó una mano en la cadera. Iba vestida con una chaqueta de corte moderno y elegante y un pantalón ajustado, de tono y espesor convenientemente veraniegos.

—¿Marks and Spencer? —preguntó Christopher.

—Es un conjuntito que Giorgio preparó para mí. —Levantó la barbilla unos grados y miró a Christopher desde lo alto de su recta nariz—. ¿Qué te trae por este rincón del mundo?

—Un amigo común necesita un favor.

—¿Qué amigo?

—El que limpió tu horrendo pasado y te permitió abrir una galería respetable aquí en St. James. —Christopher hizo una pausa—. Una galería llena de cuadros comprados con el dinero de tu novio el narcotraficante.

—Nuestro amigo común hizo más o menos lo mismo por ti, que yo recuerde. —Olivia se cruzó de brazos—. ¿Sabe tu adorable esposa americana a qué te dedicabas antes?

—Mi adorable esposa americana no es de tu incumbencia.

—¿Es cierto que trabajó para la CIA?

—¿Quién te ha dicho eso?

—Chismes del barrio. También circula el desagradable rumor de que me lo estoy montando con Simon Mendenhall.

—Creía que estabas saliendo con una estrella del pop.

—Colin es actor. Y actualmente protagoniza la obra con más éxito del West End.

—¿Vais en serio?

—Bastante, sí.

—Entonces, ¿por qué te estás tirando al sórdido Simon a escondidas?

—Ese rumor lo puso en circulación tu mujer —dijo Olivia con ecuanimidad.

—Me cuesta creerlo.

—También murmura la palabra «zorra» cada vez que me ve en el Wiltons.

Christopher sonrió a su pesar.

—Me alegro de que te haga gracia. —Olivia echó un vistazo a su ropa—. ¿Quién te viste ahora?

—Dicky.

—Qué bien.

—Se lo diré.

—Prefiero que le digas a tu adorable esposa americana que deponga su actitud. —Olivia sacudió la cabeza lentamente—. La verdad es que no entiendo por qué se rebaja así.

—Está un poco celosa, eso es todo.

—Si alguien tiene derecho a estar celosa, soy yo. A fin de cuentas, Sarah fue quien se quedó contigo.

—Venga ya, Olivia. No lo dices en serio. Yo no era más que un sitio cómodo en el que apoyar la cabeza mientras te instalabas aquí, en Londres. Ahora sales con una estrella del pop y tu galería hace furor.

—¿Todo gracias a nuestro amigo común?

Christopher no respondió.

—Creía que se había retirado —dijo ella.

—Es un asunto privado relativo a un tal Phillip Somerset.

—¿Ese Phillip Somerset?

—¿Es amigo tuyo?

—Me senté al lado de Phillip y su mujer en una subasta de pintura de posguerra y contemporánea de Christie's en Nueva York, hace un par de años. Ella fue modelo antes de que le tocara la lotería y se casara con Phillip. Se llama Laura. ¿O es Linda?

—Lindsay.

—Sí, eso. Es bastante joven e increíblemente estúpida. Phillip me pareció un auténtico tiburón. Me preguntó si quería invertir en su fondo. Le dije que no estaba a su altura.

—Una decisión muy sabia por tu parte.

—¿Hay algún problema?

—Phillip es un poco como tu antiguo novio. Reluciente por fuera, sucio por dentro. Es más, corre el rumor por Nueva York de que tiene problemas financieros graves.

—¿Otro rumor?

—Resulta que este es cierto. A nuestro amigo común le gustaría que se lo susurraras al oído a un destacado asesor de arte londinense en cuya lista de clientes figuran algunos de los coleccionistas más ricos del mundo.

—¿Cómo quiere que lo haga?

—Como de pasada, durante una agradable comida de negocios.

—¿Cuándo?

—Hoy mismo.

Ella miró su reloj.

—Pero son casi las once. Seguro que Nicky ya tiene una cita para comer.

—Algo me dice que la anulará.

Olivia cogió su móvil.

—Acepto con una condición.

—Hablaré con ella —dijo Christopher.

—Gracias. —Olivia marcó y se llevó el teléfono al oído—. Hola, Nicky, soy Olivia Watson. Ya sé que te llamo con muy poca antelación, pero quería preguntarte si por casualidad estás libre para comer… ¿En el Wolseley a la una? Hasta dentro de un rato, entonces, Nicky.

57

El Wolseley

Y así comenzó: con un comentario hecho aparentemente al desgaire durante una costosa comida en uno de los restaurantes más elegantes de Mayfair. El ruido de cubiertos era tal a esa hora del mediodía que Nicky tuvo que inclinarse sobre su entrante de cangrejo de Dorset con guarnición y pedirle a Olivia que repitiera lo que acababa de decir. Olivia así lo hizo, en un susurro de confesionario, y añadió que por favor no le contara a nadie que se lo había dicho ella. Era la una y media. O al menos eso dijo Julian Isherwood, que en ese momento estaba comiendo a sus anchas en una mesa cercana y se dio cuenta de que a Nicky se le demudaba de pronto el semblante. Su rechoncho compañero de mesa no se enteró de nada porque estaba coqueteando con Tessa, la nueva camarera del Wolseley.

Nicky insistió en que Olivia le dijera de quién procedía la información. Y cuando ella se negó, se disculpó y llamó de inmediato a Sterling Dunbar, un adinerado promotor inmobiliario de Manhattan que compraba cuadros por toneladas, siempre bajo su supervisión. Sterling había sido uno de los primeros grandes inversores de Masterpiece Art Ventures.

—¿Sabes cuál es mi saldo actual? —resopló.

—Seguro que mucho mayor que el mío.

—Ciento cincuenta millones, el quíntuple de lo que invertí en un principio. Phillip asegura que el fondo es firme como una roca. La verdad es que estoy pensando en invertir otros cien.

El industrial ultraconservador Max van Egan, que tenía invertidos doscientos cincuenta millones de dólares en Masterpiece, le dijo a Nicky que no pensaba retirar su dinero. Simon Levinson, de la cadena de supermercados Levinson, también se inclinaba por no pedir el rescate. En cambio, Ainsley Cabot, un coleccionista de gusto exquisito pero cuyo patrimonio no superaba las ocho cifras, siguió el consejo de Nicky. Llamó a Phillip a las nueve y cuarto de la mañana, hora del este, cuando Somerset se estaba bajando de su Sikorsky en el helipuerto de la calle Treinta y Cuatro Este.

—¿Cuánto? —gritó Phillip para hacerse oír por entre el zumbido de los rotores.

—Todo.

—Si sales, no hay marcha atrás. ¿Entendido, Ainsley?

—Ahórrate las bravuconadas, Phillip, y transfiéreme mi dinero.

Buffy Lowell le llamó a las 09:24, cuando subía por la Tercera Avenida en su Mercedes con chófer. Livingston Ford le telefoneó ocho minutos después, mientras avanzaba lentamente por la calle Setenta y Dos Este. Quería retirar los cincuenta millones de dólares que tenía invertidos en el fondo.

—Lo vas a lamentar —le advirtió Phillip.

—Eso me dijo mi tercera mujer y nunca he sido más feliz.

—Me gustaría que consideraras un rescate parcial.

—¿Me estás diciendo que no tienes suficiente efectivo en la caja?

—El dinero no está depositado en una cuenta del Citibank. Tendré que liberar varios cuadros para dártelo todo.

—En tal caso, Phillip, te sugiero que te pongas en marcha.

Así fue como un comentario hecho aparentemente al desgaire cuarenta y cinco minutos antes, durante una costosa comida en Londres, abrió un agujero de cien millones de dólares en las finanzas de Masterpiece Art Ventures. El fundador de la empresa, sin embargo, ignoraba qué estaba sucediendo. Ansioso por obtener información, hizo un par de búsquedas apresuradas en Internet: primero por su propio nombre y a continuación por el nombre de su empresa. Ninguno de los resultados explicaba por qué tres de sus principales inversores habían abandonado el fondo sin previo aviso. Una búsqueda en las redes sociales tampoco arrojó resultados preocupantes. Finalmente, a las 09:42 de la mañana, tocó el icono de Telegram, el servicio de mensajería encriptada con base en la nube, y abrió un chat secreto.

Me estoy desangrando, escribió. *Averigua por qué.*

Cuando Phillip Somerset compró su casa de la calle Setenta y Cuatro Este, en 2014, treinta millones de dólares se consideraban un dineral. Consiguió el préstamo a través de su gestor en JPMorgan Chase, ofreciendo como aval varios cuadros falsificados: uno de los métodos por los que, como si agitase una varita mágica, lograba convertir en oro lienzos sin ningún valor. Varias falsificaciones más adornaban el interior de la mansión a fin de impresionar a posibles inversores y revestirse de una pátina de riqueza y sofisticación extraordinarias. Sus inversores formaban la élite del mundo del arte. Gentes con más dinero que sentido común. El propio Phillip era un fraude, una falsificación ingeniosa, pero solo la necedad de sus inversores hacía posible su elaborada estafa. Ellos y Magdalena, pensó de repente. Sin ella, nada habría funcionado.

Al entrar en el vestíbulo de la planta baja de la mansión, salió a su encuentro Tyler Briggs, su jefe de seguridad, un veterano de la guerra de Irak. Un traje oscuro se ceñía a su cuerpo endurecido en el gimnasio.

—¿Qué tal el trayecto desde la isla, señor Somerset?

—Mejor que el trayecto desde el helipuerto.

Su teléfono volvió a sonar. Era Scooter Eastman, un inversor de veinte millones de dólares.

—¿Hay alguna entrega prevista para hoy? —preguntó Tyler.

—Tiene que llegar un cuadro del almacén en cualquier momento.

—¿Algún cliente?

—Hoy no, pero seguramente la señorita Navarro se pasará por aquí sobre la una. Mándala a mi despacho cuando llegue.

Phillip desvió la llamada de Scooter Eastman al buzón de voz y subió por la escalera. En el rellano de la primera planta esperaban Soledad y Gustavo Ramírez, el matrimonio peruano que dirigía el servicio de la casa. Phillip les devolvió el saludo distraídamente, sin apartar la vista del teléfono. Era Rosamond Pierce. Sangre azul profundo. Diez millones invertidos en Masterpiece Art Ventures.

—Hoy como en casa. Me acompañará la señorita Navarro. Ensalada Cobb de marisco, por favor. A la una y media, más o menos.

—Sí, señor Somerset —respondieron los Ramírez al unísono.

Arriba, en su despacho, escuchó los mensajes de voz. Scooter Eastman y Rosamond Pierce querían dejar el fondo. En el plazo de media hora, había perdido ciento treinta y cinco millones de dólares de dinero invertido. Rescates de ese calibre ponían en peligro cualquier fondo de cobertura, incluso los más éticos. Para un fondo como Masterpiece Art Ventures, eran un cataclismo.

Le comunicó la noticia a Kenny Vaughan, director de inversiones de la firma, durante su videollamada rutinaria de las diez de la mañana.

—¿Estás de coña o qué?

—Ojalá.

—Ciento treinta y cinco millones van a doler, Phillip.

—¿Cuánto tiempo tardaremos en empezar a notar el dolor?

—Livingston Ford, Scooter Eastman y Rosamond Pierce pueden pedir su rescate este mes.

—¿Ochenta millones?

—Ochenta y cinco, más bien.

—¿De cuánta liquidez disponemos?

—Unos cincuenta millones, quizá.

—Podría deshacerme del Pollock.

—El Pollock es el aval de los sesenta y cinco millones que le debes al JPMorgan. No puedes venderlo.

—¿Cuánto necesitas para salir del paso, Kenny?

—Ochenta y cinco estaría bien.

—Sé razonable.

—¿Podrías conseguir cuarenta?

Phillip se acercó a la ventana y observó a dos operarios de mono azul que estaban sacando un gran cajón rectangular de la trasera de un camión de reparto de Chelsea Fine Arts.

—Sí, Kenny. Creo que sí.

58

Hotel Pierre

Evelyn Buchanan llegó al Pierre a las doce y media. Arriba, en la *suite* de Magdalena, informó a Gabriel de que sus editores habían dado el visto bueno a un primer borrador del artículo. En cuanto lo tuviera terminado, aparecería en el sitio web de *Vanity Fair* y se incluiría en la siguiente edición impresa de la revista. El departamento de publicidad estaba organizando un bombardeo masivo en las redes sociales. El *New York Times*, el *Wall Street Journal*, Reuters, Bloomberg News y la CNBC habían recibido aviso de que iba a publicarse una primicia con repercusiones financieras de gran alcance.

—O sea, que se hará viral a los pocos minutos de aparecer en nuestro sitio web. Es imposible que Phillip pueda contener los daños. Antes de que se dé cuenta de lo que pasa, estará hundido.

—¿Cuándo puedes publicarlo?

—Si hoy todo sale como está previsto, puedo tenerlo acabado esta misma noche.

—Al ritmo que lleva, puede que Phillip no sobreviva tanto tiempo.

—¿Rescates?

—Ciento treinta y cinco millones y subiendo.

—Debe de estar muy tocado.

—Tú misma puedes verlo.

Gabriel puso una grabación de la videollamada de Phillip y Kenny Vaughan.

—*¿De cuánta liquidez disponemos?*

—*Unos cincuenta millones, quizá.*

—*Podría deshacerme del Pollock.*

—*El Pollock es el aval de los sesenta y cinco millones que le debes al JPMorgan. No puedes venderlo.*

Gabriel puso en pausa la grabación.

—¿Te das cuenta de lo que supone esto? —preguntó Evelyn.

—La cosa no acaba ahí.

Gabriel hizo clic en PLAY.

—*¿Cuánto necesitas para salir del paso, Kenny?*

—*Ochenta y cinco estaría bien.*

—*Sé razonable.*

—*¿Podrías conseguir cuarenta?*

—*Sí, Kenny. Creo que sí.*

Gabriel volvió a pulsar la pausa.

—¿De dónde va a sacar el dinero?

—No está claro, pero tengo la impresión de que está pensando en vender mi Gentileschi.

—Si hace eso…

—Tendremos pruebas irrefutables de que Phillip está cometiendo una estafa.

Justo en ese momento se abrió la puerta del dormitorio y salió Magdalena, vestida con pantalones blancos elásticos, blusa holgada y zapatos de tacón de aguja.

Gabriel le devolvió su teléfono.

—Llévelo siempre consigo. Y haga lo que haga…

—¿Dónde voy a ir sin pasaporte, señor Allon? ¿A Staten Island?

Se guardó el teléfono en el bolso y salió. Su aroma embriagador permaneció en la habitación después de que se marchara.

—¿Alguna vez se pone sujetador? —preguntó Evelyn.

—Evidentemente, se olvidó de meter uno en la maleta.

Gabriel cambió el *feed* del programa Proteus del dispositivo de Phillip al de Magdalena y a continuación llamó a Sarah, que estaba abajo, en el todoterreno Nissan alquilado.

—No te preocupes —dijo ella—. No voy a perderla de vista.

Dos minutos después, Sarah vio que Magdalena salía por la puerta de la calle Sesenta y Uno Este del Pierre y subía a la parte de atrás de la limusina Mercedes Clase S de Phillip, que estaba esperándola. El chófer giró tres veces seguidas a la izquierda y se dirigió luego hacia el centro por Madison Avenue. Sarah iba justo detrás: una infracción flagrante de las técnicas básicas de vigilancia de vehículos, pero no podía hacer otra cosa. El tráfico estaba congestionado y el único apoyo con el que contaba era el teléfono guardado en el bolso de Magdalena.

El atasco se deshizo en la calle Sesenta y Seis Este y el Mercedes aceleró. Sarah tuvo que saltarse un par de semáforos en rojo para no perderlo, pero en la calle Setenta y Cinco Este no le quedó más remedio que parar. Cuando el semáforo se puso por fin en verde, el Mercedes había desaparecido. Tras girar dos veces a la izquierda, Sarah se halló frente a la puerta de la casa de Phillip en la calle Setenta y Cuatro Este.

No había rastro del Mercedes.

Ni de Magdalena.

Siguió hasta el final de la manzana y encontró un hueco libre junto a la acera. Entonces cogió su teléfono y llamó a Gabriel al Pierre.

—Por favor, dime que está dentro de la casa.

—Está subiendo las escaleras.

Sarah colgó y sonrió. «Disfrútalo mientras puedas», pensó.

Tyler Briggs le había dicho que subiera directamente al despacho de Phillip en la tercera planta, pero, en vez de hacerlo, Magdalena se desvió hacia la galería. El Gentileschi estaba apoyado en un caballete de exposición. Le hizo una foto con su teléfono móvil.

Luego hizo dos fotografías panorámicas que dejaban pocas dudas sobre la ubicación del cuadro: una sala que se describía con gran detalle en un reportaje poco halagüeño de *Vanity Fair*, escrito por la mujer que en ese momento estaba sentada en su *suite* del Pierre.

De pronto se dio cuenta de que Tyler la estaba observando desde la puerta de la galería. Debía de haberla visto a través de alguna cámara de seguridad. Reaccionó con la calma aparente de una traficante de drogas.

—Es extraordinario, ¿verdad?

—Si usted lo dice, señorita Navarro.

—¿No le gusta la pintura, Tyler?

—Si le soy sincero, no sé mucho de ese tema.

—¿Lo ha visto ya el señor Somerset?

—Eso tendrá que preguntárselo a él. Seguramente le estará extrañando que tarde tanto en subir.

Magdalena se dirigió al piso de arriba. La puerta del despacho estaba abierta. Phillip estaba sentado detrás de su escritorio, con el teléfono pegado a la oreja y la palma de la mano apoyada en la frente.

—Estás cometiendo un grave error —dijo con aspereza, y colgó.

Un silencio gélido se apoderó de la habitación.

—¿Quién está cometiendo un error? —preguntó Magdalena.

—Warren Ridgefield, uno de nuestros inversores. Por desgracia, unos cuantos más han cometido el mismo error.

—¿Puedo ayudar en algo?

Phillip la tomó de la mano y sonrió.

59

Upper East Side

La ducha de Phillip era el doble de grande que la cocina del antiguo apartamento de Magdalena en Alphabet City, un país acuático de las maravillas hecho de mármol y cristal. La ducha del hombre que lo tenía todo. Magdalena nunca se acordaba de para qué servía cada uno de los muchos grifos de cromo bruñido. Giró uno y la acribillaron cañones de agua desde todos los flancos. Probó frenéticamente con otro y una suave cascada tropical acarició su cuerpo. Se lavó con el jabón de Phillip, de aroma masculino, se secó con una toalla bordada con sus iniciales y a continuación contempló su cuerpo desnudo en el espejo con marco dorado. La imagen le pareció poco atractiva y necesitada de restauración urgente. Retrato de una traficante de drogas, pensó. Retrato de una ladrona.

Retrato de una desconocida...

En el dormitorio, el único rastro de Phillip era la mancha que había dejado en la sábana. Su encuentro sexual había rayado en la violación y había estado acompañado por el sonido constante de su teléfono móvil. El de ella seguía guardado en su bolso de Hermès, que descansaba a los pies de la cama, junto con la ropa que Phillip le había arrancado del cuerpo. Consciente de que había otras personas escuchando, había soportado su asalto en completo silencio. Su voraz amante, en cambio, no había tenido tales reparos.

Ya vestida, cogió su bolso y se fue en busca de Phillip. Lo encontró abajo, en la galería, parado delante del Gentileschi falso. Tenía la expresión de refinamiento erudito que adoptaba siempre en presencia de sus crédulos inversores. Phillip Somerset, mecenas de las artes. Para Magdalena sería siempre el patán ignorante al que vio por primera vez aquella noche en Le Cirque. Bud Fox con una pincelada de Jay Gatsby. Una falsificación, pensó. Y bastante burda, además.

—¿Es bueno? —preguntó por fin.

—Mejor que la versión del Getty.

—¿Precio?

—Si todo va como debe, treinta millones.

—Necesito venderlo.

—Te aconsejo que no lo hagas, Phillip.

—¿Por qué?

—Porque el cuadro procede del mismo lugar que los que vendió Oliver Dimbleby en Londres. Que aparezca otro cuadro procedente de la misma supuesta colección europea hará saltar todas las alarmas. Hay que buscarle una procedencia totalmente distinta y esperar un tiempo, hasta que se calmen las cosas. También es posible que nos convenga rebajar un poco la atribución.

—¿No atribuirlo a Gentileschi?

—A su círculo, quizá. O incluso a un seguidor.

—Entonces tendría suerte si me dieran un millón por él.

—En Florencia no compré un cuadro, Phillip. Compré al mayor falsificador de arte de la historia. Dará dividendos durante años. Guarda el Gentileschi en el almacén y ten paciencia.

Él miró su teléfono.

—Me temo que la paciencia es una virtud que no me puedo permitir en este momento.

—¿Quién es ahora?

—Harriet Grant.

—¿Qué está pasando?

—No tengo ni idea.

Comieron sendas ensaladas Cobb de marisco en la mesa de la cocina, con la CNBC sonando suavemente de fondo. Magdalena tomaba Sancerre, pero Phillip, sediento por el esfuerzo que había hecho en el dormitorio, bebía té helado a grandes tragos. Tenía el teléfono boca arriba, junto al codo, en silencio pero iluminado por la llegada constante de mensajes.

—Aún no me has dicho su nombre —dijo.

—Lo siento, pero no puedo decírtelo.

—¿Por qué?

—Por paridad, supongo. Tú tienes tu falsificador y ahora yo tengo el mío.

—Pero tú has pagado al tuyo con diez millones de dólares míos.

—No tendrías ese dinero si no fuera por mí, Phillip. Además, me he tomado muchas molestias para encontrarlo. Creo que voy a quedármelo para mí sola.

Él dejó los cubiertos y la miró inexpresivamente.

—Delvecchio —dijo ella con un suspiro—. Mario Delvecchio.

—¿Cuál es su historia?

—La de siempre. Un pintor fracasado que se venga del mundo del arte usando una paleta y un pincel. Vive en una finca aislada, en el sur de Umbría. Está muy bien preparado y es extremadamente culto. Y bastante guapo, además. Nos hicimos amantes durante mi estancia allí. A diferencia de ti, conoce bien los centros de placer femeninos.

—¿Puedo ofrecerte algo más?

—Me gustaría tomar un poco más de ese Sancerre.

Phillip le hizo una seña a la señora Ramírez.

—¿Tiene tu amante alguna otra obra terminada por ahí?

—Ninguna que me parezca conveniente sacar al mercado en este momento. Le he pedido que deje las obras maestras durante una temporada y se concentre en obras de nivel medio que pueda mover discretamente.

—¿Qué vamos a hacer con su socio, ese tal Alessandro Calvi?

—Ahora que Mario y yo hemos intimado, creo que puedo convencerle de que se deshaga del *signore* Calvi.

—Estás de broma, ¿verdad?

—Sabes que no hay nadie más que tú, Phillip. —Le dio unas palmaditas en el dorso de la mano para tranquilizarle—. La verdad es que me preocupa más el Innombrable que el *signore* Calvi.

—Deja que de eso me ocupe yo.

—¿Qué le parecerá tener un compañero de cuadra especializado en Maestros Antiguos?

—Nunca le he prometido exclusividad.

Magdalena se llevó la copa de vino a los labios.

—¿Dónde he oído eso antes?

Phillip adoptó una expresión nueva: la de amigo cariñoso y compañero de cama. Era incluso menos auténtica que la del Phillip intelectual y sofisticado con inclinaciones artísticas.

—¿Qué mosca te ha picado? —preguntó.

—¿Además de ti, quieres decir? —Magdalena se rio en voz baja de su propia ocurrencia—. Supongo que he estado pensando en mi futuro, nada más.

—Tu futuro está asegurado.

—¿En serio?

—¿Has consultado tu saldo últimamente? Podrías jubilarte mañana mismo y pasar el resto de tu vida tumbada en una playa de Ibiza.

—¿Y si lo hiciera?

Phillip no respondió. Estaba mirando de nuevo su teléfono.

—¿Quién es ahora?

—Nicky Lovegrove. —Desvió la llamada al buzón de voz—. Varios de sus clientes están intentando retirar su dinero del fondo.

—Todo mi dinero está en ese fondo.

—Tu dinero está a salvo.

—También me aseguraste una vez que ibas a convertirme en una especie de Damien Hirst española y solo era una estratagema para darme un poco de calderilla.

—No era un poco de calderilla, que yo recuerde.

—¿Dónde están? —preguntó Magdalena de repente.

—¿Tus cuadros?

Ella asintió.

—En el almacén.

—Me gustaría recuperarlos.

—No puedes.

—¿Por qué?

—Porque me pertenecen. Y tú también, Magdalena. No lo olvides nunca.

Su teléfono volvió a iluminarse.

—Otro no.

—No. Solo es Lindsay.

Magdalena sonrió.

—Dale recuerdos de mi parte.

Después de hablar un momento con su mujer y despedirse de su socia y amante, Phillip Somerset regresó a su despacho y llamó a Ellis Gray, jefe de préstamos avalados con obras de arte de JPMorgan Chase. Habían coincidido en Sag Harbor ese fin de semana, de modo que pudieron ahorrarse los preliminares. Phillip le dijo que necesitaba un poco de liquidez. Ellis, que había ganado millones tratando con Masterpiece Art Ventures, se limitó a preguntarle la cifra que tenía en mente y a pedirle una descripción del cuadro que pensaba utilizar como aval.

—La cifra son cuarenta millones.

—¿Y el cuadro?

Phillip se lo dijo.

—¿Un Gentileschi auténtico? —preguntó Ellis.

—Acaban de descubrirlo. Pienso mantenerlo en secreto un año o dos antes de sacarlo a la venta.

—¿La atribución es segura?

—A prueba de bombas.

—¿Y la procedencia?

—Un tanto endeble.

—¿Dónde lo has comprado?

—A un marchante español. No te puedo decir más.

Ellis Gray, que se ganaba la vida prestando dinero avalado con cuadros, conocía bien la opacidad del mundo del arte, pero no estaba dispuesto a desembolsar cuarenta millones de dólares del dinero de JPMorgan Chase por un cuadro sin pasado, ni aunque se lo pidiera un cliente tan importante y de fiar como Phillip Somerset.

—No es posible sin una evaluación científica completa —dijo—. Envíaselo a Aiden Gallagher a Westport. Si le da el visto bueno, autorizaré el préstamo.

Phillip colgó. Luego hizo una videollamada a Kenny Vaughan y le informó de que no había ninguna inyección de liquidez en perspectiva.

—Puede que tengamos que suspender los rescates.

—No podemos. Hay que encontrar una solución.

—Encenderé algunas velas y veré qué puedo hacer.

Phillip colgó a Kenny y aceptó otra llamada.

Era Allegra Hughes.

También quería su dinero.

60

Hotel Pierre

Gabriel había hablado con Yuval Gershon a primera hora de la mañana. Sí, se daba cuenta de que era una imposición y además no del todo legítima, teniendo en cuenta que ya no ocupaba ningún cargo oficial. Y no, no podía garantizarle en absoluto que fuera a ser la última vez. Parecía haberse convertido en el bote salvavidas de cualquiera que tuviera un problema, ya fuera un primer ministro británico adúltero, un sumo pontífice romano o un marchante de arte londinense. La investigación que estaba llevando a cabo, como solía ocurrir, había incluido un atentado contra su vida. Yuval Gershon, cómo no, ya lo sabía. De hecho, de no ser por su intervención oportuna, el atentado podría haber tenido éxito.

Yuval le asignó la tarea a un chico nuevo, lo que no era ninguna desventaja; en un campo como el suyo, los novatos solían ser mejores que los veteranos. Este era un auténtico artista. Hizo su primer movimiento a las diez y cuarto, hora del este, y a las dos y media ya era el dueño del lugar; o sea, de una empresa llamada Chelsea Fine Arts, con sede en Manhattan.

Tal y como le habían indicado, se fue derecho a la base de datos: registros de seguros, documentos fiscales, archivos de personal, un registro anual de recogidas y entregas y una nómina de los cuadros guardados en un almacén de seguridad climatizado de la calle Noventa y Uno Este, cerca de York Avenue. Había setecientos ochenta y nueve cuadros en total. Cada asiento incluía el título de la obra, el artista, el soporte, las dimensiones, la fecha de ejecución, el valor estimado, el propietario actual y la ubicación exacta del cuadro dentro del almacén, por planta y número de estantería.

Al parecer, seiscientos quince cuadros eran propiedad directa de Masterpiece Art Ventures, que casualmente también era la empresa titular de Chelsea Fine Arts. El resto de las obras pertenecía a empresas fantasma cuyo nombre solía componerse de abreviaturas de tres letras mayúsculas, del tipo que tanto les gustaba a los evasores fiscales y los cleptócratas del mundo entero. El último cuadro llegado al almacén era *Dánae y la lluvia de oro*, atribuido a Orazio Gentileschi. La obra tenía un valor estimado de treinta millones de dólares, aproximadamente treinta millones más de lo que valía en realidad. De momento, la obra no estaba asegurada.

El almacén albergaba además dieciséis lienzos de Magdalena Navarro, una artista española antaño prometedora. A las tres y cuarto de esa tarde, tras un almuerzo incriminatorio con un tal Phillip Somerset, fundador y director general de Masterpiece Art Ventures, Magdalena regresó al hotel Pierre. Al subir a su *suite*, le entregó de inmediato su teléfono a Gabriel. Él le dio una lista de setecientos ochenta y nueve cuadros y se pusieron a trabajar.

Avanzaron a un ritmo predecible pero deprimente. Magdalena iba leyendo la lista y avisaba cuando veía un cuadro que sabía que era falso. A continuación, mientras Sarah y Evelyn Buchanan tomaban nota minuciosamente, recitaba la fecha y las circunstancias en las que la obra había pasado a formar parte del inventario de Masterpiece Art Ventures. La inmensa mayoría de los lienzos se habían comprado mediante ventas ficticias realizadas dentro de la red de distribución de Magdalena, lo que significaba que en realidad el dinero no había cambiado de manos. Había varios, no obstante, cuya venta se había gestionado a través de marchantes de renombre, a fin de proporcionar a Phillip argumentos de descargo plausibles en caso de que alguna vez se cuestionara la autenticidad de las obras.

Curiosamente, en el listado no figuraba el *Retrato de una desconocida* de *sir* Anton van Dyck, óleo sobre lienzo, 115 por 92 centímetros, que Masterpiece le había comprado recientemente a la galería Isherwood Fine Arts. Según los registros de envío, el cuadro había sido trasladado a la sucursal de Sotheby's en Nueva York a mediados de abril.

—Una semana después de que estallara la bomba en París —señaló Gabriel.

—Phillip debe de haberse deshecho de él —repuso Magdalena—. Lo que significa que en estos momentos algún coleccionista desprevenido es el orgulloso propietario de un cuadro sin ningún valor.

—Hablaré con Sotheby's mañana por la mañana.

—Sin armar jaleo —le advirtió Sarah.

—No sé por qué, pero me da la impresión de que eso no va a ser posible. —Gabriel le lanzó una mirada a Evelyn.

A las cinco de la tarde ya habían recorrido dos veces la lista de arriba a abajo. El recuento final arrojó la impresionante cantidad de doscientas veintisiete falsificaciones con un valor declarado de más de trescientos millones de dólares, es decir, el veinticinco por ciento de los presuntos activos que gestionaba Masterpiece. Si a ello se sumaban las pruebas que Gabriel y Magdalena habían conseguido en Nueva York —incluida la grabación del intento de Phillip Somerset de conseguir un préstamo de JPMorgan Chase utilizando como aval un cuadro falsificado—, no quedaba duda alguna de que Masterpiece Art Ventures era una empresa delictiva dirigida por uno de los mayores estafadores financieros de la historia.

Al concluir el repaso, Evelyn llamó a su editor a la sede de *Vanity Fair* en Fulton Street y le informó de que tendría el borrador terminado a las nueve de la noche, como muy tarde. Luego se sentó delante de su ordenador portátil y empezó a escribir.

—En algún momento tendré que pedirle a Phillip que haga declaraciones —le dijo a Gabriel.

Por suerte, sabían dónde encontrarle. Según Proteus, su teléfono se hallaba en ese momento cerca de la esquina de la Quinta

Avenida con la calle Setenta y Cuatro Este, a cuarenta metros sobre el nivel del mar. Tenía seis llamadas perdidas, tres mensajes de voz nuevos y veintidós mensajes de texto sin leer. La cámara apuntaba al techo. El micrófono no registraba ningún sonido. El puñetero chisme estaba completamente parado, pensó Gabriel. Como un pisapapeles con pulso digital.

61

Sutton Place

Leonard Silk conocía bien el lado oscuro de la naturaleza humana. Sus clientes, todos ellos lo suficientemente ricos como para costear sus servicios, eran una galería de delincuentes formada por estafadores, timadores, defraudadores, ladrones, malversadores de fondos, traficantes de información privilegiada, mujeriegos y pervertidos sexuales de todo pelaje. Silk evitaba juzgarlos, porque él tampoco estaba libre de pecado. Vivía en un proverbial castillo de cristal. No tenía por costumbre tirar piedras a nadie.

Su caída en desgracia se había producido a finales de los años ochenta, estando destinado en la delegación de la CIA en Bogotá. Divorciado desde hacía poco tiempo y acuciado por graves problemas de dinero, había establecido un lucrativo acuerdo de cooperación con el cártel de la cocaína de Medellín. Suministraba a los capos de la droga información valiosa sobre los planes de la DEA y del Gobierno de Colombia para infiltrarse en su organización y, a cambio, ellos le proporcionaban dinero: veinte millones de dólares en efectivo, procedentes de la venta de cocaína en el país que había jurado defender.

De algún modo, Silk se las ingenió para sustraerse a esa relación sin perder ni la vida ni su fortuna conseguida por medios ilícitos, y abandonó la Agencia pocos días antes de los atentados del 11-S. Empleó parte de los fondos en comprar un piso de lujo en Sutton Place. Y en el invierno de 2002, mientras sus antiguos compañeros de trabajo libraban la primera batalla de la guerra global contra el terrorismo, Silk se puso a trabajar por su cuenta como consultor de seguridad e investigador privado. Con ironía deliberada, llamó a su sociedad unipersonal Integrity Security Solutions.

Ofrecía a sus clientes la gama habitual de servicios de asesoramiento, pero obtenía la mayor parte de sus ingresos de actividades delictivas como el espionaje empresarial, la piratería informática, el chantaje, el sabotaje y un producto al que se refería eufemísticamente como «defensa reputacional». Era conocido por su capacidad para hacer desaparecer los problemas o, siempre que era posible, para evitar que aparecieran. Poseía además la habilidad de hacer que, como último recurso, los «problemas» sufrieran un accidente de tráfico fatal o una sobredosis de drogas, o se esfumaran sin dejar rastro. No tenía agentes en nómina. Prefería contratar a profesionales independientes según los iba necesitando. Dos de sus operaciones más recientes habían tenido lugar en Francia, donde Silk estaba muy bien relacionado. Ambas por encargo del mismo cliente.

A las 09:42 de esa mañana, dicho cliente le había pedido que averiguara por qué varios inversores habían solicitado rescates multimillonarios de su fondo de cobertura respaldado con obras de arte. Tras hacer unas cuantas llamadas a su red de informantes, tanto pagados como coaccionados, Silk había dado con una explicación posible. Como prefería no tratar el asunto por teléfono, llamó a su chófer y se fue al centro. Al llegar al domicilio del cliente en la calle Setenta y Cuatro Este, vio a dos operarios que maniobraban para meter un cuadro embalado en la parte de atrás de un camión de reparto. Tyler Briggs, el jefe de seguridad, los observaba desde la puerta abierta.

—¿Dónde está tu jefe? —preguntó Silk.

—Arriba, en su despacho.

—¿Está solo?

—Ahora sí. Antes estaba acompañado.

—¿Alguien interesante?

Briggs llevó a Silk a la sala de control de seguridad. La mansión, llena de obras de arte, contaba con numerosas cámaras de alta

332

resolución. En ese momento, una estaba enfocando al cliente de Silk. Estaba sentado detrás de su escritorio, hablando por teléfono. No tenía buen aspecto.

Briggs se sentó delante de un ordenador y, sin decir nada, pulsó unas cuantas teclas. Un momento después, una mujer alta y morena apareció en una de las pantallas de vídeo. Estaba de pie delante de un cuadro de la galería. Un Gentileschi, pensó Silk. Muy impresionante, pero casi con toda seguridad falso.

—¿Por qué lo estaba fotografiando?

—No se lo he preguntado.

—¿Adónde fue después?

El jefe de seguridad puso la grabación.

—Ya vale —dijo Silk pasado un momento.

La imagen se congeló.

—Sube al despacho del señor Somerset y dile al oído que se reúna conmigo en el jardín.

El jefe de seguridad se levantó y se dirigió a la puerta.

—Otra cosa, Tyler.

—¿Sí, señor Silk?

—Dile al señor Somerset que no traiga su teléfono.

Recorrió un pasillo que, pasando junto a la bodega, el cine y la sala de yoga, llevaba a la parte trasera de la casa, y salió al jardín amurallado. Este estaba sombreado por un gran árbol en plena floración veraniega y rodeado de vetustos edificios de pisos por el norte y el este. Los sofisticados muebles de jardín se erguían, olvidados, sobre las baldosas impecables. El chapoteo de la fuente de estilo italiano acallaba el fragor del tráfico de la tarde en la Quinta Avenida.

Phillip Somerset apareció por fin pasados cinco minutos. Como de costumbre, vestía atuendo náutico. Se sentaron en un par de sillas bajas de mimbre. Silk expuso sus conclusiones sin preámbulos ni expresiones de cortesía. Era un hombre muy ocupado y Phillip Somerset tenía problemas muy serios.

—¿Cómo de grave va a ser la cosa?

—Mis fuentes no han podido descubrir nada acerca del contenido.

—¿Y no es precisamente por ese tipo de información por lo que te pago, Leonard?

—El departamento de publicidad de la revista se ha puesto en contacto con todos los medios de información económica de la ciudad. No lo habrían hecho si no fuera algo gordo.

—¿Será letal?

—Podría serlo.

—¿Y estás seguro de que el artículo trata sobre mí?

Silk asintió.

—¿El FBI está involucrado?

—No, según mis fuentes.

—Entonces, ¿de dónde sale todo esto? ¿Y por qué varios de mis inversores han elegido precisamente hoy para dejar el fondo?

—Es posible que en el mundillo del arte se esté rumoreando que va a publicarse una noticia que puede resultar muy dañina. Pero la explicación más probable es que se trata de un ataque coordinado promovido por un adversario decidido y con muchos recursos.

—¿Algún candidato?

—Solo uno.

Silk no dijo su nombre; no hacía falta. Se había opuesto a atacar a una figura como Gabriel Allon, pero había cedido al ofrecerle Phillip una prima de diez millones de dólares. Le había entregado una parte sustancial de ese dinero a una organización francesa conocida como Le Groupe, la misma que se había ocupado del trabajo de Valerie Bérrangar. Además, les había proporcionado información detallada sobre los planes de viaje de Allon; en concreto, sobre su intención de visitar una galería de arte sita en la Rue la Boétie de París. Y aun así el israelí y su amiga Sarah Bancroft habían logrado escapar con vida de la galería.

—Me aseguraste que no tendría que volver a preocuparme de Allon —dijo Phillip.

—El vídeo de la llegada de la señorita Navarro esta tarde sugiere lo contrario.

Phillip frunció el ceño.

—¿Para quién trabaja Tyler Briggs, para ti o para mí, Leonard?

Silk ignoró la pregunta.

—Hizo varias fotografías del cuadro expuesto en la galería. Primeros planos y panorámicas. Me pareció que estaba tratando de dejar clara su ubicación.

Phillip torció el gesto, pero no dijo nada.

—¿Habéis hablado de negocios después de pasar por la cama?

—Detalladamente —respondió Phillip.

—¿Llevabas tu teléfono encima?

—Sí, claro.

—¿Dónde tenía ella el suyo?

—Supongo que en su bolso.

—Probablemente estaba grabando todo lo que has dicho. Da por sentado que tu teléfono también está intervenido.

Phillip maldijo en voz baja.

—Me da miedo preguntar.

—He tenido dos conversaciones bastante sinceras con Kenny Vaughan. Y también he intentado pedirle un préstamo a Ellis Gray de JPMorgan Chase.

—Porque casualmente varios de tus principales inversores han retirado su dinero de tu fondo el mismo día que la señorita Navarro estaba en tu casa haciéndole fotos a un cuadro.

Phillip se puso en pie bruscamente.

—Siéntate —dijo Silk con calma—. No vas a acercarte a ella.

—Trabajas para mí, Leonard.

—Y no me gustaría que el FBI lo supiera. Ni tampoco Gabriel Allon. Así que vas a hacer exactamente lo que yo te diga.

Phillip logró esbozar una sonrisa.

—¿Acabas de amenazarme?

—Solo los aficionados hacen amenazas. Y yo no soy un aficionado.

Phillip se dejó caer en la silla.

—¿Dónde se aloja? —preguntó Silk.

—En su *suite* de siempre, en el Pierre.

—Creo que voy a ir a hacerle una visita. Mientras tanto, quiero que subas a hacer la maleta.

—¿Para ir adónde?

—Eso está por decidir.

—Si salgo del país ahora…

—Los inversores que te quedan saldrán huyendo en estampida y tu fondo se derrumbará en cuestión de horas. La cuestión es si quieres estar en Nueva York cuando eso ocurra o prefieres estar tumbado en una playa con Lindsay.

Phillip no respondió.

—¿Cuánto dinero en efectivo tienes a mano? —preguntó Silk.

—No mucho.

—En tal caso, creo que es hora de que saldes tu cuenta con Integrity Security Solutions. —Silk le entregó un teléfono—. Tienes una factura pendiente de quince millones.

—Un poco desproporcionada, ¿no crees?

—No es momento de discutir por dinero, Phillip. Yo soy lo único que te separa de una celda en el Centro Correccional Metropolitano.

Phillip llamó a Kenny Vaughan y le dio orden de transferir quince millones de dólares a la cuenta de Silk en el Oceanic Bank and Trust Limited de Nasáu.

—Lo sé, Kenny. Haz lo que tengas que hacer.

Phillip cortó la llamada e hizo amago de devolver el teléfono.

—Quédatelo —dijo Silk—. Deja tu móvil en el escritorio, conectado a un cargador, y vete a tu casa en la isla. No hagas nada hasta que tengas noticias mías.

62

Hotel Pierre

Durante el trayecto de trece manzanas entre la casa de Phillip Somerset y el hotel Pierre, Leonard Silk hizo a toda prisa una serie de llamadas telefónicas. La primera fue a Executive Jet Services en el aeropuerto MacArthur de Long Island; la segunda, a un hombre que había suministrado armas a la Contra y cocaína a los cárteles. Por último, llamó a Martin Roth, un viejo amigo de sus tiempos en la CIA. Marty era proveedor de especialistas en cibervigilancia y, cuando las circunstancias lo requerían, también de fuerza bruta y armamento. Su empresa privada de seguridad estaba ubicada en una nave industrial de Greenpoint. Silk era cliente habitual.

—¿Para cuándo lo necesita? —preguntó Marty.

—Para hace veinte minutos.

—El tráfico en Midtown es un asco. Y ya voy muy apurado.

—Haz lo que puedas —dijo Silk mientras su Escalade se detenía frente a la entrada del Pierre en la Quinta Avenida—. Mi cliente te lo agradecerá. Y yo también.

Dentro del hotel, la encargada del bar Two E saludó a Silk por su nombre y le condujo a una mesa de esquina. Un momento después apareció ante él un vaso de *whisky* de malta, seguido al poco rato por Ray Bennett, el director de seguridad del Pierre y exinspector de la policía de Nueva York. A Bennett no se le escapaba nada de lo que ocurría entre las paredes del hotel, razón por la cual Silk le pagaba una sustanciosa comisión mensual.

Bennett no era el único. En todos los hoteles de lujo de la ciudad había personas como él, que proporcionaban a Silk un flujo constante de trapos sucios, casi siempre acompañados de recibos y grabaciones de cámaras de seguridad. La información sobre la vida privada de los periodistas era prioritaria. En cierta ocasión, Bennett le había procurado a Silk los medios para evitar la publicación de un reportaje de la revista *New York* sobre uno de sus clientes más importantes. Silk había recompensado a su colaborador con una bonificación de veinticinco mil dólares, dinero suficiente para paliar los estragos económicos de su acuerdo de divorcio y pagar la matrícula de su hijo en el colegio Holy Rosary.

Dado que, conforme a las normas del hotel, Bennett tenía prohibido sentarse con los clientes, permaneció de pie mientras Silk le explicaba lo que quería de él.

—Hay una mujer que se aloja en una *suite* de la planta veinte. Es conocida de un cliente mío muy importante. Al cliente le preocupa que pueda estar en peligro.

—¿Cómo se llama?

—Se registró con el nombre de Miranda Álvarez. Su verdadero nombre es…

—Magdalena Navarro. Es clienta habitual.

—¿Has notado algo fuera de lo corriente?

—Si no me equivoco, solo ha salido del hotel una vez desde que llegó.

—¿Qué ha estado haciendo?

—Anoche cenó con gente.

—¿Ah, sí? ¿Con quién?

—Con sus amigos del otro lado del pasillo. Se registraron al mismo tiempo. Con nombre falso. Igual que la señorita Navarro.

—Necesito su nombre auténtico —dijo Silk.

—¿Por cuánto?

—Diez mil.

—Veinte.

—Hecho.

Ray Bennett regresó a su despacho, cerró la puerta y se sentó delante del ordenador. Como director de seguridad, tenía acceso ilimitado a la información de los huéspedes, al margen de que estos hubieran exigido que se respetara su intimidad. Un momento después llamó a Leonard Silk y le leyó los nombres.

—Sarah Bancroft y Gabriel Allon.

El iPhone de Bennett emitió un pitido al recibir un mensaje.

—Mira la fotografía que te acabo de mandar —dijo Silk.

Bennett amplió la imagen.

—¿La reconoces?

—Es esa periodista de *Vanity Fair*.

—¿Ha estado en la *suite* de la señorita Navarro?

—Creo que está allí ahora mismo.

—Gracias, Ray. Te mando el cheque.

Colgaron.

Bennett miró los dos nombres que aparecían en la pantalla del ordenador. Uno de ellos le sonaba. Gabriel Allon… Estaba seguro de haberlo visto en alguna parte. Pero ¿dónde?

Google le dio la respuesta.

—Mierda —masculló.

Fuera, Leonard Silk subió a la parte de atrás de su Escalade y marcó el número del teléfono desechable que le había dado a Phillip.

—¿Has hablado con ella? —preguntó Somerset.

—No he podido. Está muy ocupada ahora mismo.

—¿Qué está haciendo?

—Contarle a Evelyn Buchanan todo lo que sabe sobre Masterpiece Art Ventures. Gabriel Allon y tu amiga Sarah Bancroft están con ella. Se acabó, Phillip. Tu vuelo chárter sale de MacArthur a las diez y cuarto. No llegues tarde.

—Quizá debería llevarme el Gulfstream.

—El objetivo de esta operación es que Lindsay y tú salgáis del país sin dejar rastro. Cuando lleguéis a Miami, un coche os llevará a Key West. Cuando salga el sol, estaréis a medio camino de la península del Yucatán.

—¿Y tú, Leonard?

—Eso depende de si le has mencionado mi nombre a tu amiga sevillana.

—No te preocupes, no puede implicarte.

Silk oyó un coro de pitidos de coches a través del teléfono.

—¿Por qué no estás en el helicóptero?

—Hay atasco en la Segunda Avenida.

—En el sitio al que vas no tendrás que preocuparte por el tráfico.

Colgó y levantó la vista hacia los pisos superiores del hotel. «No puede implicarte...». Quizá no, pero Silk no estaba dispuesto a correr ese riesgo.

Llamó a Ray Bennett.

—Tengo otro encargo, si te interesa.

—Soy todo oídos.

Silk se lo explicó.

—¿Cuánto? —preguntó Bennett.

—Cincuenta mil.

—¿Por enfrentarme a un tipo como Gabriel Allon? Venga ya, Leonard.

—¿Qué tal setenta y cinco?

—Cien.

—Hecho —dijo Silk.

63

North Haven

Sola en la casa de North Haven, enorme y vacía, Lindsay Somerset estaba sentada en una postura de yoga sencilla, con las piernas cruzadas y las manos apoyadas levemente en las rodillas. El ventanal que tenía delante daba a las aguas cobrizas de la bahía de Peconic. Normalmente, aquel paisaje la llenaba de dicha; ahora no, sin embargo. No lograba encontrar la paz interior, el *shanti*.

Su teléfono silenciado yacía en el suelo, junto a la esterilla. Se iluminó al recibir una llamada entrante. Como no reconoció el número, Lindsay rechazó la llamada. El teléfono volvió a sonar un instante después, y de nuevo Lindsay cortó la llamada. Tras dos intentos más de rechazar al intruso, se llevó el aparato a la oreja con rabia.

—¿Qué coño quieres?

—Confiaba en poder hablar con mi mujer.

—Perdona, Phillip. No he reconocido el número. ¿Desde dónde llamas?

—Te lo explicaré cuando llegue.

—Creía que esta noche te quedabas en la ciudad.

—Ha habido un cambio de planes. Está previsto que aterricemos en East Hampton a las seis cuarenta y cinco.

—¡Qué maravilla! ¿Reservo mesa en algún sitio para cenar?

—Creo que esta noche no tengo ánimos de ver a nadie. Podemos recoger algo de cena antes de volver a casa.

341

—¿Encargo algo en el Lulu?

—Perfecto.

—¿Te apetece algo en especial?

—Sorpréndeme.

—¿Pasa algo, Phillip? Pareces desanimado.

—Ha sido un día duro, nada más.

Lindsay colgó y, levantándose, se puso unas Nike y una sudadera de cremallera de Lululemon. Luego bajó al salón. Rothko, Pollock, Warhol, Basquiat, Lichtenstein, Diebenkorn… Casi quinientos millones de dólares en cuadros, todos bajo el manto de Masterpiece Art Ventures. Phillip había mantenido cuidadosamente apartada a Lindsay de los asuntos de la empresa, y su conocimiento de cómo funcionaba esta se limitaba a lo más básico. Phillip compraba cuadros con astucia y los vendía obteniendo inmensos beneficios. Se quedaba con una parte de los beneficios y repartía el resto entre sus inversores. Los bancos estaban deseosos de prestarle capital porque nunca dejaba de pagar y aportaba su inventario como garantía. Los préstamos le permitían comprar más obras de arte, que generaban rendimientos aún mayores para sus inversores. Casi todos ellos veían duplicarse el valor nominal de sus cuentas en solo tres años. Muy pocos retiraban su dinero. Masterpiece era una auténtica ganga.

Lindsay contempló el Basquiat. Estaba con Phillip la noche que lo compró en Christie's por setenta y cinco millones de dólares. De hecho, fue su primera cita. Después la llevó al bar Sixty Five, en el Rainbow Room, para celebrar la compra con sus empleados. Era un equipo pequeño: tres chicas con coleta, zapato cómodo y estudios en universidades de prestigio, y un tal Kenny Vaughan, que había trabajado con Phillip en Lehman Brothers. También había una española alta y muy guapa; Magdalena Navarro, se llamaba. Phillip dijo que trabajaba como ojeadora y agente de Masterpiece en Europa.

—¿Sigues acostándote con ella? —le preguntó Lindsay durante el trayecto a su casa en Nueva York.

—¿Con Magdalena? Ya no.

Lindsay volvió a preguntárselo cuando él le propuso matrimonio y cuando insistió en que firmara un acuerdo prenupcial que le garantizaba una indemnización de diez millones de dólares en caso de divorcio. En ninguno de los casos se creyó la negativa de Phillip. Le inquietaba sobremanera su profunda convicción de que seguían siendo amantes. El vínculo sexual que los unía saltaba a la vista en cada uno de sus gestos y expresiones. Lindsay no era ciega. Ni tan tonta como ellos creían.

«Te lo explicaré cuando llegue...».

La sensación de disarmonía volvió a apoderarse de ella. No sabía si se trataba de su matrimonio o de los negocios de Phillip, pero algo iba mal, algo se había torcido. Estaba segura.

Fuera, se sentó al volante de su Range Rover blanco y enfiló el camino de acceso a la casa. Al pasar junto a la caseta del personal, un guardia la saludó con gesto escueto y le abrió la verja. Torció a la izquierda en Actors Colony Road y luego marcó el número del restaurante Lulu, en Sag Harbor. Saludó a la encargada por su nombre de pila e hizo su pedido: calamares fritos, pulpo a la plancha, dos ensaladas de lechuga Bibb, fletán a la plancha y entraña a la parrilla. El restaurante tenía registrada la tarjeta de crédito de Phillip, de modo que no fue necesario hablar de la forma de pago; ni siquiera del importe de la cuenta.

—¿A las siete y cuarto está bien, señora Somerset? Esta noche tenemos un poco de lío.

—Mejor a las siete.

Recorrió la península siguiendo la carretera 114 y se dirigió al centro de Sag Harbor. El aeropuerto se encontraba a unos seis kilómetros al sur de la ciudad, en Daniels Hole Road. Antes era propiedad del ayuntamiento de East Hampton, que también se encargaba de su explotación, pero ahora era un aeródromo totalmente privado que daba servicio a gente como los Somerset de North Haven. El Sikorsky de Phillip estaba descendiendo del cielo despejado del atardecer cuando Lindsay giró hacia la entrada. El guardia de seguridad le permitió llevar el coche hasta la pista, evitándole así al señor Somerset la humillación de tener que caminar hasta el aparcamiento.

Phillip se acomodó en el asiento del copiloto del Range Rover mientras el personal de tierra metía dos grandes maletas Rimowa de aluminio en el maletero. Ambas parecían extrañamente pesadas.

—¿Qué llevas ahí? ¿Mancuernas? —preguntó Lindsay al besar a su marido en los labios.

—Una contiene dos millones de dólares en metálico. La otra está llena de lingotes de oro de medio kilo.

—¿Por qué?

—Porque no soy lo que crees que soy. Y estoy en apuros.

64

Hotel Pierre

Poco antes de hacerse cargo de la gestión diaria de Isherwood Fine Arts, Sarah Bancroft había sufrido un interrogatorio brutal a manos de un alto funcionario de la inteligencia rusa que la amenazó con una toxina radiológica mortífera. Ver a Evelyn Buchanan escribir su artículo fue solo un poco menos torturante. Sarah la ayudó en lo que pudo, pero la mayor parte del tiempo mantuvo la cabeza agachada y procuró no cruzarse en la línea de fuego, cuyo blanco era principalmente Gabriel. No, dijo él una y otra vez, no tenía ningún deseo de ver su nombre incluido en el artículo. Las reglas del juego eran las reglas del juego. No había vuelta atrás en el último momento.

—En ese caso —dijo Evelyn—, hay varias cosas más que me gustaría preguntarle a Magdalena.

—¿Sobre qué?

—Oliver Dimbleby.

—¿Quién?

—Magdalena mencionó su nombre cuando habló con Phillip sobre el Gentileschi.

—¿Ah, sí? No estaba escuchando en ese momento.

—También dio a entender que todos esos cuadros recién descubiertos son falsificaciones.

—Porque lo son.

—¿Quién los pintó?

—¿Tú qué crees?

—¿Con qué fin?

—Para atraer a Magdalena.

—¿De verdad los compró alguien?

—No, por Dios. Eso habría sido muy poco ético.

—Por favor, cuéntame el resto de la historia.

—Termina la que tienes delante, Evelyn. Tu editor espera el primer borrador a las nueve.

A las seis y media, Sarah ya no podía soportarlo más. Levantándose, anunció que iba a bajar a tomar un buen martini Belvedere. Magdalena pidió permiso para acompañarla.

—Permiso denegado.

—Si pensara huir, lo habría hecho esta tarde cuando estaba con Phillip. Además, teníamos un trato, señor Allon.

Tenía razón.

—Solo una copa —dijo él—. Y sin teléfono ni pasaporte.

—Dos copas —replicó Sarah. Luego se volvió hacia Magdalena—. Nos vemos en los ascensores dentro de cinco minutos.

—Dentro de diez, mejor.

Sarah se fue a su habitación a arreglarse. Magdalena hizo lo mismo, dejando a Gabriel a solas con Evelyn.

—Me gustaría hacerte algunas preguntas más.

—No me cabe duda —respondió Gabriel distraídamente, y volvió a comprobar la transmisión del móvil de Phillip Somerset.

Hacía más de tres horas que el dispositivo no cambiaba de lugar. Catorce llamadas perdidas, ocho mensajes de voz nuevos, treinta y siete mensajes de texto sin leer.

Ninguna imagen.

Ningún sonido.

Ni rastro de Phillip.

Cuando todo terminó, hubo consenso casi universal en que había sido culpa de Christopher. Llamó a Sarah desde Londres cuando ella estaba entrando en su habitación y la entretuvo mientras se quitaba la ropa arrugada y se ponía algo más apropiado para la ocasión. Tardó más de lo que esperaba en peinarse y maquillarse y llegó a los ascensores con dos minutos de retraso. Al llegar, exhaló un suspiro de alivio. Por lo visto, su nueva amiga española también llegaba tarde.

Pero cuando pasaron tres minutos más sin que Magdalena diera señales de vida, empezó a inquietarse. Su temor a una catástrofe inminente se agravó cuando, al pulsar el botón de llamada, se encendió una luz, pero no apareció el ascensor. Frenética, levantó el auricular del teléfono del pasillo, le explicó su situación a la operadora del hotel y le aseguraron que estaría en el vestíbulo en un abrir y cerrar de ojos.

Por fin apareció un ascensor, que antes de llegar al vestíbulo se detuvo en media docena de pisos para recoger a un surtido variopinto de huéspedes enojados. Sarah se fue derecha al bar, pero no vio a Magdalena por ningún lado. Le preguntó a un camarero si había visto a una mujer alta y morena, de unos cuarenta años, bastante guapa. Lamentablemente no, contestó el camarero.

Lo mismo le dijo la chica de recepción. Y el guardia de seguridad vestido con traje oscuro que estaba cerca de allí. Y los porteros y aparcacoches de las dos entradas del hotel.

Finalmente, marcó el número de Gabriel.

—Por favor, dime que Magdalena está arriba contigo.

—Se fue hace quince minutos.

El exabrupto que soltó Sarah resonó en el gran vestíbulo del Pierre. Había perdido de vista a Magdalena solo un rato. Y había desaparecido.

65

Midtown

Magdalena había reconocido al hombre que se acercó a ella cuando salió de los ascensores. Le veía cada vez que se alojaba en el Pierre. Era el jefe de seguridad del hotel. Un tipo grandullón, con cara de irlandés y acento del extrarradio. En su vida anterior, habría evitado a un sujeto así. Saltaba a la vista que era policía. Jubilado, claro, pero policía a fin de cuentas.

Esa noche, sin embargo, el expolicía cuyo nombre ignoraba se había presentado como su protector. En voz baja, con tono tranquilo y firme, le había preguntado si esperaba alguna visita. Y al responderle ella que no, la informó de que había visto a dos hombres merodeando fuera de su *suite* esa misma tarde. Esos mismos hombres, dijo, estaban tomando agua con gas en el bar del vestíbulo en ese momento. En su opinión, eran agentes federales.

—¿Del FBI?

—Probablemente. Y creo que puede haber un par más fuera.

—¿Puede sacarme de aquí?

—Eso depende de lo que haya hecho.

—Confiar en quien no debía.

—Lo mismo he hecho yo una o dos veces. —La miró de arriba abajo—. ¿Necesita algo de su *suite*?

—No puedo volver.

—¿Por qué?

—Porque el hombre en el que confié está allí.

Sin añadir nada más, él la agarró del brazo y la hizo pasar por una puerta que daba a un pasillo flanqueado por pequeños despachos, que a su vez daba al muelle de carga del hotel. Un Escalade negro estaba parado al ralentí junto a la acera de la calle Sesenta y Uno Este.

—Está esperando a otro huésped. Puede cogerlo, si quiere.

—No tengo forma de pagarle.

—Conozco al conductor. Yo me encargo.

El expolicía grandullón con cara de irlandés cruzó con ella la acera y abrió la puerta de atrás del lado del conductor. Sentado detrás había un hombre canoso con traje gris. El expolicía la obligó a subir y cerró la puerta de golpe. El Escalade arrancó con una sacudida y torció a la izquierda en la Quinta Avenida.

El hombre canoso del traje gris la miró inexpresivamente mientras ella forcejeaba con el tirador de la puerta. Por fin se dio por vencida y se giró hacia él.

—¿Quién es usted?

—Soy quien hace desaparecer los problemas de Phillip —respondió—. Y usted, señorita Navarro, es un problema.

El conductor tenía el cuello del tamaño de una boca de riego y el pelo cortado al uno. En la esquina de la calle Cincuenta y Nueve Este con Park Avenue, Magdalena le pidió educadamente que le abriera la puerta. Al no recibir respuesta, apeló al hombre canoso de traje gris, que le dijo que cerrase la boca. Furiosa, intentó sacarle los ojos. Su asalto concluyó cuando él la agarró de la muñeca derecha y se la retorció hasta casi rompérsela.

—¿Ha terminado?

—Sí.

Él le hizo más daño.

—¿Seguro?

—Lo prometo.

Aflojó la presión, pero solo ligeramente.

—¿Qué hace en Nueva York?

—Me detuvieron.

—¿Dónde?

—En Italia.

—¿Qué pinta Allon en esto?

—Estaba trabajando con la policía italiana.

—Imagino que ha hecho un trato con él.

—Como todo el mundo, ¿no?

—¿Cuáles son los términos?

—Me prometió que no me procesarían si le ayudaba a derribar a Phillip.

—¿Y usted se creyó esa idiotez?

—Me dio su palabra.

—La ha utilizado, señorita Navarro. Y puede estar segura de que pensaba entregarla al FBI en cuanto dejara de necesitarla.

Magdalena se desasió bruscamente y retrocedió hasta el extremo del asiento. Avanzaban despacio por el cruce de la calle Cincuenta y Nueve Este y la Tercera Avenida. Al otro lado de su ventanilla ahumada había un agente de tráfico con el brazo levantado. Si lograba llamar su atención, tal vez consiguiera escapar de aquel atolladero. Pero también desencadenaría una serie de acontecimientos que acabarían inevitablemente en su encarcelamiento. Era mejor, se dijo, jugársela con el solucionador de problemas de Phillip.

—¿Qué sabe Allon? —preguntó él.

—Todo.

—¿Y la periodista?

—Más que suficiente.

—¿Cuándo se publicará el artículo?

—Esta misma noche. Masterpiece se habrá hundido por la mañana.

—¿Mi nombre aparece en el artículo?

—¿Cómo va a aparecer? No sé cómo se llama.

—¿Phillip nunca se lo susurró al oído mientras…?

—Que te jodan, cabrón.

El golpe llegó sin previo aviso, un revés fulminante. Magdalena notó un sabor a sangre.

—Qué caballeroso. No hay nada más atractivo que un hombre que pega a una mujer indefensa.

El teléfono del hombre sonó antes de que pudiera formular otra pregunta. Se lo llevó al oído y escuchó en silencio. Por fin dijo:

—Gracias, Marty. Avísame si Allon hace algún movimiento. —Se guardó el móvil en el bolsillo de la chaqueta y miró a Magdalena—. Evidentemente, el ordenador de Evelyn Buchanan está a punto de sufrir una avería seria.

—Eso no impedirá que se publique el artículo.

—Puede que no, pero de ese modo Phillip y usted tendrán tiempo de sobra para salir del país antes de que el FBI emita una orden de detención.

—No voy ir a ninguna parte con Phillip.

—La otra opción es una tumba poco profunda en los Adirondacks.

Magdalena no dijo nada.

—Sabia elección, señorita Navarro.

66

Sag Harbor

Lindsay se había empeñado en parar en el centro de Sag Harbor para recoger la comida en el Lulu. Phillip había pensado que era una locura, como el acto de una suicida que se pone el vestido de novia antes de ingerir una sobredosis de barbitúricos. Ahora, sin embargo, mientras esperaba su pedido en un extremo de la bonita barra del restaurante, se alegraba de tener un momento para sí mismo.

El bullicio de la sala era agradable y mesurado. Pese a las circunstancias actuales de Phillip, la jornada había sido buena en Wall Street. Había habido beneficios. Estrechó algunas manos importantes, tocó el hombro de un par de personajes encumbrados y respondió a la discreta inclinación de cabeza de un respetado coleccionista que hacía poco había comprado un cuadro a Masterpiece Art Ventures por cuatro millones y medio de dólares. Unas horas después, el coleccionista se enteraría de que el cuadro era sin duda alguna una falsificación. Deseoso de ocultar su vergüenza por haberse dejado engañar, les aseguraría a sus amigos íntimos y a sus socios que siempre había sabido que Phillip Somerset era un estafador y un farsante. Probablemente no recibiría ninguna compensación económica, ya que los activos disponibles de Masterpiece Art Ventures serían limitados, y la cola de damnificados, larga. El talentoso señor Somerset no podría prestar ayuda a las autoridades porque estaría en paradero desconocido. El restaurante Lulu, en la calle principal de Sag Harbor, sería uno de los últimos lugares en los que alguien recordaría haberle visto.

Sintió que le tocaban el codo y, al volverse, se encontró con los ojos de terrier de Edgar Malone. Edgar vivía muy bien gracias a la fortuna que había heredado de su abuelo, buena parte de la cual le había confiado a Masterpiece Art Ventures en un acto de imprudencia.

—He oído que hoy has perdido a varios inversores —comentó.

—Y todos ellos han obtenido pingües beneficios de su participación en mi fondo.

—¿Debería preocuparme?

—¿Te parezco preocupado, Edgar?

—No, no me lo pareces. Pero aun así me gustaría retirar parte de mi dinero.

—Consúltalo con la almohada. Llámame por la mañana, cuando lo hayas decidido.

La encargada le informó de que su pedido iba con retraso y como compensación le ofreció una copa de vino; a fin de cuentas, era un cliente muy apreciado y un miembro destacado de la sociedad del East End, al menos durante unas horas más. Él rechazó la copa de vino, pero aceptó una llamada entrante en su teléfono desechable.

—Manda el helicóptero de vuelta a Manhattan inmediatamente —le dijo Leonard Silk.

—¿Por qué?

—Para recoger al último miembro de tu comitiva.

—¿Alguien que yo conozca?

—Avisa a la tripulación —insistió Silk—. Que el pájaro vuelva a Manhattan.

Cinco minutos después, con las bolsas en la mano, Phillip salió por la puerta del restaurante al aire cálido de la noche. Dejó la comida en la parte de atrás del Range Rover y se acomodó en el asiento del copiloto. Lindsay dio marcha atrás sin mirar siquiera por el retrovisor. Se oyó un chirrido de neumáticos y un pitido. Phillip supuso que algún día aquello formaría parte de la leyenda en torno a su desaparición: cómo había estado a punto de chocar en la calle mayor de Sag Harbor. Se hablaría mucho del hecho de que era Lindsay quien conducía.

Ella metió primera y el Range Rover salió disparado hacia delante.

—Explícame cómo funcionaba —le exigió ella.

—No hay tiempo. Además, es imposible que lo entiendas.

—¿Porque no soy lo bastante lista?

Phillip hizo amago de tocarla, pero ella se apartó. Conducía peligrosamente deprisa.

—¡Dímelo! —gritó.

—Al principio, era una forma de generar el dinero extra que necesitaba para demostrarles a los inversores que había beneficios, pero, con el paso del tiempo, la compraventa de falsificaciones se convirtió en mi modelo de negocio. Si hubiera dejado de hacerlo, el fondo se habría hundido.

—¿Porque tu presunto fondo no era más que un esquema Ponzi disfrazado de otra cosa?

—No, Lindsay. Era un verdadero esquema Ponzi. Y muy lucrativo, además.

Y habría seguido siéndolo, pensó Phillip, de no ser porque una francesa, una tal Valerie Bérrangar, le escribió una carta a Julian Isherwood hablándole de *Retrato de una desconocida* y entonces Isherwood le pidió nada menos que al gran Gabriel Allon que hiciera averiguaciones. Tal vez Phillip habría podido burlar al FBI, pero Allon era un adversario mucho más peligroso: un restaurador lleno de talento que, además, era un exagente de inteligencia. ¿Qué probabilidades tenía, enfrentándose a él? Había sido un error dejarle salir con vida de Nueva York.

Lindsay hizo caso omiso de la señal de *stop* que había al final de la calle y viró bruscamente hacia la 114. Phillip se agarró al reposabrazos cuando cruzaron a toda velocidad el estrecho puente de dos carriles que separaba Sag Harbor de North Haven.

—Tienes que ir más despacio, en serio.

—Creía que tenías que coger un avión.

—Tenemos que cogerlo los dos. —Phillip soltó el reposabrazos—. Sale de MacArthur a las diez y cuarto.

—¿Y adónde va?

—A Miami.

—Ya sé que no soy tan lista como tú, Phillip, pero estoy segura de que Miami forma parte de los Estados Unidos.

—Solo es la primera escala.

—¿Y después?

—Una casa preciosa con vistas al océano, en Ecuador.

—Yo creía que los delincuentes ricos como tú y Bobby Axelrod se iban a Suiza para que no los detuvieran.

—Eso solo es en las películas, Lindsay. Tendremos un nombre nuevo y mucho dinero. Nadie va a encontrarnos, nunca.

Ella se rio amargamente.

—No voy a ir a ninguna parte contigo, Phillip.

—¿Sabes lo que pasará si te quedas? Que en cuanto el fondo se derrumbe, el FBI confiscará las casas y los cuadros y congelará todas las cuentas bancarias. Te convertirás en una apestada. Tu vida estará arruinada. Y nadie va a creer que no sabías que tu marido era un delincuente.

—Lo creerán si te entrego.

Phillip desenchufó el teléfono de Lindsay del cargador y se lo metió en el bolsillo de la chaqueta.

—Seguro que no has hecho todo esto tú solo —dijo ella.

—Kenny Vaughan se encargaba de que las cuentas cuadraran.

—¿Y Magdalena?

—Llevaba las ventas y la distribución.

—¿Dónde está ahora?

—Yendo al helipuerto de la calle Treinta y Cuatro.

Lindsay pisó a fondo el acelerador.

—Si no frenas —dijo Phillip—, vas a matar a alguien.

—A lo mejor te mato a ti.

—No si te mato yo primero, Lindsay.

67

Hotel Pierre

Cuando Magdalena salió por última vez de su *suite* en la planta veinte del hotel Pierre, vestía el mismo traje pantalón oscuro que la noche que abordó a Oliver Dimbleby en la acera de Bury Street, en Londres. No llevaba teléfono ni pasaporte, pero sí su permiso de conducir español y un billete de veinte dólares. Tampoco llevaba bolso: lo había dejado a los pies de su cama deshecha, junto a un ejemplar en español de *El amor en los tiempos del cólera*. Esta era, en opinión de Gabriel, la prueba más evidente de cuáles eran sus intenciones. Ninguna de sus muchas amigas y conocidas se habría dado a la fuga sin su bolso. Estaba seguro, por tanto, de que la desaparición repentina de Magdalena tenía otra explicación. Una explicación que con toda probabilidad incluía a Phillip Somerset y Leonard Silk.

Fuera lo que fuese lo que había ocurrido, las cámaras de vigilancia del hotel lo habrían registrado. Gabriel llamó a Yuval Gershon, le explicó la situación y le pidió que echase un vistazo a las grabaciones. Yuval le sugirió que hablara con la seguridad del hotel.

—Tengo la horrible sensación de que la seguridad del hotel ha tenido algo que ver con esto.

—¿Qué te hace pensar eso?

—Los ascensores se pararon misteriosamente a la hora en que desapareció.

—Descríbemela.

—Alta, pelo largo y moreno, traje pantalón oscuro, sin bolso.

—Estáis en el piso diecinueve, creo.

—En el veinte, Yuval.

—Te llamaré en cuanto sepa algo.

Gabriel colgó. Sarah se paseaba ansiosa por la habitación. Evelyn Buchanan miraba fijamente su ordenador portátil, con la expresión horrorizada de quien acaba de presenciar un asesinato.

—¿Pasa algo? —preguntó Gabriel.

—Mi artículo acaba de desaparecer de la pantalla. —Deslizó el dedo índice por el ratón—. Y la carpeta de documentos está vacía. Ha desaparecido todo mi trabajo, incluidas mis notas y la transcripción de la entrevista con Magdalena.

Gabriel desconectó rápidamente su ordenador de la red wifi del hotel y le dijo a Evelyn que hiciera lo mismo.

—¿Cuánto tiempo te llevará volver a mecanografiarlo?

—No se trata solo de mecanografiarlo. Tengo que volver a redactarlo de principio a fin. Cinco mil palabras. De memoria.

—Entonces te aconsejo que empieces ya. —Gabriel cogió su teléfono y miró a Sarah—. Cierra la puerta con llave y no abras a nadie más que a mí.

Sin añadir nada más, salió al pasillo y se dirigió a los ascensores. Enseguida apareció uno vacío. Bajó al vestíbulo y salió del hotel por la puerta de la Quinta Avenida.

Fuera, el sol se había puesto tras los árboles de Central Park, pero aún había luz suficiente. Torció a la izquierda una vez y luego otra, hacia la calle Sexta Este. Al pasar por la entrada del mítico Metropolitan Club —el patio de recreo privado de la élite financiera de Nueva York—, vio un Suburban aparcado con dos hombres dentro. Ambos llevaban auriculares. El que estaba sentado al volante fue el primero en ver a Gabriel. Le dijo algo a su compañero, que giró la cabeza para mirar a la leyenda.

La leyenda dobló la esquina de Madison Avenue y se dirigió a la calle Sesenta y Uno Este. El segundo equipo estaba aparcado justo enfrente de la entrada de mercancías del Pierre. Eran tres: el tercer miembro era el *hacker* que se había introducido en la red wifi del hotel y había extraído los documentos del portátil de Evelyn.

Gabriel estuvo tentado de pedirle que devolviera el material robado, pero en vez de hacerlo cruzó la Quinta Avenida y entró en Central Park. Se sentó en un banco y esperó a que sonara su teléfono, preguntándose, igual que otras veces, cómo le había llevado la vida hasta allí.

Aunque Gabriel no lo sabía, Magdalena se preguntaba lo mismo en ese momento. Ella no estaba sentada en un banco del parque, sino en la parte trasera de un todoterreno de lujo, junto a un hombre que apenas unos minutos antes la había amenazado con matarla si no accedía a huir del país con el financiero cuya estafa había ayudado a destapar. No le habían dicho cuál era su destino, pero el hecho de que no llevara pasaporte sugería que el viaje sería poco convencional. Iba a comenzar, al parecer, con un trayecto en helicóptero, puesto que habían aparcado bajo la autovía FDR Drive, cerca de la terminal de color gris claro, en forma de caja, del helipuerto de la calle Treinta y Cuatro Este.

Magdalena miró su reloj, el Cartier que Clarissa, la *personal shopper*, había elegido para ella en Bergdorf Goodman aquella tarde gélida de diciembre de 2008. Qué desperdicio, pensó de repente, todas esas chucherías tan costosas… El arte era lo único que importaba: el arte, los libros y la música. Y la familia, por supuesto. Había sido un error involucrar a su padre en la estafa de Phillip. Aun así, confiaba en que no le procesaran. Los delincuentes artísticos nunca recibían el castigo que merecían. Por eso, entre otros motivos, había tanta delincuencia artística.

Otro todoterreno se detuvo a su lado y Tyler Briggs se apeó del asiento del copiloto. Evidentemente, Magdalena iba a ir acompañada en la primera etapa de su viaje al exilio, por si se portaba mal en el helicóptero y ponía en peligro a la tripulación. Estaba considerando llevar a cabo un último acto de rebeldía antes de abandonar Manhattan, un gesto de despedida para tomarse la revancha por su labio partido e hinchado.

Su compañero de asiento tenía la vista fija en el móvil.

—El helicóptero está a punto de aterrizar —dijo.

—¿Adónde voy a ir?

—A East Hampton.

—Espero llegar a tiempo para la cena.

—Es solo la primera parada.

—¿Y después?

—En el lugar al que va podrá hablar español.

—¿Qué tal lo habla usted?

—Bastante bien, de hecho.

—Entonces no le costará entender lo que voy a decir.

Con mucha calma, pronunció en español el insulto más ofensivo e hiriente que se le ocurrió. El hombre canoso del traje gris se limitó a sonreír.

—Phillip siempre ha dicho que tenía muy buena boca.

Esta vez fue Magdalena quien atacó sin previo aviso. Su puñetazo le abrió una pequeña saja en el rabillo del ojo. Él se limpió la sangre con un pañuelo de hilo.

—Suba al helicóptero, señorita Navarro. De lo contrario, la espera una tumba poco profunda.

—Igual que a usted, imagino.

Tyler Briggs le abrió la puerta y la escoltó hasta el Sikorsky. Cinco minutos después sobrevolaron el río East. Ante ellos se extendían los barrios obreros de Queens y las zonas residenciales de los condados de Nassau y Suffolk. Esa isla tan esbelta y bulliciosa, pensó Magdalena.

Miró su Cartier. Eran las ocho menos diez de la tarde. Al menos, eso creía. Porque el maldito reloj iba de pena.

68

Hotel Pierre

Ray Bennett, el jefe de seguridad del hotel Pierre, era más o menos del mismo tamaño que el *capitano* Luca Rossetti. Medía bastante más de metro ochenta y pesaba, como poco, cien kilos. La mayor parte de ese peso se mantenía en bastante buena forma para un hombre de su edad, en torno a cincuenta y cinco años. Tenía el pelo gris metálico, bien cortado y peinado, y la cara ancha y cuadrada. Aquella era una cara hecha para recibir un puñetazo, pensó Gabriel. Le preguntó a su dueño si podían hablar un momento en privado. Ray Bennett contestó que prefería que hablaran en el vestíbulo.

—Eso sería un error por su parte, señor Bennett.

—¿Por qué, caballero?

—Porque sus compañeros escucharán lo que tengo que decirle.

Bennett contempló a Gabriel con ojos de policía que todo lo ve.

—¿De qué se trata?

—De una huésped desaparecida.

—¿Nombre?

—Aquí no.

Bennett le hizo pasar a través de una puerta que había detrás de recepción y le condujo por un pasillo, hasta su despacho. Dejó la puerta abierta. Gabriel la cerró sin hacer ruido y se volvió para mirarle.

—¿Dónde está?

—¿Quién?

Gabriel le asestó un golpe en la laringe a la velocidad del rayo y acto seguido le propinó un rodillazo en la entrepierna, para igualar las cosas. A fin de cuentas, él era más bajo y mayor. Le convenía reducir su desventaja.

—Estabas esperando fuera del ascensor cuando bajó. Le dijiste algo que la tranquilizó y la acompañaste a la entrada de mercancías. Un Escalade negro estaba esperando fuera. La obligaste a subir al asiento trasero.

Bennett no respondió. No podía.

—Creo saber quién te mandó que lo hicieras, Ray, pero me gustaría oírte decir su nombre.

—S-s-s-s-s...

—Lo siento, pero no te entiendo.

—S-s-s-s-s...

—¿Leonard Silk? ¿Es eso lo que intentas decirme?

Bennett asintió enérgicamente con la cabeza.

—¿Cuánto te ha pagado?

—N-n-n-n...

—¿Perdón?

—N-n-n-n...

Gabriel le palpó la pechera de la chaqueta y encontró su teléfono, un iPhone 13 Pro. Lo movió delante de la cara de Bennett y se desbloqueó. El mismo número de móvil de Nueva York aparecía tres veces en la lista de llamadas recientes. Una entrante, dos salientes. La última se había efectuado aproximadamente una hora antes, a las 18:41. Era una llamada saliente.

Gabriel le mostró el número a Ray Bennett.

—¿Es el de Silk?

Asintió con un gesto.

Gabriel fotografió la pantalla con su Solaris. Luego descolgó el teléfono fijo de la mesa y se lo pasó a Bennett.

—Dile al aparcacoches que lleve el coche de la señora Bancroft a la entrada de la Quinta Avenida. No a la de la calle Sesenta y Uno Este. A la de la Quinta Avenida.

Bennett pulsó el botón de marcación rápida y soltó un graznido incomprensible.

—Bancroft —dijo Gabriel lentamente—. Sé que puedes hacerlo, Ray.

Arriba, en la planta veinte, Gabriel le mandó el número de Leonard Silk a Yuval Gershon antes de guardar sus pertenencias en la bolsa de viaje. En la habitación de al lado, Sarah recogió sus cosas con la misma rapidez. Luego cruzó el pasillo y sin perder un instante metió la ropa y los artículos de aseo de Magdalena en su lujosa maleta Louis Vuitton. Sentada ante el escritorio, Evelyn Buchanan tecleaba sin cesar en su portátil, ajena, o eso parecía, al ajetreo que la rodeaba.

A las ocho menos veinte sonó el teléfono de la habitación de Sarah. Era el aparcacoches, que llamaba para avisarla de que su coche la estaba esperando, tal y como había pedido, en la entrada de la Quinta Avenida del hotel. Evelyn Buchanan metió el portátil en el bolso y los siguió al ascensor. Abajo, en el vestíbulo, no había ni rastro de Ray Bennett. Sarah informó a la joven de recepción de que el señor Allon y ella se marchaban antes de lo previsto.

—¿Hay algún problema? —preguntó la recepcionista.

—Hemos cambiado de planes —mintió Sarah con naturalidad, y le dijo a la joven que no necesitaba copia del recibo.

Un botones se hizo cargo de su equipaje y lo llevó al Nissan Pathfinder. Evelyn Buchanan se sentó detrás y sacó enseguida el portátil. Sarah se acomodó en el asiento del copiloto y Gabriel se puso al volante. Al pasar a toda velocidad por el cruce de la Quinta Avenida y la calle Sexta Este, miró hacia la derecha para que los dos hombres sentados en el Suburban, frente al Metropolitan Club, no le vieran la cara. No hicieron ningún intento de seguirlos.

—¿El secuestro va incluido en la tarifa del Pierre o lo cobran aparte? —preguntó Sarah. Gabriel se rio en voz baja—. ¿Dónde crees que la han llevado?

—Tengo el presentimiento de que está a punto de abandonar el país, quiera ella o no.

—¿Con Phillip?

—¿Con quién, si no?

—No tiene pasaporte.

—Puede que no lo necesite donde van.

—Phillip tiene su Gulfstream en Teterboro —dijo Sarah.

—Es demasiado listo para usar su avión particular. Se irá en un *jet* alquilado que le habrá reservado alguien. —Gabriel hizo una pausa—. Leonard Silk, por ejemplo.

—Tal vez convenga llamar al señor Silk y preguntarle adónde se dirige su cliente.

—Dudo mucho que esté dispuesto a ayudarnos.

—En ese caso —dijo Sarah—, quizá deberíamos avisar al FBI.

—Eso podría tener consecuencias desagradables.

—¿Para Magdalena?

—Y para mí.

—La alternativa es peor aún.

—El FBI no puede detener a Phillip sin una orden judicial. Y no pueden conseguir una orden basándose solo en mi opinión. Necesitan indicios fidedignos de que se ha cometido un delito.

—Los tendrán muy pronto. —Sarah miró a Evelyn Buchanan, que seguía tecleando con denuedo en su portátil. Luego se volvió y contempló la Quinta Avenida—. Espero que seas consciente de que nada de esto habría pasado si nos hubiésemos alojado en el Four Seasons.

—Tomo nota.

—Y además me he quedado sin mi martini.

—Tendrás tu martini en cuanto impidamos que Phillip huya del país.

—Más te vale —dijo Sarah.

Como era de esperar, Ray Bennett optó por no informar a Leonard Silk de que el número de su teléfono móvil personal había caído en manos del exespía más famoso del mundo. De ahí que Silk no tomara medidas para proteger su dispositivo de un posible ataque.

Este se produjo cuando se dirigía al centro por la Primera Avenida: una invasión llevada a cabo sigilosamente, con cero clics, por el *malware* de fabricación israelí conocido como Proteus. Al igual que otras muchas víctimas antes que él, incluidos numerosos jefes de Estado, Silk ignoraba que su dispositivo había sido intervenido.

En cuestión de minutos, el teléfono comenzó a arrojar un géiser de información valiosa. El interés inmediato de Yuval Gershon eran los datos de localización GPS y el historial de llamadas. Por iniciativa propia, atacó un segundo dispositivo antes de llamar a Gabriel. Eran las ocho y cuarto en Nueva York. Gabriel circulaba en ese momento a gran velocidad por Broadway, atravesando el Bajo Manhattan. Gershon y él hablaron en hebreo para asegurarse de que no se perdiera nada en la traducción.

—Salió del Pierre a las seis y cuarenta y cuatro. Por cierto, justo a esa hora Ray Bennett sacó a tu chica por la puerta de servicio. Algo me dice que no fue una coincidencia.

—¿Adónde fue?

—Al helipuerto de la calle Treinta y Cuatro Este. Estuvo allí hasta las siete cincuenta y dos.

—¿Dónde está ahora?

—En su piso de Sutton Place. Es el número catorce, por si te interesa. Planta dieciséis, calculo yo.

—¿Alguna llamada interesante?

—A Executive Jet Services, una compañía de alquiler de *jets* privados con base en el aeropuerto MacArthur de Long Island.

—Sé dónde está el MacArthur, Yuval.

—¿También sabes cuándo llamó Silk?

—Quizá deberías decírmelo.

—La primera llamada la hizo a las cuatro y veintitrés de la tarde. Volvió a llamar hace unos veinte minutos.

—Parece que alguien está planeando hacer un viaje.

—En efecto. Silk le ha llamado dos veces. La última, alrededor de las siete. Intervine el dispositivo hace unos minutos. No hay datos en el teléfono, lo que significa que seguramente es un desechable, pero he podido conseguir una localización.

—¿Dónde está?

—En la costa este de la península de North Haven.

—¿A tres metros sobre el nivel del mar?

—¿Cómo lo has adivinado?

—Mándame un mensaje si se mueve de ahí.

Gabriel colgó y miró a Sarah.

—¿Qué te ha dicho? —preguntó ella.

—Que probablemente deberíamos alquilar un helicóptero.

Sarah comenzó a marcar.

Las oficinas de la revista *Vanity Fair* se encontraban en la planta veinticinco del One World Trade Center. Gabriel dejó a Evelyn Buchanan en West Street, cerca del monumento al 11-S, y tomó el túnel de Battery Park para llegar al helipuerto del centro de Manhattan. Aparcó el Nissan en un hueco del pequeño aparcamiento de personal, le dio quinientos dólares al encargado para que dejara allí el vehículo toda la noche y condujo a Sarah a la terminal. El Bell 407 que habían alquilado los esperaba al final del muelle en forma de L. Despegó a las nueve y diez de la noche y puso rumbo al este en medio del frescor del crepúsculo.

69

North Haven

Los Somerset de North Haven tenían dos Range Rover: uno para él y otro para ella. El de Phillip era de 2022, completamente equipado, de color negro y con el interior en tonos marrones. Ayudado por un guardia de seguridad, Phillip introdujo en el espacioso maletero cinco maletas de aluminio de la marca Rimowa de Madison Avenue. Dos de ellas contenían dinero en efectivo; otras dos, lingotes de oro. La más grande estaba llena de ropa, artículos de aseo y algunos recuerdos personales, entre ellos una colección de lujosos relojes de pulsera valorada en doce millones de dólares.

Dentro de la casa, Phillip encontró a Lindsay donde la había dejado, sentada junto a la isla de la cocina, con la cena debidamente emplatada y desplegada ante así. Había encendido velas y servido el vino, pero no había tocado la comida. El aire olía a lirios y a pulpo a la plancha. A Phillip se le revolvió el estómago. Miró la pantalla del teléfono fijo. Lindsay no había hecho ninguna llamada durante el rato que había estado fuera.

—¿Te hago la maleta? —le preguntó.

Ella se quedó callada, con la mirada perdida en un vacío que había creado el propio Phillip. No había pronunciado palabra desde que él, absurdamente, había amenazado con recurrir a la violencia. Era ella quien primero había desenvainado la espada, sí, pero había sido muy imprudente por su parte reaccionar de la misma forma. Casi tan imprudente, pensó, como decirle en qué país pensaba refugiarse.

—No les dirás dónde estoy, ¿verdad?

—En cuanto tenga oportunidad. —Ella le dedicó una sonrisa forzada—. Pero esta noche no, Phillip. He llegado a la conclusión de que lo mejor sería que desaparecieras sin más. Así no tendría que volver a verte la cara ni, Dios no lo quiera, visitarte en la cárcel.

Phillip regresó a su despacho e hizo una serie de transferencias electrónicas ideadas para dejar poco o ningún rastro del destino final del dinero. En conjunto, las transferencias tuvieron el efecto de vaciar hasta el último céntimo de las cuentas de Masterpiece Art Ventures. No quedó nada. Solo los bienes inmuebles, los juguetes, la deuda y los cuadros. Las obras auténticas que formaban parte del inventario de la compañía valían al menos setecientos millones de dólares, pero estaban todas apalancadas. Quizá Christie's celebrara una subasta especial nocturna para venderlas. La Colección Somerset. Tenía que reconocer que sonaba bien.

Phillip se levantó y, acercándose a la ventana, contempló por última vez su reino. La bahía. Su barco. Su hermoso jardín. Su piscina azul. De pronto se dio cuenta de que no la había usado ni una vez en todo el verano.

Un piloto verde se encendió en el teléfono multilínea del escritorio. Levantó el auricular y oyó que Lindsay colgaba bruscamente abajo. Estaba claro que seguía pensando en entregarle a las autoridades. Phillip cambió de línea y marcó el número del aeropuerto de East Hampton. Contestó Mike Knox, el encargado de operaciones de vuelo del turno de noche.

—Su helicóptero llegó hace unos veinte minutos, señor Somerset. Los pasajeros decidieron quedarse a bordo.

—¿Está prevista la llegada de algún otro aparato?

—Un Blade, un par de helicópteros privados y un chárter de Zip Aviation que viene del centro de Nueva York.

—¿A qué hora está previsto que llegue el chárter?

—Dentro de veinticinco minutos, más o menos.

—¿Mi helicóptero tiene el depósito lleno?

—Están terminando de llenarlo.

—Gracias, Mike. Voy para allá.

Phillip colgó el teléfono y abrió el cajón inferior del escritorio, donde guardaba su pistola no registrada.

«No si te mato yo primero, Lindsay...».

Sin duda eso le garantizaría una salida limpia, pensó, pero también le acarrearía una infamia eterna. A decir verdad, en parte estaba deseando exiliarse. Mantener la estafa en funcionamiento todos esos años había sido agotador. Necesitaba unas vacaciones con urgencia. Y ahora parecía que tendría a la bella Magdalena para calentarle la cama, al menos hasta que escampase la tormenta y pudiera volver a España.

O quizá no, pensó de repente. Quizá vivirían juntos para siempre en la clandestinidad. Se imaginó una existencia como la de Ripley, con Magdalena en el papel de Héloïse Plisson. Con el paso del tiempo, la gente acabaría viéndole con mejores ojos, como una figura misteriosa y seductora, un antihéroe. Si le pegaba un tiro a Lindsay, eso ya no sería posible. El Upper East Side entero le desearía la muerte.

Cerró el cajón, borró sus documentos y correos electrónicos y vació la papelera del ordenador. Abajo, le devolvió el teléfono a Lindsay. Ella le atravesó con la mirada, como si fuera de cristal.

—Vete. —Fue lo único que dijo.

El helicóptero Blade de línea regular llegó al aeropuerto de East Hampton a las nueve y diez. Seis pasajeros, todos ellos de Manhattan, se esparcieron por la pista y, tras recoger su equipaje, se dirigieron a la terminal. Magdalena los observaba desde la ventanilla del Sikorsky. Tyler Briggs estaba sentado en el asiento de enfrente, despatarrado y con la entrepierna desprotegida. Magdalena calculó qué probabilidades de éxito tenía si le propinaba un golpe que le dejara momentáneamente incapacitado y le quitaba el teléfono de la mano. Eran razonables, se dijo, pero las represalias serían sin duda inmediatas y severas. Tyler era un exmilitar y ella ya estaba maltrecha por sus escaramuzas con la eminencia gris de la operación. Había tenido suficientes emociones por una noche. Era mejor pedírselo con amabilidad.

—¿Me prestas tu teléfono un momento, Tyler?

—No.

—Solo quiero consultar una página web.

—He dicho que no.

—¿Podrías buscarla por mí, por favor? Es *Vanity Fair*.

—¿La revista?

—¿No te has enterado? Están a punto de publicar un artículo sobre tu jefe. Mañana por la mañana, la casa de Nueva York estará rodeada de cámaras de televisión y periodistas. ¿Quién sabe? Si juegas bien tus cartas, quizá puedas ganar un poco de dinero extra. Pero te ruego que no vendas esos vídeos subidos de tono que tienes guardados en tu ordenador. Mi pobre madre no lo resistiría.

—El señor Somerset nos ordenó borrarlo todo esta tarde.

—Muy sabio por su parte. Ahora sé bueno, Tyler, y mira la página web, hazme ese favor. Es *Vanity Fair*. Te lo puedo deletrear, si quieres.

El teléfono sonó antes de que él pudiera responderle.

—Sí, señor Somerset —dijo al cabo de un momento—. No, señor Somerset. No ha dado ningún problema… Sí, se lo diré, señor.

Colgó y se guardó el teléfono en el bolsillo de la chaqueta.

—¿Decirme qué? —preguntó Magdalena.

El guardia señaló el Range Rover negro que avanzaba velozmente por la pista.

—El señor Somerset quiere hablar con usted en privado antes de que despeguemos.

Se detuvo a unos metros de la cola del Sikorsky y abrió el maletero del Range Rover. Magdalena se fijó en la carga antes de subir al asiento del copiloto. Phillip miraba fijamente hacia delante, agarrando con fuerza el volante. En la consola central había un teléfono móvil desbloqueado. No era el de siempre.

Por fin se volvió y la miró.

—¿Qué te ha pasado en la cara?

—Al parecer, dije algo que ofendió la sensibilidad de tu amigo. —Magdalena hizo una pausa—. Nunca me lo has presentado como es debido.

—Silk —dijo Phillip—. Leonard Silk.

—¿Dónde le conociste?

—En el restaurante Smith and Wollensky.

—¿Fue un encuentro casual?

—Tratándose de Leonard, nada es casual.

—¿De qué se trataba?

—De Hamilton Fairchild.

—¿Un comprador?

Phillip asintió en silencio.

—¿Cuál era el cuadro?

—*San Jerónimo*.

—¿De un seguidor de Caravaggio?

—Del círculo de Parmigianino. Se lo endosé a Hamilton en una venta privada que gestionó Bonhams.

—Siempre me gustó ese cuadro —comentó Magdalena.

—También le gustaba a Hamilton hasta que se lo enseñó a un marchante, un tal Patrick Matthiesen. Le dijo a Hamilton que, en su docta opinión, el cuadro era obra de un imitador posterior, por decirlo de algún modo.

—Supongo que Hamilton quiso recuperar su dinero.

—Naturalmente.

—¿Y te negaste?

—Por supuesto.

—¿Cómo se resolvió el asunto?

—Lamentablemente, Hamilton y su esposa fallecieron en un accidente de avioneta en la costa de Maine.

—¿Cuántos más ha habido?

—Menos de los que imaginas. Leonard se ocupó de la mayoría con un sobre lleno de fotografías comprometedoras o de información financiera incriminatoria. Y no solo de compradores. De inversores también. ¿Por qué crees que Max van Egan tiene aún doscientos cincuenta millones en el fondo? —Phillip cogió el teléfono y abrió el navegador—. ¿Cuánto falta para que publiquen el artículo?

—Me extraña que no lo hayan publicado ya. Cuando aparezca, Masterpiece estallará en llamas.

—Eres tan culpable como yo y lo sabes.

—No sé por qué, pero me da la impresión de que tus prestamistas e inversores no van a opinar lo mismo.

Rabioso, Phillip tiró a un lado el teléfono.

—¿Por qué lo has hecho? —preguntó.

—Me detuvieron una hora después de comprar el Gentileschi. Fue una operación secreta planeada por Gabriel Allon y los italianos. Me dieron a elegir. Podía pasar los próximos años en una prisión italiana o entregarles tu cabeza en bandeja.

—Deberías haber pedido un abogado y haber mantenido la boca cerrada.

—Transferiste diez millones de euros a una cuenta bancaria de los Carabinieri. Al final, habrían dado contigo siguiendo el rastro del dinero, con mi ayuda o sin ella.

—Supongo que lo de los rescates también fue cosa de Allon. Me engañó para que cometiera un fraude bancario a través de un teléfono intervenido.

—Te dije que guardaras el cuadro y que lo vendieras más adelante, pero no me hiciste caso.

—Me has llevado al patíbulo y has puesto la soga al cuello.

—No he tenido elección.

—Cuando te conocí traficabas con drogas. ¿Y así es como me lo pagas?

—Pero eran drogas de verdad, ¿verdad, Phillip? —Magdalena echó un vistazo hacia atrás—. Supongo que Lindsay no estará en una de esas maletas.

—Estamos solos, tú y yo.

—Qué romántico. ¿Adónde vamos?

Phillip miró el teléfono. Magdalena echó un vistazo a su reloj de Cartier.

Eran las nueve y media.

70

Centro de Nueva York

En la planta veinticinco del One World Trade Center, en una sala de reuniones con vistas al puerto de Nueva York, se había declarado la guerra. Los combatientes eran cinco y estaban divididos en tres bandos rivales. Dos eran redactores jefes, dos abogados y el quinto era una periodista con un historial impecable por la precisión de sus reportajes y la cantidad de clics que generaban. El artículo sobre el que deliberaban acusaba de haber cometido delitos financieros a un personaje destacado del mundo del arte de Nueva York que, por si eso fuera poco, había ordenado a sus secuaces eliminar el único borrador existente del artículo. Y que al parecer estaba intentando huir del país en ese preciso instante.

Con todo, alegaban los abogados, había que respetar ciertos criterios legales y editoriales. De lo contrario, el destacado personaje del mundo del arte, cuyo nombre era Phillip Somerset, tendría fundamentos para presentar una demanda, al igual que sus inversores.

—Por no hablar de los bancos que le han prestado dinero, como el JPMorgan Chase y el Bank of America. En resumen, esto tiene todos los ingredientes para convertirse en un lío judicial de cojones.

—Mi fuente es una colaboradora autónoma de Masterpiece Art Ventures.

—Con unos antecedentes bastante dudosos.

—Tengo grabaciones.

—Proporcionadas por un exagente de inteligencia israelí que ha utilizado un programa de pirateo de teléfonos extremadamente polémico.

—El estado de Nueva York admite el consentimiento de una sola de las partes. Y ella sabía que la estaban grabando cuando se reunió con Phillip.

—Pero ni Phillip ni Ellis Gray de JPMorgan Chase autorizaron que se les grabara. Por lo tanto, su conversación sobre el préstamo es inadmisible.

—¿Y qué hay de los cuadros del almacén?

—Ni pensarlo.

Declararon entonces una tregua transitoria y se pusieron manos a la obra. La periodista escribía, los editores editaban y los abogados abogaban, párrafo por párrafo, a un ritmo más parecido al de una antigua agencia de noticias que al de una afamada revista mensual de cultura y actualidad. Pero así era la publicación de revistas en la era digital. Incluso el venerable *New Yorker* se había visto obligado a ofrecer a sus suscriptores contenidos diarios. El mundo había cambiado, y no necesariamente para mejor. Phillip Somerset era prueba de ello.

A las nueve y media tenían listo un borrador. Era de alcance limitado pero de impacto devastador. La noticia apareció en la página web de *Vanity Fair* a las nueve y treinta y dos, y en pocos minutos se convirtió en tendencia en las redes sociales. La última frase sería muy comentada con posterioridad. Afirmaba que no habían podido contactar con Phillip Somerset para que hiciera declaraciones.

Cuando los primeros mensajes de texto acribillaron su teléfono, Lindsay dio por sentado que eran de Phillip e hizo caso omiso. Hubo un breve paréntesis, seguido de una nueva andanada. Luego, se desató el infierno.

De mala gana, Lindsay cogió el móvil y leyó un torrente de improperios y amenazas enviado por algunos de sus amigos más íntimos. Todos los mensajes llevaban adjunto el mismo artículo de *Vanity Fair*. El titular rezaba *La gran farsa: los entresijos de la estafa magistral de Phillip Somerset*. Lindsay abrió el enlace. Al tercer párrafo, tuvo que dejar de leer.

Abrió la lista de llamadas recientes, buscó el número del teléfono desechable de Phillip y lo marcó. Dedujo por el zumbido de fondo de los motores turboeje del Sikorsky que aún no había despegado del aeropuerto de East Hampton.

—¿Has leído el artículo? —le preguntó.

—Lo estoy leyendo ahora.

—No puedo afrontar esto sola.

—¿Qué quieres decir?

—Que no te vayas sin mí —dijo Lindsay, y cogió las llaves del coche de la encimera de la cocina.

El Bell 407 alquilado iba sobrevolando las aguas del estuario de Long Island cuando el artículo de Evelyn Buchanan apareció en el teléfono de Gabriel. Le echó un vistazo rápido y comprobó con alivio que no se mencionaba su nombre ni el de Sarah. Tampoco se mencionaba el de Magdalena, cuyas declaraciones se atribuían a una fuente anónima que colaboraba asiduamente con Masterpiece Art Ventures. No se especificaba el género ni la nacionalidad de dicha fuente. De momento, al menos, Magdalena se había librado de la quema. Phillip Somerset, en cambio, estaba acabado.

Puesto que estaba prohibido hablar por teléfono a bordo del helicóptero, Gabriel envió un mensaje de texto a Yuval Gershon pidiéndole que le informara de la ubicación de Phillip. La respuesta de Yuval llegó un minuto después. Somerset seguía aún en la pista del aeropuerto de East Hampton.

—¿Por qué no ha salido todavía? —preguntó Sarah, haciéndose oír entre el zumbido de los motores del helicóptero.

—Parece que Lindsay ha cambiado de idea. Le llamó hace dos minutos y le dijo que no se fuera hasta que llegara ella.

—Puede que sea hora de que tengas esa charla con el FBI.

—Me temo que hay un factor que complica las cosas.

—¿Solo uno?

—Magdalena también está allí.

El helicóptero siguió sobrevolando el estuario de Long Island hasta que llegaron al viejo faro de Horton Point, donde viraron a estribor, hacia el pueblo de Southold y las aguas de la bahía de Peconic. Un transbordador estaba cruzando el estrecho canal que separa Shelter Island de North Haven. En la orilla este de la península, la finca de Phillip, ahora abandonada, brillaba llena de luz.

—Parece que Lindsay se ha ido con prisa —comentó Sarah.

Sobrevolaron Sag Harbor e iniciaron el descenso hacia el aeropuerto de East Hampton. Justo debajo de ellos, un Range Rover blanco se dirigía hacia el aeropuerto por Daniels Hole Road. Era Lindsay Somerset, pensó Gabriel. Y, efectivamente, tenía prisa.

Tomó el último desvío hacia el aeropuerto con especial cuidado: con las dos manos en el volante y acelerando suavemente a mitad de la curva, tal y como le había enseñado su padre cuando tenía catorce años. La verja que daba acceso a la pista estaba abierta. El guardia le hizo señas de que pasara. Magdalena estaba de pie junto al Sikorsky. Phillip esperaba junto al maletero abierto de su Range Rover. Levantó el brazo como si la saludara desde la cubierta de su velero. Lindsay apagó los faros del coche, pisó a fondo el acelerador y cerró los ojos.

CUARTA PARTE

DESVELAMIENTO

71

East Hampton

La línea de emergencias del Departamento de Policía de East Hampton recibió la llamada a las diez menos cinco de la noche. El sargento Bruce Logan, que llevaba veinte años en el cuerpo y toda la vida residiendo en el East End, se temió lo peor. Era Mike Knox, que llamaba desde el aeropuerto.

—¿Helicóptero o avión? —preguntó Logan.

—Dos Range Rover, en realidad.

—¿Un choque en el aparcamiento?

—Un atropello mortal en la pista.

—Será una broma, Mike.

—Ojalá.

El cuartel de la policía estaba situado en el extremo sur del aeropuerto, en Wainscott Road, y los primeros agentes tardaron apenas tres minutos en llegar al lugar de los hechos tras recibir el aviso. Encontraron a la víctima, un varón blanco de unos cincuenta y cinco años, tendida en el asfalto en medio de una bahía de sangre, con las piernas casi cortadas y rodeado de varios centenares de lingotes de oro de quinientos gramos envueltos con esmero. La conductora del vehículo que le había embestido era una mujer de unos treinta años, atractiva y atlética. Vestía mallas, sudadera con capucha de Lululemon y zapatillas Nike de color verde neón. No llevaba cartera y parecía incapaz de recordar cómo se llamaba. Fue Mike Knox quien le dio su nombre a la policía. Era Lindsay Somerset. El

379

muerto con las piernas casi cercenadas era su marido, un inversor adinerado que tenía una casa de fin de semana en North Haven.

Se certificó el fallecimiento, se efectuó la detención y se emitió un comunicado de prensa. La cadena de radio WINS dio la noticia a medianoche, y a las nueve de la mañana siguiente no se hablaba de otra cosa. El magnate inmobiliario Sterling Dunbar estaba en la ducha cuando se enteró de que Lindsay Somerset había atropellado al canalla de su marido. Simon Levinson, el dueño de la cadena de supermercados, todavía estaba en la cama. Ellis Gray, de JPMorgan Chase, que había pasado la noche en vela tras leer el reportaje de *Vanity Fair*, se encontraba en su despacho con vistas a Park Avenue. Dos horas más tarde informó a la junta directiva de que el banco había concedido préstamos por un valor total de cuatrocientos treinta y seis millones de dólares a Masterpiece Art Ventures, préstamos que, con toda probabilidad, habían sido avalados mediante cuadros falsificados. La junta directiva aceptó su dimisión con efecto inmediato.

A mediodía, el FBI había asumido el control de la investigación. Sus agentes registraron las distintas casas de Phillip, precintaron su almacén y saquearon sus oficinas de la calle Cincuenta y Tres Este. Las tres expertas en arte de la empresa fueron trasladadas a Federal Plaza y sometidas a un largo interrogatorio. Negaron tener conocimiento de que la empresa estuviera cometiendo delitos financieros y fraude. A Kenny Vaughan, el compinche de Phillip desde sus tiempos en Lehman Brothers, parecía habérselo tragado la tierra. Los agentes confiscaron sus ordenadores y archivos impresos y emitieron orden de detención contra él.

Los delitos de Phillip eran de alcance mundial y también lo fueron sus repercusiones. Se detuvo a dos destacados marchantes europeos —Gilles Raymond, de Bruselas, y Konrad Hassler, de Berlín— y se requisaron los fondos de sus respectivas galerías. La misma suerte corrieron varios marchantes de Hong Kong, Tokio y Dubái. Al ser interrogados, admitieron formar parte de una red de distribución mundial que llevaba años inundando el mercado del arte con falsificaciones de altísima calidad. El Ministerio de

Cultura francés reconoció a regañadientes que cuatro de esas falsificaciones habían llegado a la colección permanente del Louvre. El presidente del museo dimitió inmediatamente, al igual que el director del afamado Centro Nacional de Investigación y Restauración, que había certificado la autenticidad de las cuatro obras.

Pero ¿quién era el falsificador magistral que había conseguido engañar al laboratorio especializado en pintura más sofisticado del mundo? ¿Y cuántas obras suyas circulaban ahora por el torrente sanguíneo del mundo del arte? Evelyn Buchanan, en una ampliación de su primer artículo, informó de que el almacén de Phillip contenía probablemente más de doscientos cuadros falsificados. Varios centenares más, afirmaba, se hallaban en manos de compradores desprevenidos. Cuando apareció de forma anónima una lista parcial de esas obras en un foro muy leído del sector, el pánico se apoderó del mundo del arte. Coleccionistas, marchantes, comisarios y subastadores, que confiaban desde hacía generaciones en el dictamen de los entendidos, recurrieron a los científicos para que los ayudaran a inspeccionar los restos del naufragio. Aiden Gallagher, de Equus Analytics, recibió tantas solicitudes de evaluación que dejó de contestar al teléfono y al correo electrónico. *El señor Gallagher*, escribió un crítico de arte del *New York Times, es el único que ha salido ganando con este escándalo.*

Los perdedores, por supuesto, eran los acaudalados inversores de Phillip, que habían visto cómo cientos de millones de dólares de riqueza nominal se esfumaban en cuestión de horas. Sus demandas, contrademandas y lamentaciones públicas concitaron escasa simpatía, especialmente entre los puristas del mundo del arte, que abominaban del concepto mismo de un fondo de inversión como el de Phillip. Los grandes cuadros, declararon, no eran valores o derivados con los que los supermillonarios pudieran comerciar. Eran objetos que por su belleza y su relevancia cultural tenían que estar en los museos. Como es lógico, quienes se ganaban la vida comprando y vendiendo cuadros encontraron risibles tales declaraciones. Sin los ricos, señalaron, no habría arte. Ni tampoco museos.

Un juez federal nombró a un fideicomisario para que examinara los bienes de Phillip y repartiera sus ganancias entre los damnificados.

Trescientos cuarenta y siete inversores solicitaron la restitución de su dinero. La reclamación de mayor cuantía fue la del industrial Max van Egan, por valor de doscientos cincuenta y cuatro millones de dólares. La menor —cuatro millones ochocientos mil dólares— fue la de Sarah Bancroft, una excomisaria del museo de Arte Moderno que ahora dirigía una galería de Maestros Antiguos en Londres.

Hubo, no obstante, una inversora que no presentó ninguna reclamación: Magdalena Navarro, una ciudadana española de treinta y nueve años con domicilio en el lujoso barrio de Salamanca de Madrid. Según los documentos incautados en las oficinas de Masterpiece Art Ventures —y las declaraciones juradas que prestaron ante el FBI las tres empleadas de la empresa—, Navarro era una corredora independiente con sede en Europa que compraba y vendía cuadros por encargo de Phillip Somerset. El último saldo de su cuenta era de cincuenta y seis millones doscientos mil dólares, una suma enorme para renunciar a ella sin más.

Resultó que el FBI, que no había hecho pública ninguna información acerca de Magdalena Navarro, sabía más sobre ella de lo que aparentaba. Sabía, por ejemplo, que los marchantes de arte europeos Gilles Raymond y Konrad Hassler la habían identificado como el enlace entre sus galerías y Masterpiece Art Ventures. Sabía también que se encontraba en Nueva York en el momento de la espectacular quiebra del fondo de cobertura, que había llegado en un vuelo de Delta Air Lines procedente de Roma y que se había marchado a Londres, también en avión, menos de doce horas después de la muerte de Phillip Somerset. Curiosamente, en ambas etapas del viaje había ido sentada junto a Gabriel Allon, el legendario exdirector general del servicio secreto de inteligencia israelí. La marchante de arte Sarah Bancroft, que casualmente también era una ex agente secreta de la CIA, había acompañado a Allon y Navarro en el vuelo a Heathrow.

Los investigadores descubrieron asimismo que se habían alojado en habitaciones separadas de la vigésima planta del hotel Pierre durante su breve paso por Nueva York. Que Magdalena Navarro era muy posiblemente la fuente del reportaje de *Vanity Fair*. Que dejó el hotel Pierre poco antes de la publicación del artículo, sin equipaje ni bolso, y se trasladó al aeropuerto de East Hampton a bordo del helicóptero Sikorsky de Phillip Somerset. Y que abandonó dicho aeropuerto en un Bell 407 alquilado por Allon y Bancroft durante los minutos de caos posteriores a la muerte espeluznante de Somerset. El piloto los llevó al aeropuerto JFK, donde pasaron la noche en el hotel Hilton. A las ocho de la mañana siguiente, ya se habían marchado.

El FBI dedujo de todo ello que convenía tener una charla amistosa con Allon. Localizarle resultó más sencillo de lo que imaginaban. El agregado jurídico del FBI en Roma no tuvo más que llamar a la oficina de la Compañía de Restauración Tiepolo en Venecia y la esposa de Allon concertó una reunión. Esta tuvo lugar en el Harry's Bar, que era donde, sin que el agregado jurídico lo supiera, había comenzado la implicación de Allon en el asunto. Mientras tomaba un Bellini, Gabriel le explicó al agente del FBI que había emprendido una investigación a título privado por encargo de un buen amigo cuya identidad se reservaba. Sus pesquisas, dijo a modo de conclusión, le habían conducido a Magdalena Navarro y, de ella, a la estafa de las falsificaciones de Phillip Somerset, cuya cuantía ascendía a mil doscientos millones de dólares.

—¿Dónde está ella ahora? —preguntó Josh Campbell, el hombre del FBI.

—En algún lugar de los Pirineos. Ni siquiera yo lo sé.

—¿Haciendo qué?

—Pintar, supongo.

—¿Pinta bien?

—Si Phillip no le hubiera echado el guante, habría sido una gran pintora.

—Nos gustaría interrogarla.

—No lo dudo, pero, como favor personal hacia mí, me gustaría que la dejaran en paz.

—El FBI no tiene por costumbre hacer favores personales, Allon.

—En tal caso, no me deja otra opción que llamar directamente al presidente.

—No se atreverá.

—Claro que sí.

Y así el agente especial Josh Campbell regresó a Roma con las manos vacías, pero con una historia fascinante que contar. La expuso en un largo memorándum que envió al mismo tiempo a Washington y a Nueva York. Quienes conocían las hazañas pasadas de Allon dudaron de la exactitud del documento, y con razón. El informe no aludía, por ejemplo, a un retrato falsificado de Anton van Dyck. Ni a Valerie Bérrangar, una ciudadana francesa fallecida recientemente. Ni a un anticuario y ladrón de arte parisino llamado Maurice Durand. Ni a la violinista suiza Anna Rolfe. Ni al notorio mafioso corso don Anton Orsati. Ni al lascivo pero encantador marchante londinense Oliver Dimbleby, cuyo redescubrimiento ficticio de tres obras maestras de la escuela veneciana que se vendieron por un precio récord había causado sensación en el mundo del arte poco antes.

A finales de julio, los tres lienzos estaban colgados en el piso del falsificador que los había creado, junto con dos versiones del *Desnudo reclinado* de Modigliani, un Cézanne, un Monet y una recreación impresionante del *Autorretrato con la oreja vendada* de Van Gogh. En el caballete de su estudio había un cuadro que tenía un desgarrón en forma de L de quince centímetros por veintitrés en la esquina inferior izquierda. Tras reparar el daño y retocar las pérdidas de pintura, el falsificador envió la obra a una pequeña galería situada cerca de la plaza Virgen de los Reyes de Sevilla. Luego, a primera hora del día siguiente, desapareció.

72

Adriático

Durante los cinco primeros días de viaje, reinó el maestral. No era el agresor frío y borrascoso que había asediado la isla de Córcega la primavera anterior, sino un compañero templado y fiel que impulsaba el Bavaria C42 sin ningún esfuerzo por el Adriático. Con el mar en calma y el viento soplando en la popa de su espacioso velero, Gabriel pudo ofrecerles a Irene y Raphael una introducción suave y grata a la vida marinera. Para Chiara, que se había preparado para pasar seis semanas a pleno sol entre gimoteos, quejas y mareos, fue un gran alivio.

Sus días carecían de forma, como era su intención. Casi todas las mañanas, Gabriel se levantaba temprano y se ponía en marcha mientras Chiara y los niños seguían durmiendo abajo, en los camarotes. Hacia el mediodía, arriaba las velas, bajaba la plataforma de baño y disfrutaban de un largo almuerzo en la mesa de la cabina. Por la noche cenaban en un restaurante de algún puerto: una noche en Italia y la siguiente en Croacia o en Montenegro. Gabriel llevaba su Beretta siempre que bajaban a tierra y Chiara nunca se dirigía a él por su nombre de pila.

Al llegar al puerto de Bari, en el sur del Adriático, pasaron la noche en un cómodo hotel *boutique* cerca del puerto deportivo, lavaron un montón de ropa y reabastecieron su despensa con comida y mucho vino blanco de la región. A última hora de la mañana siguiente, cuando doblaron el talón de Italia, soplaba un *jugo* cálido y bochornoso del sureste. Gabriel lo aprovechó para cruzar el mar Jónico con rumbo oeste y llegó al puerto siciliano de Mesina un día antes de lo que había previsto. Desde el puerto, había un corto trecho a pie hasta el museo Regionale, en cuya sala décima había dos lienzos monumentales pintados por Caravaggio durante su estancia de nueve meses en Sicilia.

—¿Es cierto que utilizó un cadáver de verdad como modelo? —preguntó Chiara mientras contemplaba *La resurrección de Lázaro*.

—Es poco probable —respondió Gabriel—, pero entra dentro de lo posible, desde luego.

—No es uno de sus mejores trabajos, ¿verdad?

—Gran parte de lo que ves lo pintaron sus ayudantes. La última restauración es de hace unos diez años. Como sin duda se puede deducir por la calidad del trabajo, yo no estaba disponible en ese momento.

Chiara le lanzó una mirada de reproche.

—Creo que me gustabas más antes de que te hicieras falsificador.

—Considérate afortunada porque no intentara falsificar un Caravaggio. Me habrías echado a la calle.

—La verdad es que disfruté bastante de mis tardes con Orazio Gentileschi.

—No tanto como disfrutó él de sus ratos con Dánae.

—A ella le encantaría comer a solas contigo antes de que termine este viaje.

—Nuestro camarote está demasiado cerca del de los niños.

—Entonces, ¿qué tal un piscolabis a medianoche? —Sonriendo, Chiara volvió a fijar la mirada en el Caravaggio—. ¿Crees que podrías pintar uno?

—Voy a hacer como que no te he oído.

—¿Y qué me dices de tu rival? ¿Es capaz de falsificar un Caravaggio?

—Ha falsificado cuadros de Maestros Antiguos de todas las escuelas y épocas sin que nadie se diera cuenta de que eran falsificaciones. Un Caravaggio le resultaría bastante fácil.

—¿Quién crees que es?

—La última persona del mundo de la que alguien sospecharía.

Su piscolabis de medianoche acabó siendo un festín suntuoso de varias horas de duración, y eran casi las diez de la mañana cuando zarparon hacia Lípari. Su siguiente escala fue una caleta de la costa calabresa. Luego, tras una travesía nocturna que incluyó un refrigerio en la cubierta de proa del Bavaria, llegaron a la costa de Amalfi. Desde allí, saltaron de isla en isla por el golfo de Nápoles —primero Capri, luego Isquia— antes de aventurarse a cruzar el mar Tirreno hasta Cerdeña.

Córcega quedaba al norte. Gabriel costeó la isla por el oeste aprovechando que arreciaba el maestral, y dos días después, una tarde de miércoles fresca y despejada, llevó el Bavaria hasta el diminuto puerto de Porto. En el muelle, saludándolos con los brazos en alto, los esperaban Sarah Bancroft y Christopher Keller.

Ya se había puesto el sol cuando llegaron a la casa fortín de don Anton Orsati. Vestido con la sencillez de un *paesanu* corso, Orsati saludó a Irene y Raphael como si fueran de la familia. Gabriel les explicó a sus hijos que aquel señor grandullón y campechano, con los ojos oscuros de un cánido, era un agricultor que producía el mejor aceite de oliva de la isla. Irene, con su singular clarividencia, no pareció muy convencida.

El jardín amurallado del don estaba decorado con sartas de luces y repleto de miembros de su extenso clan, entre ellos varios que trabajaban en sus negocios clandestinos. Al parecer, la llegada de la familia Allon tras una larga y peligrosa travesía por mar era motivo de celebración, al igual que la primera visita a la isla de la esposa americana de Christopher. Se recitaron numerosos refranes corsos y se bebió vino rosado de Córcega en gran cantidad. Sarah no le quitó ojo a Raphael durante toda la cena, embelesada por el asombroso parecido del niño con su padre. Gabriel, por su parte, miraba fijamente a su esposa. Chiara nunca había parecido más feliz, ni había estado más hermosa, pensó.

Al terminar la comida, el don los invitó a él y a Christopher a subir a su despacho. Sobre el escritorio descansaba la fotografía del hombre que había intentado matar a Gabriel y Sarah en la galería Georges Fleury de París.

—Se llamaba Rémy Dubois. Y teníais razón, había sido militar —dijo Orsati—. Pasó un par de años luchando contra esos locos de Afganistán y allí aprendió a hacer bombas caseras. Al volver, tuvo problemas para rehacer su vida. —El don miró a Christopher—. ¿Te suena esa historia?

—Quizá debería hablarle de Rémy Dubois y dejarme a mí al margen.

—A la organización para la que trabajaba Dubois se la conoce solamente como Le Groupe. Sus demás empleados son todos exmilitares y exagentes de inteligencia. Su clientela está formada principalmente por empresarios ricos. Son muy buenos en lo suyo. Y bastante caros. Encontramos a Rémy en Antibes. Un sitio bonito, cerca de la playa de Juan les Pins.

—¿Debería preguntar dónde está ahora?

—Probablemente pasó por encima de él al venir hacia Porto.

—¿Qué pudieron sacarle?

—Todo, con pelos y señales. Por lo visto, el atentado contra su vida se organizó a toda prisa.

—¿Les dijo por casualidad cuándo recibió la orden?

—El domingo anterior al atentado.

—¿El domingo por la tarde?

—Por la mañana. Tuvo que montar la bomba tan deprisa que no le dio tiempo a comprar un teléfono desechable para usarlo como detonador. Utilizó un teléfono que se había llevado de otro trabajo.

—Pertenecía a una mujer llamada Valerie Bérrangar. Dubois y sus socios la hicieron salirse de la carretera al sur de Burdeos.

—Eso dijo. También había participado en el asesinato de Lucien Marchand. —Orsati señaló con la cabeza un paisaje inacabado pintado al estilo de Cézanne que estaba apoyado contra la pared—. Lo encontramos en su apartamento de Antibes.

—¿Quién pagó el trabajo? —preguntó Gabriel.

—Un estadounidense. Un exagente de la CIA, evidentemente. Dubois no sabía su nombre.

—Es Leonard Silk. Vive en Sutton Place, en Manhattan. —Gabriel hizo una pausa y luego añadió—: En el número catorce.

—Tenemos amigos en Nueva York. —Orsati introdujo la fotografía en su trituradora de papel—. Buenos amigos, de hecho.

—¿Cuánto?

—Me ofende usted.

—El dinero no se gana cantando —dijo Gabriel, repitiendo uno de los refranes favoritos del don.

—Y el depósito no se llena con rocío —replicó Orsati—. Pero guarde el dinero para sus hijos.

—Hijos pequeños, problemas pequeños. Hijos grandes, problemas grandes.

—Pero esta noche no, amigo mío. Esta noche no tenemos ninguna preocupación en absoluto.

Gabriel miró a Christopher y sonrió.

—Eso ya lo veremos.

Abajo, Gabriel encontró a Raphael e Irene recostados contra Chiara, con los ojos vidriosos y desenfocados. Don Orsati les rogó que se quedaran un rato más, pero, tras un último intercambio de refranes corsos, consintió de mala gana en que se marcharan. No pudo ocultar su decepción, sin embargo, al conocer los planes de viaje de Gabriel. La familia Allon pensaba pasar una sola noche en la villa de Christopher y zarpar luego hacia Venecia a primera hora de la mañana.

—Seguro que pueden quedarse una semana o dos.

—Los niños empiezan el colegio a mediados de septiembre. Casi no vamos a llegar a tiempo.

—¿Adónde irán el año que viene? —preguntó el don.

—A las Galápagos, creo.

Tras despedirse, se apretujaron en el viejo y destartalado Renault de Christopher para ir al valle siguiente. Gabriel y Chiara iban detrás, con los niños en medio. Sarah se sentó delante, junto a su marido. A pesar de la alegría de la velada, de pronto parecía nerviosa.

—¿Has tenido noticias de Magdalena? —preguntó con la despreocupación impostada de quien teme un desastre inminente.

—¿Qué Magdalena? —contestó Gabriel en el instante en que los faros iluminaban a la enorme cabra plantada en medio del camino, cerca de los tres viejos olivos propiedad de don Casabianca.

Christopher pisó el freno y el coche se detuvo lentamente.

—¿Os importa que me fume un cigarrillo? —preguntó Sarah—. Creo que me hace falta.

—Ya somos dos —murmuró Gabriel.

Irene y Raphael, que un momento antes estaban sonámbulos, se espabilaron de repente, emocionados ante la perspectiva de una nueva aventura. Christopher, sentado con las manos apoyadas sobre el volante y los poderosos hombros caídos, era la imagen misma del abatimiento.

Sus ojos se encontraron con los de Gabriel en el espejo retrovisor.

—Preferiría que tus hijos no vieran esto.

—No digas tonterías. ¿Por qué crees que he venido hasta Córcega?

—Llevamos un par de semanas un poco difíciles —explicó Sarah—. Anoche…

—¿Anoche qué? —preguntó Irene.

—Prefiero no decirlo.

Christopher lo dijo por ella.

—Me dio un topetazo. Fue como si me golpearan con un martillo pilón.

—Algo le harías a la pobre —dijo Chiara.

—Para ese ser, mi sola existencia es una provocación.

Christopher tocó el claxon y con un ademán invitó cordialmente a la cabra a apartarse. Al no recibir respuesta, levantó el pie del freno e hizo avanzar el coche muy despacio. La cabra bajó la testuz y se lanzó contra el parachoques.

—Ya os lo decía yo —dijo Sarah—. Es incorregible.

—No digas eso de Christopher —repuso Gabriel.

—¿Qué significa «incorregible»? —preguntó Raphael.

—Que no puede corregirse. Empedernido y terco. Un cabezota sin remedio.

—Cabezota —repitió Irene, y soltó una risita.

Christopher abrió su puerta y se encendió la luz interior del coche. Sarah parecía angustiada.

—Quizá deberíamos irnos a un hotel. O, mejor aún, pasar la noche en ese barco vuestro tan bonito.

—Sí, vamos —dijo Chiara mientras el coche se zarandeaba al recibir otro impacto. Luego miró a Gabriel y le dijo en voz baja—: Haz algo, cariño.

—La mano me está matando.

—Dejadme a mí —dijo Irene.

—Ni hablar.

—No hagas caso a tu padre —dijo Chiara—. Anda, ve, tesoro.

Gabriel abrió la puerta y miró a su bella esposa.

—Si le pasa algo, la culpa es tuya.

Irene pasó por encima del regazo de Gabriel y se apeó de un salto. Se acercó a la cabra sin ningún temor y, acariciando su barba roja, le explicó que su familia y ella volvían a Venecia al día siguiente y necesitaban dormir. Saltaba a la vista que a la cabra sus explicaciones le parecían poco convincentes, pero aun así se retiró del camino sin rechistar y todo se resolvió pacíficamente.

Irene volvió a subir al asiento de atrás y apoyó la cabeza en el hombro de su padre cuando reanudaron la marcha hacia la casa de Christopher.

—Cabezota —susurró la niña, y rompió a reír.

73

Bar Dogale

Pese a que la prudencia le aconsejaba lo contrario, Gabriel aceptó pasar el fin de semana en Córcega. Se empeñó, sin embargo, en pasar la noche del domingo a bordo del Bavaria y, cuando Chiara y los niños se levantaron el lunes por la mañana, ya habían zarpado de Ajaccio. Con el maestral a sus espaldas y el *spinnaker* desplegado, alcanzaron la punta sur de Cerdeña al atardecer del martes y a última hora de la tarde del jueves estaban de vuelta en Mesina.

Esa noche, mientras cenaban en I Ruggeri, uno de los mejores restaurantes de la ciudad, Gabriel leyó con alivio que los fiscales del condado neoyorquino de Suffolk habían retirado todos los cargos contra Lindsay Somerset por la muerte de su marido. Encerrada en casa, con las cuentas embargadas o congeladas, afrontaba un futuro incierto. En un semanario de Long Island se especulaba con la posibilidad de que abriera un gimnasio en Montauk y se estableciera definitivamente en el East End. La opinión pública local acogió favorablemente la idea, lo que permitía suponer que, gracias al acto de locura que había cometido en el aeropuerto, Lindsay había logrado salir con la reputación intacta del escándalo provocado por la estafa de Phillip.

Tres noches después, en Bari, Gabriel leyó que Kenny Vaughan, el jefe de inversiones de Phillip, que se había dado a la fuga, había sido hallado muerto, al parecer por sobredosis, en una habitación de hotel de Nueva Orleans. Aún estaba por contabilizar el dinero que Phillip había sustraído de las arcas de la empresa durante sus últimas horas de vida. Según el *New York Times*, cualquier intento de vender los cuadros de su inventario resultaría con toda probabilidad infructuoso, ya que los coleccionistas y los museos se mostraban reacios a adquirir cualquier obra que hubiera pasado por sus manos. Un equipo de expertos del Metropolitan había inspeccionado el almacén de la calle Noventa y Uno Este a fin de dictaminar definitivamente cuáles de los setecientos ochenta y nueve cuadros eran falsos y cuáles auténticos. Había sido imposible que se pusieran de acuerdo.

El artículo iba acompañado de una fotografía del último cuadro que había comprado Phillip antes de morir: *Dánae y la lluvia de oro*, atribuido a Orazio Gentileschi. Según el FBI, el cuadro había sido enviado a Nueva York desde la ciudad toscana de Florencia, infringiendo sin duda la estricta legislación italiana respecto al patrimonio cultural. Los expertos no podían afirmar que fuera una falsificación o una auténtica obra maestra perdida sin someterlo a pruebas científicas rigurosas como las que efectuaba Aiden Gallagher en Equus Analytics. Aun así, las autoridades estadounidenses accedieron a que el cuadro fuera devuelto de manera inmediata, como exigían los italianos.

Llegó a Italia, muy oportunamente, la misma mañana en que Gabriel, tras una última travesía a la luz de la luna por el norte del Adriático, amarró el Bavaria en el puerto deportivo de Venecia Certosa. Cuatro días después, tras ver a Chiara subir al *vaporetto* número 2 en la parada de San Tomà, acompañó a Irene y a Raphael a la *scuola elementare* Bernardo Canal para dar comienzo al trimestre de otoño. Hallándose solo por primera vez en muchas semanas —y sin más planes en la agenda que una visita al mercado de Rialto—, recorrió las calles vacías, camino del bar Dogale. Allí, en una mesa cromada cubierta con un mantel azul, encontró al general Cesare Ferrari.

El camarero les llevó dos *cappuccini* y una cesta de *cornetti* rellenos de crema y espolvoreados con azúcar. Gabriel se bebió el café, pero no tocó los dulces.

—Llevo un mes y medio comiendo sin parar.

—Y aun así se diría que no has engordado ni un kilo.

—Lo disimulo bien.

—Como casi todo. —El general vestía su uniforme azul y dorado de los Carabinieri. Junto a su silla había un maletín fino, de los que solían usar los pintores profesionales para llevar dibujos o cuadros de tamaño pequeño—. Incluso te las has arreglado para ocultar tu participación en el asunto Somerset.

—No del todo. Ese agente del FBI me echó una bronca.

—Tengo entendido que el interrogatorio tuvo lugar en el Harry's Bar, tomando Bellinis.

—¿Nos estabas vigilando?

—¿No pensarás que dejamos que los agentes del FBI vayan por ahí sin escolta?

—Espero que no.

—El agente especial Campbell también me dio a mí un buen repaso —dijo Ferrari—. Estaba convencido de que la Brigada Arte había participado de algún modo en tus travesuras. Le aseguré que no era cierto.

—Por la rapidez con que os han devuelto *Dánae y la lluvia de oro*, parece que te creyó.

El general dio un sorbo a su capuchino.

—Un cuadro muy notable, incluso viniendo de ti.

—¿Dónde está ahora?

—En el *palazzo*, todavía —contestó Ferrari, refiriéndose a la sede romana de la Brigada Arte—. Pero hoy mismo van a trasladarlo a la Galleria Borghese para que lo analicen.

—Ay, Dios.

—¿Cuánto tardarán en llegar a la conclusión de que es falso?

—Según el *Times*, en Nueva York pasó la prueba.

—Con el debido respeto, aquí sabemos un poco más que los americanos sobre la obra de Gentileschi.

—La pincelada y la paleta son suyas, pero en cuanto examinen el lienzo con rayos equis y reflectografía de infrarrojos, estoy perdido.

—Como debe ser. Hay que demostrar que ese cuadro es una falsificación y destruirlo. —El general exhaló un fuerte suspiro—. Te das cuenta, espero, de que tus ventas ficticias a través de la galería Dimbleby de Londres han ampliado el catálogo de obras de tres de los más grandes pintores de la historia.

—Hasta ahora, ninguno de los cuadros que supuestamente vendió Oliver se ha incluido en el catálogo razonado de esos artistas.

—¿Y si se incluyen?

—Daré inmediatamente un paso al frente. Hasta entonces, tengo intención de mantenerme apartado de la vida pública.

—¿Haciendo qué?

—Voy a pasar el mes próximo limpiando mi barco de migas y otros detritos.

—¿Y después?

—Mi mujer se está pensando si me deja restaurar un cuadro.

—¿Para Tiepolo?

—Dado el peligroso estado de mi cuenta bancaria, me inclino por aceptar primero un encargo privado algo más lucrativo.

El general frunció el ceño.

—Podrías falsificar algo y asunto resuelto.

—Mi breve carrera como falsificador de cuadros ha terminado oficialmente.

—Y pensar que fue todo en vano…

—Desmantelé la mayor red de falsificación de la historia del arte.

—Sin encontrar al falsificador —señaló el general.

—Lo habría encontrado si Lindsay Somerset no hubiera abollado un Range Rover en perfecto estado matando a su marido.

—Sea como sea, es una conclusión muy poco satisfactoria para esta historia. ¿No estás de acuerdo?

—Los culpables han recibido su merecido —repuso Gabriel.

—Pero el falsificador sigue libre.

—Seguramente el FBI ya tendrá alguna idea de quién es.

—El joven Campbell dice que no. Está claro que ha borrado muy bien sus huellas. —El general Ferrari cogió el maletín y se lo entregó—. Pero quizá esto te ayude a resolver el misterio.

—¿Qué es?

—Un regalo de tu amigo Jacques Ménard, de París.

Gabriel se puso el maletín sobre las rodillas y lo abrió. Dentro había un cuadro: *Escena fluvial con molinos de viento a lo lejos*, óleo sobre lienzo, de 36 por 58 centímetros, atribuido al pintor holandés del Siglo de Oro Aelbert Cuyp. También había una copia de un informe elaborado por el Centro Nacional de Investigación y Restauración del Louvre en el que se afirmaba que, tras semanas de análisis científicos minuciosos, su laboratorio no había podido emitir un dictamen definitivo sobre la autenticidad de la obra. Había, no obstante, un detalle sobre el que no cabía ninguna duda.

Escena fluvial con molinos de viento a lo lejos no contenía ni una sola fibra de forro polar azul marino.

Gabriel devolvió el informe al maletín y cerró la tapa.

—*Bon voyage* —le dijo el general Ferrari con una sonrisa.

74

Barrio de Salamanca

Pese a lo que le había asegurado Gabriel al agente especial Josh Campbell del FBI, Magdalena Navarro no estaba escondida en un pueblo remoto de los Pirineos, sino en su piso de la calle Castelló, en el elegante barrio de Salamanca de Madrid. A las doce y media del día siguiente, Gabriel pulsó un botón del portero automático del edificio y se puso de espaldas a la cámara. Al no recibir respuesta, volvió a pulsar el botón. Por fin, el altavoz emitió un chisporroteo.

—Si vuelves a hacer eso —dijo una voz soñolienta y femenina—, bajo y te mato.

—No, por favor, Magdalena. —Gabriel se giró hacia la cámara—. Soy yo.

—¡Pero bueno! —exclamó ella, y abrió la puerta.

Gabriel entró y subió por la escalera. Magdalena le estaba esperando con la puerta abierta, vestida con un finísimo jersey de algodón y poco más. Tenía el pelo negro enmarañado y las manos manchadas de pintura.

—Espero no haber interrumpido nada —dijo Gabriel.

—Solo mi sueño. Deberías haberme avisado de que venías.

—Temía que intentaras huir del país. —Miró las dos maletas Vuitton que descansaban sobre el suelo de baldosas de la entrada—. ¿En cuál va el dinero?

Ella señaló la maleta que estaba más cerca de la puerta.

—Es todo lo que me queda.

—¿Qué ha pasado con los cuatro o cinco millones que tenías escondidos en cuentas bancarias por toda Europa?

—Los he donado.

—¿A quién?

—A los pobres y los inmigrantes, principalmente. También he hecho una donación bastante importante a mi asociación ecologista favorita y otra a mi antigua escuela de arte de Barcelona. Anónimamente, por supuesto.

—Tal vez aún puedas redimirte. —Gabriel miró su atuendo con reproche—. Pero no vestida así.

Sonriendo, Magdalena se fue descalza por el pasillo y volvió un momento después con unos vaqueros elásticos y una camiseta del Real Madrid. Preparó café con leche en la cocina. Se lo tomaron en una mesa con vistas a la estrecha calle, flanqueada por edificios de viviendas de lujo, tiendas de ropa de diseño y bares y restaurantes de moda. No había duda de que Magdalena estaba en su elemento en un entorno así, pensó Gabriel. Era una pena que no hubiera llegado hasta allí honradamente.

—Tienes la piel del color del cuero de las sillas de montar españolas —comentó ella—. ¿Dónde has estado?

—Circunnavegando el mundo en mi velero con mi mujer y mis hijos.

—¿Has descubierto algo nuevo?

—Solo la identidad del falsificador. —Miró sus manos manchadas de pintura—. Veo que has vuelto a trabajar.

Ella asintió.

—Me acosté tarde.

—¿Algo bueno?

—Una Virgen con el Niño atribuida al círculo de Rafael que pronto será redescubierta. ¿Y tú?

—Yo he pasado página.

—¿Ni siquiera sientes tentaciones?

—¿De qué?

—De falsificar uno o dos cuadros. Sería un honor para mí ser tu representante. Pero solo si aceptas que nos repartamos las ganancias al cincuenta por ciento.

—Puede que me equivoque —repuso Gabriel—. Quizá seas un caso perdido, después de todo.

Ella sonrió y bebió un sorbo de café.

—No soy perfecta, señor Allon, pero yo también he pasado página. Y, por si aún tienes alguna duda, no soy la falsificadora.

—Si creyera que eres tú, habría venido con una patrulla de la Guardia Civil para llevarte detenida.

—Llevo un tiempo esperándolos. —Cogió su teléfono y abrió el navegador—. ¿Has leído últimamente las noticias que llegan de Alemania? *Herr* Hassler está cooperando con la fiscalía federal. Solo es cuestión de tiempo que pidan mi extradición.

—Evité un ataque terrorista importante en la catedral de Colonia no hace mucho tiempo. Si es necesario, puedo mover algunos hilos.

—¿Y qué hay de los belgas?

—Bruselas y Amberes son las capitales europeas del crimen organizado. Dudo que las autoridades belgas soliciten tu extradición por unos cuantos cuadros falsos.

—Seguro que el FBI sabe que estoy implicada.

—También sabe que estoy implicado yo —respondió Gabriel—. Pero de momento, al menos, se inclinan por mantenernos al margen. —Miró un cuadro sin marco que estaba apoyado contra la pared—. ¿Es tuyo?

Magdalena asintió.

—Lo pinté después de que Phillip y Leonard Silk intentaran matarte en París. Autorretrato de una testaferro.

—No está nada mal.

—Los nuevos son mucho mejores. Me encantaría enseñártelos, pero lamentablemente mi estudio está lleno de falsificaciones a medio terminar en este momento.

No había falsificaciones, por supuesto, sino obras de una originalidad brutal, pintadas por una artista dueña de una habilidad técnica y un talento inmensos. Gabriel fue de lienzo en lienzo, embelesado.

—¿Qué te parecen? —preguntó Magdalena.

—Creo que el mayor crimen de Phillip Somerset fue privar al mundo de tu obra. —Gabriel se llevó la mano a la barbilla, pensativo—. La cuestión es ¿qué debemos hacer con ellos?

—¿Por qué hablas en plural?

—Sería un honor para mí ser tu representante. Pero insisto en no recibir ningún porcentaje de las ganancias.

—Usted sí que sabe negociar, señor Allon. Pero ¿cómo piensas sacar las obras al mercado?

—Mediante una exposición en una galería de primera fila, en un centro neurálgico del mundo del arte. El tipo de exposición que te convertirá en una marca global de mil millones de dólares. Acudirá toda la gente importante. Y, al final de la velada, todo el mundo conocerá tu nombre.

—Solo por un buen motivo, espero. Pero ¿dónde tendrá lugar ese espectáculo?

—En la galería de Olivia Watson, en Londres.

A ella se le iluminó el semblante.

—¿De verdad harías eso por mí?

—Con una condición.

—¿El nombre del falsificador?

Gabriel asintió con la cabeza.

—Era yo, señor Allon. Falsifiqué todos esos cuadros de Maestros Antiguos entre turno y turno, cuando trabajaba en El Pote Español y en Katz's Delicatessen. —Le echó los brazos al cuello—. ¿Cómo puedo agradecértelo?

—Dejando que compre uno de tus cuadros.

—Solo si prometes no venderlo nunca para sacarle beneficio.

—Trato hecho —contestó Gabriel.

75

Equus

Exactamente cuarenta y ocho horas más tarde —después de otro vuelo transatlántico al JFK y una breve estancia en el Courtyard Marriott del centro de Stamford, Connecticut—, Gabriel se sentó al volante de un coche alquilado de fabricación estadounidense y se encaminó hacia Westport en medio de un amanecer cegador. Pasaban unos minutos de las siete cuando llegó a Equus Analytics. El llamativo BMW Serie 7 de Aiden Gallagher no estaba a la vista.

Dejó el maletín en el suelo de asfalto, sacó su teléfono móvil Solaris y marcó. Yuval Gershon, de la Unidad 8200, contestó al instante.

—¿Listo? —preguntó.

—¿Por qué iba a llamar, si no?

Yuval desbloqueó la puerta por control remoto.

—Que te diviertas.

Gabriel se metió el teléfono en el bolsillo, cogió el maletín y entró.

El laboratorio estaba a oscuras, con las persianas bien cerradas. Gabriel encendió la linterna del teléfono y alumbró con ella el cuadro colocado en el escáner Bruker M6 Jetstream. Un retrato de una mujer de veintitantos o treinta y pocos años, ataviada con un vestido de seda dorada ribeteado de encaje blanco. Cualquier tonto podía ver que el lienzo medía ciento quince por noventa y dos. Gabriel fotografió la mejilla pálida de la mujer. El aspecto del craquelado le produjo un extraño hormigueo en la nuca.

Dejó el maletín en una mesa de examen y subió las escaleras hasta la primera planta. Había una sola habitación, del mismo tamaño que el laboratorio de abajo. En el extremo que daba a Riverside Avenue había una veintena de cajas de embalaje de madera, cada una con un cuadro que aguardaba la inspección del célebre Aiden Gallagher. Solo una estaba abierta, la que había contenido el cuadro que en ese momento descansaba en el Bruker. Lo había enviado a Equus Analytics el departamento de Maestros Antiguos de Sotheby's Nueva York.

En el extremo opuesto de la sala había un caballete, un carrito y un extractor de humos portátil. Los cajones del carrito estaban vacíos y perfectamente limpios. El caballete también estaba vacío. Gabriel pasó la luz de la linterna por el poyete. Albayalde. Negro carbón. Laca de granza. Bermellón. Índigo. Tierra verde. Lapislázuli. Rojo y amarillo ocre.

En el piso de abajo, sacó el paisaje fluvial del maletín y lo colocó sobre la mesa de examen. A su lado puso dos informes. Uno era del Centro Nacional de Investigación y Restauración de Francia, y el otro, de Equus Analytics. Luego apagó la linterna y se dispuso a esperar. Dos horas y doce minutos después, un coche paró en el aparcamiento. Arreglarían el asunto tranquilamente, pensó, y no volverían a hablar de ello.

El sistema de alarma, tan sofisticado como el de un museo, emitió ocho pitidos agudos y, un instante después, Aiden Gallagher entró por la puerta. Vestía pantalones chinos y jersey de cuello de pico. Alargó la mano hacia el interruptor de la luz, pero luego dudó, como si notara de pronto que había alguien en el laboratorio.

Por fin, los fluorescentes del techo se encendieron con un parpadeo. Aiden Gallagher inhaló bruscamente por la sorpresa y retrocedió.

—¿Cómo ha entrado aquí, Allon?

—Se dejó usted la puerta abierta. Por suerte, pasaba por aquí.

Gallagher empezó a marcar un número en su teléfono móvil.

—Yo no lo haría, Aiden. Solo conseguirá empeorar las cosas.

Gallagher bajó el teléfono.

—¿A qué ha venido?

—Le debe setenta y cinco mil dólares a mi amiga Sarah Bancroft.

—¿Por qué?

Gabriel bajó la mirada hacia *Escena fluvial con molinos de viento a lo lejos.*

—Nos aseguró que había fibras de forro polar incrustadas en la pintura superficial, una prueba irrefutable de que se trataba de una falsificación. Pero un segundo análisis del cuadro ha determinado que estaba en un error.

—¿Quién ha hecho ese análisis?

—El Centro Nacional de Investigación y Restauración.

Gallagher le dedicó una sonrisa burlona.

—¿No es el mismo laboratorio que autentificó por error esas cuatro falsificaciones que acabaron colgadas en el Louvre?

—Ese fue un error honesto. No como el suyo. Y por cierto —añadió Gabriel—, supe que ese Cranach era falso en cuanto le puse la vista encima. —Señaló el cuadro colocado en el Bruker—. Y desde luego no me hace falta un escáner de alta resolución espacial para saber que el Van Dyck también es falso.

—Por lo que he visto hasta ahora, me inclino a pensar que es auténtico.

—Estoy seguro de que sí. Pero sería un error de cálculo por su parte.

—¿Y eso por qué?

—La jugada más inteligente sería retirar de la circulación todas sus falsificaciones, una por una. Será el héroe del mundillo del arte. Y, de paso, se hará aún más rico. Según mis cálculos, solo los cuadros que hay en la planta de arriba añadirán un millón y medio de dólares al balance general de Equus.

—Gracias al escándalo Somerset, ahora cobro cien mil dólares por los trabajos urgentes. Por lo tanto, esos cuadros equivalen a dos millones de beneficios.

—No he oído que lo negara, Aiden.

—¿Que soy el falsificador? No he creído que fuera necesario. Su teoría es grotesca.

—Usted es un pintor y restaurador de arte con mucha formación y un experto en la investigación de la procedencia y la autentificación de obras pictóricas. Lo que significa que sabe cómo seleccionar obras que los entendidos aceptarán y, lo que es más importante, cómo componerlas y ejecutarlas. Pero lo mejor de su plan es que se encontraba en una posición única para autentificar sus propias falsificaciones. —Gabriel volvió a mirar *Escena fluvial con molinos de viento a lo lejos*—. Si hubiera autentificado esa, Phillip y usted podrían haber seguido con su negocio. —Hizo una pausa—. Y yo no estaría aquí ahora.

—No autentifiqué ese cuadro, Allon, porque es una falsificación obvia.

—Obvia para mí, desde luego. Pero no para la mayoría de los entendidos. Por eso usted y Phillip decidieron que debía morir. Nos dijo que había encontrado fibras modernas en el cuadro porque es el error que más suelen cometer los falsificadores inexpertos. También es algo que podía descubrir, digamos, durante un examen preliminar urgente hecho en el plazo de un fin de semana. Cuando recogimos el cuadro el lunes por la tarde, nos preguntó cuándo pensábamos hablar con Georges Fleury. Y Sarah, tontamente, le dijo la verdad.

—¿Se da cuenta del disparate que está diciendo?

—Todavía no he llegado a lo mejor. —Gabriel dio un paso hacia él—. Forma usted parte de un club muy reducido, Aiden. Un club formado por esos pocos afortunados que han intentado matarme a mí o a alguno de mis amigos y todavía pueblan la faz de la tierra. Así que, yo que usted, dejaría de sonreír. De lo contrario, es probable que pierda los estribos.

Gallagher le miró inexpresivamente.

—No soy quien usted cree, Allon.

—Sé que lo es.

—Demuéstrelo.

—No puedo. Phillip y usted fueron muy cuidadosos. Y del estado de su taller del piso de arriba se deduce que se ha esforzado mucho por ocultar las pruebas de sus delitos.

Gallagher señaló el informe francés.

—¿Puedo?

—Por supuesto.

Cogió el documento y empezó a leer. Pasado un momento dijo:

—No han podido ponerse de acuerdo sobre su autenticidad. —Había un asomo de orgullo en su voz, tenue pero inconfundible—. Ni siquiera su principal experto en pintores holandeses del Siglo de Oro ha podido descartar que sea auténtico.

—Pero usted y yo sabemos que no lo es. Por eso me gustaría que me prestara una cuchilla de precisión, por favor.

Gallagher vaciló. Luego abrió un cajón y puso una Olfa AK-1 sobre la mesa.

—Quizá debería hacerlo usted —sugirió Gabriel.

—Adelante.

Gabriel asió la cuchilla por el mango amarillo y practicó dos cortes horizontales irreparables en el cuadro. Estaba a punto de hacer un tercero cuando Gallagher le agarró de la muñeca. Al dublinés le temblaba la mano.

—Ya es suficiente. —Aflojó la mano—. No hace falta destrozarlo.

Gabriel hizo otra raja en el cuadro y acto seguido arrancó las franjas de lienzo del bastidor. Luego, cuchilla en mano, se acercó a *Retrato de una desconocida*.

—No lo toque —dijo Gallagher con firmeza.

—¿Por qué?

—Porque ese cuadro es un Van Dyck auténtico.

—Ese cuadro —contestó Gabriel— es otra de sus falsificaciones.

—¿Está dispuesto a apostar quince millones de dólares?

—¿Es lo que le dieron a Phillip por él?

Al no recibir respuesta, Gabriel sacó el cuadro del Bruker y lo cortó en tiras. Cuando levantó la mirada, vio que Aiden Gallagher contemplaba el lienzo destrozado con el rostro lívido de rabia.

—¿Por qué ha hecho eso?

—Sería mejor preguntar por qué lo pintó usted. ¿Fue solo por dinero? ¿O acaso disfrutaba engañando a gente como Julian Isherwood y Sarah Bancroft? —Dejó la cuchilla sobre la mesa—. Les debe setenta y cinco mil dólares.

—El contrato especifica que el dinero no es reembolsable.

—Entonces, quizá podamos llegar a una solución de compromiso.

—¿Qué cantidad tenía pensada?

Gabriel sonrió.

No tardaron mucho en acordar una cifra; nada sorprendente, dado que no hubo negociación posible. Gabriel se limitó a enunciar la cifra y Aiden Gallagher, tras farfullar algunas protestas, extendió el cheque. El irlandés solicitó entonces un reembolso por el Van Dyck. Gabriel dejó un billete de cinco euros sobre la mesa y, con el cheque en la mano, salió a la soleada mañana de Connecticut.

No se dio prisa en volver al JFK y aun así llegó cuatro horas antes de que saliera su vuelo. Cenó mal en la zona de restaurantes, compró regalos para Chiara y los niños en las tiendas libres de impuestos y luego se dirigió a la puerta de embarque. Allí, se sacó el cheque del bolsillo de la pechera de su chaqueta italiana hecha a mano: un cheque de diez millones de dólares a nombre de Isherwood Fine Arts.

El acuerdo final incluía los setenta y cinco mil dólares por el informe fraudulento de Equus Analytics, tres millones cuatrocientos mil dólares por el Van Dyck falsificado, un millón cien mil por el Aelbert Cuyp, cien mil por los lienzos antiguos que Gabriel había usado para sus falsificaciones y quinientos veinticinco mil dólares de gastos varios, como vuelos en primera clase, habitaciones de hotel de cinco estrellas y martinis Belvedere con tres aceitunas. Estaban, además, los cuatro millones ochocientos mil dólares que Sarah Bancroft había perdido en el derrumbe de Masterpiece Art Ventures.

En definitiva, pensó Gabriel, un final bastante satisfactorio para aquella historia.

Llamó a Chiara a Venecia y le dio la buena noticia.

—Cabezota —dijo ella, y rompió a reír.

Nota del autor

Retrato de una desconocida es una obra de entretenimiento y ha de leerse exclusivamente como tal. Los nombres, personajes, lugares e incidentes retratados en la historia son fruto de la imaginación del autor o se han utilizado con fines literarios. Cualquier parecido con personas vivas o muertas, negocios, empresas, acontecimientos o lugares del mundo real es pura coincidencia.

Quienes visiten el *sestiere* de San Polo buscarán en vano el *palazzo* reformado con vistas al Gran Canal en el que Gabriel Allon, tras una carrera larga y tumultuosa en los servicios de espionaje israelíes, se ha establecido junto a su esposa y sus dos hijos de corta edad. Tampoco encontrará las oficinas de la Compañía de Restauración Tiepolo, dado que no existe tal empresa. La canción de Andrea Bocelli que suena en la cocina de la familia Allon en el capítulo seis es *Chiara*, del álbum *Cieli di Toscana*, de 2001. Escuché el disco con frecuencia mientras escribía el primer borrador de *El confesor* en 2002 y bauticé con el título de la canción a la bella hija de Jacob Zolli, el rabino mayor de Venecia. Irene Allon se llama así por su abuela, que fue una de las pintoras más importantes de los primeros tiempos del Estado de Israel. Su hermano gemelo lleva el nombre del pintor italiano del Alto Renacimiento Raffaello Sanzio da Urbino, más conocido como Rafael.

La finca ficticia de Umbría conocida como Villa dei Fiori aparecía por primera vez en *Las reglas del juego*, una novela que concebí mientras pasaba una temporada en una casa parecida. El personal cuidó maravillosamente de mi familia y de mí, y yo les devolví el favor convirtiéndolos en personajes menores pero relevantes de la historia. Lamentablemente, varios comerciantes de la vecina localidad de Amelia corrieron la misma suerte en la secuela de la novela, *The Defector*.

Hay, en efecto, una *suite* que lleva el nombre del director de orquesta Leonard Bernstein en el Hôtel de Crillon de París, y Chez Janou es sin duda uno de los mejores bistrós de la ciudad. Sin embargo, la entrada de la violinista suiza Anna Rolfe en su luminoso comedor no podría haber provocado un murmullo de sorpresa, porque Anna es producto de mi imaginación, igual que lo son Maurice Durand y Georges Fleury, los propietarios de sendas galerías de arte de dudosa reputación en el octavo *arrondissement*. La brigada especializada en delitos artísticos de la Police Nationale se denomina en realidad Oficina Central de Lucha contra el Tráfico de Bienes Culturales (qué duda cabe de que suena mejor en francés), pero sus integrantes no trabajan en el edificio histórico situado en el número 36 del Quai des Orfèvres.

Por suerte, no existe ningún fondo de cobertura basado en obras de arte con el nombre de Masterpiece Art Ventures, y los delitos de mi Phillip Somerset novelesco son invención mía. He incluido nombres de casas de subastas reales porque, al igual que los nombres de los grandes pintores, forman parte del léxico del mundo del arte. No es mi intención dar a entender en modo alguno que empresas como Christie's o Sotheby's comercien a sabiendas con cuadros falsificados. Tampoco quiero dar la impresión de que los departamentos de préstamo de JPMorgan Chase y Bank of America aceptarían cuadros falsificados como aval. Mis más sentidas disculpas al jefe de seguridad del Pierre por la conducta inadmisible de Gabriel durante su breve estancia allí. El hotel histórico de la calle Sesenta y Uno Este es uno de los mejores de Nueva York y jamás daría trabajo a un sujeto como mi Ray Bennett ficticio.

La variopinta colección de marchantes de arte, conservadores de museos, subastadores y periodistas que adornan las páginas de

Retrato de una desconocida son puro cuento, igual que sus peripecias personales y profesionales, a menudo cuestionables. Hay, en efecto, una galería de arte muy bonita en la esquina noreste de Mason's Yard, pero es propiedad de Patrick Matthiesen, uno de los marchantes especializados en Maestros Antiguos más respetados y prósperos del mundo. Patrick —que además de ser un historiador del arte inteligentísimo tiene un ojo infalible— jamás se habría dejado engañar por un Van Dyck falso, ni siquiera por uno ejecutado con tanta habilidad como el cuadro descrito en esta historia.

No puede decirse lo mismo, en cambio, de muchos de sus colegas y competidores. De hecho, en el último cuarto de siglo el negocio multimillonario global que solemos llamar «el mundo del arte» se ha visto sacudido por una serie de escándalos con gran repercusión mediática que han suscitado dudas inquietantes respecto al procedimiento, a menudo subjetivo, que se emplea para determinar el origen y la autenticidad de un cuadro. Todas esas tramas de falsificación utilizaban alguna variante de la misma estratagema trillada —cuadros recién descubiertos procedentes de alguna colección desconocida hasta entonces— y, aun así, todas ellas consiguieron engañar con notable facilidad a los expertos y entendidos del mercado artístico.

John Myatt, un compositor y profesor de pintura a tiempo parcial que tenía especial talento para imitar a los grandes pintores, estaba criando él solo a dos niños pequeños en una granja destartalada de Staffordshire cuando conoció a un astuto estafador llamado John Drewe. Juntos perpetraron lo que Scotland Yard calificó como «el mayor fraude artístico del siglo xx». Myatt suministraba los cuadros y Drewe la procedencia falsificada, y entre los dos consiguieron vender más de doscientas cincuenta falsificaciones por las que Drewe se embolsó en torno a veinticinco millones de libras. Muchos de esos cuadros se vendieron a través de venerables casas de subastas londinenses; entre ellos, varios atribuidos al pintor francés Jean Dubuffet que fueron subastados durante una elegante venta nocturna en Christie's, en King Street. Esa noche se hallaba presente en la sala de subastas —sintiéndose un poco mal vestido para la ocasión— el falsificador que los había pintado. La Fundación Dubuffet, custodia de la obra del artista, había dictaminado que los cuadros eran auténticos.

Al otro lado del canal de la Mancha, otros dos falsificadores estaban al mismo tiempo causando estragos en el mundo del arte y embolsándose millones. Uno de ellos era Guy Ribes, un pintor de gran talento, capaz de crear un Chagall o un Picasso convincentes en cuestión de minutos. Según la policía y la fiscalía francesas, Ribes y una red de marchantes corruptos sacaron a la venta más de un millar de cuadros falsificados, la mayoría de los cuales siguen en circulación. El homólogo alemán de Ribes, Wolfgang Beltracchi, era igual de prolífico: a veces pintaba hasta diez lienzos al mes. Fue su esposa, Helene —y no mi Françoise Vionnet ficticia—, quien le vendió sin ningún esfuerzo un Georges Valmier falso a una importante casa de subastas europea después de una evaluación hecha a toda prisa.

En pocos años, los Beltracchi consiguieron vender falsificaciones a través de las principales casas de subastas, todas ellas procedentes, en teoría, de la misma colección desconocida hasta entonces. Gracias a ello, se hicieron fabulosamente ricos. Viajaron por todo el mundo a bordo de un velero de veinticuatro metros de eslora, con cinco tripulantes. Su patrimonio inmobiliario incluía una casa de siete millones de dólares en la ciudad alemana de Friburgo y una extensa finca, Domaine des Rivettes, en la región vinícola francesa del Languedoc. Entre sus muchas víctimas estuvo el actor y coleccionista Steve Martin, que compró un Heinrich Campendonk falso por ochocientos sesenta mil dólares a través de la Galerie Cazeau-Béraudière de París en 2004.

Podría pensarse, quizá, que Knoedler and Company, la galería de arte más antigua de Nueva York, habría escapado al virus que se extendía por los mercados europeos, pero en 1995, cuando una marchante desconocida llamada Glafira Rosales se presentó en la galería con un presunto Rothko envuelto en cartón, la directora de Knoedler, Ann Freedman, al parecer no vio motivo alguno para desconfiar de ella. Durante la década siguiente, Rosales vendió directamente o en depósito a Knoedler cerca de cuarenta cuadros de estilo expresionista abstracto, algunos de ellos pintados presuntamente por Jackson Pollock, Lee Krasner, Franz Kline, Robert Motherwell y Willem de Kooning.

Glafira Rosales resultó ser la testaferro de una red de falsificación internacional de la que también formaban parte su pareja, el español José Carlos Bergantiños Díaz, y el hermano de este. El falsificador era un inmigrante chino, Pei-Shen Qian, que trabajaba en el garaje de su casa en Queens. Según la fiscalía, Bergantiños Díaz descubrió a Qian cuando este vendía copias en una calle del Bajo Manhattan y le propuso que colaboraran. Le pagaban unos nueve mil dólares por cada falsificación, una fracción ínfima de lo que obtenían de Knoedler. Asediada por las demandas judiciales, la ilustre galería tuvo que cerrar sus puertas en noviembre de 2011.

Con el debido respeto a los expresionistas abstractos, a los que venero, una cosa es falsificar un Motherwell o un Rothko, y otra muy distinta pintar un Lucas Cranach el Viejo que resulte convincente. Una jueza francesa hizo temblar al mundo del arte en marzo de 2016 cuando ordenó la incautación de *Venus con velo*, la obra estrella de una exposición que estaba teniendo mucho éxito en el Centro de Arte Caumont de Aix-en-Provence, en el sur de Francia. Un análisis científico exhaustivo del cuadro —la joya de la corona de la enorme colección de la que era titular el príncipe de Liechtenstein— concluiría más adelante, en un informe de doscientas trece páginas, que la obra no podía proceder del taller de Cranach. Entre las muchas irregularidades que citaba el informe estaba el aspecto del craquelado, que al parecer no se correspondía con el «envejecimiento normal» de una pintura de ese tipo. Los representantes de Su Alteza Serenísima se mostraron en desacuerdo con estas conclusiones y exigieron la restitución inmediata del cuadro. En el momento de escribir estas líneas, la *Venus con velo* sigue figurando en la página web oficial de las Colecciones del Principado y está expuesta en el Palacio Liechtenstein de Viena.

Fue, en todo caso, la identidad del propietario anterior del cuadro —el coleccionista francés reconvertido en marchante Giuliano

Ruffini— lo que más desconcertó al mundo del arte en general. Poco antes habían aparecido en el inventario de Ruffini varias obras hasta entonces desconocidas, entre ellas *Retrato de un hombre*, presuntamente del pintor holandés del Siglo de Oro Frans Hals. Los expertos del Louvre examinaron el cuadro en 2008 y dictaminaron que era *un trésor national* que no debía salir de territorio francés. Sus homólogos de la Mauritshuis de La Haya se mostraron igual de entusiasmados, y un comisario del más alto nivel calificó el cuadro de «una adición muy importante al catálogo de Hals». A nadie pareció preocuparle lo endeble de su procedencia. El lienzo, dijeron los expertos, hablaba por sí solo.

Por razones que nunca se aclararon, el Louvre decidió no adquirir el cuadro y en 2010 lo compraron un marchante londinense y su socio, un inversor en obras de arte, al parecer por tres millones de dólares. Solo un año después, vendieron el retrato a un destacado coleccionista estadounidense por más del triple de lo que les había costado. El destacado coleccionista, tras enterarse de que las autoridades francesas habían confiscado la *Venus*, tuvo la prudencia de someter su presunto Frans Hals de diez millones de dólares a un examen científico que concluyó sin ninguna duda que se trataba de una falsificación. Sotheby's accedió de inmediato a devolver el dinero al destacado coleccionista norteamericano y pidió la correspondiente indemnización al marchante londinense y a su socio el inversor. Momento en el cual empezaron a volar las demandas de un lado a otro.

Hasta veinticinco lienzos sospechosos atribuidos a Maestros Antiguos, con un valor estimado en doscientos cincuenta y cinco millones de dólares, han salido de la misma colección, entre ellos un *David con la cabeza de Goliat* atribuido a Orazio Gentileschi que se expuso en la National Gallery de Londres. No era la primera vez que el afamado museo exponía una obra mal atribuida o fraudulenta. En 2010, el museo aireó sus trapos sucios en una exposición de seis salas titulada *Falsificaciones, errores y descubrimientos*. En la sala cinco se exponía un cuadro titulado *Alegoría*. Adquirido por el museo cn 1874, se creía que era obra de Sandro Botticelli, el pintor florentino del Renacimiento Temprano. En realidad, era un pastiche realizado por un seguidor posterior. Más recientemente, una empresa suiza de investigación pictórica, utilizando una forma pionera de inteligencia artificial, dictaminó que *Sansón y Dalila*, uno de los cuadros más preciados de la National Gallery, no era, casi con toda seguridad, obra de Pedro Pablo Rubens.

La National Gallery compró el cuadro en 1980, en la casa de subastas Christie's de Londres, por cinco millones cuatrocientos mil dólares: el tercer cuadro más caro de la historia, en ese momento. En la actualidad, esa cifra apenas sería noticia, ya que el aumento de los precios ha convertido los cuadros en un activo más para los superricos o, en palabras del difunto marchante neoyorquino Eugene Thaw, en «una mercancía como el trigo o la panceta». Alfred Taubman, el promotor de centros comerciales y empresario de comida rápida que compró Sotheby's en 1983, comentaba cínicamente que «un cuadro valiosísimo de Degas y una jarra helada de zarzaparrilla» tenían mucho en común, al menos en lo tocante a su beneficio potencial. En abril de 2002, Taubman fue condenado a un año de prisión por su papel en la trama de arreglo de precios con su rival Christie's, que supuso una estafa de más de cien millones de dólares para sus clientes.

Cada vez hay más obras pictóricas de gran valor artístico que no se encuentran en museos o casas particulares, sino en cámaras oscuras y climatizadas. Se calcula que hay más de un millón de cuadros ocultos en el puerto franco de Ginebra, incluyendo al menos un millar de obras de Pablo Picasso. Son muchos los coleccionistas y comisarios a quienes preocupa hasta qué punto se han convertido los cuadros en un medio de inversión. Quienes se dedican a la compraventa de arte con fines lucrativos no están de acuerdo, sin embargo. «Los cuadros —afirmaba el galerista neoyorquino David Nash en declaraciones al *New York Times* en 2016— no son un bien público».

La mayoría cambia de manos en condiciones de secretismo absoluto, a precios cada vez más altos y con poca o ninguna supervisión. No es de extrañar, por tanto, que el mundo del arte se haya visto asediado por una sucesión de escándalos de falsificación multimillonarios. La apatía de los tribunales y la policía agrava sin duda este problema. Resulta sorprendente que los falsificadores mencionados más arriba y sus cómplices no recibieran más que un tirón de orejas como castigo por sus delitos. La testaferro Glafira Rosales fue condenada al tiempo de prisión que ya había cumplido por su papel en el escándalo Knoedler. John Myatt y Wolfgang Beltracchi, tras cumplir breves penas de cárcel, se ganan actualmente la vida vendiendo *online* «falsificaciones auténticas» y otras obras originales. Beltracchi, en una entrevista para el programa *60 Minutes* de CBS News, dijo arrepentirse de una sola cosa: de haber usado el tubo de pintura blanco de titanio mal etiquetado que hizo que le descubrieran.

El falsificador francés Guy Ribes también ha tenido la oportunidad de dar un uso legítimo a su talento. Es Ribes, y no el actor Michel Bouquet, quien imita las pinceladas de Pierre-Auguste Renoir en una película de 2012 sobre los últimos años de la vida del pintor. Ribes pintó también los Renoir falsos que se usaron en la producción de la película, con la ayuda del museo de Orsay, que le concedió una visita privada para inspeccionar de cerca los Renoir de su colección, incluidos varios que no estaban expuestos al público. James Ivory lamentó que el célebre falsificador francés no estuviera disponible para trabajar en el film *Sobrevivir a Picasso*, de 1996. «Visualmente, habría sido una película distinta», declaró el legendario director.

Agradecimientos

Le estoy muy agradecido a mi mujer, Jamie Gangel, que me escuchó pacientemente mientras elaboraba la intrincada trama y los giros argumentales de *Retrato de una desconocida* y que después corrigió con mano experta el primer borrador escrito a máquina. Mi deuda con ella es inconmensurable, igual que mi amor.

Anthony Scaramucci, fundador de la empresa de inversiones SkyBridge Capital, hizo hueco en su apretada agenda para ayudarme a idear un fondo de cobertura fraudulento basado en obras de arte y apuntalado por la venta y colateralización de cuadros falsificados. El marchante londinense Patrick Matthiesen respondió con paciencia a todas mis preguntas, igual que Maxwell L. Anderson, que ha dirigido cinco museos de arte norteamericanos, entre ellos el Whitney Museum of American Art de Nueva York. Por si eso fuera poco, el renombrado conservador David Bull —al que, para bien o para mal, se conoce en ciertos círculos como «el verdadero Gabriel Allon»— leyó las casi seiscientas páginas de mi manuscrito mientras se esforzaba por completar la restauración de un lienzo del pintor renacentista italiano Jacopo Bassano.

La mítica redactora de *Vanity Fair* Marie Brenner me brindó una visión inestimable de su trabajo y del mundo del arte neoyorquino, y David Friend, editor de desarrollo creativo de la revista, me contó historias horrendas sobre investigaciones periodísticas en torno a los tejemanejes de hombres poderosos. Puedo afirmar con

417

toda certeza que hay, en efecto, una sala de reuniones en la redacción de *Vanity Fair*, en la planta veinticinco del One World Trade Center, y que tiene vistas al puerto de Nueva York. Por lo demás, la secuencia caótica de acontecimientos descrita en el clímax de *Retrato de una desconocida* se parece muy poco a la forma que tiene *Vanity Fair* de investigar, editar y publicar reportajes de investigación de gran calado.

Mi superabogado de Los Ángeles, Michael Gendler, ha sido, cómo no, una fuente de sabios consejos. Louis Toscano, mi querido amigo y editor de toda la vida, introdujo innumerables mejoras en la novela, igual que Kathy Crosby, mi correctora ojo de águila. Cualquier errata que haya escapado a su puño implacable es responsabilidad mía, no suya.

Consulté más de un centenar de artículos de periódicos y revistas mientras escribía *Retrato de una desconocida*; demasiados para citarlos aquí. Estoy especialmente en deuda con los reporteros de *Artnet*, *ARTnews*, *Art Newspaper*, *The Guardian* y *The New York Times* por sus informaciones sobre el último gran escándalo de falsificación de cuadros de Maestros Antiguos. Hay cinco libros que me fueron extremadamente útiles: *The Art of the Con: The Most Notorious Fakes, Frauds, and Forgeries in the Art World*, de Anthony M. Amore; *Provenance: How a Con Man and a Forger Rewrote the History of Modern Art*, de Laney Salisbury y Aly Sujo; *The Art of Forgery: The Minds, Motives and Methods of Master Forgers*, de Noah Charney; *False Impressions: The Hunt for Big-Time Art Fakes*, de Thomas Hoving; y *Boom: Mad Money, Mega Dealers, and the Rise of Contemporary Art*, de Michael Shnayerson.

Tenemos la suerte de contar con familiares y amigos que llenan nuestra vida de cariño y buen humor en los momentos críticos del año, mientras escribo; en especial, Jeff Zucker, Phil Griffin, Andrew Lack, Noah Oppenheim, Esther Fein y David Remnick, Elsa Walsh y Bob Woodward, Susan St. James y Dick Ebersol, Jane y Burt Bacharach, Stacey y Henry Winkler, Pete Williams y David Gardner, Virginia Moseley y Tom Nides, Cindi y Mitchell Berger, Donna y Michael Bass, Nancy Dubuc y Michael Kizilbash, Susanna

Aaron y Gary Ginsburg, Elena Nachmanoff, Ron Meyer, Andy Lassner y Peggy Noonan.

Mi más sincero agradecimiento también al equipo de Harper-Collins, y sobre todo a Brian Murray, Jonathan Burnham, Doug Jones, Leah Wasielewski, Sarah Ried, Mark Ferguson, Leslie Cohen, Josh Marwell, Robin Bilardello, Milan Bozic, David Koral, Leah Carlson-Stanisic, Carolyn Robson, Chantal Restivo-Alessi, Frank Albanese, Josh Marwell y Amy Baker.

Por último, mis hijos, Lily y Nicholas, han sido una fuente constante de inspiración y apoyo. Nicholas, que está haciendo un posgrado en estudios de seguridad en la Escuela de Servicio Exterior de la Universidad de Georgetown, se vio obligado a vivir de nuevo bajo el mismo techo que su padre mientras yo luchaba por acabar este libro, el vigesimoquinto de mi carrera. Y uno se pregunta por qué ni él ni su hermana gemela —que se gana muy bien la vida como consultora empresarial— han optado por dedicarse a la literatura.